# 宋词三百首注析

注释·赏析

国学

〔清〕上彊村民 ◎ 编
周鹏飞·王黎雅 ◎ 注析

陕西新华出版传媒集团·三秦出版社

## 图书在版编目(CIP)数据

宋词三百首注析/(清)上彊村民编;周鹏飞,王黎雅注析.—2版.—西安:三秦出版社,2003.07(2022.5重印)

(传统文化经典读本)

ISBN 978-7-80546-368-1

Ⅰ.宋… Ⅱ.①上…②周…③王 Ⅲ.宋词-注释 Ⅳ.I222.844

中国版本图书馆CIP数据核字(2003)第042818号

---

**传统文化经典读本**
**宋词三百首注析**

〔清〕上彊村民 编 周鹏飞 王黎雅 注析

| | |
|---|---|
| 出版发行 | 陕西新华出版传媒集团 三秦出版社 |
| 社　　址 | 西安市雁塔区曲江新区登高路1388号 |
| 电　　话 | (029)81205236 |
| 邮政编码 | 710061 |
| 印　　刷 | 北京华强印刷有限公司 |
| 开　　本 | 710mm×1000mm 1/16 |
| 印　　张 | 22.25 |
| 字　　数 | 299千字 |
| 版　　次 | 2003年7月第2版<br>2022年5月第2次印刷 |
| 标准书号 | ISBN 978-7-80546-368-1 |
| 定　　价 | 58.00元 |

## 千秋岁引

### 王安石

别馆寒砧,孤城画角,一派秋声入寥廓。东归燕从海上去,南来雁向沙头落。楚台风,庾楼月,宛如昨。　　无奈被些名利缚,无奈被他情耽搁,可惜风流总闲却。当初漫留华表语,而今误我秦楼约。梦阑时,酒醒后,思量著。

——明刊本《诗余画谱》

# 总　序

中国是举世闻名的文明古国，其光辉灿烂的传统文化，已成为整个人类共同的精神财富。随着时代的进步，随着探索自然、认知社会的触角不断深入，人们比以往任何时候都迫切需要发掘传统文化宝藏，汲取更多的智慧和精神力量，来进行自我完善、自我提高，从而获取成功。于是许多人都不约而同地把目光投向那些历尽风雨淘洗的传世经典，吟之诵之，含英咀华。他们意识到，不了解唐诗宋词，没读过孔孟老庄，其麻烦不仅仅是难以达到辩才无碍的境地或获得博学多识的美誉，而且会在工作、学习及社会生活的许多方面遭遇尴尬。反之，熟知经典，以古为镜，以古为师，必定会在全新意义上的修身、齐家、治国平天下方面收到奇效。这方面例子很多，如国内某名牌高校从《易经》中提取"厚德载物"做为校训，培养了无数英才；日本企业家运用《孙子兵法》和《菜根谭》进行经营管理，屡创经济奇迹；某自然科学家要求弟子背诵《道德经》，作为攻克难关前的心理演练；某诺贝尔奖得主坦言，其所以能够历经磨难取得突破，全得益于《孟子》中的一句名言。近年来我国中小学实验教材不断加大古诗文比重以及高考试题频频"考古"，也是为了促进素质教育，培养一代新人。

传统文化经典很多，就存在一个轻重缓急和选择的问题，我们不赞成搞什么"百种必读"或"50种必读"，武断地制造一个封闭系统。我们认为中国传统文化经典宝库应当是开放的，其中异彩纷呈，玉蕴珠藏。所以我们推出这套《传统文化经典读本》丛书，第一批20种，只能说是向广大读者奉献的最基本的、应当最先了解的经典作品，包括《易经》、《论语》、《孟子》、《道德经》、《庄子》、《孙子兵法》、《幼学琼林》、《唐诗三百首》、《宋词三百首》、《元曲三百首》等。我们还将根据情况陆续推出第二辑、第三辑。值得说明的是,我社自上个世纪80年代就开始致力于传统文化经典的整理普及,是最早出版白话类经典读本的出版社之一。此次推出的这批图书都是精选版本、精选作者,付出了艰苦努力完成的,内在质量上乘,曾作为我社品牌图书,经受了市场的检验,受到读者的广泛好评。为适应新的形势,更好满足读者的需求,我们对其进行了重新改造整合,使之在版式、装帧等方面更趋考究精美。同时也希望读者多提批评意见,以便进一步改进。

魏全瑞

2003年7月

# 前　言

　　古微先生（朱孝臧）编选的《疆村丛书》蜚声海内外，而其《宋词三百首》则是可与《唐诗三百首》相媲美的又一朵文坛奇葩。《宋词三百首》问世以来，不胫而走，是一本雅俗共赏的优秀读本。但随着岁月的变迁，语言的演变，它已经不易为广大读者所接受，十分需要多种普及注本。50年代唐圭璋先生的《宋词三百首笺注》与80年代岳麓书社出版的台湾汪中教授的《宋词三百首注析》都是很好的注本，但有些读者反映，阅读起来，仍有不少困难。

　　我们这本《宋词三百首注析》采用现代白话文进行注释和赏析，文字更浅显易懂，对部分通假字直接做了改换，并对每位词作者进行了简单的介绍，希望广大读者能够喜欢。

　　这本《宋词三百首注析》以陕西省图书馆馆藏的《宋词三百首》为底本。这个本子有以下特点：据统计，笺注本选词283首，汪中本选词310首，而陕西省图书馆藏本选词恰好是300首，可谓名副其实。这个本子校勘较精，对勘后错漏甚稀，是一个经过重新整理后的较好底本。此本前有吴昌硕的题签，并有不少名家眉批，值得继续研究。

　　本书由周鹏飞进行校注并撰词人小传，王黎雅完成了赏析。由于两地分别写作，切磋不够，加之学力未逮，时间紧迫，难免有牴牾之处及错误，欢迎批评指正。

　　这本小册子已列入《传统文化经典读本》，但愿它能为弘扬祖国优秀的民族传统文化发出一点光和热。

周鹏飞于西安

# 序

　　词学极盛于两宋，读宋人词当于体格、神致间求之，而体格尤重于神致。以浑成之一境为学人必赴之程境，更有进于浑成者，要非可躐而至，此关系学力者也。神致由性灵出，即体格之至美，积发而为清晖芳气而不可掩者也。近世以小慧侧艳为词，致斯道为之不尊，往往涂抹半生，未窥宋贤门径，何论堂奥！未闻有人焉，以神明与古会，而抉择其至精，为来学周行之示也。

　　彊村先生尝选《宋词三百首》，为小阮逸馨诵习之资，大要求之体格、神致，以浑成为主旨。夫浑成未遽诣极也，能循途守辙于三百首之中，必能取精用闳于三百首之外，益神明变化于词外求之，则夫体格、神致间尤有无形之吻合，自然之妙造，即更进于浑成，要亦未为止境。夫无止境之学，可不有以端其始基乎？则彊村此选，倚声者宜人置一编矣。

中元甲子燕九日<br>临桂况周颐

# 目 录

**徽宗皇帝（一首）**
　　宴山亭 …………………………………………（ 1 ）

**钱惟演（一首）**
　　木兰花 …………………………………………（ 2 ）

**范仲淹（三首）**
　　渔家傲 …………………………………………（ 3 ）
　　苏幕遮 …………………………………………（ 4 ）
　　御街行 …………………………………………（ 5 ）

**张　先（七首）**
　　千秋岁 …………………………………………（ 6 ）
　　菩萨蛮 …………………………………………（ 7 ）
　　醉垂鞭 …………………………………………（ 8 ）
　　一丛花 …………………………………………（ 8 ）
　　天仙子 …………………………………………（ 9 ）
　　青门引 …………………………………………（ 10 ）
　　生查子 …………………………………………（ 11 ）

**晏　殊（十一首）**
　　浣溪沙 …………………………………………（ 12 ）
　　浣溪沙 …………………………………………（ 13 ）
　　清平乐 …………………………………………（ 14 ）
　　清平乐 …………………………………………（ 14 ）
　　木兰花 …………………………………………（ 15 ）

1

木兰花……………………………………………（16）
　　木兰花……………………………………………（17）
　　踏莎行……………………………………………（18）
　　踏莎行……………………………………………（19）
　　踏莎行……………………………………………（20）
　　蝶恋花……………………………………………（21）

## 韩　缜（一首）
　　凤箫吟……………………………………………（21）

## 宋　祁（一首）
　　木兰花……………………………………………（22）

## 欧阳修（十一首）
　　采桑子……………………………………………（24）
　　诉衷情……………………………………………（25）
　　踏莎行……………………………………………（26）
　　蝶恋花……………………………………………（26）
　　蝶恋花……………………………………………（27）
　　蝶恋花……………………………………………（28）
　　木兰花……………………………………………（29）
　　临江仙……………………………………………（30）
　　浣溪沙……………………………………………（30）
　　浪淘沙……………………………………………（31）
　　青玉案……………………………………………（32）

## 聂冠卿（一首）
　　多丽………………………………………………（33）

## 柳　永（十三首）
　　曲玉管……………………………………………（34）

| | |
|---|---|
| 雨霖铃 | （35） |
| 蝶恋花 | （36） |
| 采莲令 | （37） |
| 浪淘沙慢 | （38） |
| 定风波 | （39） |
| 少年游 | （40） |
| 戚氏 | （41） |
| 夜半乐 | （42） |
| 玉蝴蝶 | （43） |
| 八声甘州 | （44） |
| 迷神引 | （45） |
| 竹马子 | （46） |

## 王安石（二首）

| | |
|---|---|
| 桂枝香 | （47） |
| 千秋岁引 | （49） |

## 王安国（一首）

| | |
|---|---|
| 清平乐 | （50） |

## 晏几道（十八首）

| | |
|---|---|
| 临江仙 | （51） |
| 蝶恋花 | （52） |
| 蝶恋花 | （53） |
| 鹧鸪天 | （54） |
| 鹧鸪天 | （55） |
| 生查子 | （56） |
| 生查子 | （57） |
| 木兰花 | （57） |
| 木兰花 | （58） |

清平乐………………………………………（59）
　　阮郎归………………………………………（60）
　　阮郎归………………………………………（61）
　　六幺令………………………………………（62）
　　御街行………………………………………（63）
　　虞美人………………………………………（64）
　　留春令………………………………………（65）
　　思远人………………………………………（66）
　　满庭芳………………………………………（67）

**苏　轼（十二首）**
　　水调歌头……………………………………（68）
　　水龙吟………………………………………（69）
　　念奴娇………………………………………（70）
　　永遇乐………………………………………（72）
　　洞仙歌………………………………………（73）
　　卜算子………………………………………（74）
　　青玉案………………………………………（75）
　　临江仙………………………………………（76）
　　定风波………………………………………（77）
　　江城子………………………………………（78）
　　木兰花………………………………………（79）
　　贺新郎………………………………………（80）

**黄庭坚（二首）**
　　鹧鸪天………………………………………（81）
　　定风波………………………………………（83）

**秦　观（九首）**
　　望海潮………………………………………（84）

八六子 …………………………………（85）

　　满庭芳 …………………………………（87）

　　满庭芳 …………………………………（88）

　　减字木兰花 ……………………………（89）

　　踏莎行 …………………………………（90）

　　浣溪沙 …………………………………（91）

　　阮郎归 …………………………………（93）

　　鹧鸪天 …………………………………（94）

**晁元礼（一首）**

　　绿头鸭 …………………………………（95）

**赵令畤（三首）**

　　蝶恋花 …………………………………（96）

　　蝶恋花 …………………………………（97）

　　清平乐 …………………………………（98）

**张　耒（一首）**

　　风流子 …………………………………（98）

**晁补之（四首）**

　　水龙吟 …………………………………（100）

　　盐角儿 …………………………………（101）

　　忆少年 …………………………………（102）

　　洞仙歌 …………………………………（103）

**晁冲之（一首）**

　　临江仙 …………………………………（104）

**舒　亶（一首）**

　　虞美人 …………………………………（105）

**朱　服（一首）**

渔家傲……………………………………（106）

## 毛 滂（一首）
惜分飞……………………………………（107）

## 陈 克（二首）
菩萨蛮……………………………………（108）
菩萨蛮……………………………………（109）

## 李元膺（一首）
洞仙歌……………………………………（110）

## 时 彦（一首）
青门饮……………………………………（111）

## 李之仪（二首）
谢池春……………………………………（112）
卜算子……………………………………（113）

## 周邦彦（二十三首）
瑞龙吟……………………………………（114）
风流子……………………………………（116）
兰陵王……………………………………（117）
琐窗寒……………………………………（118）
六丑………………………………………（119）
夜飞鹊……………………………………（121）
满庭芳……………………………………（122）
过秦楼……………………………………（123）
花犯………………………………………（124）
大酺………………………………………（125）
解语花……………………………………（127）
定风波……………………………………（128）

| 蝶恋花 | （129） |
| 解连环 | （130） |
| 拜星月慢 | （131） |
| 关河令 | （132） |
| 绮寮怨 | （133） |
| 尉迟杯 | （134） |
| 西河 | （135） |
| 瑞鹤仙 | （136） |
| 浪淘沙慢 | （138） |
| 应天长 | （139） |
| 夜游宫 | （140） |

## 贺　铸（十二首）

| 更漏子 | （141） |
| 青玉案 | （142） |
| 感皇恩 | （143） |
| 薄幸 | （144） |
| 浣溪沙 | （145） |
| 浣溪沙 | （146） |
| 石州慢 | （146） |
| 蝶恋花 | （147） |
| 天门谣 | （148） |
| 天香 | （149） |
| 望湘人 | （150） |
| 绿头鸭 | （151） |

## 张元幹（二首）

| 石州慢 | （152） |
| 兰陵王 | （153） |

**叶梦得（二首）**
　　贺新郎 ······················································· （154）
　　虞美人 ······················································· （156）

**汪　藻（一首）**
　　点绛唇 ······················································· （157）

**刘一止（一首）**
　　喜迁莺 ······················································· （158）

**韩　疁（一首）**
　　高阳台 ······················································· （159）

**李　邴（一首）**
　　汉宫春 ······················································· （160）

**陈与义（二首）**
　　临江仙 ······················································· （161）
　　临江仙 ······················································· （162）

**蔡　伸（二首）**
　　苏武慢 ······················································· （163）
　　柳梢青 ······················································· （164）

**周紫芝（二首）**
　　鹧鸪天 ······················································· （165）
　　踏莎行 ······················································· （166）

**李　甲（二首）**
　　帝台春 ······················································· （167）
　　忆王孙 ······················································· （168）

**万俟咏（一首）**
　　三台 ························································· （168）

**徐　伸（一首）**
　　二郎神……………………………………………（170）

**田　为（一首）**
　　江神子慢………………………………………（171）

**曹　组（一首）**
　　蓦山溪…………………………………………（172）

**李　玉（一首）**
　　贺新郎…………………………………………（173）

**廖世美（一首）**
　　烛影摇红………………………………………（174）

**吕滨老（一首）**
　　薄幸……………………………………………（175）

**查　荎（一首）**
　　透碧霄…………………………………………（177）

**鲁逸仲（一首）**
　　南浦……………………………………………（178）

**岳　飞（一首）**
　　满江红…………………………………………（179）

**张　抡（一首）**
　　烛影摇红………………………………………（180）

**程　垓（一首）**
　　水龙吟…………………………………………（181）

**张孝祥（一首）**
　　六州歌头………………………………………（182）

**韩元吉（二首）**

六州歌头…………………………………………（184）
　　好事近……………………………………………（185）
**袁去华（三首）**
　　瑞鹤仙……………………………………………（186）
　　剑器近……………………………………………（187）
　　安公子……………………………………………（188）
**陆　淞（一首）**
　　瑞鹤仙……………………………………………（189）
**陆　游（三首）**
　　卜算子……………………………………………（190）
　　渔家傲……………………………………………（191）
　　定风波……………………………………………（192）
**陈　亮（一首）**
　　水龙吟……………………………………………（193）
**范成大（三首）**
　　忆秦娥……………………………………………（194）
　　醉落魄……………………………………………（195）
　　霜天晓角…………………………………………（196）
**蔡幼学（一首）**
　　好事近……………………………………………（197）
**辛弃疾（十首）**
　　贺新郎……………………………………………（198）
　　贺新郎……………………………………………（200）
　　水龙吟……………………………………………（201）
　　摸鱼儿……………………………………………（203）
　　永遇乐……………………………………………（204）

木兰花慢……………………………………………（205）

　　祝英台近……………………………………………（207）

　　青玉案………………………………………………（208）

　　鹧鸪天………………………………………………（209）

　　菩萨蛮………………………………………………（210）

**姜　夔（十六首）**

　　点绛唇………………………………………………（211）

　　鹧鸪天………………………………………………（212）

　　踏莎行………………………………………………（213）

　　庆宫春………………………………………………（214）

　　齐天乐………………………………………………（215）

　　琵琶仙………………………………………………（217）

　　念奴娇………………………………………………（218）

　　扬州慢………………………………………………（220）

　　长亭怨慢……………………………………………（221）

　　淡黄柳………………………………………………（223）

　　暗香…………………………………………………（224）

　　疏影…………………………………………………（225）

　　翠楼吟………………………………………………（226）

　　杏花天………………………………………………（228）

　　一萼红………………………………………………（229）

　　霓裳中序第一………………………………………（230）

**章良能（一首）**

　　小重山………………………………………………（232）

**刘　过（一首）**

　　唐多令………………………………………………（233）

**严　仁（一首）**

11

木兰花……………………………………………（234）

## 俞国宝（一首）
　　风入松……………………………………………（235）

## 张　镃（二首）
　　满庭芳……………………………………………（236）
　　宴山亭……………………………………………（237）

## 史达祖（九首）
　　绮罗香……………………………………………（238）
　　双双燕……………………………………………（240）
　　东风第一枝………………………………………（241）
　　喜迁莺……………………………………………（242）
　　三姝媚……………………………………………（243）
　　秋霁………………………………………………（244）
　　夜合花……………………………………………（245）
　　玉蝴蝶……………………………………………（246）
　　八归………………………………………………（247）

## 刘克庄（四首）
　　生查子……………………………………………（248）
　　贺新郎……………………………………………（249）
　　贺新郎……………………………………………（250）
　　木兰花……………………………………………（252）

## 卢祖皋（二首）
　　江城子……………………………………………（253）
　　宴清都……………………………………………（254）

## 潘　牥（一首）
　　南乡子……………………………………………（255）

## 陆　睿（一首）
　　瑞鹤仙……………………………………………（256）

## 萧泰来（一首）
　　霜天晓角……………………………………………（257）

## 吴文英（二十四首）
　　霜叶飞………………………………………………（258）
　　宴清都………………………………………………（259）
　　齐天乐………………………………………………（260）
　　花犯…………………………………………………（261）
　　浣溪沙………………………………………………（263）
　　浣溪沙………………………………………………（263）
　　点绛唇………………………………………………（264）
　　祝英台近……………………………………………（265）
　　祝英台近……………………………………………（266）
　　澡兰香………………………………………………（267）
　　风入松………………………………………………（268）
　　莺啼序………………………………………………（270）
　　惜黄花慢……………………………………………（272）
　　高阳台………………………………………………（273）
　　高阳台………………………………………………（274）
　　三姝媚………………………………………………（275）
　　八声甘州……………………………………………（276）
　　踏莎行………………………………………………（278）
　　瑞鹤仙………………………………………………（279）
　　鹧鸪天………………………………………………（280）
　　夜游宫………………………………………………（281）
　　青玉案………………………………………………（282）

  贺新郎……………………………………………（283）
  唐多令……………………………………………（284）

## 黄孝迈（一首）
  湘春夜月…………………………………………（285）

## 潘希白（一首）
  大有………………………………………………（286）

## 黄公绍（一首）
  青玉案……………………………………………（287）

## 朱嗣发（一首）
  摸鱼儿……………………………………………（288）

## 刘辰翁（四首）
  兰陵王……………………………………………（289）
  宝鼎现……………………………………………（291）
  永遇乐……………………………………………（292）
  摸鱼儿……………………………………………（294）

## 周　密（四首）
  瑶华………………………………………………（295）
  玉京秋……………………………………………（297）
  曲游春……………………………………………（298）
  花犯………………………………………………（299）

## 蒋　捷（二首）
  贺新郎……………………………………………（301）
  女冠子……………………………………………（302）

## 张　炎（五首）
  高阳台……………………………………………（303）
  八声甘州…………………………………………（305）

解连环 …………………………………………………（306）

　　疏影 ……………………………………………………（308）

　　月下笛 …………………………………………………（309）

## 王沂孙（五首）

　　天香 ……………………………………………………（310）

　　眉妩 ……………………………………………………（312）

　　齐天乐 …………………………………………………（313）

　　高阳台 …………………………………………………（315）

　　法曲献仙音 ……………………………………………（316）

## 彭元逊（二首）

　　疏影 ……………………………………………………（317）

　　六丑 ……………………………………………………（318）

## 姚云文（一首）

　　紫萸香慢 ………………………………………………（319）

## 僧　挥（一首）

　　金明池 …………………………………………………（320）

## 李清照（七首）

　　如梦令 …………………………………………………（322）

　　凤凰台上忆吹箫 ………………………………………（323）

　　醉花阴 …………………………………………………（324）

　　声声慢 …………………………………………………（325）

　　念奴娇 …………………………………………………（327）

　　永遇乐 …………………………………………………（328）

　　浣溪沙 …………………………………………………（329）

# 宴 山 亭

徽宗皇帝

北行见杏花

　　裁剪冰绡①，轻叠数重，淡著燕脂匀注②。新样靓妆③，艳溢香融，羞杀蕊珠宫女④。易得凋零，更多少、无情风雨。愁苦！问院落凄凉，几番春暮？　　凭寄离恨重重，这双燕何曾，会人言语。天遥地远，万水千山，知他故宫何处？怎不思量，除梦里、有时曾去。无据，和梦也⑤、新来不做。

## 【作者简介】

宋徽宗（1082—1135）名佶，神宗子，北宋皇帝，在位25年（1100—1125），1125年传位于其子钦宗，1127年（靖康二年）与钦宗一起被金兵俘虏，死于五国城（今黑龙江依兰）。他当政时政治腐败，但他本人却是一位能书善画的书画家。绘画工花鸟；书法学薛曜，自成一体，称"瘦金体"；其词亦别具一格。

## 【注释】

①冰绡：洁白轻薄而透明的一种丝绸织物，这里形容杏花的花瓣。
②燕脂：即今之胭脂。
③靓妆：指古代妇女涂脂抹粉、精心打扮。
④蕊珠宫：相传系神仙所居，道教宣扬大罗天（最高之天）在蕊珠宫放榜，故旧称举进士为登"蕊榜"。
⑤和：即"连"。

## 【赏析】

　　词借咏杏花，暗含对自身遭遇的沉痛哀诉。起笔近写杏花的形态、色泽，再以美女作比，写其神态之美。极写花之高贵，有自喻之意。"易得飘零"以下词意陡转，盛艳的繁花，却遭无情风雨的摧残，在怜惜杏花的同时，亦有对自己沦为阶下囚的自伤自怜，徒至千里之外的异地蛮邦，其心情之愁苦非笔墨所能形容。

下片直抒胸臆，借燕与梦道出从期望到失望、由失望而绝望的真实情感。况周颐云："'真'字是词骨，若此词及后主之作，皆以'真'者胜。"离恨之中企盼着能通音问，然双燕不解离恨，凭谁寄去言语，此一重失望；阶下囚回望长安，梦中几度寻安慰，但近来连梦也无，在且问且叹之中，表露出由失望而渐入绝望的心境。后片曲折凄艳，如泣如诉之中真情自现。

## 木 兰 花

### 钱惟演

城下风光莺语乱，城下烟波春拍岸。绿杨芳草几时休？泪眼愁肠先已断。　　情怀渐觉成衰晚，鸾镜朱颜惊暗换①。昔年多病厌芳尊②，今日芳尊惟恐浅。

### 【作者简介】

钱惟演（？—1033），吴越王钱俶之子，字希圣，临安（今浙江杭州）人，官保大军节度使。他是北宋的著名诗人，仁宗时去职后，经常与杨亿、刘筠等十七人相唱和，他们的诗集名《西昆酬唱集》，人称其体为"西昆体"。

### 【注释】

①鸾镜：相传晋属宾王曾获一鸾鸟，多年不鸣，后悬镜照之，鸾鸟乃鸣，故称梳妆镜为鸾镜。

②芳尊：酒杯。

### 【赏析】

这是词人暮年谪居汉东时的作品。据《苕溪渔隐丛话后集》卷三十九说，词人每于酒阑时歌唱此词，都为之下泪。有一白发歌姬对他说："吾忆先王将薨，预戒挽铎中歌《木兰花》，引绋为送。

今相公其将亡乎？"不久，词人果然死于随州。其父钱俶所作《木兰花》有"帝乡烟雨锁春愁，故国山川空泪眼"之句，其哀婉的情调与此词相似。这首词的上片是感时伤春，城上风光绮丽，美景无限。城角下，烟波浩渺，绿水拍岸，"乱"和"春"字下得极为贴切，春天的气氛全被点染出来。下片是叹老嗟病，借酒浇愁是历代词章的主题，而词人通过对"芳尊"态度的前后变化所形成的鲜明对照，抒发了一个谪臣被贬黜罢官、无法挽回其政治生命的无比哀怨，所以明沈际飞说："芳尊恐浅，正断肠处，情尤真笃。"（《草堂诗余正集》）词上、下两片的结句是全词的精粹，明李攀龙说："妙处全在结语传神。"（《草堂诗余隽》）上片以泪眼愁肠作结，下片以芳尊恐浅煞拍，都是政治失意者绝望心情的直露，所以，作者歌之而下泪，老歌姬闻之而想先王之哀歌。

# 渔 家 傲

### 范仲淹

塞下秋来风景异，衡阳雁去无留意①。四面边声连角起②。千嶂里③，长烟落日孤城闭。　　浊酒一杯家万里，燕然未勒归无计④。羌管悠悠霜满地⑤。人不寐，将军白发征夫泪。

## 【作者简介】

范仲淹（989—1052），字希文，苏州吴县（今属江苏）人，北宋著名政治家、文学家。大中祥符年间中进士，庆历三年（1043）任参知政事，后任陕西四路宣抚使，在赴颍州途中病死。他工诗词散文，其《岳阳楼记》脍炙人口。传世词仅五首，风格明快。有《范文正公集》。

## 【注释】

①衡阳雁：衡阳城南有回雁峰，相传雁到此后便不再南飞。
②边声：边塞的悲凉之声，如马鸣风声等。角：军中的号角。
③千嶂：无数层层如屏障的山峰。

3

④燕然未勒：指敌人未灭。《后汉书·窦宪传》载窦宪追北单于，"登燕然山去塞三千余里，刻石勒功"而返。燕然山，即今蒙古人民共和国之杭爱山。

⑤羌管：即羌笛，古代少数民族羌族的一种乐器。

【赏析】

以词笔写边塞之苦寒，范仲淹是第一人。上片着重写大漠荒凉、边地肃杀衰败之景。"塞下秋来风景异"，开篇便点明边塞与内地是有明显差异的，然后娓娓道出所异者何？"衡阳"一句是目之所见者异，"四面"一句是心之所感者异。李陵云"凉秋九月，塞外草衰，夜不能寐，侧耳远听，胡笳互动，牧马悲鸣，吟啸成群，边声四起"，这边声随着军中号角之起落而荡击着戍边将士的心灵，则肃杀悲凉之气已蓄满全篇。"长烟"句仍是目之所见，在索寞寂然中结束上片。下片"燕然未勒归无计"，总结秋来雁归人不能归之故。羌管悠悠，霜华侵肌，人不能寐，惟浊酒一杯寄怀乡之思，深沉悲恸的边塞之情已扣人心扉，而"将军白发征夫泪"，更是浩然正气充塞于天地之间，为千古苦于战役者呼号悲鸣，以苍凉悲壮之笔结束全篇。

# 苏 幕 遮

范仲淹

碧云天，黄叶地，秋色连波，波上寒烟翠。山映斜阳天接水，芳草无情，更在斜阳外。　　黯乡魂①，追旅思②，夜夜除非，好梦留人睡。明月楼高休独倚，酒入愁肠，化作相思泪。

【注释】

①黯乡魂：因怀念家乡而黯然神伤。江淹《别赋》："黯然销魂者，惟别而已矣。"

②旅思：怀念故乡的愁情别绪。

## 【赏析】

词写羁旅相思之情。开篇大处落笔，浓墨重彩，写出深秋秾丽阔远的浑然气势。继之以碧天广野的是遥接天地的秋水。天地尽头的森森秋江之上，笼罩着翠色的寒烟。山峦在夕阳的映照下更显苍茫寥廓。湛碧的长空连接绿波秋水，芳草萋萋伸向远方，隐没于斜阳映照不到的天边。上片写人对景怀思，他由云碧天明时刻伫立不移，直至一抹斜阳，思之久也，情之苦也。过片紧承芳草天涯，直接点出"乡魂"、"旅思"，着一"追"字，将对家园故里的思念与羁旅天涯的现实紧密拍合起来。煞结两句直抒胸臆，造语新奇。乃承上片"景语"铺排出的一片胸襟，更见今日郁积的乡思、旅愁。

# 御 街 行

## 范仲淹

纷纷坠叶飘香砌①，夜寂静，寒声碎。真珠帘卷玉楼空②，天淡银河垂地。年年今夜，月华如练③，长是人千里。　　愁肠已断无由醉，酒未到，先成泪。残灯明灭枕头敧④，谙尽孤眠滋味⑤。都来此事⑥，眉间心上，无计相回避。

## 【注释】

①香砌：台阶上撒满了落花，弥漫着花香。
②真珠：即珍珠。
③月华：皎洁的月光。练：素色的绸子。
④枕头敧：斜倚在枕头上。
⑤谙尽：尝尽。
⑥都来：算来。

## 【赏析】

"星月皎洁，明河在天，四无人声，声在树间"，秋之悲凉，秋之哀痛,便是从这窸窸窣窣的落叶之声开始的。"寒声碎"既状写时令节候之寒凉,又是孤独悲凉心境之描摹。四、五两句着力写秋月之伤目。对月怀人,千古而然,此番意境却声情顿挫,骨力遒劲。下片"愁肠已断无由醉",言愁之深重,继之以挑灯倚枕,攒眉揪心的愁容愁态,则孤眠愁思的情怀,在层层递进之中翻然而出。真所谓"铁石心肠人亦作此消魂语"(许昂霄《词综偶评》)。

## 千 秋 岁

### 张 先

数声鶗鴂①,又报芳菲歇②。惜春更选残红折,雨轻风色暴,梅子青时节。永丰柳③,无人尽日花飞雪。 莫把幺弦拨④,怨极弦能说。天不老,情难绝,心似双丝网,中有千千结。夜过也,东窗未白孤灯灭。

**【作者简介】**

张先(990—1078),字子野,乌程(今浙江吴兴)人,北宋著名词人。他天圣年间举进士,官都官郎中,晚年退隐。他的词中有"云破月来花弄影"、"帘压卷花影"、"堕轻絮无影"三名句,人称"张三影"。有《张子野词》。

**【注释】**

①鶗鴂:亦作"鹈鴂",鸟名。
②芳菲:花草。
③永丰柳:语出白居易诗:"永丰西角荒园里,尽日无人属阿谁。"
④幺弦:孤弦。

**【赏析】**

词写爱情横遭阻抑的幽怨情怀。在鶗鴂鸟凄切的哀鸣中,芳草再次衰歇,暗示春光已过,美好的爱情遭到扼制和破坏。多想留住这春光，留住这象征着爱情的一枝残红，"选"和"折"字更能表达出对于经过风雨摧残的爱情之珍惜。接下来的两句依然用象征和比喻，诉说爱情尚在初恋阶段，如梅子青时，便遭到风暴的突袭。而这被戕害的恋人，如同永丰柳，尽管被弃置在西角荒园里，还是要像柳絮一样，把最后一段的缠绵，最后一点的执著，飞飞扬扬，洒满天空，飘向人间。与上片意脉相通的转承两句，用回环往复之笔再次写出哀怨。"天不老"四句，语言直白，却情深、意深、怨深，诉说真正的爱情历久而弥坚。结语一夜不寐，亦是怨极情深所致。

## 菩 萨 蛮

### 张 先

哀筝一弄湘江曲①，声声写尽湘波绿。纤指十三弦②，细将幽恨传。　　当筵秋水慢③，玉柱斜飞雁④。弹到断肠时，春山眉黛低。

【注释】

①湘江曲：祭舜之二妃娥皇、女英的歌，曲多哀怨。相传二妃死后，被封为湘水之神，人称湘夫人。

②十三弦：即古筝，十二弦代表十二月，另一弦代表闰月。

③秋水：比喻清澈的眼波。李贺《唐儿歌》："一双瞳人剪秋水。"

④玉柱斜飞雁：这句是说，筝上的弦柱如行行飞雁。

【赏析】

这是一首歌咏弹筝者的词。高山流水，湘波潇潇，漫曲幽咽低婉，最是知音难觅。美人纤纤玉指，十三弦上将幽恨传出。过片两句极尽形容演奏之妙。结尾两句意浓而韵远，妙在含蓄蕴藉，情切凄婉，回味无穷。

## 醉垂鞭

张　先

双蝶绣罗裙，东池宴，初相见。朱粉不深匀，闲花淡淡春。细看诸处好，人人道，柳腰身①。昨日乱山昏，来时衣上云。

【注释】
①柳腰：形容女子腰肢柔软，像柳条一样。韩偓诗："柳腰莲脸本忘情。"

【赏析】
这首词是酒筵中赠妓之作。词人先以特写描状其身着的罗裙，双飞的彩蝶，翩跹起舞，似真亦幻，在写其衣着华丽艳美的同时，又将歌伎婀娜的舞姿展示于众。下片的"人人道，柳腰身"又是对她风姿的补写。而真正令四座皆惊、难以忘怀的，还是她"朱粉不深匀，闲花淡淡春"的风采，她幽闲淡雅、气韵天成的风度，恰如浓丽的春光中、姹紫嫣红之外，那一束淡淡的闲花，以清新淡雅的风貌神态，超绝于锦簇花团。结尾更加"横绝"（周济《宋四家词选》），她衣着薄如纱、淡若云，飘然而至，真仿佛昏暗的乱山中徐徐而出的一片闲云，给这喧嚣热闹的宴会，添一丝清馨淡雅的气氛。

## 一丛花

张　先

伤高怀远几时穷？无物似情浓。离愁正引千丝乱，更东陌①，飞絮濛濛。嘶骑渐遥，征尘不断，何处认郎踪？　　双鸳池沼水溶溶，南北小桡通②。梯横画阁黄昏后，又还是，斜月帘栊。沉恨细思，不如桃杏，犹解嫁东风。

## 【注释】

①东陌：东边的田间小路。
②桡：船上之桨。

## 【赏析】

开篇破空而来，写出人间的普遍感情："伤高怀远几时穷？无物似情浓。"只有经历了长久的离别，体味过多次伤高怀远之苦后，才能倾泻出如此浓重的真挚情感。离愁恰如这纷乱的柳丝，迷迷濛濛，漫无天际，而这柳丝又是相思的见证。吴文英"楼前绿暗分携路，一丝柳，一寸柔情"，便是写人间历久弥新的真诚爱情。"嘶骑"以下，直揭愁恨的由来。下片由景及情，池水溶溶，鸳鸯成对，不能不产生人不如物的感慨。"梯横"两句再现往日与情人相约黄昏后的美好景象。如今景象依旧，而人已远去，只剩斜月空照楼阁、帘栊。煞拍三句，无理而妙。"不如桃杏"是无理，它违背了一般的生活情况及思维逻辑，恰恰通过这似乎无理的描写，反而更加深刻地表现了人的感情，这便是妙。

# 天 仙 子

### 张 先

时为嘉禾小倅①，以病眠，不赴府会。

《水调》数声持酒听②，午醉醒来愁未醒。送春春去几时回？临晚镜，伤流景，往事后期空记省。　　沙上并禽池上暝③，云破月来花弄影。重重帘幕密遮灯，风不定，人初静，明日落红应满径。

## 【注释】

①嘉禾小倅：嘉禾：宋时郡名，即今浙江嘉兴市。小倅：小官。张先曾任嘉禾判官。

②《水调》：唐宋时十分流行的一种曲调，相传为隋炀帝所制。
③并禽池上暝：并禽：成双的鸟，一般指鸳鸯。暝：日暮，天黑。

【赏析】

　　词的开篇便点明持酒听歌而未能排解内心的忧愁。这愁是长久以来郁积于心的临老伤春之愁。而伤春的内容，又是对年轻时那段风流缱绻之韵事的追忆。"送春春去几时回"，上一个"春"字是指季节，下一个"春去"，既有年华易逝的慨叹，又有对风流韵事不再的惋惜和伤感。上片结尾句，把自怨自艾、自甘孤寂的心情写得格外惆怅动人。

　　下片专写晚景，"沙上"二句，傍晚所见，以并禽眠于沙上，来映衬自己离群索居、形影相吊的寂寞情怀。"云破"一句，千古传诵，以极其生动细致的笔触，暗示风的作用，为"遮灯"、"满径"埋下伏线。"重重"三句，极写风狂人静的情景。结句承接上片的"送春"，今晚尚可见"花弄影"，明天大风之后，惟有"落红应满径"。


# 青　门　引

## 张　先

　　乍暖还轻冷，风雨晚来方定。庭轩寂寞近清明，残花中酒①，又是去年病。　　楼头画角风吹醒②，入夜重门静。那堪更被明月，隔墙送过秋千影。

【注释】

①中酒：饮酒过量。
②画角：军中使用的加了彩绘的号角。

【赏析】

　　词写士大夫的孤栖寂寞之情。时近清明，气候乍暖还寒，风雨到晚才停。词人面对庭轩之上的无数落花，伤春残而醉酒。下片写随风传来的凄凉画角之声，把他从醉态中惊醒。睁开惺忪的双眼，只见明月又把秋千的影子从墙外送来。词人用月影的推移，不仅形象地描绘出时间的变迁，而且刻画出抒情主人公索然落寞的情怀，意味隽永。清黄了翁云："落寞情怀，写来幽隽无匹。不得志于时者，往往借闺情以写幽思。角声而曰'风吹醒'，'醒'字极尖刻。末句那堪送影，真是描神之笔，极希微窅渺之致。"（《蓼园词选》）

# 生 查 子

### 张　先

含羞整翠鬟，得意频相顾。雁柱十三弦①，一一春莺语。娇云容易飞，梦断知何处。深院锁黄昏，阵阵芭蕉雨。

**【注释】**

①雁柱十三弦：十三弦代表古筝，雁柱即古筝上排排成斜行的弦柱。

**【赏析】**

词借闺情来写伤春。开篇先写闺中少女娇羞含敛之态，"频相顾"写心中窃喜之神情，旖旎缱绻之情愫，以琴诉情之含蓄，"别是一番滋味"的寓意，皆从"一一"和"频"字的相互应承中，娓娓道出。上片结以筝声的飘逸回旋，见其意绪的飞荡和神情的怡悦。下片弹筝人悄然远去，如飞云之流逝，梦断而不得相见，自有一段难遣的情怀，结以深院、黄昏、潇潇的芭蕉雨，便是暗寓寂寞惆怅的情怀。

晁无咎云："子野韵高，是耆卿所乏处。近世以来，作者皆不及。"（《能改斋漫录》）陈廷焯评子野词"有含蓄处，亦有发越处；但含蓄不似温韦，发越亦不似豪苏腻柳。"（《白雨斋词话》）"含蓄"、"发越"、"韵高"，于此词皆可略见一斑。

# 浣 溪 沙

晏 殊

一曲新词酒一杯,去年天气旧池台,夕阳西下几时回?
无可奈何花落去,似曾相识燕归来,小园香径独徘徊[①]。

## 【作者简介】

晏殊(991—1055),字同叔,临川(今江西抚州)人,北宋著名词人。他自幼聪明,被誉为神童,相传他7岁便能写文章。景德初年他被赐为进士出身,庆历中官至集贤殿学士、同中书门下平章事,兼枢密使,有《珠玉词》。

## 【注释】

①香径:铺满落花的小径。

## 【赏析】

大晏的伤感之作,有着一种旷达的怀抱。词的开篇怅触春景,风光依旧,亭台依旧,饮酒听歌,仿佛依然记得去年之事。然而时光易逝,自己的年华如夕阳西下,不似往年,谁能使之回转?隐含着夕阳明日可回,而青春不再的意味。下片承前,好花飘落,惋惜流连也无济于事,惟一能给人欣慰的是翩翩归来之燕,它们是旧时相识,依然眷恋着此处的巢穴。大晏以理性词人的操持力量,揭示出生活哲理:一切必然要消逝的美好事物都无法阻止其消逝,但在消逝的同时还会有美好的事物再现,这"再现",不是机械的重现,而是"似曾相识"中的变化。词的结尾,体现了词人旷达的襟怀。在落英缤纷的香径之上,词人独自徘徊,立尽黄昏,为的是寻求生活的底蕴。

# 浣 溪 沙

晏 殊

一向年光有限身①,等闲离别易消魂,酒筵歌席莫辞频②。满目山河空念远,落花风雨更伤春,不如怜取眼前人。

**【注释】**

①一向:片刻。
②酒宴歌席莫辞频:晏殊一生志得意满,每以诗酒自娱,叶梦得在《避暑录话》中说他"喜宾客,未尝一日不宴饮"。

**【赏析】**

"一向年光有限身",劈空而来,语言精练而启人思致。惜春光之易逝,感盛年之不再,这永恒的哀怨主题,被词人以人生的体验而强烈地呼喊出来。紧接的"等闲"句,又加重一笔,在短暂的人生中,别离不只一次会遇到,而每一回离别,都容易惹起黯黯不忍之情。对这"易消魂"的离别,不如沉醉歌筵,自遣情怀。上片三句,一气呵成而又笔意曲折。"半首中无一平笔"(俞陛云《宋词选释》),突出了人生短暂、及时行乐的主题。下片表现了大晏词所特有的情中有思的意境。登临之际,放眼辽阔的山河,徒然怀思远别的亲友,这一句,除"念远"之情外,更使人想到人生对一切不可获得的事物的向往之无益;而飘零风雨,落花无数,承上年光,又复自伤。这一句,除"伤春"之情外,则更使人想到人生对一切不可挽回的事物的伤感之徒劳。至于"不如怜取眼前人"一句,它所使人想到的也不仅是"眼前"的"一个人"而已,而是所该珍惜把握的现在的一切。他的另一首《玉楼春》也曾云:"不如怜取眼前人,免使劳魂兼役梦",表现了大晏面对现实的明决理性。大晏以富贵显达的宰相身份,偶作小词,便能寄寓理性的思致和对人生哲理的探索,足见其旷达的胸襟、卓识的见解。

13

# 清 平 乐

晏 殊

红笺小字,说尽平生意,鸿雁在云鱼在水,惆怅此情难寄。斜阳独倚西楼,遥山恰对帘钩。人面不知何处①,绿波依旧东流。

**【注释】**

①人面:语出唐崔护诗:"人面不知何处去,桃花依旧笑春风。"后多用来泛指爱慕但难得再相见的女子,以及由此而产生的怅惘心情。

**【赏析】**

这是一首怀人之作,离别之际,天各一方,彼此的珍重与相思,都凭借短短的红笺来问讯。语意平淡,纸短情长,包蕴无数情事,无限相思。书信完成,却无从寄出,鱼在深水,雁在高天,惆怅之情无法排遣,托书不成,惟有借景抒忧。西下的残阳,把斜晖洒在独倚楼头的人身上,在孤独中眺望,景象已是凄凉,而远处的山峰偏又遮蔽着愁人的视线,隔断了离人的音信,"遥山恰对帘钩",又有两情相对而遥相阻隔的底蕴。不见离人,却平添一段新愁,从抒情手法看,又多一层转折。煞拍绿波东流,此恨绵绵。写情之笔超绝。

# 清 平 乐

晏 殊

金风细细①,叶叶梧桐坠。绿酒初尝人易醉,一枕小窗浓睡。　　紫薇朱槿花残②,斜阳却照阑干。双燕欲归时节,银屏昨夜微寒③。

## 【注释】

①金风：即秋风，古人以阴阳五行解释季节的变化，秋属金，故称秋风为金风。

②紫薇朱槿：均系花名。紫薇：是一种落叶小乔木，花很美丽，一称"百日红"。朱槿：即"扶桑"。

③银屏：即画屏。

## 【赏析】

大晏词有着一份闲雅的情调。他的词中很难找到孤臣孽子，落魄江湖的深悲幽怨之情，他闲雅的风格，正是他显达的身世与他诗人的资质所相浑融、相调剂而结成的佳果，如其自述："余每吟咏富贵，不言金玉锦绣，而惟说其气象。若'楼台侧畔杨花过，帘幕中间燕子飞'，'梨花院落溶溶月，柳絮池塘淡淡风'之类是也。"（吴处厚《青箱杂记》）晏词的富贵闲雅，不专主形貌，而以气象取胜。

细细的金风在不知不觉中慢慢吹过，片片梧桐飘然而坠，它们仿佛理解词人此刻平淡、幽静的心态，悠闲而有节奏地依次而落。"坠"状词人之耳闻，见其幽细的观察与淡泊的情怀。在这怡然闲雅的境界中，词人才能品尝金樽中的绿酒，才能浅尝辄醉。淡语写过身处之境，才以较重的笔墨写出"一枕小窗浓睡"，这才是上片的主旨。词人有淡淡的闲愁，有愁才易醉，愁浅方睡浓。下片写浓睡酒醒之后的情态。吴衡照《莲子居词话》云："言情之词，必借景色映托，乃具深婉流美之感。"词人酒醒之后，只见残花、斜阳，以所见之景，状其心情之悠闲，神态之慵息。结句又流露出淡淡的哀愁。双双紫燕翩翩归巢，这景象触动词人昨夜独居无伴的感叹，寓情于景，含蓄不尽。

# 木 兰 花

晏 殊

燕鸿过后莺归去，细算浮生千万绪①。长于春梦几多时，散似秋云无觅处。　　闻琴解佩神仙侣②，挽断罗衣留不住。劝君莫作独醒人，烂醉花间应有数。

**【注释】**

①浮生：旧时对人生的一种消极看法。认为人生短促，世事不定，故称人生为浮生。

②闻琴解佩：闻琴：指卓文君听到司马相如的琴声后，便与其私奔。解佩：指江妃将玉佩赠给郑交甫之事（见《列仙传》）。

**【赏析】**

词的上片是对青春、爱情等一切美好事物的细腻思考。首句写春光消逝，对句从客观景物的描述转到主观的思考，说人生就像过鸿飞燕一样来去匆匆，美好时光一瞬即过。细细地回想这空浮虚无的人生，千头万绪涌上心头。对这一人生哲理的思索，词人又用两种形象来表达，"长于春梦几多时，散似秋云无觅处"，词人对美好的年华、爱情用秋云消散来比喻其已无影无踪，这实际上是对整个人生的思考与明辨，他在对情感的反省与节制中，揭示出社会生活的重大主题，因而读来内涵广阔，感慨深沉。开头两句是说任何美好事物的逝去，都无法强留。结尾两句读来近似虚无，实际是对失去美与爱的痛心的写照，是对人间不平的一种抗争。

# 木　兰　花

## 晏　殊

池塘水绿风微暖，记得玉真初见面①。重头歌韵响琤琮②，入破舞腰红乱旋③。　　玉钩阑下香阶畔，醉后不知斜日晚。当时共我赏花人，点检如今无一半。

**【注释】**

①玉真：美貌的女子。

②重头：指一首词上下阕完全相同。琤琮：泉声。
③入破：乐曲之繁声。

【赏析】

此为追怀旧欢之作。上片写词人初次观看歌舞的印象，下片抒发年华易逝、人生无常的悲哀。词的三、四句是脍炙人口的工丽俊语，音节的嘹亮、韵律的优美，是其在艺术创作上的特色。"重头"一句是写有音乐伴奏的歌唱，"响琤琮"写听觉感受；"入破"一句是写动作飞旋的舞蹈，"红乱旋"写视觉感受，两相对照，甚为生动。而且这一对句的音乐性又极强，"琤琮"为双声，模拟琴音；"乱旋"是叠韵，描绘舞姿，生动逼真的艺术形象，婉然呈现于读者面前。下片写"如今"的感慨，清人张宗橚说："东坡诗'尊前点检几人非'，与此词结句同意。往事关心，人生如梦，每读一过，不禁惘然。"（见《词林纪事》卷三）可见内容极其伤感，然而感情沉郁，词意晓畅。

# 木 兰 花

### 晏 殊

绿杨芳草长亭路，年少抛人容易去。楼头残梦五更钟①，花底离愁三月雨②。　　无情不似多情苦，一寸还成千万缕。天涯地角有穷时，只有相思无尽处。

【注释】
①五更钟：夜到五更，最是相思难眠。
②三月雨：初春三月，正是怀人季节。

【赏析】

春景芳菲，古道长亭，少年郎情浅意薄，抛下恋人，悠然远去，这是对人间情事一般性的描述。三、四句是对特定情事的写照。被人抛弃的她，依然痴痴地怀念着那个薄情郎，五更钟声惊破了她迟迟入睡的残梦，使她再次跌入失望的现实。窗外，迷濛的三月雨，无情撕扯着刚刚绽开蓓蕾的花朵；那善解人意的花瓣，伴着思妇恨别的泪水纷纷落下。"残梦"、"落花"，在这里是用来曲折地抒发怀人之情，语言工致匀称。陈廷焯《白雨斋词话》称其"婉转缠绵，深情一往，丽而有则，耐人寻味"。

换头两句又是以人间情事的一般性，来启迪读者对整个人生的思考。词先以无情与多情对比，无情便没有烦恼，多情人对情感有着执著的追求，有一寸情，就会产生千万缕思恋、千万般痛苦。这两句言近旨远，是饱经沧桑，悟尽人间哲理的澄明的观照，所以情中更复有思，而意境也更为深刻。结尾两句含意深婉，无怨无悔。

# 踏 莎 行

## 晏 殊

祖席离歌①，长亭别宴，香尘已隔犹回面②。居人匹马映林嘶③，行人去棹依波转。　　画阁魂消，高楼目断，斜阳只送平波远。无穷无尽是离愁，天涯地角寻思遍。

【注释】

①祖席：为人送行的宴席。
②香尘：尘土中夹杂着落花的芬芳，故称香尘。
③居人：前来送行的人。

【赏析】

这首词没有如泣如诉的悲怆，也没有如怨如慕的缠绵，却仍能让人感到两情缱绻，不忍相别的依依深情。"香尘已隔犹回面"是说人已远行，彼此难再互见，却一再含情回顾，这默默无语的频频回望中，含有多少曲折不尽之意。下片写居者登楼远眺，不禁黯然消魂。"斜阳只送平波远"，落日的余晖映照着粼粼的江波，这渺渺的平波恰似无穷无尽的离愁，缓缓流向遥远的天边；"只送"二字，语似平淡，含意却深婉曲折，怨极恨极。"天涯地角寻思遍"，抒情主人公驰骋想象，说一泻千里的江水不单单载着离愁别恨，还带走了对远行人的无限思念，他愿让这无穷无尽的思念之情随波而去，绕遍天涯，显出相思相望之情，无时无处不在。

# 踏 莎 行

## 晏 殊

小径红稀①，芳郊绿遍②，高台树色阴阴见③。春风不解禁杨花，濛濛乱扑行人面。　翠叶藏莺，朱帘隔燕，炉香静逐游丝转④。一场愁梦酒醒时，斜阳却照深深院。

【注释】

①红稀：指花少。
②绿遍：到处长满了草。
③阴阴见：暗暗显露出来。
④游丝：指香燃后上升的烟气。沈约诗："游丝映空转。"

【赏析】

这首词写景时暗寓愁情。上片写春日郊游，在读者面前展现一幅春天景色：蜿蜒幽曲的小路两旁，鲜花已经凋谢，只有星星点点的几瓣残红，散落在郊野的沃土之上；那盎然的新绿已遍布大地，春风起处，吹来沁人心肺的泥土芳香；舞榭歌台已被繁茂阴盛的绿杨垂柳掩映遮蔽，呈现出一片幽深的颜色。"春风"两句似怨似嘲，因而显得空灵有味。漫天飞舞的杨花，在骀荡的春风中迷迷濛濛，上下翻飞，直扑行人之面。这既暗示了春风无计留春，听任杨花飘舞送春归去，又突出了杨花的无拘无束和活跃的生命力，虽写暮春，却无衰颓情调。

过片三句，分写室外室内，转接自然，不着痕迹。写环境之幽静，却从事物的动态中摹写出：黄莺为翠叶所"藏"，紫燕为朱帘所

"隔",香烟又"逐"游丝而缭绕上升,以动衬静,其静愈深。"逐"前着一"静"字,境界全出。那袅袅升腾的炉烟和飘转无定的游丝,让人联想起主人公永日无聊的情思与闲愁,可谓入神之笔。煞拍二句,明沈际飞评曰:"结'深深'妙,着不得实字。"(见《草堂诗余正集》)清代沈谦又做了比较云:"'夕阳如有意,偏照小窗明',不若晏同叔'一场愁梦酒醒时,斜阳却照深深院',更自神到。"(见《填词杂说》)写酒醒浑如梦醒,词人惟见斜阳映照的单纯景象,因而境界静谧,连闲愁也不复存在了。

## 踏 莎 行

晏 殊

碧海无波,瑶台有路[1],思量便合双飞去。当时轻别意中人,山长水远知何处? 绮席凝尘[2],香闺掩雾,红笺小字凭谁附?高楼目尽欲黄昏,梧桐叶上潇潇雨。

【注释】

[1]瑶台:古人认为是神仙住的地方。李白诗:"若非群玉山头见,会向瑶台月下逢。"
[2]绮席:指美人坐处。

【赏析】

大晏的伤感怀人之作,表现了对情感的节制和使情感净化升华的一种操持力量。词的开篇便是他对当年情感的思考与明辨。"碧海无波,瑶台有路",形象地描绘出当年和心上人双飞同去的可能,但他当年没有、现在也不可能听任感情的宣泄,而是在不失含敛静止、盈盈脉脉的一份风度中,深悔了当年轻别意中人的后果:山长水远,人在何处,不得而知。别后的香闺,已被烟雾尘埃笼罩,即使想寄一语平安,却不知由谁传递。这婉曲的思恋,深切的懊悔,都以景语作结,夜雨潇潇,敲打着梧桐,淅淅沥沥,如怨如慕,这貌似一面平湖的结语中,盘旋回转着词人浓重的感情。

## 蝶 恋 花[①]

### 晏 殊

六曲阑干偎碧树,杨柳风轻,展尽黄金缕[②]。谁把钿筝移玉柱[③],穿帘海燕双飞去。　　满眼游丝兼落絮,红杏开时,一霎清明雨。浓睡觉来莺乱语,惊残好梦无寻处。

【注释】

①这首词一作冯延巳词,一作欧阳修词。
②黄金缕:柳枝上绽满了点点金黄色的柳花。
③钿筝:饰有罗钿的筝。

【赏析】

曲曲红阑,依偎在绿阴扶疏的碧树之下。杨柳因风而摇曳多姿,如丝如缕的柔条,在夕阳晚照中轻盈飞舞。静谧之中,忽闻琤琤的筝声,双燕惊起,穿帘飞去。海燕栖息,知闺中之冷清;筝声惊燕,知声音之激越。闺中独处,孤寂凄凉,抑郁愁闷,借此遣怀。

过片依旧从景中写情。柳絮轻飞,纷纷扬扬。愁绪幽思,亦缭乱繁仍,飞落园中。艳阳朗照,红杏春意,却被清明的冷雨带来些许寒意。雨打花落,闺中独对,那青春难驻的慨叹愁闷,皆被景语托出。睡醒而听莺语,好梦不堪回寻,更见伤感幽郁之情。谭献评此词:"金碧山水,一片空蒙。"(《谭评词辨》卷一)

## 凤 箫 吟

### 韩 缜

锁离愁连绵无际,来时陌上初熏[①],绣帏人念远,暗垂珠露，泣送征轮②。长行长在眼，更重重、远水孤云。但望极、楼高尽日，目断王孙。　　消魂，池塘别后，曾行处，绿妒轻裙。恁时携素手③，乱花飞絮里，缓步香茵。朱颜空自改，向年年、芳意长新。遍绿野。嬉游醉眼，莫负青春。

### 【作者简介】

韩缜（1019—1097），字玉汝，灵寿（今属河北）人，进士出身，曾任淮南转运使、尚书右仆射兼中书侍郎等职。《全宋词》仅存此词。

### 【注释】

①初熏：初暖。
②征轮：到远方去的车子。
③素手：白腴的手。

### 【赏析】

此篇赋草以当惜别。春风如醉，芳草微熏。王孙古道上的相会，本应两情缱绻，情意绵绵，然瞬时的相聚，又是再次别离的开始。划尽还生的萋萋碧草，深锁着无尽的离愁，绣帏闺人垂泪泣送，盈盈粉泪似碧草之神洒下的晶莹露滴。这拟人化的写法，更增添了伤别的黯然氛围。游子孤苦远行，已不见身影。惟有远接天地的碧草，萋迷无际。淡淡孤云飘在远水之上。危楼独倚，极目远天，见一片碧色，萋萋芳草浸满思妇别恨。

下片池塘青草，绿妒轻裙，草色与人争艳，携手香茵，只恐朱颜悄然衰老，愧对芳意。绿野芳茵，青春难驻，还是莫负光阴，毋须伤情。珍惜这醉眠芳草时的一片温馨。

## 木 兰 花

宋 祁

东城渐觉风光好，縠皱波纹迎客棹①。绿杨烟外晓云轻，红杏枝头春意闹。　　浮生长恨欢娱少,肯爱千金轻一笑②?为君持酒劝斜阳,且向花间留晚照。

## 【作者简介】

宋祁(998—1061),字子京,安陆(今属湖北)人。宋仁宗时与其兄同中进士,曾任翰林学士、工部尚书等职,曾和欧阳修等同修《新唐书》。这里选的这首词是他的得意之作,有人戏称其为"红杏枝头春意闹尚书"。有《宋景文公长短句》。

## 【注释】

①縠皱:本指绉纱一类纺织品,这里指水的波纹像绉纱一样。
②肯受千金轻一笑:怎能怜惜金钱而舍弃欢乐?

## 【赏析】

春来江水绿如蓝。那绿水春波之上,仿佛覆盖着柔软的薄纱,縠纹细皱,艳阳朗照之下,粼粼拂拂,涟漪漾漾,迎来游春的画船。江岸之上的绿杨林,鹅黄浅碧,朦朦胧胧。"展尽黄金缕",远处的山涧,飘来一缕轻烟,一片薄雾,笼罩着随风摇曳的枝条,让人依稀感到早春时节的轻寒。回望这南岸的红杏树,已经怒放盛开,如火如荼。春的勃发生机,春的造境传神,不都从这压满枝头的红杏传出。"闹"字将姹紫嫣红的盛开繁花、蜂蝶争喧的融融春意全盘托出,使人产生无限的联想与陶醉,所以王国维说:"著一'闹'字,而境界全出。"词的下片叹息人生无常。世事艰难,困苦蹉跎,饱经忧患之后,岂肯惜千金而轻一笑!所以当你感到无力回天时,不如劝说斜阳,且莫急急下山,还是留晚照于花间,延欢娱于一晌,这深沉凝重的一笔,是感叹人生易老,年华易逝的伤心之笔。

# 采桑子

欧阳修

群芳过后西湖好①，狼藉残红②，飞絮濛濛③，垂柳阑干尽日风。　笙歌散尽游人去，始觉春空，垂下帘栊④，双燕归来细雨中。

## 【作者简介】

欧阳修（1002—1072），字永叔，号醉翁，又号六一居士，吉水（今属江西）人。天圣八年（1030）举进士，累官枢密副使、参知政事。他是北宋著名的文学家、史学家，被列为"唐宋八大家"之一。他曾修《新唐书》、撰《新五代史》。他自以一老翁、集古一千卷、藏书一万卷、琴一张、棋一局、酒一壶，悠然自得，故号六一居士。有《六一词》。

## 【注释】

①西湖：此西湖非杭州西湖，而是颍州西湖，在今安徽阜阳县西北，长5公里，宽1公里。
②狼藉残红：指落花零乱。
③飞絮濛濛：柳絮飞舞如下小雨一般。
④帘栊：窗帘。

## 【赏析】

词人晚年退居颍州，作一组《采桑子》咏西湖。这首词写的是西湖暮春景色，上片写惜春之情：春光将逝，群芳凋谢，一片残红。水边栏外，柳絮濛濛，杨花飞舞，翠柳柔条斜拂于绿水之上，春风骀荡，而游人自乐。下片写歌尽人散，湖上一片沉静。谭献说："'笙歌散尽游人去'句，悟语是恋语。"（《词辨》）"始觉"是顿悟之词，繁华喧嚣之后，使人既有失落的空虚，亦有获得宁静的舒畅。这也映衬了词人以闲退之身恣意游赏的怡悦之情，惟其如此，方能现出"群芳过后"的美好景色。最后两句写近景，显出前面所写都是词人在室外凭栏时的观感。翩翩双燕,软语呢喃,反衬出词人"始觉春空"的寂寞之感,"细雨"反顾到上片室外景,落花飞絮,细雨迷濛,更见春意阑珊。通篇体现出词人生活中的一种静观自适的情调。

## 诉 衷 情

### 欧阳修

清晨帘幕卷轻霜,呵手试梅妆①。都缘自有离恨,故画作远山长②。 思往事,惜流芳,易成伤。拟歌先敛,欲笑还颦③,最断人肠。

【注释】

①呵手试梅妆:呵手,冬天较冷,呵气使手灵活些,以便梳妆。梅妆:南朝宋武帝女寿阳公主额上曾落梅花,宫女效尤,即所谓梅花妆。

②远山长:形容眉毛弯而长。葛洪《西京杂记》:"文君姣好,眉色如望远山。"

③颦:蹙眉,表示愁苦之情。

【赏析】

作者用浅语淡语描画出一位娇柔羞涩的少妇。她多愁善感,凄艳多情,词人没有正面写她的伤离别恨,却从她的梳妆、歌唇、颦笑之中暗暗点出,栩栩如生的形象,便呼之欲出。

上片写她清晨的梳妆,因思念远方的意中人,故意把双眉画得又细又长,眉黛之长,象征着水阔山长,她的离愁别绪,也像那游子的行程,绵渺不尽。下片写她抚今忆昔,叹年华易逝,触目成愁,凄然伤感,所以欲歌之际,却先敛容不欢;将笑之时,又带恨含颦。"拟歌先敛,欲笑还颦",写出感情的曲折变化,含蓄蕴藉,极有分寸。词读到此处,不能不让人由怜爱而销魂,由销魂而断肠。

# 踏莎行

欧阳修

　　候馆梅残①，溪桥柳细，草薰风暖摇征辔②。离愁渐远渐无穷，迢迢不断如春水。　　寸寸柔肠，盈盈粉泪，楼高莫近危栏倚。平芜尽处是春山③，行人更在春山外。

## 【注释】

①候馆：登高望远之楼。
②草薰：草发出的香气。征辔：代表行进着的马。
③平芜：平坦的草地。

## 【赏析】

　　词的起笔先写初春的景象：残梅已落，鹅黄细柳，溪水潺潺，暖暖的春风吹来野草的清香。在这明媚怡人的春光中，游子却孑然一身，踏上远行的征途。由衷而生的一段离愁，像眼前这伴他而行的一溪春水，来之不尽，去之广远。下片一转，写行人想象中的思妇，她一定不忍乍别，登楼远望，盼望早归。然又一猛转，企盼是无济于事的，莽莽原野的尽头是夕阳西下的春山，即使能望断春山，所思念的人，还远在春山之外，渺不可寻。这两句遥接上片"离愁渐远渐无穷"，于是思妇只能强行抑制离愁，不敢登楼，真是愁肠百转，哀思千层，令人荡气回肠。

# 蝶恋花

欧阳修

　　庭院深深深几许？杨柳堆烟，帘幕无重数。玉勒雕鞍游冶处①，楼高不见章台路②。　　雨横风狂三月暮，门掩黄昏，无计留春住。泪眼问花花不语，乱红飞过秋千去③。

【注释】

①玉勒雕鞍：镶玉的马笼头和雕花的马鞍，代指华丽的车马。
②章台路：汉长安城的章台下有章台街，相传是歌伎聚居的场所。
③乱红：零乱的落花。

【赏析】

词是伤春之作，状物写景婉曲妍美，含蓄蕴藉，耐人寻味。清晨薄薄的雾气淡淡地笼罩在杨柳之上，"堆"字现出柳之密、雾之浓。帘幕重重，低垂悬挂，映衬庭院深幽旷远。叠用三个"深"字，写出幽闭之苦，不但显出索寞孤寂的情怀，而且有心事深沉、怨恨莫诉之感。"玉勒"两句宕开一笔，闺中少妇正透过重重帘幕、堆堆柳烟，向情人游冶的地方眺望，但情人薄幸，冶游不归。

过片承接上片之意脉，三月暮春，雨横风狂，无计留春，转而问花，实即含泪自问，痴情痴态皆由痴想痴语描摹而出。这种用环境来暗示和烘托人物的写法，深婉不迫，曲尽心事，真切地表现了生活在这种状态下贵家女子难以明言的内心隐痛。她将面临着被抛弃而终致沦落的命运。她的这种身世之感，已不光是怨恨，实近于悲苦了。

# 蝶 恋 花

### 欧阳修

谁道闲情抛弃久？每到春来，惆怅还依旧。日日花前常病酒，不辞镜里朱颜瘦。　　河畔青芜堤上柳①，为问新愁，何事年年有？独立小桥风满袖，平林新月人归后②。

【注释】

①青芜：即青草。
②平林新月：平林，平原上的树林。李白《菩萨蛮》："平林漠漠烟如织。"新月，即朔日、夏历每月初一日，此时月亮呈月牙形，称新月。

27

## 【赏析】

开篇故意设一问句,套出浓重的春愁。春天来了,却不忍欣赏那花团锦簇的满园春光,为春而憔悴,为春而心碎。为了忘却这春带来的惆怅,不惜拼却朱颜,以求花间的长醉不醒,这悲凉之中含一丝壮烈。下片的景语皆是情语,河畔的青青草,又覆盖了荒原,散发出阵阵的幽香;堤上的垂柳,又婆娑摇曳,飘起了团团的柳絮。这潜藏心底的一段愁绪,怎么也像这春、这草、这柳,年年袭来,年年常有?辽阔旷远的平林之上,有一弯新月,淡淡的清辉洒落在小桥之上,也洒落在呆立于桥头人的身上。他任凭清凉的夜风鼓满衣袖,吹乱长发,却迟迟不肯离去,寂寞渺茫之情岂不可知。

## 蝶 恋 花

欧阳修

几日行云何处去?忘了归来,不道春将暮[1]。百草千花寒食路[2],香车系在谁家树[3]?　　泪眼倚楼频独语,双燕来时,陌上相逢否?撩乱春愁如柳絮,依依梦里无寻处。

## 【注释】

[1]不道:不知不觉。
[2]寒食:节令名,清明前一天,古人有寒食出外踏青之风俗。
[3]香车:一般指女子乘坐之车。这里指情郎出外寻欢。

## 【赏析】

这是一首闺怨词。起句便写怨情,正当春意盎然,百草千花,姹紫嫣红的时节,闺中少妇一直在默默地等待心上人的归来,"不道春将暮"是等待已久。然而不知那薄情郎香车迷恋何处,系而不归。下片写少妇等待成虚后的悲伤。她因相思而倚楼眺望,因望之不见而痴痴怨语,双燕飞来,便以怨语探问,痴情痴态,饶有余味。一片怨恨乱如柳絮,飞飞扬扬,难以理出头绪。梦里依依,又无处寻觅，全篇至此而怨情更为深重。

# 木 兰 花

欧阳修

别后不知君远近，触目凄凉多少闷！渐行渐远渐无书，水阔鱼沉何处问①？　　夜深风竹敲秋韵②，万叶千声皆是恨，故欹单枕梦中寻③，梦又不成灯又烬④。

**【注释】**

①鱼沉：音讯不至。古乐府《饮马长城窟行》："呼儿烹鲤鱼，中有尺素书。"后人因称书信为"鱼书"。"鱼沉"指鱼不传书，则音讯不至。

②秋韵：秋天的风声、落叶声、鸟虫声。

③欹：斜倚。

④烬：蜡烛燃烧后的灰烬。

**【赏析】**

词写思妇之情，以"别"字领起，通篇都是"别"的陈说。亲人远行，本已痛苦，时间久远，却不见一字书信，何处去寻觅他的踪迹？何处能排遣这离怀别苦？苍茫的天穹，浩荡的水域，似乎都充塞了触目凄凉的别离之情，上片写得深婉哀切。下片深入细腻地刻画了思妇的内心世界，着力渲染她秋夜不寐的愁苦之情。夜已深沉，思妇念远，倚枕无眠。窗外，飒飒秋风，密密竹林，风起处，万叶千声便奏出离恨的悲鸣，一叶叶、一声声都是她思念远行人悲苦的歌。结尾两句再深写她欲借梦思远追行人之苦意，偏偏别情满怀，终难成梦。"灯又烬"，一语双关。梦中寻求相见的幻想破灭了，思妇的命运也变得像灯花一样凄迷、黯淡。哀婉幽怨之情袅袅不断，给人以深刻的印象。

# 临 江 仙

欧阳修

柳外轻雷池上雨,雨声滴碎荷声。小楼西角断虹明。阑干倚处,待得月华生①。　燕子飞来窥画栋,玉钩垂下帘旌②。凉波不动簟纹平③。水精双枕④,旁有堕钗横。

**【注释】**

①月华:月光;月色。张若虚《春江花月夜》:"此时相望不相闻,愿逐月华流照君。"
②帘旌:布帘。
③簟:供坐卧用的竹席。
④水精:即水晶,指玻璃。

**【赏析】**

绿阴环绕的荷花池塘,轻雷缓缓滚过,疏雨淅沥而至。疏雨敲打着残荷的败叶,沙沙飒飒,声声清晰。雨过而晴明,断虹一弯,飞于天际。那七色的光带,隐匿着美的无限遐想。"人间重晚晴",特别是这晚晴在连绵的阴雨之后,更让人感到它的美丽,它的及时。碧空如洗的晚晴之后,恋恋而不思归去,忽然一弯新月,又宛宛悬于天际。"月华生"继"断虹明"之后,奇外添奇。

下片继上片之意,续写景中之情。燕子归来,偷窥画栋,帘子垂下,天气新凉。美人堕钗枕畔,艳丽的晚晴之中,写佳人之芳姿,自有无限娇柔温馨从笔底透出。

# 浣 溪 沙

欧阳修

堤上游人逐画船,拍堤春水四垂天①,绿杨楼外出秋千。

白发戴花君莫笑,六幺催拍盏频传②,人生何处似尊前。

**【注释】**

①四垂:源自韩偓诗:"泪眼倚楼天四垂。"
②六幺:即绿腰,曲调名。

**【赏析】**

词的上片描写明媚的春光和众多游人的欢娱:溶溶春水,碧波荡漾,绿水拍打着堤岸;天幕四垂,水天一线,广阔无垠。"绿杨楼外出秋千",写美景中佳人的活动,王国维云:"欧九'绿杨楼外出秋千',晁补之谓只一'出'字,便后人所不能到。余谓此本于正中(冯延巳)《上行杯》词:'柳外秋千出画桥',但欧语尤工耳。"绿杨成阴,濛濛隐着临水人家那富丽堂皇的亭台楼阁,秋千荡漾,高出枝外,着一"出"字,便现出秋千上的娇美身影,给幽美的景色中,平添盎然的生意。下片触景生情,词人的意趣自在众人喧嚣之外,描绘了一位狂放不羁的诗人形象,清黄了翁说:"末句写得无限凄怆沉郁,妙在含蓄不尽。"

# 浪 淘 沙

### 欧阳修

把酒祝东风,且共从容。垂杨紫陌洛城东①,总是当时携手处,游遍芳丛。 聚散苦匆匆,此恨无穷。今年花胜去年红,可惜明年花更好,知与谁同?

**【注释】**

①紫陌:开满紫花的路。洛城:即河南洛阳。

**【赏析】**

词写的是旧地重游的一种慨叹。开篇便是词人的一种洒脱,一种久经沧桑后的博大襟怀：不要理会那世态炎凉、人情冷暖，还是乘着酒兴，和着东风、和着春光，在这绿杨垂阴的紫陌大道上，携手游遍芳丛。下片写情。相聚之难，离散之苦，怎能不给人带来无穷的怅恨呢？"此恨无穷"，饱含着对年华的无限依恋。"今年花胜去年红，可惜明年花更好，知与谁同。"一气直下三句，却是愁思数折之句。"花胜去年红"有两层意思：一是对过去时光的美好追忆；其二是对即将分别的痛惜。描写的是鲜艳繁盛的景色，表现的却是感伤的情怀，是"以乐景写哀景"。结拍两句哀情更浓。明年此花将更加繁盛，而自己和友人将天各一方，不知与谁再来共赏此花？词以惜花写惜别，乐景写哀情，更见别情的深重。

# 青 玉 案

## 欧阳修

一年春事都来几？早过了、三之二[①]。绿暗红嫣浑可事[②]，绿杨庭院，暖风帘幕，有个人憔悴。　　买花载酒长安市，又争似、家山见桃李[③]？不枉东风吹客泪，相思难表，梦魂无据，惟有归来是。

【注释】

①三之二：指春到清明时节，已过了大半。
②绿暗红嫣浑可事：绿暗红嫣，指娇艳的花朵。可事，值得高兴的事。
③家山：即家乡。

【赏析】

这是一首伤春之作。陆机《文赋》云："遵四时以叹逝，瞻万物而思纷。"对任何一个人来说，当"日月逝于上，体貌衰于下"的时候，都或多或少会产生时移事去、乐往哀来的伤感，更何况是一个多愁善感的诗人。但六一居士的伤感中有一种豪宕的意兴、一种静观自适的情怀。起句惜春伤怀，淡漠中不乏执实。绿杨庭院，暖风帘幕，景致是美好的，却怎奈人的离情与憔悴。伤感之情淡淡道来，并不作过多的渲染。下片直抒胸臆，在长安买花载酒固然是幸事，可怎抵得上家乡那桃花盛开的自然风光，所以不要怪东风吹人相思下泪，人的相思之情是难以用语言表达的，人对家乡的眷恋也是很难以梦境为依托的，只有归来才是。词人豪宕的激情，使他对悲苦的现实，仅流露出遣玩的意兴，而没有形成凄厉之音，也没有发为决绝之辞。

## 多　丽

### 聂冠卿

想人生，美景良辰堪惜。向其间、赏心乐事，古来难是并得。况东城、凤台沁苑①，泛清波、浅照金碧。露洗华桐，烟霏丝柳，绿阴摇曳荡春色。画堂回，玉簪琼佩，高会尽词客。清歌久，重燃绛蜡，别就瑶席。　　有翩若惊鸿体态，暮为行雨标格②。逞朱唇、缓歌妖丽，似听流莺乱花隔。慢舞萦回，娇鬟低亸③，腰肢纤细困无力。忍分散、彩云归后，何处更寻觅？休辞醉，明月好花，莫漫轻掷。

### 【作者简介】

聂冠卿（988—1042）字长孺，安徽歙县人。大中祥符五年（1012）中进士，曾任馆阁校勘、兵部郎中、翰林学士。其《蕲春集》，已佚。

### 【注释】

①凤台：即秦楼，相传为秦穆公女弄玉与情郎萧史的住处。
②暮为行雨标格：神态犹如巫山神女。
③娇鬟低亸（duǒ）：梳着精美发髻的舞女的头也低垂下来。

### 【赏析】

东城清波，华光潋滟。露洗华桐，烟霭轻霏。柳丝摇曳，绿阴扶疏。凤台沁苑，荡春一色。趁良辰美景，享尽人间乐事，全是洒脱语。春游归来，宵深秉烛，高会词客。瑶席绛蜡，轻歌曼舞，何须顾及世俗情态。

下片承上，续写瑶席夜饮和美人的轻歌曼舞。体态翩若惊鸿，缓歌清若流莺。花丛中慢舞萦回，歌扇底娇鬟低弹。乱花纷谢，纤腰无力，彩云追月，何处再觅游踪？莫辞醉，明月好花，不能轻掷。

## 曲 玉 管

### 柳 永

陇首云飞[①]，江边日晚，烟波满目凭阑久。一望关河萧索，千里清秋，忍凝眸？杳杳神京，盈盈仙子，别来锦字终难偶[②]。断雁无凭，冉冉飞下汀洲[③]，思悠悠。　　暗想当初，有多少、幽欢佳会；岂知聚散难期，翻成雨恨云愁！阻追游，每登山临水，惹起平生心事，一场消黯[④]。永日无言[⑤]，却下层楼。

**【作者简介】**

柳永（980？—1053？）字耆卿，原名三变，崇安人，景祐元年（1034）中进士，官屯田员外郎。他排行第七，人称柳七或称柳屯田。他的词在当时独具一格，影响很大，相传"凡有井水处即能歌柳词"。有《乐章集》。

**【注释】**

①陇首：山头。
②难偶：难以成双，借指不容易聚首。
③汀洲：水中或水边的平地。这里用孤雁南飞借指别离。
④消黯：黯然消魂之意。
⑤永日：天长。心有离愁，故感觉天长难挨。

【赏析】

　　作者登高怀远，触景伤情，将离别之恨与羁旅之愁交织一起，往复铺叙，浑然天成。开篇写景寓情：登山临水，见暮霭沉沉，楚江辽阔，浩荡烟波，绵邈千里。残阳晚照，山河萧索。草木不芳，万物凋零。萧疏衰飒的晚秋之景，皆登临所见，"忍凝眸"，极写对景怀人，不堪久望之意。"沓沓"以下，写离情之缱绻，相思无凭，雁断汀洲，即使终日凝眸，也难期遇。"思悠悠"遥应"忍凝眸"，说相思之外，别无他法。

　　下片是对"思悠悠"的陈说铺叙，今日之惆怅，皆缘于往日之欢情，酸辛苦涩，自在追忆欢好之中。"阻追游"，徒然一转，翻入今宵，每每登山临水，极目楚天，便惹出相恋而不得相见的憾事，想故园闺人，也应似我，登楼望远，伫盼游子归来，"永日无言"，方觉词人十倍深沉，百端交集。刘熙载《艺概》说柳词"细密而妥溜，明白而家常，善于叙事，有过前人"。此词貌似疏朗，实则绵密，往复曲折，笔若连环，叙事言情，奕奕动人。

# 雨　霖　铃

柳　永

　　寒蝉凄切，对长亭晚①，骤雨初歇。都门帐饮无绪②，留恋处、兰舟催发③。执手相看泪眼，竟无语凝噎④。念去去、千里烟波，暮霭沉沉楚天阔⑤。　　多情自古伤离别，更那堪、冷落清秋节！今宵酒醒何处？杨柳岸、晓风残月。此去经年，应是良辰好景虚设。便纵有千种风情，更与何人说？

【注释】

①长亭：古时驿道上五里一短亭，十里一长亭，供人休息，送行的人亦往往至此分手。

②都门帐饮：在都城外设帐摆筵送行。

③兰舟：船的美称。

④凝噎：悲痛得哭不出声来。
⑤楚天：指南方。

**【赏析】**

这是柳词中惜别的名篇。上片写别时情事，写景叙事，依次道来。起笔三句渲染惜别的氛围：潇潇暮雨，洒遍江天，阴云在暮空低回，寒蝉向晚秋悲鸣。迢迢江畔，长亭握别。在凋零肃杀的晚秋，告别心上人，便无绪饮酒，更无言相慰。只能看兰舟远去，渐渐隐没在千里烟波、沉沉湘云中。

下片豪宕洒脱，疏朗清远，不写自家一人的离情，却言伤离惜别，自古而然，但继之以"冷落清秋夜"，则凄凉衰飒的深秋，是异于常时的，冠之以"更那堪"，见词人感情之沉重，便是豪宕中不失柔婉，洒脱中亦有缠绵。"今宵"三句悬想今夜旅途之况味：扁舟泊岸，梦回酒醒，大江尽头挂一弯残月，习习晓风荡岸边疏柳。怀人之殷切，离愁之绵邈，都融入这萧索清幽的景物之中。结尾将离情又推进一步，"好景虚设"是说而今而后，再无人碧窗夜语，惟有寂寞夜夜相伴，以问句作结，含蓄不尽。全词起伏跌宕，情景双绘，叙事绵密浑成，环环相扣，言情秀淡幽艳，语语动人，是柳词长调中的佳品。

## 蝶 恋 花

### 柳 永

伫倚危楼风细细①，望极春愁，黯黯生天际②。草色烟光残照里，无言谁会凭栏意？　拟把疏狂图一醉③，对酒当歌，强乐还无味。衣带渐宽终不悔④，为伊消得人憔悴⑤。

**【注释】**

①危楼：高楼。
②黯黯：心神沮丧貌。

③疏狂：放纵。
④衣带渐宽：指人逐渐消瘦。《古诗》："相去日已远，衣带日以缓。"
⑤消得：值得。

**【赏析】**

这是一首怀人之作。词人把漂泊异乡的落魄感受与怀恋意中人的缠绵情思结合起来，写景抒情，语真情挚。危楼风细，伫立良久，不忍离去。如茵的芳草，在夕阳的余晖下，如烟似雾，迷蒙着凄楚的光泽，铺向天的尽头。春愁便如芳草，"萋萋刬尽还生"，凭阑无语，有谁会理解这登临之意。

下片翻起陡入兴会，要疏狂一醉，忘却春愁。然而，强乐无味，一醉成虚。煞拍无限缠绵温厚，贺裳云："小词以含蓄为佳，亦有作决绝语而妙者，如韦庄'谁家年少足风流，妾拟将身嫁与，一生休，纵被无情弃，不能羞'之类是也。柳耆卿'衣带渐宽终不悔，为伊消得人憔悴'，亦即韦意，而气加婉矣。"词以"春愁"发端，迤逦写来，百转千回，以情语作结，荡气回肠，"求之古今人词中，曾不多见。"（王国维《人间词话删稿》）

# 采 莲 令

### 柳 永

月华收，云淡霜天曙①。西征客、此时情苦。翠娥执手送临岐②，轧轧开朱户③。千娇面、盈盈伫立，无言有泪，断肠争忍回顾？　一叶兰舟，便恁急桨凌波去。贪行色④、岂知离绪、万般方寸⑤，但饮恨、脉脉同谁语？更回首、重城不见，寒江天外，隐隐两三烟树。

**【注释】**

①曙：黎明。
②送临岐：送到要分别的岔路口。

③轧轧：开门的响声。
④行色：赶路。
⑤万般方寸：心乱如麻。

【赏析】

这是一首羁旅行役之作。起四句写行客在途，扁舟泊岸，听浪击船舷，一夜无寐。见冉冉月华退尽江边，淡淡云层微露黎明之曙色。"西征客、此时情苦"，直抒游子浪迹天涯，漂泊无依的孤寂情杯。"翠娥"以下追忆两情缱绻，依依惜别的往事。"争忍回顾"，曲写心事。"一叶兰舟"数语，陇断云连，写别后途中景色。美景留连，不知离绪，待冷静下来，便搅扰万般方寸，脉脉同谁语？饮恨有谁知？回首京华，重城不见，只见远处隐约烟树，以景结情，凄迷不尽。

# 浪淘沙慢

### 柳　永

梦觉透窗风一线，寒灯吹息。那堪酒醒，又闻空阶夜雨频滴。嗟因循①、久作天涯客。负佳人、几许盟言，便忍把、从前欢会，陡顿翻成忧戚②。愁极，再三追思，洞房深处，几度饮散歌阑，香暖鸳鸯被。岂暂时疏散，费伊心力。　　殢云尤雨③，有万般千种，相怜相惜。　　恰到如今，天长漏永④，无端自家疏隔。知何时，却拥秦云态？愿低帏昵枕⑤，轻轻细说与，江乡夜夜，数寒更思忆。

【注释】

①因循：不振作。
②陡顿：突然。
③殢云尤雨：留恋欢情。
④漏永：古时以铜壶滴漏计算时间，这里指时间过得慢。

⑤昵枕：枕上亲近。

**【赏析】**

这是一首念人怀远之作，善于铺陈叙事，明白而如家常的创作特色，于词中得到很好的发挥。上片叙说寂然久客之情，透窗一线冷风，吹息寒灯，夜雨频滴空阶，知夜半酒醒，慨叹羁旅漂泊的身世，当此孑然之境，方感有负佳人。往日的"欢会"，翻作今夜的"忧戚"，表达命运不能自主的悲哀。"愁极"转入对旧欢的追思，鸳被暖香，绮罗香泽。骤云尤雨，千种风情，万般恩爱，皆从"相怜惜"结出。终篇则遥想归去相偎，低垂帷幕，倚枕呢喃，说尽这夜夜寒更，默默思念。化用李义山"何当更剪西窗烛，却话巴山夜雨时"，见幽思绵邈，怀人深切。

# 定 风 波

柳 永

自春来、惨绿愁红，芳心是事可可①。日上花梢，莺穿柳带，犹压香衾卧。暖酥消②、腻云嚲③、终日厌厌倦梳裹。无那④，恨薄情一去，音书无个。　　早知恁么，悔当初、不把雕鞍锁。向鸡窗⑤，只与蛮笺象管⑥，拘束教吟课⑦。镇相随⑧、莫抛躲，针线闲拈伴伊坐。和我，免使年少光阴虚过。

**【注释】**

①是事可可：什么事都不在意。
②暖酥消：指肌肤消瘦。
③腻云：头发散乱。
④无那：百无聊赖。
⑤鸡窗：相传晋兖州刺史宋处宗曾买一长鸣鸡，关在笼子里，挂在窗前。鸡忽做人言，终日与宋处宗谈论学问。后世遂以鸡窗借指书房。唐罗隐有诗："鸡窗夜静开书卷。"

⑥蛮笺象管：四川产的彩色纸和象牙做的笔管，即纸和笔。
⑦吟课：以吟咏诗词为功课。
⑧镇：即镇日、整天。

【赏析】

这是一首闺怨词。春来无论何事，都芳心无绪。只管懒慵绣被，厌厌欲睡，人已日见憔悴，都缘薄情郎一去便无音书。下片起语妙绝。早知如此，悔不该让伊人远去，而应把雕鞍锁，让他常相守，才不虚枉少年时光。词中俚语频叠，明白如话，以代言体写法和任情放露的风格，写青楼歌女痴恋的情感。词中一连串的快言快语，放露的内心独白，青楼歌女香艳而恣肆的神态便跃然纸上，以俚语俗语写黎民百姓、青楼歌女，是柳永在词的创作题材上的一大开拓。

# 少 年 游

## 柳 永

长安古道马迟迟，高柳乱蝉嘶。夕阳岛外，秋风原上，目断四天垂①。　归云一去无踪迹，何处是前期？狎兴生疏②，酒徒萧索，不似去年时。

【注释】

①四天垂：形容广阔无垠。
②狎兴：游冶之兴。

【赏析】

这是作者自伤身世之作。词不似其以往纤艳风格，有苍劲、悲凉之气。时值早秋，高柳蝉嘶，夕阳斜照，长安古道上踯躅着一位穷愁潦倒、意兴萧索的词人。他举目四望，没有江南的山清水秀，却有"千里暮云平"的萧条景色。词的上片，境界寥廓，景象萧疏。

过片两句留恋于旧时的歌楼舞榭，"狎兴"三句检视现时生活，感叹自身亦如浮云踪迹不定。全篇无词藻之雕饰，质朴而自然。

## 戚　氏

### 柳　永

晚秋天，一霎微雨洒庭轩。槛菊萧疏，井梧零乱惹残烟。凄然，望江关，飞云黯淡夕阳间。当时宋玉悲感①，向此临水与登山。远道迢递，行人凄楚，倦听陇水潺湲。正蝉吟败叶，蛩响衰草②，相应喧喧。　　孤馆度日如年，风露渐变，悄悄至更阑。长天净，绛河清浅③，皓月婵娟。思绵绵，夜永对景，那堪屈指，暗想从前。未名未禄，绮陌红楼，往往经岁迁延。　　帝里风光好④，当年少日，暮宴朝欢。况有狂朋怪侣，遇当歌对酒竟留连。别来迅景如梭，旧游似梦，烟水程何限！念利名、憔悴长萦绊，追往事、空惨愁颜。漏箭移⑤，稍觉轻寒，渐呜咽、画角数声残。对闲窗畔，停灯向晓，抱影无眠。

**【注释】**

①宋玉悲：宋玉是战国时楚国的著名辞赋家，他在其《九辩》中，发出过"悲哉秋之为气也"的悲叹。
②蛩：即蟋蟀。
③绛河：即银河。
④帝里：京都，这里指宋都汴京。
⑤漏箭：指时间，我国明代以前一直采用漏壶滴水计时。

**【赏析】**

这是一首抒写羁旅愁思的词作。词的开篇写秋怀幽思：秋雨初霁，夕阳穿过黯淡的阴云，将余晖洒满庭轩，槛菊凋零，残英遍地，梧桐零乱，败叶在烟霭中悄然坠落。当此悲愁之际，登山临水，便有行人之凄楚、游子之思乡的感慨。"倦听"以下写所闻：卧听流水潺湲,见孤寂无伴、蝉鸣蛩响,知其相映成趣,见词人静察之细腻,入笔之幽微。

中片写永夜的幽思:皓月当天,夜凉如水,孑然一身,独坐寒馆,怎能没有抑郁的情思?想从前绮陌红楼,娱悦欢情,以虚衬实,更显今日的孤寂难挨。第三片写昔日帝里欢宴、酒朋诗侣,衬托今日文士不遇之悲。"念利名、憔悴长萦绊",点明一篇主旨,抛亲别友,孤旅天涯,正是被区区名利所羁绊。煞拍二句"停灯向晓,抱影无眠",写尽伶仃独处,落寞消魂的滋味。这首词当时流传很广,《碧鸡漫志》的赞词云:"《离骚》寂寞千载后,《戚氏》凄凉一曲终。"

## 夜 半 乐

### 柳 永

冻云黯淡天气,扁舟一叶,乘兴离江渚。渡万壑千岩,越溪深处①。怒涛渐息,樵风乍起②,更闻商旅相呼。片帆高举,泛画鹢③、翩翩过南浦。　　望中酒旆闪闪,一簇烟村,数行霜树。残日下、渔人鸣榔归去④。败荷零落,衰杨掩映。岸边两两三三,浣纱游女,避行客、含羞笑相语。　　到此因念,绣阁轻抛,浪萍难驻⑤。叹后约丁宁竟何据⑥?惨离怀,空恨岁晚归期阻。凝泪眼、杳杳神京路⑦,断鸿声远长天暮⑧。

【注释】

①越溪:本指春秋时越国美女西施在那里浣过纱的若耶溪,这里泛指溪水。

②樵风:即山风。

③画鹢:古人将鹢鸟画在船头以祈求吉利,后则以画鹢作为船的代称。

④鸣榔:渔人捕鱼时,以木棒敲击船发出声响,借以使鱼集中,便于捕捉。

⑤浪萍：即浪迹萍踪，喻流浪生活。
⑥丁宁：一再嘱咐。
⑦神京：即汴京（今河南开封市）。
⑧断鸿：即孤雁。古人相信鸿雁传书，这里是说音书断绝。

## 【赏析】

这首词见柳永"工于羁旅行役"的创作特色。第一叠点明漂泊行役的时令：阴霾四布，铅云凝重，冷风萧疏，江涛汹涌，一叶扁舟，溯江上行。"行岩竞秀，万壑争流"的无限美景，凝于"度万壑千岩"。越溪深处那如震如怒、声如擂鼓的曲江之涛，被"怒涛渐息"，一笔带过。来到开阔江南，方见"片帆高举"的水上渔家荡漾轻舟，顺流而下的怡然自乐；更闻"商旅相呼"，接洽生意的热闹繁忙。第二叠写江上见闻：沉沉暮霭、袅袅炊烟之中，隐约可见一处村落，村头的几行霜树掩映着一户酒家，高挑的酒帘在风中闪动。残阳的余晖撒满江中，渔人敲击着木榔，扯帆归去。临水岸边，残荷败落，衰杨颓柳之下，三三两两的浣纱游女，见行客，含羞走，盈盈笑语牵动词人的离愁。第三叠由景入情，直抒胸臆：悔当初轻别意中人，至今浪迹天涯，漂泊不定。"惨离怀"与"凝泪眼"分写行客与恋人，羁旅之痛，甚为凄怆。煞拍怀乡念阙之情，即景而生：海阔天长，苍茫暮色中，惟闻离群孤雁那凄楚的悲鸣。

# 玉　蝴　蝶

### 柳　永

望处雨收云淡，凭栏悄悄，目送秋光。晚景萧疏，堪动宋玉悲凉。水风轻，蘋花渐老①；月露冷、梧叶飘黄。遣情伤，故人何在？烟水茫茫。　　难忘，文期酒会②，几孤风月，屡变星霜③。海阔山遥，未知何处是潇湘④？念双燕、难凭音信；指暮天、空识归航。黯相望，断鸿声里，立尽斜阳。

## 【注释】

①蘋：蕨类植物，生长在浅水中，也叫田字草。
②文期：会文之期。
③星霜：一星霜即一年。
④潇湘：本指潇水和湘水，这里借指思念之地。

## 【赏析】

　　这是一首念人怀远之作。雨后初霁，云断霏微，凭栏怀远，"忧心悄悄"，目送秋光。念宋玉悲秋，发为此篇。词的上片写景秀淡，是柳永的特色：秋风荡涤着静静的水面，芦荻花随风摇曳，飘起团团白絮，月寒露冷的时节，梧桐叶黄了，在秋风中幽幽落下。萧索衰飒的秋夜，不由人产生凄清沉寂之感，当此伤神之际，故人何在？"烟水茫茫"，既以迷茫不尽的景色暗喻朋友的远离，又形象道出念人怀远的茫然情愫。

　　下片忆旧写情，波澜起伏，错落有致，以"文期会酒"之乐，反衬今日离索之苦。物换星移，秋光几度，而故人与我，依然天各一方。"几孤"、"屡变"是别后的怅惘；是"故人难聚"的慨叹。"海阔"至"归航"，又翻写佳期难遇、音信无凭，误识归航的痴情，思人念远极至高潮。煞拍三句，以影结情，断鸿的悲鸣，声情凄婉，是孤寂怅惘的心情写照。"立尽斜阳"，抒情主人公如痴如木，伫立于夕阳残照之中，冥思怀想。柳永不愧是写景言情之圣手，写景融情，自然妥帖，以景起又以景结，结构严整细密，景与情的穿插交替，又使结构富于变化。

# 八声甘州

柳　永

　　对潇潇暮雨洒江天，一番洗清秋。渐霜风凄紧，关河冷落，残照当楼。是处红衰翠减①，苒苒物华休②。惟有长江水，无语东流。　　不忍登高临远，望故乡渺邈，归思难收。叹年来踪迹,何事苦淹留③?想佳人、妆楼凝望,误几回④、天际识归舟?争知我,倚阑干处,正恁凝愁?

**【注释】**
①红衰翠减:指花木凋零。
②物华:即景物。
③淹留:久留异乡。
④误几回:几回误将远处开来的船当作亲人的归舟。

**【赏析】**
起笔遒劲有力。潇潇暮雨,弥漫江天,凄迷无际。一番秋雨,一番俊爽,洗尽纤埃,澄澈清明。接下来的三句,苏东坡曾给予很高的评价:"人皆言柳耆卿词俗,然如'霜风凄紧,关河冷落,残照当楼',唐人佳处,不过如此。"(《侯鲭录》)而前置一"渐"字,便知秋雨涤空,凄风入骨,衣单游子难御秋寒,已非一日之苦;心绪抑郁,归思绵邈,也由来已久。关河冷落,草木不芳,肃杀凋零之气替代了滋荣盛茂之气。"惟有长江水,无语东流",煞拍有力。

过片分三叠写出登楼的畅想。先说欲归不得,何事淹留。次写闺人翘盼,凝伫良久。最后写出知君之忆,我亦思君,环环相扣,笔笔辉映。柳词貌似疏朗,实则绵密。情至感深,情味敦厚,是词家圣手。

## 迷 神 引

### 柳 永

一叶扁舟轻帆卷,暂泊楚江南岸。孤城暮角,引胡笳怨①。水茫茫,平沙雁,旋惊散。烟敛寒林簇,画屏展,天际遥山小,黛眉浅②。  旧赏轻抛,到此成游宦。觉客程劳,年光晚。异乡风物,忍萧索,当愁眼。帝城赊③,秦楼阻④,旅魂乱。芳草连空阔,残照满,佳人无消息,断云远。

**【注释】**

①胡笳：一种古代的管乐器，汉魏鼓吹乐中常用，吹奏的曲调多哀怨之声。

②黛眉：本指古代妇女眉毛上画的青黑色，这里形容远山之色。

③帝城赊：京城遥远。

④秦楼：源自李白词："秦娥梦断秦楼月。"这里借指家乡。

**【赏析】**

这是一首行役思乡之作。词的上片点明羁旅行役之所在；作客扁舟，楚江南岸，怨角悲歌，起于孤城，惊散飞雁。漠漠寒林，淡淡远山，风景秀异的层层白描，勾勒出天然优美的画屏。那胡笳奏出的愁怨情调又笼罩着全词的氛围，足见那秀丽迷人的景色不能慰藉游宦思乡之情。词的下片写游宦思乡之情：旅途劳顿，岁月易逝，年事迟暮，羁旅行役之苦溢于言外；异乡风物，萧索愁怨，不忍观赏。旅途愁闷之情荡于心际。帝都遥远，秦楼阻隔，旅魂迷乱，伤怀念远的愁肠，盘旋百转，寸寸伤断。"芳草"以下，以景语作结，急促悲婉，再点"旧赏"与"游宦"难于两全的愁怨主题，哀怨之情犹存。

# 竹 马 子

### 柳　永

登孤垒荒凉，危亭旷望，静临烟渚。对雌霓挂雨①，雄风拂槛②，微收残暑。渐觉一叶惊秋，残蝉噪晚，素商时序③。览景想前欢，指神京、非雾非烟深处。　　向北成追感，新愁易积，故人难聚。凭高尽日凝伫，赢得消魂无语。极目霁霭霏微④，暝鸦零乱，萧索江城暮。南楼画角，又送残阳去。

**【注释】**

①雌霓：古人将双虹并出时的颜色亮者称为雄虹，颜色暗者称为

雌霓。

②雄风：语出战国楚宋玉《风赋》："此大王之雄风也。"

③素商：古时秋天崇尚白（即素）色，并以秋音属商，故素商即指秋日。

④霁霭霏微：晴烟迷蒙。

## 【赏析】

将离情别绪寓以酷暑新凉的特异景象之中，从而抒写壮士悲秋的感慨，是这首词作的特点。词的上片以物候时序的变化，描绘出特定时节的景象：孤垒高亭之上，江边烟渚之侧，挂于天际的虹霓撒下稀疏的细雨，在雨后残阳的西照下，迷迷濛濛，闪着七色的光。清凉的雄风，飘举升降，拂逆于高城，深入于宫闱。夏暑的酷热在一叶红枫的飘落中，悄然隐退。在孤垒残壁、雌霓雄风、残蝉微鸣的艺术境界中，抒情主人公"览景想前欢"。然而，往事如烟，帝都迢递，在如烟似雾的幽幽深处，便郁积、沉淀着旧恨新愁，"新愁易积，故人难聚"，是警策语，更是由衷的感慨，"尽日凝伫"、"消魂无语"是对故人诚挚而深切的思念。

下片融情入景，为衬托离情别绪的痛苦，词人以霏微的暮霭，零乱的暝鸦，悲鸣的画角，萧索的江城来结束词篇，起到以景结情的作用。全词曲雅含蓄，结构章法完密，是柳词长调中的佳作之一。

# 桂 枝 香

## 王安石

登临送目，正故国晚秋①，天气初肃。千里澄江似练②，翠峰如簇。归帆去棹斜阳里，背西风，酒旗斜矗。彩舟云淡，星河鹭起③，画图难足。　念往昔、繁华竞逐，叹门外楼头④，悲恨相续。千古凭高，对此漫嗟荣辱。六朝旧事如流水⑤，但寒烟衰草凝绿。至今商女，时时犹唱《后庭》遗曲⑥。

## 【作者简介】

王安石（1022—1086），字介甫，号半山，江西抚州人。他是宋神宗时的宰相，曾倡导变法，是一位进步的政治家。其诗词均独具一格，为时人所尊崇。有《临川先生歌曲》存世。

## 【注释】

①故国：金陵（今江苏南京市）是南朝旧都，故有是称。
②澄江似练：指长江像一条白色的绸带。
③星河鹭起：星河即指银河。"鹭起"语出李白诗："三山半落青天外，二水中分白鹭洲。"白鹭洲在今南京西南的长江中。
④门外楼头：这是一个历史典故，说的是当隋将韩擒虎率大军压境时，陈后主还和宠妃张丽华在一起寻欢作乐。杜牧有诗云："门外韩擒虎，楼头张丽华。"
⑤六朝：指江南的东吴、东晋、宋、齐、梁、陈等六个朝代。
⑥《后庭》遗曲：指陈后主游宴时听的《玉树后庭花》曲。本词的末句化用了杜牧的两句诗："商女不知亡国恨，隔江犹唱《后庭花》。"

## 【赏析】

词写金陵怀古。千里澄江如练，夕阳的余晖，为它投下色彩斑斓的光影。翠峰如簇，逶迤蜿蜒，绵亘千里。点点帆风樯影，闪烁在粼粼的波光之上。西风掠过，拂起那酒肆高挑的青旗。"彩舟云淡"，写日落江天的寥廓空间；"星河鹭起"，状残星带月的苍凉江渚。

词至下片感叹六朝皆以佚乐而相继覆亡，六朝帝王之都，繁华竞逐之地，如今惟有碧草凝绿，寒烟凄迷；伤恨旧事，如昨日烟尘，了无痕迹。这悲恨荣辱之事，真能成为后人凭吊之资？那为何商女至今犹唱《后庭》遗曲？词人以清遒之笔力、朗肃之境界，写出日月之流逝，家国之忧患，人生之苦辛。

# 千秋岁引

王安石

别馆寒砧①,孤城画角,一派秋声入寥廓。东归燕从海上去,南来雁向沙头落。楚台风②,庾楼月③,宛如昨。 无奈被些名利缚,无奈被他情耽搁,可惜风流总闲却。当初漫留华表语④,而今误我秦楼约⑤。梦阑时,酒醒后,思量著。

【注释】

①砧:指捣衣石。
②楚台:指战国时楚王游过的兰台。
③庾楼:晋庾亮曾与众僚佐登武昌城南楼饮乐。
④华表语:《续搜神记》曾记载过辽东城门有华表,华表上集聚着白鹤,唱着那首劝人出世的《丁令威》歌。
⑤秦楼约:指男女之间欢情。

【赏析】

寒馆客居,已使游子抑郁难挨,又闻秋夜捣衣之声,则羁旅行役之苦,离愁别恨之悲,尽在不言中。凄清哀厉的画角之声,在这悲凉之夜,更显得悠远哀长。"入寥廓"状写出秋之肃杀之气的广阔空间。开篇三句以凝练的笔墨写出耳闻的秋声,这秋声也是游人客子耳际心头的悲哀之声。接下来的两句,寓有久别思归之意。清风明月是对往昔游赏之乐的回忆。"宛如昨"表明对往日未尝忘怀。

下片即景抒情:名缰利锁,缚人手脚;世情俗态,闲却风流。这里表面写王安石对昔日欢会的思念,实际是写对政治的厌倦之情,对自在生活的向往和留恋。煞拍三句宕开一笔,"梦阑酒醒"是词人历尽沧桑后的彻悟。黄蓼园云:"意致清迥,翛然有出尘之致。"(《蓼园词选》)

49

# 清 平 乐

王安国

　　留春不住,费尽莺儿语。满地残红宫锦污①,昨夜南园风雨。　小怜初上琵琶②,晓来思绕天涯。不肯画堂朱户,春风自在杨花。

**【作者简介】**

　　王安国,字平甫,临川(今江西抚州)人,是王安石之弟。曾举进士,任西京国子教授、秘阁校理等职。

**【注释】**

①宫锦:喻落花。
②小怜:北朝冯淑妃的名字。这里代指一般歌女。

**【赏析】**

　　一夜的凄风苦雨,吹落南园繁盛的鲜花。落红铺绣,万花委尘,残红碎锦,一片萧条。花落而知春去,晓来犹听莺啼,不说自己无计留春,却将一腔怜爱之情,赋予禽鸟的哀鸣。上片四句以倒装的笔势,强调伤春的情感;以听觉的凄清,视觉色彩的艳丽,勾勒出暮春的图景。下片写美人当此暮春之时,亦生出无尽的惆怅。远处传来琵琶如泣如诉的弦弦哀音,也似在惜春惜花。锦瑟年华悄然流逝,怎能不使人"思绕天涯"?结尾两句似不着边际,春不在画堂朱户,春在大自然中,春在那纷纷扬扬的点点杨花之上。谭献云:"'满地'二句,倒装见笔力;末二句见其品格之高。"(《谭评词辨》)

# 临 江 仙

晏几道

梦后楼台高锁,酒醒帘幕低垂。去年春恨却来时①,落花人独立,微雨燕双飞。　　记得小蘋初见②,两重心字罗衣③。琵琶弦上说相思,当时明月在,曾照彩云归。

## 【作者简介】

晏几道(1030?—1106?),字叔原,号小山,江西抚州人。他是著名文人晏殊的幼子,曾任颍昌府许田镇监、开封府推官等。词风沉郁,工于言情,与其父并称"二晏"。有《小山词》。

## 【注释】

①去年春恨却来时:去春的离愁别恨重在这时又来到心头。
②小蘋:歌女的名字。
③心字罗衣:用心字香熏过的罗衣,表示心心相印。

## 【赏析】

此词为怀念歌女小蘋而作。词人梦回酒醒,依往日胜游的踪迹,开始久已失落的找寻。远远望去,重重叠叠的亭台楼阁,因人去楼空而被依次锁起;近处寻觅,又见座座厅堂"帘幕低垂",其室甚近,佳人何在?当年经常往还之地,不想一梦之后,却成咫尺天涯的恨事。"去年春恨却来时"是承上启下之句,说明佳人的离去,已是去年的恨事。今年忆起,此恨依旧,从而过渡到眼前的春景。"落花",写春光将尽,万花飞谢。"微雨",写天色长阴,丽日难见,迷蒙、淡远的景象含一丝悲凉,向人展现了凄清的境界之美。有情之人,偏偏"独立",无知之燕,"双飞"起舞,两两对照,酸涩的情致,耐人寻味,所以清人谭献说:"'落花'两句,名垂千古,不能有二。"

下阕文字变绵密而为疏淡,"记得"二字领起,写回忆中最深的两点印象,一是小蘋穿着式样很美、用心字香熏过的罗衣;二是被她从琵琶弦上说出的"相思"之情深深打动。"当时"两句为虚写,词人因见今夜皓月当头,便又联想到当年同是这轮明月,曾照小蘋归去,如今明月犹在,小蘋却已"流转于人间",不知所终,良深的感慨,溢于言外,所以清人陈廷焯说:"既闲婉,又沉着,当时更无敌手。"(《白雨斋词话》)

## 蝶 恋 花

### 晏几道

梦入江南烟水路,行尽江南,不与离人遇[1]。睡里消魂无说处,觉来惆怅消魂误。　　欲尽此情书尺素[2],浮雁沉鱼,终了无凭据[3]。却倚缓弦歌别绪,断肠移破秦筝柱[4]。

**【注释】**

[1]离人:久别的情侣。
[2]尺素:即书简,古人多书于绢,故有此称。
[3]终了:终于。
[4]秦筝:一种十三根弦的古乐器。

**【赏析】**

岑参《春梦》诗云:"洞房昨夜春风起,故人尚隔湘江水。枕上片时春梦中,行尽江南几千里。"小山词由此脱化,而构思却微妙。"睡里消魂"是说为解脱思念之苦而刻意寻求梦中的片刻安慰,因而,梦中的江南是极美的:烟波浩渺,碧水连天,梧桐更兼细雨,画船可听雨眠,行遍江南几千里,却"不与离人遇"。梦境愈是美好,就愈让人跌入失望的深渊。醒后方知这惆怅、这落寞皆是"消魂"所误,怨语又极天真。

冯煦《宋六十一家词选·例言》说小晏和秦观,都是"古之伤心人",所以写出的词章,"淡语皆有味,浅语皆有致"。上片以浅语写梦境和梦后所感,是以反跌为递进,所以更觉思致的绵邈和深广。梦里的寻求既已落空,那只有情托锦书了。"浮雁沉鱼"再次把他的幻想击破,信写好了无从寄出,寄出也得不到回音。相思之情,真到了处处受阻,无可传递的境域了。那只有再做一次努力,去抚弦低唱,排遣别离的愁绪,然而,轻拢慢捻,遍移筝柱,弹奏的依然是断肠的伤别。词人的幽怀、伤感,孤寞难挨的一份情致,全由浅语道出,韵味却让人经久难忘。

# 蝶 恋 花

## 晏几道

醉别西楼醒不记,春梦秋云①,聚散真容易。斜月半窗还少睡,画屏闲展吴山翠②。　　衣上酒痕诗里字,点点行行,总是凄凉意。红烛自怜无好计,夜寒空替人垂泪。

【注释】

①春梦秋云:指光阴荏苒,不知不觉。
②吴山:地名。这里泛指窗外的秀峰。

【赏析】

当日的西楼之别,沉痛而又难以名状,所以要酒入愁肠,酣醉而别。那"悲欢、合离之事,如幻、如电、如昨梦、前尘"(《小山词自序》),浑如一梦的往昔,还是不要忆起为好,"醒不记",不是真的不记,而是强迫自己忘记。然而,那铭心刻骨的一段真情又怎能抹去呢?!春梦温馨却短暂,秋云高洁却缥缈,用这两个虚幻而又易逝的物象,来比喻人生那美好却不久长的情事,多么真切形象,引人遐想。"聚散真容易",是对人生的感慨。追忆前尘,感慨良深,星移斗转,斜月低垂,不眠之人惟见悠闲的画屏,那一片翠色的吴山平静地"读着"悠悠的孤独。"闲"字有怨物无情的叹息,却淡淡说来,含而不露,以物度人,现词人的郁闷伤感。

过片承上"醉别",解说聚散离合之感和辗转不眠之情的由来。胜游欢宴既不可再,记载过去的,只有"衣上酒痕诗里字",当初不以为然的"点点行行",如今看来却是满目的凄凉之意,上片理性的节制,强作豁达的"不记",至此,已全然化作情感的宣泄,人的孤独与寂寞,此刻惟有红烛知晓,它愿在这寂寂的寒夜中长洒同情之泪,以担荷词人那独有的一份凄凉。

## 鹧鸪天

晏几道

彩袖殷勤捧玉钟①,当年拚却醉颜红②。舞低杨柳楼心月③,歌尽桃花扇底风④。　　从别后,忆相逢,几回魂梦与君同⑤。今宵剩把银釭照⑥,犹恐相逢是梦中。

【注释】

①彩袖:穿彩衣的歌女。
②拚却:不惜一切,心甘情愿。
③舞低句:月已西沉,说明彻夜歌舞。
④桃花扇:歌舞时用的扇子。
⑤同:相聚。
⑥剩把:尽把。银釭,灯。

【赏析】

词写离别之悲容易,写重逢之喜却难,这首词写了与其思念日久的一位歌女的重逢,且"不蹈袭人语而风调闲雅,自是一家"(《侯鲭录》),成为千古传唱的名篇。上片追忆当年彻夜歌舞的狂欢情景:歌女盛装艳丽,光彩照人,手捧玉盅,殷勤劝酒;词人则酒不醉人人已自醉。他被歌女的柔情蜜意所动,便毫不顾惜身体而拼命狂饮,然后沉醉于听歌赏舞的逸兴之中。明月曾给绿杨掩映的高楼洒下一片清辉,不知何时已经低沉;歌声曾从桃花团扇下悠然荡起,不知何时已经消失。欢乐已化为寂静却全然不知,那一份沉醉、一份专注、一份疏狂,不言自明。上片以浓彩重笔写出别前的欢娱。

下片用回环的笔法、淡远的笔触,写悲喜相间的真情。前三句是淡笔白描,而情感的真挚,语气的率真,与上片的浓艳着色,正相映射,将浓重化为淡远,显示出感觉的变化与风格变化的默契。结句写意外的重逢,极为有力。由于相思,曾魂牵梦萦,几回梦中相聚。今夜果真相见,却反疑为梦境,只好尽管拿着银灯照了又照,才放下心来,把久别相思、重聚乍疑的曲折心态,极为细腻地描摹出来,其脱胎于杜甫的"夜阑更秉烛,相对如梦寐",杜诗的风格沉郁顿挫,见诗之浑朴,小晏词用"剩把"、"犹恐"四个虚字呼应,变质实而为空灵,更见词之婉曲幽妙。

# 鹧 鸪 天

### 晏几道

醉拍春衫惜旧香,天将离恨恼疏狂[①]。年年陌上生秋草,日日楼中到夕阳。　　云渺渺,水茫茫,征人归路许多长。相思本是无凭语,莫向花笺费泪行[②]。

## 【注释】

①恼疏狂:怨恨情人不来看望。
②花笺:指思念征人写的书信。

## 【赏析】

起句即有浓情蜜意。"拍春衫"而惜"旧香",这香便有许多回味荡在其中,至今沁人心肺,历久而微醺,对旧情的深切留念,对别离的万般无奈,都在"珍惜"的意念之中。"醉"字,见当年纵恣的情态,亦见今日郁积的情怀。第二句饱含离恨,"疏狂"的词人对人间世事,处之迂阔,疏于顾忌,今日却被离恨所烦恼而无法排遣,偏偏这离恨又是上苍赋予的,无可奈何之情便是无从解脱的,它就像这陌上秋草,年年自生,又像这楼上夕阳,日日照到,离恨的广袤而深重,用自然景观描述而出,见小晏词布景织情的抒情方式。

下片起句的景语即是情语,在云水渺茫、与情人远隔的异地他乡,征人的相思之情是无由说道、无以寄托的,惟有默念怀想,独自体味,所以说"相思本是无凭语",既然没有凭据,让人难以置信,还是不说的好。"莫向花笺费泪行"虽是决绝之辞,却是至情之语,意谓此时的相思之情已非言语所能表达得清楚。

# 生 查 子

晏几道

金鞍美少年,去跃青骢马①。牵系玉楼人,绣被春寒夜。消息未归来,寒食梨花谢②。无处说相思,背面秋千下。

## 【注释】

①青骢马:著名的千里马。
②寒食:春尽时的节气,人称寒食节。

## 【赏析】

这首词写闺中少女的春恨。开篇写美人目送之语。威武俊美的少年跨上"青骢马",耀武扬威地走了。清黄了翁说:"'去跃'二字,从妇人目中看出,深情挚语。"(《蓼园词选》)可见她对这位美少年的凝神与专注、爱慕与怜惜。人去楼空,一春无信,少女从此便魂牵梦萦,长夜孤眠。绣被春寒,写单栖之苦。

下片写离别之后的寒食节,梨花飞飞扬扬,零落凋谢,节令和景物的变迁,暗示出时间的流逝,表现出少女的无限怅惘。结尾两句构思奇妙。她悄悄地站在秋千之下,背立而不知其面部表情,然则其内心所承受的被抛弃、被遗忘的重压,却不言自明。微妙之处在于凄然而又含蓄之至。

# 生 查 子

晏几道

关山魂梦长,塞雁音书少,两鬓可怜青,只为相思老①。
归傍碧纱窗,说与人人道②:"真个别离难,不似相逢好。"

## 【注释】

①青:黑色。这句是说人虽未老,但由于日夜相思,已愁得两鬓黑发变白了。
②人人:指相爱之人。

## 【赏析】

这是一首叙写别离相思的词。魂梦常常萦绕着遥远关山,那远行人似乎忘记了这样一段恋情,这样一位娇好的少女,塞雁很少带来他的书信。她望断关山、望断归鸿,却没得到远行人的消息。这相思之情日日困扰、夜夜缠绵,使可爱的黑发变白了,人变老了。下片似真亦幻,是抒情主人公的想象:多想依傍在碧纱窗畔,告诉那远在天边的伊人,"离别是不堪忍受的,还是相逢好。"这"为伊消得人憔悴"的别离之情,如泣如诉,如怨如慕。

# 木 兰 花

晏几道

东风又作无情计,艳粉娇红吹满地①。碧楼帘影不遮愁,还似去年今日意。　　谁知错管春残事,到处登临曾费泪。此时金盏直须深②,看尽落花能几醉。

## 【注释】

①艳粉娇红:各种落花的颜色。

②直须：十分需要。

**【赏析】**

　　这首词写的是花落春残的伤感。无情的东风又像去年今日，把那艳丽妖冶的嫩粉娇红吹落在地。满地狼藉、春残花落的景象，触动了词人百转的愁肠，怨风之无情，见说者有情。那鳞次栉比的楼台、那重重叠叠的帘影，都不曾遮断触目成愁的残春景象，依稀可见花谢花飞的朦胧、绿肥红瘦的迷茫，"还似"点出春残春去的愁情不是今年才有，而是年年如此，伤感之情，愈加沉痛。

　　换头两句，以反笔写惜春之意。花落春去不是人力所能挽回，而每每登临游春，却为花的飘零而伤心落泪，这不是白白地浪费情感嘛，不如痛饮美酒，恣意观赏落花。语似旷达，实则更为沉痛，群芳凋谢，不是委身泥土，便是随水流逝，即使醉又能醉几回？益见春事无多，悲情难抑。

# 木 兰 花

## 晏几道

　　秋千院落重帘暮，彩笔闲来题绣户①。墙头丹杏雨余花②，门外绿杨风后絮。　　朝云信断知何处？应作襄王春梦去③。紫骝认得旧游踪④，嘶过画桥东畔路。

**【注释】**

　　①彩笔：相传南朝江淹得到五彩笔后，下笔如神，后被神人索去，从此才尽。
　　②雨余花：雨后花，指杏花多已凋谢。
　　③襄王春梦：楚襄王游高唐，梦见巫山神女对他说："朝为行云，暮为行雨。朝朝暮暮，阳台之下。"
　　④紫骝：骏马。

**【赏析】**

　　这首词写旧地重游的感慨。残阳晚照，帘幕低垂，幽邃的庭院中，只有秋千在晚风中空荡，那曾当窗题诗的佳人，如今安在？苍茫的暮色中，词人寻找着旧日的游踪，排遣着落寞的情怀。三、四句写眼前景：雨后的杏花纷谢凋零，点点片片，洒落在断壁残垣；风吹的柳絮魂无定所，飞飞扬扬，在门外盘旋堆积。眼前所见，怎不令词人顿生痛惜之情。红杏暗喻昔日佳人，经岁月蹉跎，风刀霜剑，已红颜憔悴，他乡陨落；飞絮借喻词人，常年漂泊，浪迹天涯，遍尝人间离苦，终回故里。这工整的一联，韵致缠绵，寄情深远，以眼前景，写胸中情，寄情言外，含蓄不尽。

　　过片用楚襄王梦遇巫山神女的故事，表达对佳人的怀念，即使她已流落风尘，另有所爱，我也一如既往，不改前衷，这关切之情，借古道来，迷离惝恍，把梦幻和现实尽呈眼前，不能不令人一唱三叹。结尾是点睛之笔，以虚笔写实情，更是感情的深挚。词人不说自己对佳人的住处十分熟悉，而说旧地重游，全凭骏马引路，马尚有情，何况人乎？清人沈谦说："填词结句，或以动荡见奇，或以迷离称胜，著一实语，败矣。康伯可'正是销魂时候也，撩乱花飞'；晏叔原'紫骝认得旧游踪，嘶过画桥东畔路'；秦少游'放花无语对斜晖，此恨谁知。'深得此法。"（《填词杂说》）小晏词是以虚笔勾勒出动荡的画面，意境之美，引人入胜，韵外之旨，耐人寻味。

# 清 平 乐

### 晏几道

　　留人不住①，醉解兰舟去。一棹碧涛春水路，过尽晓莺啼处。　　渡头杨柳青青，枝枝叶叶离情。此后锦书休寄②，画楼云雨无凭。

## 【注释】

①留人不住:留不住心上人。
②锦书:相传苏蕙曾在锦上织出回文诗寄给其夫。这里指情书。

## 【赏析】

纵观全词,似托妓女之口,写离别之情。春风习习,杨柳依依,河桥畔,洒泪道别。"留人不住",是女子无可奈何的长叹,"醉解兰舟",写男子对离别并不在意,依然喝个烂醉。两相对照,见其身份与情感的不同。三、四句是女子揣想行客一路上所经的风光:旖旎的春光,碧绿的江水,轻舟一点,飞流直下,两岸不时送来黄莺婉转的歌唱。风光的宜人,情绪的飞扬,都从女子的揣度写出,更见居者的酸楚与留恋。

"渡头杨柳青青,枝枝叶叶离情。"春风尚且有情,轻轻梳理着河畔的垂柳,那枝枝叶叶又似解女子的抑郁和哀怨,默默地诉说着别离之情。这六句缠绵悱恻,字字皆含怨情。结尾两句陡然一转,轻快变为低沉,说出决绝之语——青楼女子是靠不住的,你再也不必来信了。清周济说:"结语殊怨,然不忍割。"(《宋四家词选》)这"怨",是怨对方的薄幸,更怨命运的不幸。全词一波三折,娓娓道情,因多情而生绝望,绝望又恰恰表明不忍割舍的一片痴情。

# 阮 郎 归

## 晏几道

旧香残粉似当初,人情恨不如。一春犹有数行书,秋来书更疏。 衾凤冷①,枕鸳孤②,愁肠待酒舒。梦魂纵有也成虚,那堪和梦无。

## 【注释】

①衾凤:绣有鸾凤的锦被。
②鸳枕:绣有鸳鸯的枕头。

**【赏析】**

　　这是一首闺怨词。通篇都饱含着闺中人的哀怨,而在这怨情的背后,可见词人沉静的深思和冷漠的关照。起句以物喻人,"旧香残粉"是说往日的馨香历久不散,而"离人"的情感却不如残香弥留得久远,显出人情的冷暖,世态的炎凉,这不能不说是词人的一种沉静思考。"一春犹有数行书,秋来书更疏",哀怨之情却以淡漠的口气道来,说明眼前的事实,是早在预料之中的判断,是对"恨不如"的一种冷漠关照。

　　下片则是倒叙夜间的愁思,述说其处境的凄凉、相思的痛苦。"衾凤冷,枕鸳孤",是独睡无眠之人眼中所见,是清冷、孤寂之境域的写照,亦是闺人的主观感受,如王国维所说"以我观物,故物皆着我之色彩"。结句见其笔力。相思无凭,相见无望,只有寄希望于梦中与相思之人重温旧情了。"梦魂纵有也成虚",是沉静的深思,梦境是虚幻的而非真实,梦醒后也许会让人跌入更加失望的深渊,但她还是期望能在梦中寻求片刻的慰藉。然而,可悲的是,夜来空有相思,竟难成梦,虚幻终究要落空。"那堪和梦无"是对上句冷漠的关照,那里会有虚幻的梦境让人来慰藉情感,抚平创痛呢,虚幻不能替代现实,翻进一层而加深词意,见词人笔法的跌宕和波折。

# 阮　郎　归

### 晏几道

　　天边金掌露成霜①,云随雁字长。绿杯红袖趁重阳②,人情似故乡。　　兰佩紫,菊簪黄,殷勤理旧狂③。欲将沉醉换悲凉,清歌莫断肠。

**【注释】**

　　①金掌:汉武帝修建的柏梁台上建有一巨大铜柱,柱上有仙人手执承露盘,仙人手为铜铸,故称金掌。这里用此典点明地点是在京城汴梁。

②趁重阳：重阳佳节，都城中的士女纷纷到郊外游赏宴乐。
③旧狂：昔日佩兰簪菊过节的狂态。

## 【赏析】

秋风如水，秋云易散，雁字横空，白露为霜。"所谓伊人，在水一方"。词的开篇以气候和景物的变化，暗示了词人他乡离索之感。悲凉与寂寞的情愫，同重阳佳节、佳人美酒的场景是格格不入的。"趁"字点出随时应俗，力求解脱的心态。"似"字又说出主人情重、义重，使他有如归之感。做客的心情，吞吐往复，情真意切。那多年被压抑的疏狂，被此情此景所动，他要重新激发出来。

清况周颐《蕙风词话》说："'殷勤理旧狂'五字三层意：狂者，所谓'一肚皮不合时宜'发见于外者也；狂已旧矣，而理之；而殷勤理之，其狂若有甚不得已者。"这个"旧狂"就是黄庭坚所说的"四痴"是落拓不羁、不被社会所容的种种"执著"，愈是想"重理"，就愈加失望，其结果只有"悲凉"而已，那就只好借"绿杯红袖"，把"悲凉"换成"沉醉"，也就是将"旧狂"再次埋葬掉。结句宕开一笔。惟恐听一曲"清歌"而引起"断肠"之痛，着一"莫"字而先自宽慰，更见其不为往日的抑郁所累，不以绝望之语作结的疏狂秉性。所以《蕙风词话》说："'清歌莫断肠'，仍含不尽之意。此词沉着厚重，得此结句，便觉竟体空灵。"

# 六 幺 令

### 晏几道

绿阴春尽，飞絮绕香阁。晚来翠眉宫样，巧把远山学①。一寸狂心未说，已向横波觉②。画帘遮匝③，新翻曲妙，暗许闲人带偷掐。　前度书多隐语，意浅愁难答。昨夜诗有回文④，韵险还慵押。都待笙歌散了，记取来时霎。不消红蜡⑤，闲云归后，月在庭花旧阑角。

## 【注释】

①远山：将眉毛画成远山样。
②横波：目光斜视。
③遮匝：周围之意。
④回文：指诗句可以回环往复，读之皆成文。
⑤红蜡：源自唐杜牧《赠别》诗："蜡烛有心还惜别，替人垂泪到天明。"

## 【赏析】

绿阴环绕，飞絮迷蒙，春风荡漾在香阁庭院，那上下翻飞，如丝如缕的柳絮，不仅点出时令、季节，还喻示歌女暗约情郎的兴奋心情。"一寸狂心未说，已向横波觉"，以细腻的形象描摹，说精心装扮后的歌女，难以抑制热切的心情，在席间刚刚寻觅到郎君所在，便以那如水波流动的眼神，频送春情。

下片的前四句，先补叙歌女再约情郎的动因。因他"多隐语"，"有回文"的频频书信、诗歌，使她难以作答，难以和诗，所以还是今晚当面倾谈的好。煞拍三句，是全词的精彩之笔，何须秉烛，待那淡淡浮云飘过，圆月照彻庭院，曲曲红阑的一角，便是倾诉衷肠的地方。这静谧幽美的环境，衬托出花前月下一对幽会情人的愉悦心境，也给词作增添了诗情画意。


# 御 街 行

### 晏几道

街南绿树春饶絮，雪满游春路。树头花艳杂娇云①，树底人家朱户②。北楼闲上，疏帘高卷，直见街南树。　　栏杆倚尽犹慵去，几度黄昏雨。晚春盘马踏青苔，曾傍绿阴深驻。落花犹在，香屏空掩，人面知何处？

## 【注释】

①娇云：喻心上人。
②树底：即树下。《西州曲》曰："风吹乌桕树，树下即门前。"
③人面：即意中人。崔护《题都城南庄》诗："人面不知何处去，桃花依旧笑春风。"

## 【赏析】

词写故地重游中怀旧的恋情。上片写晚春游历中所见景致：那如烟的柳树，绽满嫩黄浅碧，遥望中难分枝叶，飞絮蒙蒙，像洁白的冬雪铺满游春路。那千树万树的梨花，那压弯枝头的海棠，那娇若少女容颜的桃花，争奇斗妍锦簇于这艳阳高照的三月，以各自摇曳的风姿，织成灿烂的娇云。在这一片艳花娇云中，他一眼便认出那疏帘高卷的朱户。

下片由景及情，游春的人们先后离去，惟有他不忍离去。"几度黄昏雨"，是说他如痴的寻觅，不是一晚，不是一春，只有淅沥缠绵的黄昏雨深晓他的苦衷。也是这样的晚春三月，他曾盘马于青苔之上，深驻于绿阴深蔽的庭院。不说幽情，而欢娱自见。如今，落花依然铺满幽径，香屏如昨空掩，物是人非，佳人何在？深深的怅惘之情掩卷犹在。

# 虞美人

### 晏几道

曲栏杆外天如水①，昨夜还曾倚。初将明月比佳期，长向月圆时候，望人归。　　罗衣著破前香在②，旧意谁教改。一春离恨懒调弦，犹有两行闲泪、宝筝前。

## 【注释】

①曲栏杆：《西州曲》："栏杆十二曲"。
②罗衣著破：旧时罗衣已经穿破。

## 【赏析】

曲曲幽栏之外，皓月当空，洁白如水。月之明澈，夜之清凉，回廊上，夜夜徘徊着满怀愁绪的思妇，她倚栏望月、盼人归来。"昨夜曾倚"点染出她夜复一夜，结想成痴的一相情愿——月圆人团圆。每遇圆月，便以为佳期将至，便倚栏苦望。"初"与"长"写尽思妇的痴情和怨意。

下片写不幸被弃的悔恨。罗衣虽破，前香犹在，委婉道出对往日欢情的温馨难忘，对旧日情郎的缱绻眷恋。接以"旧意谁教改"，问语怨意犹深，易散之香比人情还要持久，前事渺渺，离恨已成，徒然追忆前情。"一春离恨"写离恨的久长，"懒调弦"、"两行闲泪"，写悲苦之深重，与上片的真诚信托、痴情等待形成强烈的对照。

# 留 春 令

## 晏几道

画屏天畔，梦回依约，十洲云水①。手捻红笺寄人书，写无限、伤春事。　　别浦高楼曾漫倚，对江南千里。楼下分流水声中，有当日、凭高泪②。

## 【注释】

①十洲：据东方朔《十洲记》载，十洲为祖洲、瀛洲、玄洲、炎洲、长洲、元洲、流洲、生洲、凤麟洲、聚窟洲。均系神仙所居地。

②凭高泪：源自晁元忠诗："水从楼前来，中有美人泪。"

## 【赏析】

这首词写与意中人别后的怀思。起笔三句便发奇想：梦回天畔，好像又见到那十洲的青山绿水、殿宇楼堂、国色天香、环佩丁当。近在咫尺的画屏，被抒情主人公幻化成迷离的仙境，这一远一近、一实一虚的对比，见出主人公追求的无望、怀思的痛苦。梦后的怅惘和再做追求的努力，促使他轻展红笺，写尽伤春事。红笺与画屏、残梦和现实，都创造出咫尺天涯、情景交融的境界，那苦苦思恋的情怀，便具有了强烈的艺术感染力。

下片是对往事的追忆，进一步写别后殷切的思念。相恋之人曾登高临水，面对辽阔的千里江南之地，栏杆倚遍，揾巾红泪，这楼下的流水，分明还载着昔日的相思之泪，缓缓东流。

# 思 远 人

## 晏几道

红叶黄花秋意晚，千里念行客。飞云过尽，归鸿无信。何处寄书得？　泪弹不尽临窗滴，就砚旋研墨。渐写到别来，此情深处，红笺为无色①。

【注释】

①红笺为无色：彩笺被泪水浸湿因而褪色，可见伤心情重。

【赏析】

秋风瑟瑟，秋意萧条，枫林红遍，菊花盛开。晚秋之中，闺中之人更加怀念千里之外的行客。举目极天，飞鸿过尽，云随雁字，不见锦书。因无信而怅惘，因伤情而落泪，当窗临风洒下串串相思之泪。有砚承泪，何不就泪磨墨，再作书投问。明知不可而偏为之，见其执著的痴情。

下文情感又深一层，当写到分别前后的诸端事项，早已泪湿红笺，无从下笔。陈匪石《宋词举》："'渐'字极婉转，却激切。'写到别来，此情深处'，墨中纸上，情与泪粘合为一，不辨何者为泪，何者为情。故不谓笺色之红因泪而淡，却谓红笺之色因情深而无。"评价极中肯，从行文看，小晏词语似无理，而细品其味，情感却最为真切，慧心妙语，极宛极深，语言质朴无华，韵味却含蓄不尽，是小山词的另一特色。

# 满 庭 芳

晏几道

南苑吹花，西楼题叶①，故园欢事重重。凭栏秋思，闲记旧相逢。几处歌云梦雨，可怜便、流水西东。别来久，浅情未有，锦字系征鸿②。　　年光还少味，开残槛菊，落尽溪桐。漫留得，樽前淡月凄风。此恨谁堪共说，清愁付、绿酒杯中。佳期在，归时待把，香袖看啼红。

## 【注释】

①西楼题叶：西楼：指意中人相会之地，源自韦应物诗："西楼望月几回圆。"题叶：唐宣宗时，有宫人红叶上题诗，红叶从御沟中流出，被人拾到，后来宫女与拾叶人终成眷属。

②锦字系征鸿：相传汉天子在上林苑打猎射下一只大雁，雁足上系有帛书，说苏武流落北国。汉朝得此消息后，才将苏武要回国。

## 【赏析】

起笔是两句对偶，写故园欢事历久弥新，难以忘怀。秋思绵邈，凭栏忆旧，追怀旧时相逢的曲曲韵事。那歌云梦雨，那浅斟低唱，那扇底轻风，那西楼新月，恍如昨梦前尘，幻海悠思，如今像流水西东，已然无音。

下片写惜别。别后无绪，恰值深秋，残菊败叶，落尽溪桐。东菊黄花，满地狼藉，清风淡月，凄风苦雨，昨日的温馨春梦，昨日的高洁秋云，都浑如一梦，悄然而逝，此恨绵绵，堪与谁说？还是把这清愁，付与绿酒之中，待佳期来时，看香袖啼红。

# 水调歌头

苏 轼

丙辰中秋欢饮达旦,作此篇兼怀子由①。

明月几时有②,把酒问青天。不知天上宫阙,今夕是何年。我欲乘风归去,又恐琼楼玉宇③,高处不胜寒。起舞弄清影,何似在人间。 转朱阁,低绮户④,照无眠。不应有恨,何事长向别时圆?人有悲欢离合,月有阴晴圆缺,此事古难全。但愿人长久,千里共婵娟⑤。

## 【作者简介】

苏轼(1036—1101)字子瞻,号东坡居士,四川眉山人。宋嘉祐进士,先后任祠部员外郎、礼部尚书,湖州、颍州、杭州等地刺史,曾因反对王安石变法而贬谪黄州。他是北宋最负盛名的文学家、书画家,诗风雄健,词开豪放派先河,一曲"大江东去",千古传唱。他书画俱佳,与其父苏洵、其弟苏辙同被列入"唐宋八大家",人称其"一门父子三词客"。诗文有《东坡七集》等,词今传《东坡乐府》三百多首。

## 【注释】

①丙辰:宋神宗熙宁九年(1076),时苏轼41岁。子由:苏轼弟苏辙,字子由。
②明月几时有:源自唐李白诗:"青天有月来几时?我今停杯一问之。"
③琼楼玉宇:即上文所说之"天上宫阙"。
④绮户:雕绘华美的门户,多指女子居室。
⑤婵娟:指姣好的月光。谢庄《月赋》:"美人迈兮音尘绝,隔千里兮共明月。"

## 【赏析】

上片写对月饮酒,起句陡然发问,奇思妙语,破空而来。虽传承李白《对月饮酒》之意,但李诗舒缓,苏词峭拔,风格自有其不同。"不知"以下数句,笔势夭矫回折,跌宕多彩。表面虚摹了天上的广寒宫殿,实际上暗示了中秋之夕月色的明丽,夜气的清寒,同时强烈地抒发了作者对人间的热爱。"起舞"、"何似"两次转折,而一气贯注,见作者笔力雄健。

下片写对月怀人,化景物为情思。唐圭璋《唐宋词简释》评云:"转朱阁,低绮户,照无眠"三句,"实写月光照人无眠。以下愈转愈深,自成妙谛。""不应"两句是说,月是自然之物,不该有什么愁恨,但它偏偏在人们离别的时候圆了起来,这便使人加重了离恨。"人有"三句,宕开一层,人事固多变化,月轮亦有亏盈,自古而然,因之由感情转入理智,化悲怨而为旷达。在"古难全"和"人长久"这对矛盾中,惟一能够平释词人感情痛苦的,便是发自内心的良好祝愿:即使相隔千里,能够共赏一轮明月,不致因离别而忧伤,这是所有热爱生活的人所共同期望的。词的结尾虚实相萦,纡徐作结,豪宕中自有谨饬之致,是苏词的压卷之作。

## 水 龙 吟

### 苏 轼

次韵章质夫《杨花词》①

似花还似非花,也无人惜从教坠②。抛家傍路,思量却是,无情有思③。萦损柔肠,困酣娇眼,欲开还闭。梦随风万里,寻郎去处,又还被莺呼起。　　不恨此花飞尽,恨西园、落红难缀。晓来雨过,遗踪何在?一池萍碎④。春色三分,二分尘土,一分流水。细看来,不是杨花,点点是离人泪。

【注释】

①章质夫《杨花词》:章质夫名楶,是苏轼的文友,这首词便是苏轼为和章楶《杨花词》而写的。

②从教坠:即任凭杨花坠落。

③有思：即有情，源自唐韩愈诗："杨花榆荚无情思，惟解漫天作雪飞。"

④萍碎：相传杨花落水会化为浮萍。

【赏析】

此词为坡公和章质夫咏杨花词。然其不质实于歌咏杨花，皆从虚处落笔，化"无情"之花为"有思"之人；又处处言情，直写性灵，遂使通篇幽怨缠绵，空灵飞动。

起句"似花还似非花"，已定一篇宗旨：既咏物象，又写人言情。"抛家"以下，写杨花飘落，如弃妇无归，明写思妇而暗赋杨花，花人合一，凄凉欲绝。"梦随"数句妙笔天成，思妇之神、杨花之魂，全在缠绵哀怨中泣诉而成。

下片起句以落红陪衬杨花，西园之花飘零殆尽，春色亦将逝去。"不恨"实即"有恨"，可谓曲笔传情，接由"晓来雨过"而问讯杨花踪迹，是痴人痴语。"春色三分"又将"西园落红"带入，花尽难觅，春归无迹，与词人惜春之情水乳交融。最后杨花点点如泪，迁客骚人，能不同悲？

# 念奴娇

苏　轼

赤壁怀古①

大江东去，浪淘尽、千古风流人物。故垒西边②，人道是、三国周郎赤壁③。乱石崩云，惊涛裂岸，卷起千堆雪。江山如画，一时多少豪杰！　　遥想公瑾当年④，小乔初嫁了⑤，雄姿英发。羽扇纶巾⑥，谈笑间，强虏灰飞烟灭。故国神游，多情应笑我，早生华发⑦。人间如梦，一尊还酹江月⑧。

## 【注释】

①赤壁：指湖北黄冈赤壁，这里并非三国古战场，而是因苏轼两游而闻名，人称为东坡赤壁。
②故垒：指古战场留下的旧营垒。
③周郎：即三国吴名将周瑜。
④公瑾：周瑜字公瑾。
⑤小乔：东吴著名美女，周瑜之妻，其姐大乔嫁于吴主孙策。
⑥羽扇纶巾：羽毛做的扇子和丝带做的头巾，形容周瑜从容自若。过去曾有人认为是描写诸葛亮，那大概是受了戏剧的影响。
⑦华发：指头发斑白。
⑧酹：以酒洒地祭奠。

## 【赏析】

东坡词被人评曰："自有横槊气概，固是英雄本色。"（清徐釚《词苑丛谈》）而此篇当是最有英雄气概的代表作。

滚滚长江澎湃东流，气势奔腾，不复回旋。面对长江，登高远眺，不能不让人想起名高累世的历史英雄，同这壮丽的河山一样，永久地留在人们的记忆里。"故垒"点出传说中的古代赤壁战场，"乱石"三句写赤壁雄奇壮阔之景，山崖陡峭，直插云霄，骇浪惊天，搏击江岸，滔滔江流卷起千堆雪浪。"江山如画"，收来难以尽述的美景。"一时多少豪杰"承"千古风流人物"而来，却缩小了范围，为下片状写周公瑾做一铺垫。

过片三句，以妙龄美人衬英俊将军，以谐婉之词写周瑜潇洒脱旷、年轻有为。庄中含谐，直中有曲，索味不尽。"羽扇"句，写其服饰，大敌当前，依然儒雅风度。"谈笑"句，写其韬略，指挥若定，从容不迫，概括了整个战争的胜利场景。由"故国神游"回到现实，不免思绪深沉，顿生感慨，不禁发出自笑多情、虚掷光阴的叹惋。收句放开，酹酒对月，又有心情澄静、襟怀超旷、逸世独立之感，英气凌人，识度明达，真千古绝唱。

# 永遇乐

苏 轼

彭城夜宿燕子楼,梦盼盼,因作此词①。

明月如霜,好风如水,清景无限。曲港跳鱼,圆荷泻露,寂寞无人见。紞如三鼓②,铿然一叶③,黯黯梦云惊断。夜茫茫,重寻无处,觉来小园行遍。　　天涯倦客,山中归路,望断故园心眼④。燕子楼空,佳人何在?空锁楼中燕。古今如梦,何曾梦觉,但有旧欢新怨。异时对、黄楼夜景⑤,为余浩叹。

**【注释】**

①彭城:即今江苏徐州。燕子楼:徐州尚书张建封宅第中的小楼。盼盼:张建封的爱妓,张建封死后,盼盼恋旧不嫁,在燕子楼中住了十多年。
②紞如:击鼓之声。
③铿然:本指金石之声,这里形容落叶声。
④故园心眼:即指旧园中之小楼。
⑤黄楼:苏轼任徐州太守时所建,在铜山县之东门。

**【赏析】**

词为"夜宿燕子楼,梦盼盼"而作。上片先写燕子楼夜景之清幽:皓月当天,皎洁如霜;秋风怡人,清凉如水。静谧清幽之夜,依然可以谛听大自然的生命力:曲港跳鱼,砰然有声;圆荷泄露,一池萍碎。这以动衬静的笔法,更见夜之沉寂,人之寂寞。以下则追述梦醒之由和寻梦之行:铿然一叶,惊断梦云;迷离惝恍,小园寻梦。上片以倒叙之笔,突出了小园清幽的夜景,衬托出词人澄澈平和之心境。

下片直抒胸臆,磊落超旷,彻悟人生,议论纷陈。词人登高望远而有故国之思。燕子楼中的悲欢离合,又令词人想到"后之视今亦犹今之视昔",在古今同梦的人生中,应当挣脱政治、情感的各种羁绊,求得精神的解放。这沉挚之思、浩然之气、深广的慨叹,显出词人"名利不将心挂"的旷达与超迈。故此,词虽和婉淡丽却不失其高旷清雄,议论洒脱却不流于枯燥说教。

## 洞 仙 歌

### 苏 轼

余七岁时,见眉州老尼,姓朱。忘其名,年九十岁。自言尝随其师入蜀主孟昶宫中,一日大热,蜀主与花蕊夫人夜纳凉摩诃池上,作一词,朱具能记之,今四十年,朱已死久矣,人无知此词者,但记其首两句,暇日寻味,岂《洞仙歌》令乎?乃为足之云。

冰肌玉骨,自清凉无汗。水殿风来暗香满。绣帘开,一点明月窥人,人未寝,欹枕钗横鬓乱①。　起来携素手,庭户无声,时见疏星度河汉②。试问夜如何?夜已三更,金波淡③、玉绳低转④。但屈指、西风几时来,又不道、流年暗中偷换⑤。

【注释】

①欹枕:即倚枕,"欹"通"倚"。
②河汉:即银河。《古诗十九首》:"河汉清且浅,相去复几许?"
③金波:指月光。《汉书·礼乐志》:"月穆穆以金波。"
④玉绳:《文选》李善注认为是指北斗七星中之第五星(玉衡)北的两颗星。
⑤流年:即年华。方干《送从兄郜》:"流年莫虚掷,华发不相容。"

【赏析】

东坡此词的创作由来,在自序中已然交代。七岁听朱姓老尼诵蜀主孟昶纳凉摩诃池上一词,记其首二句,闲时寻味,知其洞仙歌韵,依调而补足全篇。坡公以手笔的超妙,情思的深婉,创造出美好的艺术境界,而其间玩味不尽的情趣和思索不尽的哲理,又是令人久久回味的原因所在。

上片叙花蕊夫人纳凉之景。下片携手于庭院之中,夜已深宵,看银河天汉寂静无哗,时见流星一点,掠过天际,惟其夜静、人静、思静,方能有其要妙之笔。收句感慨人生,流光偷换,不甚觉耳。沈际飞云:"清越之音,解烦涤苛。"(《草堂诗余正集》)郑文焯云:"坡老改添此词数字,诚觉意象万千,其声亦如空山鸣泉,琴筑并奏。"(《手批东坡乐府》)

## 卜算子

苏 轼

**黄州定惠院寓居作**[①]

缺月挂疏桐,漏断人初静[②]。谁见幽人独往来[③],缥缈孤鸿影。 惊起却回头,有恨无人省[④]。拣尽寒枝不肯栖,寂寞沙洲冷。

【注释】

①黄州定惠院:在湖北黄冈县东南,苏轼曾被贬至黄州任团练副使,此词即作于该时,苏轼曾作有《游定惠院记》。
②漏断:古时以滴漏计时,漏断指夜深。
③幽人:与下句的"孤鸿"均指作者自己。
④省:音醒(xǐng),意为理解、明白。

【赏析】

这首抒发个人幽愤寂苦之情的作品,是苏轼经历乌台诗案后,贬居黄州时的作品。上片写寓居定慧寺的寂静之景。夜阑更深,万籁俱寂,残月挂于疏桐之时,那萧疏晃动的投影,洒落在寺院的庭轩之上,仿佛有个幽人独自往来,如同孤鸿之影。这个"幽人"可能是词人自喻，亦可能是他的联想。

下片承上之意脉而刻意写鸿。清张惠言以为"拣尽寒枝不肯栖"是表达其"幽约怨悱不能自言之情。"（《词选序》）下片用比兴之法，借孤鸿衬托，抒幽怨愤慨之情。黄庭坚评价此词的艺术云："语意高妙，似非吃烟火食人语，非胸中有万卷书，笔下无一点尘俗气，孰能至此！"（《豫章黄先生文集》卷。二十六《跋东坡乐府》）

## 青玉案

苏 轼

### 送伯固归吴中①

三年枕上吴中路②，遣黄犬③，随君去。若到松江呼小渡④，莫惊鸳鹭，四桥尽是⑤，老子经行处。　辋川图上看春暮⑥，常记高人右丞句⑦。作个归期天定许，春衫犹是，小蛮针线⑧，曾湿西湖雨。

【注释】

①伯固：苏轼友苏坚字伯固，苏轼认其为同宗。吴中：指吴郡。
②三年：苏坚与苏轼同在杭州三年。
③黄犬：据《晋书·陆机传》，晋陆机有犬名黄耳，陆机在洛阳时，曾将书信系在黄耳颈上，黄耳不但去到松江家中，还带回了回信。这里用此典故，表示希望常通音信。
④松江：县名，是沪浙途中必经之地。
⑤四桥：在江苏苏州。
⑥辋川图：唐代诗人王维有别墅在陕西蓝田辋川，王维曾在蓝田清凉寺壁上绘过辋川图。
⑦右丞：即指王维，他曾官为尚书右丞。
⑧小蛮：唐白居易有姬樊素能歌，有伎小蛮善舞，诗曰："樱桃樊素口，杨柳小蛮腰。"这里，据说是指苏东坡之妾王朝云。

## 【赏析】

词写苏伯固将归省吴中,东坡为其送行亦怀念吴地。开篇点明那魂牵梦绕的吴中,已有三年不曾归省,那里的情况怎样?乡音、物产、人情是否依旧?真希望伯固去后能带回消息。"若到松江"三句,珍重告语,不要惊醒栖息于水边沙上的鸳鸯和鸥鹭,从对鸳鸯的爱怜,见东坡与四桥的感情之深。

下片遥想吴中胜境,何日才能归去,"独坐幽篁里,弹琴复长啸"呢?结尾化用白居易的诗:"襟上杭州旧酒痕。"经东坡点染,遂成馨艳之语,况周颐云:"'曾湿西湖雨',是清语非艳语,与上三句相连属,遂成奇艳绝艳,令人爱不忍释。坡公天仙化人,此等词犹为非其至者,后学已未易模仿其万一。"(《蕙风词话》)

# 临 江 仙

苏 轼

### 夜归临皋①

夜饮东坡醒复醉,归来仿佛三更。家童鼻息已雷鸣,敲门都不应,倚杖听江声。 长恨此身非我有,何时忘却营营②。夜阑风静縠纹平③,小舟从此逝,江海寄余生。

## 【注释】

①临皋:在湖北黄冈县南长江边,苏轼的寓所在这里。
②营营:本指往来不绝状,这里指尘世的纷乱。
③縠纹:指江上波纹细如绉纱。

## 【赏析】

起句便点明夜饮的地点和酒醉的程度。"仿佛"一词画出了词人醉眼矇眬的情态。开怀畅饮的豪兴,于首二句中得到淋漓尽致的表现。接下来的三句,塑造了一个襟怀旷达、遗世独立的"幽人"形象。夜阑更深,万籁俱寂的怡恬与安谧,在以静衬动、以有声衬无声的"诗家笔法"中创造出来。过片两句是颇富哲理的议论。它饱含着东坡升沉荣辱的切身感受,包蕴着蹉跎半世的内心感慨。这一任性情的议论,是他超迈独立,不复倚傍之个性的自然流露。结尾两句既是对眼前静谧美好的自然界的实写,又是词人对回归自然的憧憬。他要驾一叶扁舟,随波流逝,远离这卑鄙龌龊的官场,寻求圣洁安宁的归宿。而这飘逸浪漫的情调,洒脱豁达的诗句,只能从东坡这磊落坦荡的胸怀中流出。

# 定 风 波

## 苏 轼

三月三日沙湖①道中遇雨,雨具先去,同行皆狼狈,余独不觉,已而遂晴,故作此。

莫听穿林打叶声,何妨吟啸且徐行,竹杖芒鞋轻胜马②,谁怕?一蓑烟雨任平生③。　料峭春风吹酒醒④,微冷,山头斜照却相迎。回首向来萧瑟处,归去,也无风雨也无晴。

【注释】
①沙湖:在湖北黄冈县东15公里。
②芒鞋:指草鞋。
③一蓑烟雨:披着蓑衣不避风雨,表示不怕艰苦。
④料峭:形容春天的微寒。

【赏析】
出游遇雨,雨具先行,他人狼狈不堪,不得前行。独东坡不改其度,反而觉得雨中竹杖芒鞋,吟啸徐行,别有情趣。这里借眼前经历抒写襟抱,表现了东坡通达豪放的人生态度。人生的境遇不可能是一帆风顺的,无论政治上的升沉荣辱,还是生活上的失意沦落，都不能改变他豁达超迈的乐观态度。"一蓑烟雨任平生"，"也无风雨也无晴"，便是生命的智慧之语，是洒脱彻悟的生活观念。郑文焯云："此足征是翁坦荡之怀，任天而动。琢句亦瘦逸，能道眼前景，以曲笔直写胸臆，倚声能事尽之矣。"

# 江 城 子

苏 轼

乙卯正月二十日夜记梦[①]

十年生死两茫茫[②]，不思量，自难忘。千里孤坟[③]，无处话凄凉，纵使相逢应不识。尘满面，鬓如霜。　夜来幽梦忽还乡，小轩窗，正梳妆。相顾无言，惟有泪千行。料得年年肠断处，明月夜，短松冈[④]。

## 【注释】

①乙卯：即宋神宗熙宁八年（1075），时苏东坡知密州（今山东诸城县）。

②十年：苏轼妻王氏死于宋英宗治平二年（1065），至苏轼作此词时正好十年。

③千里孤坟：指远隔千里的其妻王氏之坟。王氏葬于苏轼家乡四川眉山。

④短松冈：低矮长满松林的山冈，这里指苏轼妻王氏之墓。

## 【赏析】

此篇是东坡为悼念王夫人而作。恩爱夫妻，撒手永诀，生者与死者，幽明相隔，已整整十年。"茫茫"不仅说时间之漫长，两人相濡以沫，缱绻缠绵的情感，不能相通，亦是茫茫。"不思量，自难忘"，久蓄于怀的真挚情感，即使不曾悬想，也还是难以忘怀的。它不是时间、空间、生死可以阻隔的。十年忌辰，往事蓦然来到心间，然而何以寄托哀思？你孤零零地远在千里之外，怎能诉说各自的凄凉之境呢？"纵使"两句，凄苦之至，种种忧愤与悲苦，都包括在苍老的容颜和衰退的形体之中。

下片五句写梦境宛然。漂泊在外，雪泥鸿爪，孤苦无依，只有凭借梦境来慰藉自己的相思。轩窗之下，无语泪千行。别后种种情愫，相忆相怜的种种追忆，都溶注在这凄凉的梦境。煞拍三句，现实的孤独幽栖，又撞破那绚丽的梦，年年明月夜，年年短松冈，那孤独的坟前，都会有我遥寄的一缕相思。词人以凄清幽寂的环境，蕴蓄了未尽的余情。

# 木 兰 花

## 苏 轼

**次欧公西湖韵**①

霜余已失长淮阔②，空听潺潺清颍咽③。佳人犹唱醉翁词④，四十三年如电抹⑤。　草头秋露如珠滑，三五盈盈还二八⑥。与余同是识翁人，惟有西湖波底月。

## 【注释】

①欧公：指北宋大文学家欧阳修。欧阳修居颍（今安徽阜阳）时，曾作《木兰花令》："西湖南北烟波阔，风里丝簧声韵咽。舞余裙带绿双垂，酒入香腮红一抹。杯深不觉琉璃滑，贪看六幺花十八。明朝车马各西东，惆怅画桥风与月。"西湖：此非杭州西湖而为颍州西湖。苏轼此词作于宋哲宗元祐六年（1091）八月，当时他知颍州军州事。

②长淮：指淮河，这里是说秋天的淮河水已经不大了。

③清颍：指颍水，水流潺潺，水势低缓。

④醉翁词：即指欧阳修在颍州写的《木兰花令》，欧阳修自号醉翁，在徐州时曾作《醉翁亭记》。

⑤四十三年，从欧阳修写《木兰花令》至苏东坡写这首《木兰花》

时，已过了四十三年，可见时光如箭。

⑥三五：指旧历十五那天。二八：指旧历十六日。此句是说，从十五到十六，月亮由盈开始转亏。

## 【赏析】

深秋时节，淮水潇潇，没有往日的奔腾咆哮，一泻千里的壮阔景象。颍水也渐渐退去，水浅流急，可听潺潺水声如同呜咽，不禁引起怀念欧公之思。今到颍州西湖岸畔，依然可闻佳人歌唱欧阳公的《木兰花令》词，四十三年，弹指一挥间，岁月流年，像闪电一样，一抹而过。过片两句依然说时间飞逝，就像草头的露珠，即生即灭，又像月亮由盈盈而亏损。惟一能和词人共同缅怀欧公的，只有西湖波底月。东坡为纪念自己的前辈和师长，和欧阳公韵，作一悼念之词，能超常人之哀哀切切，写来轻盈喜悦，是他人所做不到的。

# 贺 新 郎

## 苏 轼

乳燕飞华屋①，悄无人、槐阴转午②，晚凉新浴。手弄生绡白团扇③，扇手一时似玉④。渐困倚、孤眠清熟，帘外谁来推绣户？枉教人，梦断瑶台曲⑤，又却是、风敲竹⑥。　　石榴半吐红巾蹙⑦，待浮花浪蕊都尽，伴君幽独。秾艳一枝细看取，芳意千重似束，又恐被、西风惊绿⑧，若待得君来向此，花前对酒不忍触。共粉泪，两簌簌⑨。

## 【注释】

①乳燕：即雏燕。
②槐阴转午：槐树的影子不断转移，标志着时间已过正午。
③白团扇：相传晋中书令王珉与其嫂之婢女有情，王珉常手执白团扇，婢女因作《白团扇歌》相赠。

④扇手一时似玉：晋王衍喜欢手持玉柄拂尘，人称其手与玉同色。

⑤瑶台曲：借指天宫中的仙乐。

⑥风敲竹：源自唐李益诗："微风惊暮坐，临牖思悠哉。开门复动竹，疑是故人来。"

⑦红巾蹙：描写石榴花，源出唐白居易《石榴》诗："山榴花似结红巾。"

⑧西风惊绿：指石榴花凋残后只剩一片绿叶。唐皮日休《石榴》诗云："石榴香老愁寒霜。"

⑨两簌簌：无数的榴花与泪水同落。

【赏析】

梧桐深院，雕梁画栋，华屋玉宇，非寻常人家；绿阴深蔽，美人新浴，昏昏欲睡，听燕语呢喃。"槐阴转午，晚凉新浴"，写美人寂寂无欢已非一时，在漫长的孤寂中，惟一与之相伴的是白团扇。以扇暗寓红颜薄命，接以梦境，写她的期待与失意，她的兴奋和怅惘，然而，种种情愫，都在"风敲竹"的萧瑟之中，翻成瑶台一梦。

下片明写榴花，实际句句写人，它不争春，晚芳独放，在群芳过后的索寞之中，"伴君幽独"，这是她的气节；她不二心，君来则开怀倾诉，君去则"芳意千重似束"，这是她的忠贞。结尾四句，历来评价甚高。黄了翁云："是花是人，婉曲缠绵，耐人寻味不尽。"（《蓼园词选》）胡仔云："东坡此词，冠绝古今，托意高远。"（《苕溪渔隐丛话》）

# 鹧鸪天

## 黄庭坚

坐中有眉山隐客史应之和前韵①，即席答之

黄菊枝头生晓寒，人生莫放酒杯干。风前横笛斜吹雨，醉里簪花倒著冠②　身健在，且加餐。舞裙歌板尽情欢。黄花白发相牵挽③，付与时人冷眼看。

## 【作者简介】

黄庭坚（1045—1105）字鲁直，号涪翁、山谷道人。江西修水人，宋治平进士，曾任校书郎、著作佐郎，因修《神宗实录》而遭贬。他是北宋著名的诗人、书法家。他开创了"江西诗派"，词与秦观齐名，是"苏门四学士"之一。书法行、草俱佳。有《山谷集》、《山谷词》、《山谷精华录》等。

## 【注释】

①史应之：名铸，四川眉山人，为塾师，经常与黄庭坚诗词唱和。
②倒著冠：晋山简任征南将军，经常畅饮大醉，人们为他编了歌谣，其中有"复能乘骏马，倒著白接篱"句，白接篱即一种冠名。这里引用此典，描述醉相。
③黄花白发：老人头上插着黄花，指作者自己。

## 【赏析】

宋哲宗绍圣元年（1094），新党中人指控《神宗实录》中关于王安石新法的记载有失实之处，黄氏因此被贬为涪州别驾，安置黔州，后又一再迁徙，最终死于贬所。

此作于被贬期间，虽胸中充满抑郁愤嫉之气，但仍达观磊落、刚强自信，以桀骜不驯之举，表明不与邪恶同流合污，对世俗的偏见充满侮慢与挑战。上片的"风前横笛斜吹雨，醉里簪花倒著冠"两句，着意写出酒后的放浪举动和醉中狂态。这种笑傲山林，不将时人评判放在眼中的狂放之举，虽不言愁，然愁情自现。换头三句，亦有傲兀不平之气，世风日下，黑白颠倒，良莠不分的衰败，已非己之力所能挽回，只愿身体长健，及时行乐，享尽眼前清欢。这近似晋人山简的狂言浪语，潜藏着难以名状的悲哀。煞拍两句见其傲霜之志，要像菊花凌霜而开一样，决不同流合污，决不谄媚逢迎，把这傲骨与不平表现给世俗之人看。刘熙载云："黄山谷词用意深至，自非小才所能办。"（《艺概·词曲概》）

## 定 风 波

黄庭坚

次高左藏使君韵①

万里黔中一漏天②,屋居终日似乘船。及至重阳天也霁③,催醉,鬼门关近蜀江前④。　莫笑老翁犹气岸⑤,君看,几人白发上华颠⑥。戏马台前追两谢⑦,驰射、风情犹拍古人肩⑧。

**【注释】**

①高左藏:人名,时任黔州使君。他置酒高会,黄庭坚此词即是和高使君之词。

②黔中:道名,治所在今四川彭水县。漏天:即天气多雨。

③天也霁:天气放晴。

④鬼门关:在四川奉节县东北15公里处。

⑤气岸:神气昂然。唐李白诗:"气岸遥凌豪士前。"

⑥华颠:满头白发。

⑦戏马台:在江苏徐州,为楚霸王项羽遗迹。南北朝刘裕为宋公时,曾在此大会群僚。两谢:指南朝宋时的著名文学家谢灵运与谢瞻,二人均参加了刘裕的戏马台大会并作了诗。

⑧拍:意为"比美"。这里是说高使君的重阳大会可与刘裕当年戏马台大会的盛况可比。

**【赏析】**

这首词抒发了作者身处逆境而绝不向命运屈服的豪迈气概。起笔两句写黔中气候:阴雨连绵,水流遍地,居室如船。"乘船"便有险风恶浪,风雨喧江、滔水覆舟的危险,因而它不是一般的气候的描写,还有影射生存环境险恶的深广蕴含。紧接的三句写重阳放晴,登高痛饮。"鬼门关近蜀江前",用地理环境的险峻,来反衬一种忘怀得失的胸襟。

过片三句写重阳赏菊。古人有重阳簪花的习俗,然而老翁簪花却不合时宜,对这种偏见,词人犹有傲岸之气,照样饮酒簪花,我行我素,煞拍更见与古人比肩的气概。全词的结构是先抑后扬,衬跌有力;造语新奇而警策。词人虽饱经忧患却不改初衷,鄙斥世俗、傲岸风流、不作乞怜酸涩之语。

# 望 海 潮

## 秦 观

梅英疏淡①,冰澌溶泄②,东风暗换年华。金谷俊游③,铜驼巷陌④,新晴细覆平沙。长记误随车⑤,正絮翻蝶舞,芳思交加。柳下桃蹊⑥,乱分春色到人家。　　西园夜饮鸣笳⑦,有华灯碍月,飞盖妨花⑧。兰苑未空⑨,行人渐老,重来是事堪嗟。烟暝酒旗斜,但倚楼极目,时见栖鸦⑩。无奈归心,暗随流水到天涯。

【作者简介】

秦观(1049—1100)字少游,一字太虚,号淮海居士,江苏高邮人。进士出身,曾任秘书省正字,兼国史院编修。因涉党争,多次遭贬谪,死于被放还的途中。他的词极受推崇,是苏门四学士之一。有《淮海词》。

【注释】

①梅英疏淡:梅花逐渐褪色,变得稀疏。
②冰澌溶泄:冰块融化,流动。
③金谷:洛阳园名。
④铜驼:洛阳街道名。唐刘禹锡诗:"金谷园中花几色,铜驼陌上好风吹。"
⑤误随车:误上了别人的车子。
⑥桃蹊:桃树下的路径。源自《史记·李将军列传》:"桃李不言,下自成蹊。"

⑦西园：据李格非《洛阳名园记》载，洛阳有董氏西园，为一时名胜。鸣笳：本指一种胡人乐器，这里指音乐歌舞。

⑧飞盖妨花：无数车盖妨碍人们赏花。魏曹植有诗曰："清夜游西园，飞盖相追随。"

⑨兰苑：名园，即指金谷园。

⑩栖鸦：寻找归巢的乌鸦。

**【赏析】**

张炎云："秦少游词体制淡雅，气骨不衰，清丽中不断意脉，咀嚼无渣，久而知味。"（《词源》）刘熙载评曰："少游词有小晏之妍，其幽趣则过之。"（《艺概》）

秦观此词亦艳情之作，然清新凄婉，有二晏之幽妍，温韦之神韵。起笔三句写初春之临，以"金谷俊游"到下片"飞盖妨花"，都写的是旧游，而以"长记"领起。初春新晴之时，游赏幽美的名园，漫步繁华的街道上，软鞋轻踏平沙，而那三月的艳阳天，处处荡漾着春的气息，"絮翻蝶舞"、"柳下桃蹊"、"乱分春色"都是浓笔重彩地状写春天，"芳思交加"，写欢快的心态。

换头三句，从美妙的景物写到愉快的饮宴，时间则由白天延续到夜晚，足见尽情欢乐的氛围。"兰苑"两句暗中转换，"重来是事堪嗟"，既有怀旧之意，又与上"东风暗换年华"相呼应。"烟暝酒旗斜"，再无往日的欢乐与光耀，倚楼见栖鸦，更有宦海沉浮，仕途蹉跎的感慨在内，陈廷焯云："少游词最沉厚，最沉着。如'柳下桃蹊，乱分春色到人家'思路幽绝，其妙令人不能思议。"（《白雨斋词话》）周济云："两两相形，以整见劲，以两'到'字做眼，点出换字精神。"（《宋四家词选》）

# 八 六 子

秦 观

倚危亭，恨如芳草①，萋萋划尽还生。念柳外青骢别后②，水边红袂分时,怆然暗惊。　　无端天与娉婷③,夜月一帘幽梦,春风十里柔情。怎奈向④、欢娱渐随流水,素弦声断,翠消香减。那堪片片飞花弄晚,濛濛残雨笼晴。正消凝⑤,黄鹂又啼数声。

### 【注释】

①恨如芳草:取其"不断"之意。南唐李煜词曰:"离恨恰如芳草,渐行渐远还生。"

②青骢:黑色的骏马。

③娉婷:指美貌佳人。唐杜甫诗:"不惜嫁娉婷。"

④怎奈向:宋人方言,即无奈何来之意。

⑤消凝:即消魂,指因感伤而出神。

### 【赏析】

蔓延的青青草,覆盖了荒原;青青草的蔓延,染绿了无数江山。而今触目成愁的,也是这一碧无际的芳草,它是那么顽强,今年被铲除干净,明年又会涌出一片新绿,正像这离人心中的愁恨,纵然一时消遣,触景伤情,离愁又会重新缠绵郁结。"恨"字作联,极为含蓄空灵,被周济誉为"神来之笔"。"念"字领起追忆,"柳外"、"水边"记当日分别的幽雅环境;"青骢"、"红袂",离别之人的俏丽形象,都宛然再现。"怆然暗惊",陡然跌入现实,追忆的梦幻霎时惊醒,离别之恨浸在凄楚的伤感之中。

"无端"以下,想念伊人之美,昔日之情。在静夜满帘的月光下,两相爱悦,沉浸在幽梦之中。无限的温馨,化作"春风十里柔情"。然而,好景无常,弦断香消,今天的晚景又是一片阴霾,片片落花似有意牵愁,飘飘洒洒,嬉弄于晚风之中,濛濛残雨似着意惹恨,淅淅沥沥,笼罩了乍晴之后的一线微明。不知趣的黄鹂偏在抑郁难排的时刻,又来耳边啼唤,给人再添烦恼,张玉田曾说:"离情当如此作,全在情景交炼,得味外意。"以景语作结,情自在景内。

# 满 庭 芳

秦 观

　　山抹微云，天黏衰草，画角声断谯门①。暂停征棹，聊共引离尊②。多少蓬莱旧事③，空回首，烟霭纷纷。斜阳外，寒鸦万点，流水绕孤村。　　消魂，当此际，香囊暗解④，罗带轻分⑤。漫赢得青楼，薄幸名存⑥。此去何时见也？襟袖上，空惹啼痕。伤情处，高城望断，灯火已黄昏。

【注释】

①谯门：即谯楼之门，古时在城门上建楼用以瞭望，上为楼，下为门。一说即鼓楼之门，古代以更鼓表示时间。

②离尊：指送别之酒宴。

③蓬莱旧事：相传秦观有一次应邀在蓬莱阁参加会稽太守程辟的宴会时，认识了一位女子，不能忘情，故曰"蓬莱旧事"。

④香囊：男女间定情之物。

⑤罗带：古人以结带表示相爱。

⑥薄幸：薄情。唐杜牧诗曰："十年一觉扬州梦，赢得青楼薄幸名。"

【赏析】

　　词写离别惆怅之情。远山连绵起伏，横亘千里，淡淡的薄云飘浮在层峦叠嶂的山峰之间。"抹"字既写山之苍莽之色，又写云之缥缈之迹。枯萎的秋草逶迤千里，与远天相连。城楼上的画角之声响彻晚空，角声之悲凉引起了分手情侣的更多离绪。"烟霭纷纷"四字，虚实双关，前后相顾。昨日前欢，此时却忆，正如烟云暮霭，分明如在，而又迷茫怅惘。词笔至此，已经凄然，而极目天涯，更是萧瑟。千古传诵的绝唱，出自满腹离愁的旅人之口，那去国离群，沦落天涯的酸涩，岂能不执手哽咽？

　　换头三句，写别前的幽欢和留恋。"高城望断"总收一笔，则井然不紊的层次递进便轻轻点破。而惜别停杯、流连难舍、维舟不发的一段痴情,也尽在不言中了。秦少游笔高而韵美,涵咏不尽,在往复低回之中,蕴藏着凄楚的伤情。前人因之而称其为"古之伤心人者"。

## 满 庭 芳

秦 观

晓色云开,春随人意,骤雨才过还晴。古台芳榭,飞燕蹴红英①。舞困榆钱自落②,秋千外、绿水桥平。东风里,朱门映柳,低按小秦筝③。　　多情,行乐处,珠钿翠盖,玉辔红缨,渐酒空金榼花困蓬瀛④。豆蔻梢头旧恨⑤,十年梦、屈指堪惊。凭阑久,疏烟淡日,寂寞下芜城⑥。

【注释】

①燕蹴红英:飞燕的脚爪不时踢落姹紫嫣红的花瓣。
②舞困榆钱:串串榆钱随风飘舞,有些榆钱悄然纷纷落地。
③秦筝:古代弦乐器,相传系秦人蒙恬改制。唐岑参有诗曰:"汝不闻秦筝声最苦,五色缠弦十三柱。"
④蓬瀛:本指仙山蓬莱和瀛洲,这里借指歌伎居处。
⑤豆蔻梢头:此句源自唐杜牧诗:"娉娉袅袅十三余,豆蔻梢头二月初,春风十里扬州路,卷上珠帘总不如。"一般以豆蔻梢头喻年少貌美的处女。
⑥芜城:即指扬州城,南北朝著名文学家鲍照曾写有《芜城赋》。

【赏析】

词的上片写景,雨过天晴,晓云初霁,天遂人愿,春光明媚,词人游赏于园林之中。绿水芳榭之畔,伫立着苍凉的古台。满园春光,花团锦簇,姹紫嫣红,一片灿然。飞燕穿花,踢落片片花瓣;榆荚飞舞,悠悠落满香径。河中绿水盈盈漾漾,快与桥面相平。在这燕舞花飞,绿水拍岸的迷人景色中,词人又推出了近景:绿柳掩映的朱门内,传出低婉的秦筝之乐,没有写人,而盈盈雅丽的一位少女,却婉然呈现。

下片以"多情"承上,写春日冶游的盛况。直至"豆蔻梢头旧恨,十年梦,屈指堪惊",才点出以上所写,皆前尘旧梦。"堪惊"两字,黯然神伤,是点睛之笔,结拍三句,由追忆旧游转写今日感情。词人凭栏久立,看斜阳坠落,暮霭漾起,物是人非的怅惘之情,皆在景语中。

## 减字木兰花

### 秦 观

天涯旧恨,独自凄凉人不问。欲见回肠,断尽金炉小篆香①。黛蛾长敛②,任是春风吹不展。困倚危楼,过尽飞鸿字字愁③。

【注释】

①篆香:一种篆文字形的盘香,可燃一昼夜。
②黛蛾长敛:即紧锁双眉。汉宫人,以青黛画眉,故将眉称黛蛾。
③飞鸿:即鸿雁,候鸟,迁徙时大队鸿雁作"一"字形或"人"字形。古人常以鸿雁传递书信。

【赏析】

"天涯旧恨",这凌空劈入的一语,是感情的宣泄,是愤激之情的总说。"天涯",说出了久居高楼的女子,与日思夜想的情人在空间上的远隔。"旧恨",又说明别离已久的时间悬隔。"独自凄凉人不问",是对愤激之情的一种平和的解说。她已经习惯于在破碎的心灵上浇注自酿的苦酒,她也习惯于在寂寞的深闺中咀嚼孤独的滋味。这处境、这心态,有谁曾寄一丝慰藉、道一声同情?"人不问",是无奈的"抗争"。

"欲见回肠,断尽金炉小篆香",年年月月,朝朝暮暮,惟一与她相伴的,就是这回环盘曲的篆香,她曾对着当空的皓月,焚香祝告有情人终成眷属;她曾仰望满天的星斗,焚香祈祷相会的鹊桥早日飞架。而今,那百结的柔肠,那寸寸的相思,不就像这断尽的篆香,顷刻间灰飞烟灭了吗?这平和的哀怨与伤感中,寄寓了多么沉痛激愤的情感。

"黛蛾长敛,任是春风吹不展。"写女子的容貌。和煦的春风,会吹开千树万树的梨花,会让锦簇的花团绽满海棠的枝头,可它单单吹不展这女子的愁眉。"长敛",是说愁之深重,"任是",是刻意强调愁的分量。这脉脉含愁的女子,没有就此割断那百结的愁肠。她的痴迷与切望,又让她重倚危楼,极目天外,期待飞鸿捎来天涯的音书。然而,"困倚"、"过尽",又道出她仰望的长久,失望的痛切,这一回,北归的阵雁捎给她的依然是"字字愁"。

# 踏 莎 行

### 秦 观

雾失楼台,月迷津渡,桃源望断无寻处[1]。可堪孤馆闭春寒[2],杜鹃声里斜阳暮[3]。　驿寄梅花[4],鱼传尺素[5],砌成此恨无重数。郴江幸自绕郴山[6],为谁流下潇湘去[7]!

## 【注释】

①桃源:即晋陶渊明《桃花源记》中之桃花源,在今湖南常德。桃源借指避难之所。

②孤馆:指郴州旅舍。秦观49岁时,被贬至湖南郴县,郁郁不欢,在旅舍写了这首词。

③杜鹃:鸟名,相传杜鹃的叫声是"不如归去",作者暗用此意。

④驿寄梅花:南朝陆凯曾寄梅花给范晔,并赠诗一首:"折梅逢驿使,寄与陇头人。江南无所有,聊赠一枝春。"

⑤鱼传尺素:即鲤鱼传书。古诗曰:"客从远方来,遗我双鲤鱼。呼童烹鲤鱼,中有尺素书。长跪读素书,书中竟何如?上有加餐饭,下

有长相忆。"

⑥郴江：在郴州东，最后流入湘江。

⑦潇湘：湘江的别名，因湘江水清而得名。

【赏析】

此词作于迁谪途中，写羁旅之愁。开篇先写途中所见之景，夜雾弥漫，楼台在茫茫大雾中消失；月色朦胧，渡口被朦胧的月色所吞没，那安居乐业的世外桃源，更是云遮雾障，无迹可寻。"可堪"两句，景中有情，极富意趣。王国维说："少游词境，最为凄婉。至'可堪孤馆闭春寒，杜鹃声里斜阳暮'，则变而凄厉矣。"春寒、鹃声、斜阳、孤馆，每一种景致，都能使迁客忧思绵绵，更何况它们交织成一种浓重的乡愁之境，虽不言愁而愁已难堪。

下片进一步写迁谪之恨。"驿寄"三句，以书信之多显其愁恨之深，以有形之书信，象征无形之愁恨，形象地表达迁客之心境。结尾两句以郴水本自围绕郴山，竟遽然远逝，比喻自己离开故国远谪南方，语虽无理，意却沉痛。

# 浣 溪 沙

秦 观

漠漠轻寒上小楼，晓阴无赖似穷秋①，淡烟流水画屏幽。自在飞花轻似梦，无边丝雨细如愁，宝帘闲挂小银钩②。

【注释】

①无赖：即百无聊赖。唐杜甫诗曰："眼见客愁愁不醒，无赖春色到江亭。"

②宝帘：华丽的珠帘。

【赏析】

词的起调是那么幽远、舒缓，像是漫不经心地随口道来，而蕴含其中的淡淡哀愁,在不知不觉中已袭遍全身。因为念人怀远,无法排遣郁结于心的忧愁和苦闷,词人便长久地徘徊于庭院、伫立于楼前,凝神于无穷无尽的思恋之中。不知过了多久,他才感到寒意已浸透了身心,不得不暂时收起那牵愁惹恨的一份遐想,重上小楼。这楼关住了"轻寒",却关不住他的眺望。推窗望去,涌来的是破晓前的阴霾。"晓阴"、"似",是对时间与节气的解说。恰在这薄薄的春寒之中,词人才能挨过那漫长的一段更漏。所以"漠漠轻寒"与其说是状写静物,不如说是描摹动态:不尽的相思让他一夜无眠,而长久的徘徊,又让他渐觉春夜的凉意,夜风的驱遣,又让他独上小楼。这一连串的时间、动作、心理的变化,都化作了"漠漠轻寒",似轻风吹来的一首清歌,虽然淡漠却不失幽雅,词人的轻婉蕴藉,变摇曳为稳定,化动态为静态的笔力,不正藏匿于这饶有兴味的"漠漠轻寒"之中吗?

无以解忧的黯然心境,让他重又环顾熟悉的小屋。烟霭纷纷,流水悠悠,画屏所展示的凄迷淡远的景色,又在不欢的心境中平添了一段新愁。

"自在飞花轻似梦,无边丝雨细如愁。"梦,何以能轻?愁,何以能细?在这抽象的事物前,冠以"飞花",冠以"丝雨",那轻如飞花的梦,不就飘飘落落,无处可以找寻?那细如丝雨的愁,不就淅淅沥沥,永无完结之时?花易飘零,梦便难寻,这本已十分痛苦,而这"飞花",偏偏又是自在的,无忧无虑地飘来荡去。那载有往事追忆的梦,又向哪里去寻觅呢?雨如丝细,愁便难断,这又是十分的苦恼,而这"丝雨",偏偏又是"无边"的,无处不在、涵盖一切的,这潜藏于心的春愁,又怎能剪断、又何时理清呢?婉转幽怨的情愫,在这清丽的画境中缓缓流出"宝帘闲挂小银钩"之结句,贵在情余言外,含蓄不尽,把帘外的愁境与帘内的愁人,联成一体,勾画出幽深的境界。

# 阮 郎 归

秦 观

湘天风雨破寒初,深沉庭院虚。丽谯吹罢小单于①,迢迢清夜徂②。　乡梦断,旅魂孤,峥嵘岁又除。衡阳犹有雁传书③,郴阳和雁无④。

**【注释】**

①丽谯:指司更鼓的谯楼。小单于:唐代曲牌名。
②迢迢清夜徂:漫漫的长夜又已过去。
③雁传书:衡阳旧城南有山曰回雁峰,相传传书的鸿雁至此不再南飞。
④郴阳:即今湖南郴县,在衡阳南。和雁无:连鸿雁也不能飞来。

**【赏析】**

此词作于贬谪郴州之际,写除夕之夜异乡漂泊的凄楚心境。上片先写郴州一带风雨如晦的天气。词人独居孤馆,孑然一身,环顾所居庭院,空荡荡一片,凄凉倍至。"丽谯"两句,说词人心乱无眠。直到角声吹彻,眼看着漫漫长夜随更漏而逝去。在他人合家团聚,通宵守岁的除夕之夜,词人却以罪臣之身,在索寞荒凉的南蛮之地挨过清冷的除夕,此番心境之悲凉是难以诉说的。

下片由景及情,写异地的寂寞之感和思乡之苦。思乡之梦已经断绝,只能继续这沦落天涯的孤独。今已除夕,明将如何?含蓄低回,哀音不已。"衡阳"二句婉曲道出被贬以来音书断绝的境遇,清冯煦说:"真古之伤心人也。其淡语皆有味,浅语皆有致,求两宋词人,实罕其匹。"(《蒿庵论词》)

# 鹧鸪天

### 秦 观

枝上流莺和泪闻[1]，新啼痕间旧啼痕。一春鱼鸟无消息，千里关山劳梦魂。　　无一语，对芳尊，安排肠断到黄昏。甫能炙得灯儿了[2]，雨打梨花深闭门。

**【注释】**

①流莺：黄鹂。
②甫能："刚刚"的意思。这句是说只要灯一灭，就关起门来，听门外雨打梨花声了。

**【赏析】**

词的开篇便点出春闺之怨的主题。闺中少妇含泪谛听枝上黄鹂的动听歌唱，鸟儿不解人意的欢乐，反衬出少妇的悲苦。征人一春无信，欲求相见，只能在缥缈的梦境中，寻求片刻的安慰。

下片中的"安排"一句，构想极为奇妙。说她对今日的孤寂、愁苦，都早已有着充分的准备，她没有哀怨，没有愤恨，心甘情愿地等待征夫的归来，而在这相思而不得相见的日月中，伴随她的只有寂寞、悲凉的煎熬，明知如此，而刻意为之，不言哀怨，而哀怨自现。王世贞《龠州山人词评》谓一日相思"则十二时无间矣，此非深于闺恨者不能也"，可称得上是知言。默默无语，深深念远，一天的十二时辰便是在酒入愁肠中呆呆地熬过。黄昏又兼细雨，景冷、情冷，人心更冷，愁听苦雨，闭门深坐，想那雨中的梨花，应是落英缤纷，满地狼藉，以景道情，离愁正苦，溢于言外，《古今词话》说："此词形容愁怨之意最工，如后叠'甫能炙得灯儿了，雨打梨花深闭门'，颇有言外之意。"

# 绿 头 鸭[①]

## 晁元礼

晚云收，淡天一片琉璃，烂银盘来从海底[②]，皓色千里澄辉。莹无尘、素娥淡伫[③]，静可数、丹桂参差[④]。玉露初零，金风未凛[⑤]，一年无似此佳时。露坐久，疏萤时度，乌鹊正南飞[⑥]。瑶台冷，阑干凭暖，欲下迟迟。　　念佳人、音尘别后，对此应解相思。最关情、漏声正永[⑦]，暗断肠、花影偏移。料得来宵，清光未减，阴晴天气又争知。共凝恋、如今别后，还是隔年期。人强健、清尊素影[⑧]，长愿相随。

## 【作者简介】

晁元礼（1046—1113）一名端礼，字次膺，江苏徐州人。熙宁六年（1073）进士，曾两为县令，均因得罪上级而遭废。晚年以承事郎为大晟府协律。词风近周邦彦。有《闲斋琴趣外篇》。

## 【注释】

①绿头鸭：词牌名，一名《多丽》。
②烂银盘：描写月亮，色如白银，形若圆盘。
③素娥：即嫦娥。唐李商隐有诗曰："青女素娥俱耐冷，月中霜里斗婵娟。"
④丹桂参差：相传唐明皇游月宫时，见十数仙女舞于大桂树下。
⑤金风：即秋风，古代以阴阳五行与季节相配，秋属金，故称秋风为金风。
⑥乌鹊：源自三国曹操诗："月明星稀，乌鹊南飞，绕树三匝，何枝可依。"
⑦漏声正永：古人以铜壶滴漏计时。表示时光在不断流逝。
⑧清尊素影：酒尊和月光。

## 【赏析】

暮霭烟云在远天凝聚，西沉的落日像熔化的黄金，给淡远的长空留下一片赤橙。词人念人怀远。久久徘徊庭院，星移斗转，一轮明月从海底升起，千里澄辉，莹洁无尘。在这静谧的寂寂之夜，任金风细细拂面，玉露初零染鬓，时有流萤掠过，淡淡光亮在黑夜呈莹。乌鹊南飞，鸣噪之音划破夜空。一年之中最美好的夜，想远在故里的佳人，音尘别后，难解相思。最关离情是这漏声永夜、柔肠暗断、花影偷移。遥想来年，清光未减，阴晴难测，别后凝恋的一缕柔情，还需隔年相诉，但愿人强健，何时能把浸满今宵月光素影的一份祝愿，装进重新聚首的酒杯，去憧憬又一个温馨的梦。

# 蝶 恋 花

### 赵令畤

欲减罗衣寒未去，不卷珠帘，人在深深处。红杏枝头花几许？啼痕止恨清明雨。　　尽日沉烟香一缕[①]，宿酒醒迟[②]，恼破春情绪。飞燕又将归信误，小屏风上西江路[③]。

## 【作者简介】

赵令畤（1051—1134）字德麟。他是宋太祖次子燕王赵德昭之玄孙，与苏轼过从甚密。曾任右朝请大夫、右监门卫大将军、洪州观察使等职。词风近秦观。有《聊复集》。

## 【注释】

①沉烟香：古人以沉香燃点作熏香。
②宿酒：昨夜之酒。
③西江路：泛指水路。

## 【赏析】

词写闺中情，疏秀之中有几分哀怨，淡雅之中又有几分幽情。起三句写闺中少妇楚楚动人，娇柔妩媚。天气尚有一丝微凉，所以罗衣未减，不卷珠帘，不敢靠近窗棂，是畏寒，更是怕见窗外的落红满地,怕一夜风雨带来的绿肥红瘦。"止恨清明雨",为花而憎风恨雨,藏无数曲折,风雨葬花,如葬美人,如葬青春,这哀怨,这衷曲,都在"深深处"。

下片寂静之中,又有一重新恨,她为花而悲喜,为花而醒醉,谁想归燕又误传归讯,说天涯游子归来即在,就要了却那沉香祷告的一份心愿,她望着那淡烟流水的画屏,想到游子归来的西江之路。语婉意深,脉脉含情。沈际飞云:"末路情景,若近若远。低回不能去。"(《草堂诗余正集》)

## 蝶 恋 花

### 赵令畤

卷絮风头寒欲尽,坠粉飘香,日日红成阵[①]。新酒又添残酒困,今春不减前春恨。　　蝶去莺飞无处问,隔水高楼,望断双鱼信[②]。恼乱横波秋一寸,斜阳只与黄昏近。

【注释】

①红成阵:指遍地落花。
②双鱼信:古人认为双鲤鱼是信使,可以传递信息。
③横波秋一寸:目如秋水,这里便指眼睛。

【赏析】

柳絮在柔柔的春风中翩跹起舞,它眷恋着春,又执意驱赶着寒。斜风过处,落英缤纷,铺满香径,绿阴深处,清芬沁人,一池春水如碧,弄晴小雨霏霏,在无语的自然中,只有这艳粉娇红在向大地诉说,浊酒一杯,无奈春归,谁能不忆起那天涯的倦客?今春离恨不减,只能重新举起那杯中酒。

换头极写孤独之感,蝶儿、黄莺也逐着坠红、逐着春光飞往别处。只有她自己独倚高楼,凝望碧水,凝望那捎来书信的斜阳远道。然而,碧水又一次载起了怀人之泪,斜阳又一次触动了念远的悲苦。煞拍两句奇横,白昼将尽,长夜即至,送春滋味,念远情怀,不言愁恨而愁恨自见。

## 清 平 乐

### 赵令畤

春风依旧,著意隋堤柳①。搓得鹅儿黄欲就②,天气清明时候。 去年紫陌青门③,今宵雨魄云魂④。断送一生憔悴,只消几个黄昏?

【注释】
①隋堤柳:隋炀帝开通济渠时沿堤所植的柳树。
②鹅儿黄:指柳条上柳花的金黄色。
③紫陌青门:指去年游览过的京城道路和建筑。
④雨魄云魂:形容萧瑟、凄凉、孤独。

【赏析】
春风依旧那么柔和,它惹绿堤上的垂柳,那鹅黄,那浅碧,绿了隋堤、绿了垂柳、绿了江南岸。也是这潇潇夜雨,也是这紫陌青门,也是这清明时节,也是这新雨染绿的一池碧水,也是这春风搓黄的一行烟柳,断送了一生的憔悴,就在这如血的黄昏。悲切、哀怨、见春物芳菲,便有身世之感。这清丽圆转的词作,是悲切之语,更是有情之语。

## 风 流 子

### 张 耒

亭皋木叶下①,重阳近,又是捣衣秋②。奈愁入庾肠③,老侵潘鬓④,漫簪黄菊,花也应羞。楚天晚、白蘋烟尽处,红蓼水边头⑤。芳草有情，夕阳无语，雁横南浦⑥，人倚西楼。　　玉容知安否？香笺共锦字⑦，两处悠悠。空恨碧云离合，青鸟沉浮⑧。向风前懊恼，芳心一点，寸眉两叶，禁甚闲愁。情到不堪言处，分付东流。

## 【作者简介】

张耒（1054—1114）字文潜，号柯山，江苏清江人。熙宁进士，曾任秘书省正字、起居舍人、太常少卿等职，是著名的苏门四学士之一。有《柯山集》。

## 【注释】

①亭皋：平坦广阔的水边地。《汉书·司马相如传》："亭皋千里。"

②捣衣：古代女子在秋天寒冷还未到来时，便将寒衣取出在砧石上捶打，即所谓"捣衣"。

③庾肠：即南朝梁庾信的愁肠，庾信写有《哀江南赋》，这里作愁肠解。

④潘鬓：指西晋文学家潘岳的斑鬓。潘岳在《秋兴赋》中写道："余春秋三十有二，始见二毛。"这里指斑白的头发。

⑤红蓼：一种水边草，开红花。

⑥雁横南浦：大雁横渡南面的水滨。南浦：江淹《别赋》中有："送君南浦，伤如之何！"

⑦锦字：前秦窦滔镇守襄阳，其妻苏若兰织出回文锦诗赠夫，感动了窦滔。这里借指题诗。

⑧青鸟：古人认为能传递信息的鸟，后遂借指使者，相传西王母身旁有三只青鸟，随时传递消息。

## 【赏析】

落木萧萧，川原莽莽，秋惊千里，节近重阳，捣衣天气。天涯倦客，忽闻砧杵，那沦落天涯的离别之苦，那思念亲人的满腹缠绵，在落叶惊秋之际，喷涌而发，着一"又"字，更将年年此刻之情肠，提挈一尽。楚天向晚，白蘋水边，望断云烟，游子何在？萋萋芳草，覆盖荒原，绵延万里，与天相连，这最能触动离人积恨的物色，和情相伴，引人思恋，故曰"有情"；人对斜阳，慨从衷来，思念？怅惘？迷离？无从表述，所以相望无言，默默无语。"无语"更现出那独倚西楼的人，大雁列阵，横归南浦，盼归之人，伫立西楼。这一动一静，相映成趣。斜阳芳草，一红一绿，互为映衬，血色黄昏，凄迷无限。

过片融情入景，笔力不懈。"向风前"四句，又深情婉媚，煞拍两句语质幽美，《四库提要》云："其词神姿高秀，与轼实堪肩随，然终不及东坡。"

## 水 龙 吟

晁补之

### 次韵林圣予《惜春》

问春何苦匆匆，带风伴雨如驰骤。幽葩细萼[①]，小园低槛，壅培未就[②]。吹尽繁红，占春长久，不如垂柳。算春长不老，人愁春老，愁只是，人间有。　　春恨十常八九，忍轻孤、芳醪经口[③]。那知自是，桃花结子，不因春瘦。世上功名，老来风味，春归时候。最多情犹有，尊前青眼[④]，相逢依旧。

【作者简介】

晁补之（1053—1110）字无咎，山东巨野人。神宗时进士及第，曾任著作佐郎等职，后回乡隐居，号归来子。能诗善画，是著名的苏门四学士之一，有《琴趣外篇》。

【注释】

① 幽葩细萼：指春天开的小花十分瘦弱。
② 壅培：给园中花培土。
③ 芳醪（láo）：醇香的美酒。
④ 青眼：相传晋阮籍能为青白眼，人高兴时正视，主要露出眼黑，

即青眼。斜视时则为白眼。

## 【赏析】

晁无咎为苏门四学士之一,他没有苏子瞻的高华与气概,却沉吟过之。此篇借惜春的题目,落笔处有不同于他人的地方。抒情融以说理,理性多于感情,是这首词的特点。

春去匆匆,都因风雨如晦,驰骤不停。小园中的娇嫩花朵,一经风雨,便被吹扫干净。垂柳经春,由鹅黄而浅碧而郁郁葱葱。"占春长久"、"算春长"三句,寻常之语,却曲折有味,蕴藏哲理。下片因春恨而自嘲自解。说春去匆匆,风雨折花,必生怅恨,惟有借酒遣之。"桃花"数句,颇有彻悟人生之意。"桃花"两句与"世上"两句对比,但终因春去而人老,结尾三句颇似东坡旷逸之气,青眼尊前,人们往往多情,还是饮酒依旧。

# 盐 角 儿

## 晁补之

### 亳社观梅①

开时似雪,谢时似雪,花中奇绝。香非在蕊,香非在萼,骨中香彻。　　占溪风,留溪月,堪羞损山桃如血②。直饶更,疏疏淡淡,终有一般情别。

## 【注释】

①亳社:亳为商殷故都,社为祭祀土地神的处所。商有三亳,均在今河南境内。
②羞损:即"羞杀"之意。

## 【赏析】

梅花之傲骨,梅花之丰神,千古以来,一直被人们歌咏、传诵。

101

盛开时,她像雪一样淡雅;凋谢时,她像雪一样沉静。她不争春,她不斗俏,在万花纷谢的冬季,她迎风傲雪,在峭壁巉岩的悬崖之上、在冰天雪地的荒原之中,她把自己的洁白素雅展现于人间。香不在花蕊,不在萼片,香在她不屈的风骨。她留住了溪风,她无愧于溪月,当此之际,她不倚傍,不攀援的风格尤为清绝。山桃如血之红,对之反觉羞愧,是寄托语,微妙有味。结尾两句再写梅花之风采和神韵,疏疏淡淡,意境超逸。

# 忆少年

晁补之

## 别历下[①]

无穷官柳,无情画舸,无根行客。南山尚相送,只高城人隔。 罨画园林溪绀碧[②],算重来,尽成陈迹。刘郎鬓如此[③],况桃花颜色。

【注释】

[①]历下:古邑名,在今山东济南市西。
[②]罨(yǎn)画:即杂彩之画。绀(gàn):一种深青发红的颜色。
[③]刘郎:本指唐代诗人刘禹锡,他曾有诗曰:"玄都观里桃千树,尽是刘郎去后栽。"这里是作者自喻,他日重来,当更人老花残。

【赏析】

起三句用"无"字为句首,说来各尽其情。如烟的垂柳,丝丝鹅黄,片片浅碧,凄迷一片,不见尽头,延伸在河的两岸;色彩斑斓的画船游弋水中,不解游子的伤情,送客踏征程;与天涯相伴的倦客,就像水中的浮萍,浪迹天涯,行无定所,种种凄楚,阵阵伤情,皆以"无"字点出,南山无语,分荷凄苦,默默相送。高城望断,人各天涯。

过片先写山东历下风景之美,那重彩的画船与碧绿的溪水相映,字字葱倩,句句言情,何时再来?老大徒悲。此地春风桃花,不必真情眷恋,突然勒住潇洒的笔势,亦有似尽不尽之余情,咀嚼有味。

# 洞 仙 歌

晁补之

泗州中秋作①

青烟幂处②,碧海飞金镜,永夜闲阶卧桂影。露凉时,零乱多少寒螀③,神京远,惟有蓝桥路近④。　水晶帘不下,云母屏开⑤,冷浸佳人淡脂粉。待都将许多明,付与金尊,投晓共流霞倾尽⑥。更携取胡床、上南楼⑦,看玉做人间,素秋千顷。

【注释】
①泗州:在今江苏盱眙对岸,泗洪东南。
②幂(mì)处:遮盖的地方。
③寒螀(jiāng):一种寒虫。
④蓝桥:在陕西蓝田县蓝溪之上。相传此地有仙窟,唐裴航在此遇仙女云英,求得玉杵捣药并结为夫妇。
⑤云母屏:一种用透明发光的云母做的屏风。
⑥流霞:一种仙酒。
⑦胡床:一种可以折叠的轻便坐具。南楼:晋庾亮在武昌时,与诸僚吏乘月上南楼,据胡床笑闹。

【赏析】
在莽莽苍苍的天海之上,一轮明月穿透云层,像金镜飞上太空。那皎洁的光芒照彻夜空,也把桂树的影子照在庭院、阶前。桂花的香气弥漫在夜空。彻夜不眠,徘徊庭院,知霜露已降,凉意侵

103

肌，寒蝉也有零乱的悲鸣。上片结尾两句，因望月而生身世之感。

下片"水晶帘"、"云母屏"，也是朗月寒光所照，故云"许多明"。室内筵上之人频频举杯，把酒赏月，想把那照彻玉人的清辉全部装进金尊，和着早晨的朝霞，一道饮尽。结尾两句，宕开词笔，"玉做人间，素秋千顷"，一片琉璃世界。黄蓼园评曰："前段从无月看到有月，后段从有月看到月满，层次井井，而词致奇杰。各段俱有新警语，自觉冰魂玉魄，气象万千，兴乃不浅。"（《蓼园词选》）

# 临 江 仙

晁冲之

忆昔西池池上饮①，年年多少欢娱。别来不寄一行书，寻常相见了，犹道不如初。　安稳锦衾今夜梦②，月明好渡江湖。相思休问定何如？情知春去后，管得落花无。

## 【作者简介】

晁冲之，字叔用，一字用道，山东巨野人。进士出身，因党争被贬，后隐居具茨山下，号具茨先生。今存《晁叔用词》一卷。

## 【注释】

①西池：相传西王母曾在西池大张筵席。这里是作者怀念昔日的宴乐。
②锦衾：华丽的铺盖。

## 【赏析】

起句叙述当年和朋友们畅饮的欢娱情景。第二句"年年多少欢娱"中透出深重的怅惘情绪。当年的欢娱，事事都堪追忆，情深意切，使人恋恋不已。别后音信相缺，并非彼此疏远，而是忧谗畏讥的弦外之音，"寻常"两句，浅语之中蕴含着对严酷政治的彻悟。

下片在无可奈何之中，要安排今夜的梦境。"好渡江湖"，飞来的遥想，相濡以沫，共赴患难的相互安慰，以欢畅的语气出之，是含泪的祝愿。收三句仍是悬想与梦中故人相见后的情景。结尾两句，淡雅的笔触写肃杀的政治气候，情深语痛，柔情万种。

# 虞 美 人

## 舒 亶

芙蓉落尽天涵水①，日暮沧波起。背飞双燕贴云寒，独向小楼东畔倚栏看。　　浮生只合尊前老，雪满长安道。故人早晚上高台②，寄我江南春色一枝梅③。

**【作者简介】**

舒亶（1041—1103）字信道，号懒堂，浙江宁波人。治平二年（1065）进士，试礼部第一，曾任知制诰、御史中丞、龙图阁待制。有《舒学士词》一卷。

**【注释】**

①天涵水：天包涵着水，指晴空倒映在水中的景象。唐孟浩然诗："八月湖水平，涵虚混太清。"

②故人：指作者的友人黄公度。上高台：此乃隐语，希望友人迟早能帮助自己。

③江南春色一枝梅：此援引南朝陆凯寄梅花给范晔的故事，陆凯并赠诗曰："折花逢驿使，寄与陇头人。江南无所有，聊寄一枝春。"

**【赏析】**

夕阳在婀娜多姿的芙蓉花上坠落，秋风荡漾秋江，日暮远望，水天相接，烟波无际。旅人怀思，漂泊异域之孤寂，亦随烟波荡漾而起。开篇的两句视野开阔，秋风残荷之外有一派苍茫萧索的情调。燕子背飞，景中有兴，"寒"字不只是节气之变化，而且是一种心理感受，暗示离别的悲凉况味。

下片直抒怀念之情。过片两句是说岁月飞逝，又将岁暮，雪满京城，寂寞无奈，惟有借酒遣日，这是深深思恋远方朋友的孤凄心境之写照。煞拍两句我之忆君，亦如君之念我，寄江南梅萼，词意温厚。

## 渔　家　傲

### 朱　服

小雨纤纤风细细[1]，万家杨柳青烟里，恋树湿花飞不起[2]，愁无际，和春付与东流水。　　九十光阴能有几[3]？金龟解尽留无计[4]。寄语东阳沽酒市[5]，拼一醉，而今乐事他年泪。

### 【作者简介】

朱服（1048—？）字行中，浙江乌程人。熙宁六年（1073）进士。曾官国子司业、起居舍人、中书舍人、礼部侍郎、集贤殿修撰等职，并先后任多年地方官。这首词是其存世的惟一一首。

### 【注释】

①纤纤：形容细雨纷纷的样子。
②恋树湿花：即湿花依恋着树，形容雨打湿的花贴在树上。
③九十光阴：即"人生百年"之意，"九十"是泛指。
④金龟：唐三品以上大臣佩金龟。本句运用了李白诗中"金龟换酒"的典故。李白在其《对酒忆贺监》诗序中说："太子宾客贺公，于长安紫极宫一见余，呼余为谪仙人，因解金龟换酒为乐。"
⑤东阳：即今浙江金华市。

### 【赏析】

纤纤细雨，柔柔金风，杨柳青烟，郁郁葱葱，绿雾青烟笼罩着万家城郭。细雨迷濛染湿春花，让它欲飞不能，借湿花恋树寄寓人的恋春之情，落花尚且有情，不忍辞树而留恋芳春，客愁伤春的寂寞情怀是可想而知的了。"愁无际"，落花的离树之愁，旅人的惜春之愁，溶于其间，难以形容，难以排遣，只能让它同春天一道付与东流的逝水。

下片感叹韶光易逝，不如及时行乐。作者用金龟换酒的典故，表明极意把酒留春。况蕙风云："白石词'少年情事老来悲'，宋朱服句'而今乐事他年泪'，二语合参合悟，一意化两之法。宋周端臣《木兰花慢》云：'料今朝别后，他时有梦，应梦今朝。'与'而今'句同意。"结句一意化两，示遣愁不尽，无限伤感。

## 惜 分 飞

毛 滂

富阳僧舍作别语，赠伎琼芳①

泪湿阑干花著露，愁到眉峰碧聚②。此恨平分取，更无言语空相觑。　　断雨残云无意绪，寂寞朝朝暮暮。今夜山深处，断魂分付潮回去③。

### 【作者简介】

毛滂，字泽民，浙江江山人。曾任杭州法曹、武康县令、祠部员外郎等职。他一生仕途不得意，曾得苏东坡荐举。其词虽受苏轼、柳永影响，但自具一格，清新圆润，自然秀雅，尤其是《惜分飞》这首词，颇受时人推重。有《东堂集》、《东堂词》。

### 【注释】

①琼芳：浙江富阳一歌伎，毛滂任杭州法曹时和她很要好，并在辞官时，写了这首词赠给她。琼芳在苏东坡（时任杭州刺史）举行的宴会上唱了这首词，苏东坡问是谁作的，琼芳回答是辞官而去的毛滂。苏东坡顿感此人是个人才，说："郡寮有词人不及知，某之罪也。"派人追回了毛滂，盘桓多日，以其可与唐之孟郊、贾岛比美。这个故事多少年来，一直被词坛誉为佳话。

②愁到眉峰碧聚：源于唐张泌《思越人词》："黛眉愁聚春碧。"形容愁上眉梢，心事重重。

③潮回去："潮"，即指钱塘江潮，此句意为：让钱塘江潮带回作者对意中人的思念。

**【赏析】**

起句写惜别之情。情人诀别，从此天各一方，后会无期，黯然神伤的离绪，悄然涌上心头。"泪湿阑干花著露，愁到眉峰碧聚。"极写痛惜娇怜的状态。"泪湿阑干"，十里长亭的曲曲幽栏之上已泪痕斑驳，挂满泪珠的脸颊犹如带露的花朵，颦蹙的黛眉像远山一抹，凄丽哀婉，柔情脉脉。"此恨平分"极为新奇；一个是宦游四海的贵公子，一个是烟花巷中的风尘女子，悬殊的等级身份，不同的社会地位，并没有阻止他们倾心相爱，他们要共同承受离恨的折磨。"空相觑"写相对无言的绝望与悲哀，语言朴实而情深意笃。

下片"断雨"两句，景与情融。"今夜"两句，悬思别后，深山峡谷，断雨残云，朝朝暮暮，不能忘却的是这片离情。沈际飞云："第一个相别情态，一笔描来，不可思议。"

## 菩 萨 蛮

陈 克

赤阑桥尽香街直，笼街细柳娇无力。金碧上青空①，花晴帘影红。　　黄衫飞白马②，日日青楼下③。醉眼不逢人，午香吹暗尘④。

**【作者简介】**

陈克（1081—1137）字子高，自号赤城居士，浙江临海人。绍兴年间曾为敕令所删定官，曾替吕祉起草上朝廷的《东南防守利便书》，力主抗金。其词近乎花间派，语言工丽。有《赤城词》。

【注释】

①金碧：指飞扬的杨花柳絮。
②黄衫：隋、唐时少年的华贵服装。
③青楼：这里指歌伎住的地方。
④午香：中午时分散发的花香以及脂粉香混合在一起。

【赏析】

词的上片描绘了一幅繁华绮丽的画景：一架红桥飞架碧水两岸，桥的尽头是宽阔笔直的长街。细柳柔条，娇媚无力，微风轻轻吹来，荡起嫩黄、浅碧的丝丝柳絮，在骄阳的映照下，泛出灿灿的金光，柔柔的碧绿。那野草的芳香，那蒙蒙的飞絮，笼罩着湛蓝的晴空。飞梁画栋的华屋之下，轻轻晃动的帘影之中，闪过娇柔的红花，在这旖旎与温馨中，可见到情思的闲雅、意绪的高远。

过片极为含蓄，白马飞驰，醉眼迷离，花香柳媚，时当正午，一阵沙沙的马蹄声过后，迷蒙的尘土腾起空中，花儿正红，夹着尘土带来的花香，美和丑自现其中，写景中寓有情意。正是"收得尽，又似尽而不尽者。"（沈雄《古今词话》）词的结构显示了作者的功力。

# 菩 萨 蛮

## 陈 克

绿芜墙绕青苔院①，中庭日淡芭蕉卷②。蝴蝶上阶飞，烘帘自在垂③。　玉钩双语燕④，宝甃杨花转⑤。几处簸钱声⑥，绿窗春睡轻。

【注释】

①绿芜：墙上的绿草、藤萝等植物。
②中庭日淡芭蕉卷：中午时分，淡淡的阳光照在卷起的芭蕉叶上。
③烘帘：指挡风的暖帘。

④玉钩双语燕：双双燕子在帘钩上下翻飞呢喃。
⑤宝甃（zhòu）：甃指井壁。这里是说杨花飘扬在井垣四周。
⑥簸钱：一种古代游戏。唐王建《宫词》："暂向玉华阶上坐，簸钱赢得两三筹。"

**【赏析】**

深幽静谧的庭院有红的蔷薇，绿的芭蕉。蓬蓬勃勃的藤萝爬满院墙，环绕四壁。羞涩的芭蕉，芳心尚卷，含一丝朦胧的睡态，娇嫩的蔷薇，含苞欲放，吐一丝迷离的婀娜，古人庭院中往往种花与芭蕉映衬成景。词人在此以虚实之笔，明写芭蕉，暗衬红花，见虚实相间之妙。满院春光，姹紫嫣红，花之旖旎，花之香气，引来蝴蝶阶上翻飞，蝶飞之恬然，既侧写了花之存在，又可见庭中之无人。"烘帘自在垂"是必然之笔。

帘未卷暗示主人犹在恬睡，然静中有动：玉钩之上，语燕双双，宝甃之上，杨花点点。"转"写出杨花落地之无声，燕语呢喃，更添小院之幽静，前六句以烘托渐进之笔，层层铺写出院之闲静。后两句擒住题意，幽趣自佳。末句翻用晏几道《更漏子》"绿窗春睡浓"，"睡"字之下着一"轻"字，造出古人未到之境，语尽而意不尽，闲适自得之情趣漾于其间。

# 洞 仙 歌

## 李元膺

一年春物，惟梅柳间意味最深，至莺花烂漫时，则春已衰迟，使人无复新意，余作《洞仙歌》，使探春者歌之，无后时之悔

雪云散尽，放晓晴庭院。杨柳于人便青眼①。更风流多处，一点梅心，相映远，约略颦轻笑浅②。　　一年春好处，不在浓芳，小艳疏香最娇软③。到清明时候，万紫千红花正乱，已失春风一半，早占取韶光④、共追游，但莫管春寒，醉红自暖。

## 【作者简介】
李元膺,山东东平人,绍圣年间曾任南京教官。有《李元膺词》。

## 【注释】
①青眼:人高兴时正目而视,多露出眼青,故称之青眼。相传晋阮籍能为青白眼。
②颦(pín):皱眉。相传西施皱眉时特别好看。
③疏香:指梅花那淡淡的清香。
④韶光:即美好的时光。宋范成大《初夏》诗:"晴丝千尺挽韶光,百舌无声燕子忙。"

## 【赏析】
雪霁云收,晓晴庭院。嫩柳初绽,形如媚眼,一片鹅黄。微风掠过,垂柳剪开池塘绿色的春水,荡起涟漪串串,梅心一点,"约略颦轻笑浅",这一丝化在微笑中的淡淡哀愁,却给梅平添了妩媚的风韵,风流还是属于曾经傲霜斗雪的寒梅。

过片用韩诗"最是一年春好处",承挽上片,开启下片,春不在浓芳,不在娇艳,她姹紫嫣红,繁花烂漫时,春风已失一半。极为繁盛便是衰微的征兆。篇终词人殷勤规劝人们:"早占取韶光、共追游,但莫管春寒,醉红自暖。"

# 青 门 饮

### 时 彦

胡马嘶风,汉旗翻雪,彤云又吐,一竿残照。古木连空,乱山无数,行尽暮沙衰草。星斗横幽馆,夜无眠、灯花空老①。雾浓香鸭②,冰凝泪烛,霜天难晓。　　长记小妆才了,一杯未尽,离怀多少。醉里秋波,梦中朝雨,都是醒时烦恼。料有牵情处,忍思量,耳边曾道:甚时跃马归来,认得迎门轻笑。

## 【作者简介】

时彦（？—1107）字邦彦，河南开封人，元丰二年（1079）考中第一名进士。曾官兵部员外郎、集贤校理、河东转运使、吏部尚书等职。这首词是其惟一的存世词作。

## 【注释】

①灯花空老：指情绪不高，不剪灯花，烛泪凝结起来。
②雾浓香鸭：鸭形的熏炉里香烟袅袅，弥漫全室。

## 【赏析】

词写离别闺思。开篇先写北国特有的风光：北风呼啸，大雪翻飞，战马长嘶，车马行进在风雪之中，"彤云又吐，一竿残照"，写荒原之上多变的气候，在晚霞似火的西天，夕阳的余晖斜照在枯枝纵横的老树、逶迤绵亘山峦的之上。远行依旧，暮霭沉沉，惟有近处的平沙衰草，依稀可辨。星斗横空、幽馆无眠、烛泪结冰、熏香不散，都是用来衬托漫漫长夜。

"长记"以下闺情之忆。别离在即，她浅施粉黛，把盏相送，借酒浇愁，稍饮即醉。"醉里"三句，写醉后神情，醉眼微开，秋波暗转，梦中仍是温情。收二句耳边细语，道出女子特有的执著与无所顾忌。迎门轻笑，美人如花，跃马归来，是想象日后相见那一瞬的欢娱，也正是一夜孤馆不眠的因由。

# 谢 池 春

## 李之仪

残寒消尽，疏雨过、清明后。花径款余红①，风沼萦新皱②。乳燕穿庭户，飞絮沾襟袖。正佳时，仍晚昼，著人滋味③，真个浓如酒。　频移带眼④，空只恁、厌厌瘦⑤。不见又思量，见了还依旧，为问频相见，何似长相守。天不老，人未偶，且将此恨，分付庭前柳。

## 【作者简介】

李之仪,字端叔,自号姑溪居士,山东无棣人。宋神宗元丰年间进士,曾为苏轼幕僚,曾任枢密院编修、原州通判等职,后因文章获罪。词以小令见长,有《姑溪词》。

## 【注释】

①花径款余红:植花的小路上留下了不少落花。
②风沼萦新皱:风吹过池沼,一圈圈涟漪在水中回旋。
③著人:新嫁娘。
④带眼:衣带上的孔洞,人瘦则移动带眼。
⑤厌厌:精神不振的神态。

## 【赏析】

清明过后,疏雨初霁,残寒消尽。小园芳径、落满残红。园中池塘,绿水新皱。紫燕穿过华屋,柳絮沾满襟袖。漫步园中,春的清新,春的幽梦,令人心旷神怡。四句之中,以景写情,真个浓如酒。

下片叙别后相思。"频移带眼,空只恁、厌厌瘦"即是柳永"衣带渐宽终不悔,为伊消得人憔悴"之意。接下来的四个五言句是写情,深而细是其特点,以生动活泼的俚俗之语,写细腻委婉的别离之情。"且将此恨,分付庭前柳",含蓄蕴藉,留有悬念,给人以无穷的回味之境,庭前垂柳,要载起相思别恨的惆怅?要证明两情缱绻的忠贞?还是要祈祷未偶相思的执著?余意尚是一片深情。

# 卜 算 子①

## 李之仪

我住长江头,君住长江尾;日日思君不见君,共饮长江水。此水几时休?此恨何时已?只愿君心似我心,定不负相思意。

## 【注释】

①卜算子：李之仪的这首词是模仿民歌写成，与唐崔颢的《长干行》有异曲同工之妙。

## 【赏析】

这首小词颇似南朝乐府诗，明白如话，回环往复，构思新巧、深婉含蓄是其特点。

开篇以长江起兴，浩荡东流、奔腾不息的长江水阻隔了"我"和"君"，而这广袤的空间之悬隔，又寓示着相思之情的悠长。思而不见，却"共饮长江水"，和婉而幽怨。

下片紧承上意，抒写别恨，长江水无语东流，不知何时能休？这相思别恨也不知何时能够停歇，后两句缱绻情深，两相挚爱的心灵一脉相通，君心如我心，语虽尽，意却未尽，意虽尽，情终不尽。煞拍写出隔绝之中的永恒之爱。

# 瑞 龙 吟

### 周邦彦

章台路①，还是褪粉梅梢，试花桃树②。愔愔坊陌人家③，定巢燕子，归来旧处。　　黯凝伫，因念个人痴小④，乍窥门户，侵晨浅约宫黄⑤，障风映袖，盈盈笑语。　　前度刘郎重到⑥，访邻寻里，同时歌舞，惟有旧家秋娘⑦，声价如故。吟笺赋笔，犹记燕台句⑧。知谁伴，名园露饮⑨，东城闲步？事与孤鸿去⑩，探春尽是，伤离意绪，官柳低金缕⑪，归骑晚，纤纤池塘飞雨。断肠院落，一帘风絮⑫。

## 【作者简介】

周邦彦（1057—1121）字美成，自号清真居士，浙江杭州人。宋神宗时，他因上万言《汴都赋》而受到皇帝赏识，被破格任用为太乐正。徽宗时任徽猷阁待制，提举大晟府。他精通音乐，词采佳丽，为后来格律派遵为祖师。有《片玉词》。

## 【注释】

①章台路：汉长安有章台街，唐许尧佐有《章台柳传》，后人借吟咏章台柳以怀念故人。

②试花桃树：桃树上桃花初绽。

③悄悄：宁静貌。

④个人：即所怀念的意中人。

⑤浅约宫黄：将宫人用的黄粉浅浅地涂在眉毛上。

⑥前度刘郎：源自唐刘禹锡《再游玄都观》诗："种桃道士归何处，前度刘郎今又来。"

⑦秋娘：即唐金陵歌伎杜秋娘，这里作歌伎的代称。

⑧燕台句：源自唐李商隐《赠柳枝》诗："长吟远下燕台句，惟有花香染未消。"燕台即黄金台。

⑨露饮：席地而坐，露天宴饮。

⑩事与孤鸿去：源自唐杜牧诗："恨如春草多，事逐孤鸿去。"

⑪金缕：指柳条上布满金黄色的小花。

⑫风絮：风吹来的杨花柳絮。

## 【赏析】

词写追忆之情怀。起即点明怀念的旧地。景物依然，梅花谢了，桃花开了。然巧妙地造语，让人感到季节的跳荡，梅之败落，曰"褪粉"；桃花初绽，曰"试花"。在精巧华美的物象之中，让人感到昔日的繁盛雍荣。宫黄障袖，笑语盈盈，充满对天真活泼少女的怜爱之情。"刘郎重到"，点醒怀旧，以"旧家秋娘"陪衬所怀歌伎当年色艺声价之高。伊人不见，又不明说。吟诗笺、赋闲笔、露饮漫步。往事又复涌现，倍增今日离索伤别之情。"事与孤鸿去"，虽化用杜牧诗句，却天衣无缝，浑若己出。"探春"之句总结恋恋难舍的伤离情绪。归骑仍有依恋，迟迟不肯即去。杨柳风絮，纤纤细雨洒落池塘，帘栊紧闭，飞絮扑面，真断肠情致。词笔转换之中，见袅袅余音，未尽之情，耐人追寻。

# 风 流 子

周邦彦

新绿小池塘,风帘动、碎影舞斜阳。羡金屋去来①,旧时巢燕,土花缭绕②,前度莓墙③。绣阁里,凤帏深几许?听得理丝簧④。欲说又休,虑乖芳信,未歌先噎,愁近清觞。　　遥知新妆了,开朱户,应自待月西厢⑤,最苦梦魂,今宵不到伊行⑥。问甚时说与,佳音密耗⑦,寄将秦镜⑧,偷换韩香⑨?天便教人,霎时厮见何妨!

【注释】

①金屋:指汉武帝金屋藏娇的故事。
②土花:即土中生长的花。唐李贺诗:"三十六宫土花碧。"
③莓墙:墙上布满了青苔。
④丝簧:指我国传统的丝弦和管乐。
⑤待月西厢:元王实甫《西厢记》中,莺莺与张生约会在西厢,莺莺有诗曰:"待月西厢下,迎风户半开。"
⑥伊行:意中人那里。
⑦密耗:秘密的消息。
⑧秦镜:汉代秦嘉妻徐淑赠秦嘉以明镜,希望秦嘉不要忘掉自己。
⑨韩香:晋贾充女贾午喜欢韩寿,就将家藏的异香赠与了韩寿,贾充因此将贾午嫁给了韩寿。

【赏析】

春雨潇潇,新绿涨满池塘,幽幽庭院,竹帘低垂。微风起处,帘影映入水中,风摇影动,筛出一池碎影。斜阳返照,闪烁金光,景色绮丽动人。"羡"字领起四句,于景中略放丝情,燕子在旧年的巢穴上重垒新窝,苔藓在前番的残壁上重又染出新绿。主人公触景生情,叹旧欢难续。于是揣想对方——绣阁深闺,凤帏沉沉,渐觉一往情深;频理幽簧,欲说还休,知满怀幽怨无处倾诉;未歌先咽,怕近清觞,由己思人转为写人思己,倍增怀思之深。

换头三句悬想伊人晚妆停当,待月西厢,从对方着墨,词意与上片相续。希望梦中相会,偏偏梦魂不到她的身边,悬想与希冀频迭,佳音渺渺,相聚难期,便逼出长长的问句:"问甚时说与,佳音密耗,寄将秦镜,偷换韩香?"以秦嘉赠镜、贾女偷香的典故,将词情又推进一层,至此通篇皆是旧欢难续的怅恨。最后只望霎时厮见,而天又何苦悭人,如此尤怨、迂妄的一问,将词情推向高潮,况周颐《蕙风词话》卷二说:"此等语愈朴愈厚、愈厚愈雅,至真之情由性灵肺腑中流出,不妨说尽而愈无尽。"

## 兰 陵 王

### 周邦彦

柳阴直,烟里丝丝弄碧。隋堤上①,曾见几番,拂水飘绵送行色②。登临望故国,谁识,京华倦客。长亭路,年去岁来,应折柔条过千尺③。　　闲寻旧踪迹,又酒趁哀弦,灯照离席,梨花榆火催寒食④。愁一箭风快,半篙波暖,回头迢递便数驿,望人在天北。　　凄恻,恨堆积。渐别浦萦回⑤,津堠岑寂⑥,斜阳冉冉春无极。念月榭携手,露桥闻笛,沉思前事,似梦里,泪暗滴。

【注释】

①隋堤:隋炀帝开通济渠时,沿渠筑堤,命百姓沿堤植柳,此堤后世遂称作隋堤。

②拂水飘绵送行色:细长的柳枝拂在水面上,洁白的柳絮如绵飘在水中,好像在送别即将离去的行人。

③应折柔条过千尺:古人折柳送别,送往送去,柳条不知折断了多少。"过千尺"是泛指。

④榆火催寒食:清明前一天为寒食节,唐俗寒食禁火,清明时另取榆柳之新火赏赐近臣。

⑤别浦:水流分支的地方。
⑥津堠(hòu):渡口附近的守望所。

## 【赏析】

这首词借咏柳而写离情,开篇便点明本题。隋堤横卧,高柳垂阴,鹅黄浅绿,烟中弄碧,千丝万缕,依依有情。它们"拂水飘绵",脉脉含情地送走回归的游子,而这驿路上,长亭更短亭,纵使有万千柔条,来来往往,年复一年,被折下的该有多少?明写惜爱柳枝,却暗喻人间离别的频繁,情深意婉,耐人寻味,而其中"谁识,京华倦客",又道出客中送客的凄惘与忧愁,欲归不得,还要强颜相送的曲折心态,在往复吞吐之中描述出来。

第一叠因柳而及一般别情,第二叠转入当前情事,华灯照席,哀弦劝酒,离筵即在眼前,词意从追想之幻转入送别之真。"梨花榆火"点明送别的时令。"愁一箭风快"四句,如周济在《宋四家词选》中所说:"这种翻进一层,从想象中着笔的手法,是周邦彦所最擅长的。"这四句的布局跌宕,放笔直抒,极写伤离赠别、归客和游子,人各天涯之情,是想象中情景,是摹写而非实事。

第三叠写别后情怀,直抒离恨。别浦、津堠皆离人去后的当前景色,斜阳西坠,暮霭苍茫,春色无极,引游子惆怅之意;黄昏将至,触离人迟暮之悲,由景生情,情景融成一片。全篇由离别之恨而入,又以因春惆怅、惋惜华年作结,在层层递进中见出回环往复。篇中转换跳荡之处,给人以疏朗洒脱之感,而勾连递接之严谨,又让人感觉到词章布局的缜密。

# 琐 窗 寒

### 周邦彦

暗柳啼鸦,单衣伫立,小帘朱户。桐花半亩,静锁一庭愁雨。洒空阶,夜阑未休,故人剪烛西窗语[①]。似楚江暝宿,风灯零乱,少年羁旅。　迟暮,嬉游处,正店舍无烟,禁城百五[②]。

旗亭唤酒，付与高阳俦侣③。想东园，桃李自春，小唇秀靥今在否？到归时，定有残英，待客携尊俎④。

**【注释】**

①剪烛西窗语：源自唐李商隐《夜雨寄北》诗："何当共剪西窗烛，却话巴山夜雨时。"

②禁成百五：旧俗寒食节禁火，从冬至到寒食节恰是105日。

③高阳俦侣：即指高阳酒徒。相传汉刘邦不愿见儒生郦食其，郦食其按剑大呼说："我不是儒生，而是高阳酒徒。"刘邦这才接见了他。

④携尊俎：尊俎是旧时酒具，这里指准备用美酒佳肴款待家乡的亲人。

**【赏析】**

词写久客思归之情。开篇对雨起兴：柳暗桐阴，鸦啼疏木，潇潇暮雨，空阶滴漏，在这夜雨宵深，客窗孤独的时刻，便想到昔年楚江羁旅，也是这般风灯零乱，夜雨暝宿。少年羁旅和垂老行役，心情是一样的萧索，感叹年华迟暮，归结到"故人剪烛"一句。"似"字极写幻觉，迟暮钩转、浑化无迹。

过片设景设情，层层脱换：先言迟暮之悲，久离京华，孤馆春寒，宦况寂寞，而旗亭饮酒，已无心绪，实写暮年无为之憾。"想东园"三句又虚设美景：故里东园，桃李争妍，春色不殊，玉人安在？"到归时"以下，设想回去的情况，人已迟暮，春已阑珊，花自零落，残英遍地。只能花下酣醉，排解郁结。叹年华之迟暮，思美人之犹在，累累如贯珠，文情相生，词笔回环，顿成奇绝。

# 六　丑

周邦彦

薔薇谢后作

正单衣试酒，怅客里、光阴虚掷。愿春暂留，春归如过翼①，一去无迹。为问家何在？夜来风雨，葬楚宫倾国②。钗钿堕处遗香泽，乱点桃蹊，轻翻柳陌。多情为谁追惜？但蜂媒蝶使，时叩窗槅。　东园岑寂，渐蒙笼暗碧③，静绕珍丛底④，成叹息。长条故惹行客⑤，似牵衣待话，别情无极。残英小、强簪巾帻⑥。终不似、一朵钗头颤袅，向人欹侧。漂流处、莫趁潮汐。恐断红、尚有相思字⑦，何由见得？

## 【注释】

①过翼：春光像飞鸟掠过一样逝去。

②楚宫倾国：这里以楚王宫中的如花美女比喻蔷薇花。

③蒙笼暗碧：绿叶成阴，显得光线幽暗。

④珍丛：即蔷薇花丛。

⑤长条故惹行客：蔷薇的枝条有刺，不时勾住路人的衣服。

⑥强簪巾帻：勉强把残花插在布帽上。

⑦断红：这里用了"红叶题诗"之典，相传唐卢渥偶然在御沟里拾到宫女题诗的红叶，后来竟与题诗的宫女结成夫妻。

## 【赏析】

词咏蔷薇，寄寓身世之感。开篇突兀横绝，伤春伤别的凄切、紧迫之感笼罩全篇。"愿春暂留"三句紧承慨叹春光将尽、客里光阴虚掷而来，一波三折，耐人寻味，周济评此三句云："十三字千回百折，千锤百炼。"夜来风雨，一夜无眠，想蔷薇花片在桃蹊柳陌上乱点轻翻，玉碎香消，谁能怜惜？惟蜂媒蝶使，屡叩窗槅。

下片惜花，徘徊珍丛，花亦恋人，牵衣待话；不惜已簪之残英，偏惜欲去之断红，颤袅侧欹，如不能已，再复伤感万片飞红，任随流水，即有相思字，亦不得见，黄蓼园云："比兴无端，旨与物化，奇情四溢，不可方物，人巧极而天工生矣：结处意致尤缠绵无已。"(《蓼园词选》)陈廷焯云："满纸羁愁拂郁，且有许多不敢说处，言中有物，吞吐尽致。"(《白雨斋词话》)

# 夜 飞 鹊

## 周邦彦

河桥送人处①,凉夜何其。斜月远、坠余辉,铜盘烛泪已流尽,霏霏凉露沾衣。相将散离会,探风前津鼓,树杪参旗②。花骢会意③,纵扬鞭、亦自行迟。　　迢递路回清野,人语渐无闻,空带愁归。何意重经前地,遗钿不见,斜径都迷。兔葵燕麦④,向斜阳欲与人齐。但徘徊班草⑤,欷歔酹酒,极望天西。

**【注释】**

①河桥:源自李陵诗:"携手上河梁,游子暮何之。"
②树杪(miǎo)参旗:树梢上飘扬着画有星辰的旗。
③花骢(cōng):毛色青白相杂的马。
④兔葵燕麦:唐刘禹锡重游玄都观,惟见兔葵燕麦,形容蔓草丛生,一片荒凉。
⑤班草:指布草坐地。

**【赏析】**

词写别后回忆分手时的情状。开篇点明送别的时间:河桥送人,斜月将落,余辉淡淡。盘烛已残,空堆红泪,足见离筵之久,絮语之多;凉露霏霏,凄然沾衣,又见两情缱绻,抑郁难分的伤离气氛。离别在即,还寄希望于更漏迟移,所以静心谛听渡头报时的更鼓,频频"探"看树梢上移动的星辰。匆匆行色、依依别绪皆由"探"字描出。

换头三句写别后所感。归途迢递,旷野凄迷、喧嚣之声,瞬然寂寂,独他一人沉浸在离别的怅恨之中。至此方悟出此前都是追叙之笔,下转另番情景。陈洵《海绡说词》:"换头三句,将上阕尽化烟云,然后转出下句。"过片承前启后,用笔竭尽变幻。"何意重经前地"三句,都是对旧地重游、闲寻旧踪迹的摹写。当年送别的道路已经凄迷、遗有香泽的钗钿已无处寻觅,分别之久,相思之深,已款款道出。至此方晓过片三句并非写今,依然是忆旧,在幻中之幻、变化莫测的布局中,见久别相思之情。

"兔葵"两句转入现实,化用刘禹锡《再游玄都观》诗序"惟兔葵燕麦,动摇于春风"之意,黄昏中的斜阳,照着高与人齐的兔葵、燕麦之影,有意点出幻中之幻的不同季节。别在深秋,思在春夏,则永昼之思念,长夜之怅惘,都在景语中。梁启超在《艺蘅馆词选》中评这两句词说:"与柳屯田之'晓风残月',可称送别词中双绝,皆融情入景也。"煞拍两句,直抒无可奈何之情,一结凄婉,有余不尽。

# 满 庭 芳

周邦彦

### 夏日溧水无想山作[1]

风老莺雏,雨肥梅子,午阴嘉树清圆。地卑山近,衣润费炉烟[2]。人静乌鸢自乐[3],小桥外、新绿溅溅。凭栏久,黄芦苦竹[4],疑泛九江船[5]。　年年,如社燕,漂流瀚海,来寄修椽[6]。且莫思身外[7],长近尊前。憔悴江南倦客,不堪听、急管繁弦。歌筵畔,先安簟枕[8],容我醉时眠。

## 【注释】

①无想山:在江苏溧水县南9公里处,山上的无想寺中有韩熙载读书堂。

②衣润费炉烟:梅雨季节,衣服常需要熏干。

③乌鸢自乐:唐杜甫诗:"人静乌鸢乐。"

④黄芦苦竹:源自白居易《琵琶行》:"住近湓江地低湿,黄芦苦竹绕宅生。"

⑤九江船:指唐白居易贬九江司马时浔阳江头送客听琵琶之事。这里是作者以自己和贬谪江州的白居易的心情相比。

⑥来寄修椽：燕子年年来此，在高大的屋檐下做窝。
⑦莫思身外：唐杜甫诗："莫思身外无穷事。"
⑧枕簟（diàn）：即枕席。

**【赏析】**

　　词写宦海沉浮、寂寂无奈的感慨。起笔三句写初夏的风光，清丽怡人、赏心悦目。四、五两句笔锋一转，婉曲道出久居外任的艰苦生计。接下来又以娴雅的笔触，转写恬静的氛围：这里没有嘈杂的喧嚣之声，连乌鸢也自得其乐。小桥外，溪水潺潺，溅溅淙淙，发出悦耳的幽鸣。紧接又一转，说如今的处境，就像当年白公黄芦苦竹，绕屋扶疏那般。"凭栏久"一句，知道以上所写都是词人登楼所见。

　　过片以社燕自喻，频年漂泊宦海，危巢寄身，天涯孤旅的悲凉再次传出。"且莫思身外"宕开一笔，与其沉溺于苦恼之中，还不如长久地亲近酒樽，借酒浇愁，忘却荣辱得失和人间的一切烦恼。然而，漂泊已久的江南倦客，虽想撇开身外种种恼人之事，向樽前歌筵中暂寻欢乐，却未能如愿。"不堪听"是不忍听之意，未听丝竹，先要醉眠，这醉不是欢醉而是愁醉。"容我"二字，措辞婉转，心事悲凉，结尾写出了无可奈何、以醉遣愁的苦闷。

# 过　秦　楼

## 周邦彦

　　水浴清蟾①，叶喧凉吹②，巷陌马声初断。闲依露井，笑扑流萤，惹破画罗轻扇。人静夜久凭栏，愁不归眠，立残更箭③。叹年华一瞬，人今千里，梦沉书远。　　空见说、鬓怯琼梳，容消金镜，渐懒趁时匀染④。梅风地溽，虹雨苔滋，一架舞红都变⑤。谁信无聊，为伊才减江淹⑥，情伤荀倩⑦。但明河影下，还看稀星数点。

## 【注释】

①清蟾：指明月。
②叶喧：树叶的哗哗声。
③更箭：古人用铜壶盛水，水中立箭来计时间。
④渐懒趁时匀染：渐渐地，不再梳妆打扮。
⑤一架舞红：满架的蔷薇花都谢了，只剩下枝头的残英。
⑥江淹：南朝梁的文学家，相传他幼时梦得五彩笔，才思大进，后来神仙取走了彩笔，从此江郎才尽。
⑦荀倩：即荀奉倩，其妻曹氏与其感情弥笃，妻死，荀奉倩亦神伤而亡。

## 【赏析】

词写秋夜怀人。"人静夜久凭栏，愁不归眠，立残更箭"三句体现了词人善于勾勒的笔法。周济评曰："美成思力，独绝千古，勾勒之妙，无如清真；他人一勾勒便薄，清真愈勾勒愈浑厚。"（《介存斋论词杂著》）凭栏忘归，叹年华易逝，人各天涯，梦也难成。翻悟开篇六句乃忆旧之作。

下片写两地相思。先就闺人设想，承上"人今千里"，翻用杜甫《鄜州》"清辉玉臂寒"之意，再润之以鬓怯容消，精细之中见融化之功。"梅风"三句既写了季节的变迁，也兼写了心理的黯然，景中寓情，刻画深至。"才减"、"情伤"表示伊人矢志不移。煞拍晓星侵寒，月明星稀，见词人凭栏至晓，通宵未眠之苦，在顿挫沉郁之中，见词人感情的执著。

# 花　犯

### 周邦彦

粉墙低，梅花照眼，依然旧风味。露痕轻缀，疑净洗铅华①，无限佳丽。去年胜赏曾孤倚，冰盘同燕喜②。更可惜，雪中高树，香篝熏素被③。　　今年对花最匆匆，相逢似有恨，依依愁悴。吟望久，青苔上，旋看飞坠④。相将见、翠丸荐酒⑤，人正在、空江烟浪里。但梦想、一枝潇洒，黄昏斜照水⑥。

## 【注释】

①铅华：古代妇女用的黛粉等化妆品。
②冰盘同燕喜：冰盘，指如冰样洁净的白瓷盘。燕喜，节日的宴会。
③香篝：指里面燃香用来熏衣用的熏笼。
④飞坠：一阵风吹来，梅花的花瓣纷纷坠落。
⑤翠丸：指泛着青绿色的梅子。
⑥黄昏斜照水：源自宋林逋《咏梅》诗："疏影横斜水清浅，暗香浮动月黄昏。"

## 【赏析】

词咏梅花。起笔七字笼罩全篇，如陈洵说："已将三年情事一齐摄起。"（《海绡说词》未刊稿）"露痕轻缀，疑洗净铅华，无限佳丽"三句，再写梅姿，它不靠傅粉施朱来炫人眼目，而是丽质天成，自然光艳。

"今年对花最匆匆"三句直笔舒愁，"吟望久"至"空江烟浪里"，词情摇荡，纯从空际落想。写梅，由眼前飞坠的花瓣驰思于青绿脆圆的梅子；写人，已远离去年孤倚、今年相逢之地，而正在江上的扁舟之中。结尾豁然梦想，眼前仍是一枝梅花斜立于黄昏水面。词人把自我的身世之感融入对梅花的悬想之中，正似《蓼园词选》所评："总是见宦迹无常、情怀落寞耳。忽借梅花以写，意超而思永。"借花骋情，句句写花，笔笔喻己，是词之要妙处。

# 大　酺

## 周邦彦

对宿烟收①，春禽静，飞雨时鸣高屋。墙头青玉旆②，洗铅霜都尽，嫩梢相触。润逼琴丝③，寒侵枕障，虫网吹粘帘竹。邮亭无人处，听檐声不断，困眠初熟。奈愁极频惊，梦轻难记，自怜幽独。　　行人归意速，最先念、流潦妨车毂④。怎奈向、兰成憔悴⑤，卫玠清羸⑥，等闲时，易伤心目。未怪平阳客⑦，双泪落，笛中哀曲。况萧索，青芜国⑧，红糁铺地⑨，门外荆桃如菽⑩。夜游共谁秉烛？

## 【注释】

①宿烟收：昨夜的烟雾已经消散。
②青玉旆（pèi）：本指旗帜，这里用来形容新生的翠竹。
③润逼琴丝：指琴弦受潮。
④流潦妨车毂（gǔ）：路上有积水，妨碍车辆行进。
⑤兰成：指南北朝大文学家庾信，庾信小字兰成。
⑥卫玠清羸（lěi）：晋人卫玠很美，人均欲一睹为快，他的身体很弱，27岁就死了。
⑦平阳客：指汉代音乐家马融，他在平阳时，曾作过《笛赋》。
⑧青芜国：杂草丛生的地区。
⑨红糁（sǎn）：指落花。
⑩菽：指豆类植物。

## 【赏析】

　　词写春雨，借景寓情，抒发行旅被雨所困的愁闷情绪。词的开篇先铺写了春雨连绵、雨势滂沱的环境氛围。雨洒室外，屋边的嫩竹，正冒雨喷吐笋芽，竹叶青青，似垂旒的青玉，悬挂墙头。竹梢在风次雨打中东摇西摆，互相碰撞，"润逼"三句写室内景，沾满雨珠的虫网，软绵绵地粘附在竹帘上，这细微的观察是百无聊赖之所见。"邮亭"六句写孤馆困眠的情态。愁中孤眠，最易惊醒。梦醒后的孤独凄凉，也是最难忍受的。

　　下片从雨阻行程写到落红铺地，寄寓惜春的感慨。客居异地，急切思归，偏是"流潦妨车毂"，奇拙语中见出无奈。"怎奈向"之后，连用一连串的典故，把行旅为雨所阻，欲归不得的愁绪宣泄出来。煞拍当此萧索之地，共谁幽独，复与上片歇拍"自怜幽独"

遥相呼应，只觉无限的幽恨，无边的寂寞。明李攀龙云："'自怜幽独'，又'共谁秉烛'，如常山蛇势，首尾自相击应。"(《草堂诗余隽》)

## 解 语 花

周邦彦

### 上 元

风消焰蜡，露浥烘炉①，花市光相射。桂华流瓦②，纤云散、耿耿素娥欲下③。衣裳淡雅，看楚女、纤腰一把④。箫鼓喧、人影参差，满路飘香麝。　　因念都城放夜⑤，望千门如昼，嬉笑游冶。钿车罗帕，相逢处、自有暗尘随马⑥。年光是也，惟只见、旧情衰谢。清漏移，飞盖归来⑦，从舞休歌罢。

【注释】

①露浥烘炉：灯光下，花灯上仿佛沾湿了清露。

②桂华：指月光。

③素娥：即嫦娥。唐李商隐《霜月》诗："青女素娥俱耐冷，月中霜里斗婵娟。"

④楚女：相传楚灵王好细腰，因此楚国女子多腰肢纤细者。

⑤放夜：宋代京城有宵禁，只有正月十五日弛禁，名为"放夜"。

⑥暗尘随马：源自苏味道《上元》诗："暗尘随马去，明月逐人来。"

⑦飞盖归来：乘着车子飞快地赶回来。

【赏析】

词写元宵灯节。明李攀龙云："上是佳人游玩，下是灯下相逢，一气呵成。"(《草堂诗余隽》)

开篇写灯光，在交辉互映的无限风光中，词人以"花市光相射"，包蕴一切。"桂华"三句写月光，王国维云："词忌用替代字；

美成《解语花》之'桂华流瓦',境界极妙,惜以'桂华'二字代月耳。"由月之素娥,而写楚女淡雅之美,人影麝香,箫鼓声喧,一片歌舞升平之景。

下片以"因念"两字挽还,追想当年京师,元宵盛会,千门万户,尽情游乐,欢声鼎沸。"钿车罗帕","暗尘随马","纵笔挥洒,有水逝云卷,风驰电掣之感"。(陈廷焯《白雨斋词话》)"年光"两句自叹,收束前篇。"清漏"以下,有余不尽之音,怅惘低回之致。

## 定 风 波

### 周邦彦

莫倚能歌敛黛眉,此歌能有几人知?他日相逢花月底,重理①、好声须记得来时。　　苦恨城头传漏永②,催起、无情岂解惜分飞。休诉金尊推玉臂,从醉、明朝有酒倩谁持。

### 【注释】

①重理:重新整理乐曲以备演唱。
②漏永:古人用铜壶滴漏的方法计算时间,漏永指夜深。

### 【赏析】

词写惜别,而故意出之以豪宕、疏放之语。唱歌莫敛翠眉而强作苦态,你所唱的情歌,还有谁能解其中之意呢?他日若能重逢,真希望能在皓月下、花丛前,你再为我重理一曲,我将永远默记这知音的新曲。曲中的默默情愫,也惟有我能理解。

下片离别在即,漏永频传,兰舟催发。不解这缱绻柔情的人,怎能珍惜分飞前的千金一刻?还是莫谈离别,殷殷劝酒,彼此痛饮,到明朝也许不会有这佳酿,即使有酒,谁会持酒相劝?

起首含蓄委婉,"莫倚"中饱含幽情。结句写到"明朝",千金不换的离别前的一刻,清魂欲绝,饮泣词中。

# 蝶恋花

周邦彦

月皎惊乌栖不定①,更漏将阑,辘轳牵金井②。唤起两眸清炯炯③,泪花落枕红绵冷。　　执手霜风吹鬓影,去意徊徨,别语愁难听。楼上阑干横斗柄④,露寒人远鸡相应。

【注释】

①月皎惊乌:源自三国曹操诗:"月明星稀,乌鹊南飞;绕树三匝,何枝可依。"
②辘轳牵金井:从井中汲水的辘轳发出单调的、吱吱扭扭的响声。
③两眸清炯炯:双眼饱含离别的泪珠。
④横斗柄:斗柄,是北斗星的简称。这里是说,夜已经很深了。

【赏析】

词写羁旅惜别之情,起三句写离人枕上所闻,乌啼、残漏、辘轳,皆惊破残梦之声。"唤起"两句实写别情,若晓梦初醒,应是睡眼朦胧,"清炯炯"则述离别细腻熨帖之处,离情萦绕,一夜无眠,凄迷悱恻之情全在暗喻之中。"泪花"句将别情之缱绻、柔肠之寸断更推进一层。若饮泣之泪只能微沾枕函,决不会湿及枕内红绵,着一"冷"字,则双双别泪淋漓纵横,别语缠绵凄怆,可以想知,离人至此,虽欲恋此衾枕,怎奈渡头晨钟催发,不得不起而登程。

下片临别执手,徘徊不禁,魂眇眇而昏乱。末二句先写空闺,再写野景,一笔而两面俱到。闺中人天涯之思非言说所能尽矣,结尾七字神味悠远。上片言别情委婉纡徐,下片述别况飘忽洒脱,调与意会,情与词兼。

# 解 连 环

周邦彦

怨怀无托,嗟情人断绝,信音辽邈。纵妙手、能解连环①,似风散雨收,雾轻云薄。燕子楼空②,暗尘锁,一床弦索③。想移根换叶,尽是旧时,手种红药④。　　汀洲渐生杜若⑤,料舟依岸曲,人在天角。漫记得、当日音书,把闲语闲言,待总烧却⑥。水驿春回,望寄我、江南梅萼⑦。拼今生,对花对酒,为伊泪落。

**【注释】**

①解连环:《战国策》中有这样一个故事。秦王送给齐王一枚玉连环,齐国无人能解开。齐王后见后,用铁椎将玉连环击破,并告诉秦王使者,玉连环已经解开,这里以此暗喻情人负心。

②燕子楼:唐张愔的爱妓关盼盼对张愔一往情深,张死后,盼盼终身不嫁,一直孤单地住在彭城(今江苏徐州)的燕子楼中。

③一床弦索:满架子的各种乐器。

④红药:花名,即红色的芍药。

⑤杜若:一种香草,古人以香草赠人。源自《九歌·湘夫人》:"搴汀洲兮杜若,将以遗兮远者。"

⑥待总烧却:即将昔日的情书统统烧掉。

⑦江南梅萼:据盛弘之《荆州记》载:吴陆凯从江南寄梅花到长安,送给好友范晔,并附诗一首:"折梅逢驿使,寄与陇头人。江南无所有,聊赠一枝梅。"这里引用这个典故,是希望情人能心回意转。

**【赏析】**

这首词写一失恋男子的怨怀。开篇便怨从衷来,怅恨不已。接下来两句,是对起句的补充。"纵妙手"三句,设想对方,即使她妙手能解恩爱的连环。昔日的爱情也会像云散雨收一样,残留下轻雾薄云。这几句缠绵往复,诉说相思之情不能断绝,即上片的第一层意思——怨怀的根由。"燕子"以下直至上片歇拍,是第二层,写想象中恋人旧居的情景。用"燕子楼空"的典故,说张愔死后,关盼盼念旧爱而不嫁；在"我"的生前，那恋人却弃旧爱而思迁了。两相对照，更见室近人远、天各一方的凄楚之情。"想移根"两句，由人之去而想到物之换。人既久离，物亦非故，怅惘之情更深一层。

换头由旧时红药想到新生的杜若，由楼中想到汀洲，由己之状况想到对方情态。汀洲之杜若渐次成丛，想采撷以赠远，却不知伊人何处。也许她曲岸停舟，抑或扬帆水中，愈见欲寄无由、欲诉无地之恨。"漫记得"以下，由怅恨而转为决绝。昔日音书，即使写遍人间恩爱，于今又何用场，不如一总烧掉，了却睹物思人的苦恼。然而对爱情的执著，又使其绝望中再进希望。当春回大地的时候，她的心也许会像春天一样回转过来，寄一枝梅花给我，但这只是一厢情愿。由幻想回到现实，一方绝情一方缠绵，缠绵的一方偏要"拼今生"，为绝情的一方而伤心落泪。这痴情痴态，便是回应篇首的"怨怀无托"。这首词层次错落而分明，脉络繁复而清晰，见笔法之遒劲；铺叙时具体而微，收拢时又厚重凝练，见笔力之深婉。

# 拜星月慢

## 周邦彦

夜色催更，清尘收露，小曲幽坊月暗。竹槛灯窗，识秋娘庭院①。笑相遇，似觉琼枝玉树相倚，暖日明霞光烂。水盼兰情②，总平生稀见。　　画图中、旧识春风面③，谁知道，自到瑶台畔④。眷恋雨润云温，苦惊风吹散。念荒寒、寄宿无人馆，重门闭，败壁秋虫叹。怎奈向⑤、一缕相思，隔溪山不断。

【注释】

①秋娘：指唐代著名金陵歌伎杜秋娘，这里借指词人的意中人。
②水盼兰情：是说美人眼神明媚如流水，性情幽静似兰花。
③画图中、旧识春风面：源自唐杜甫诗："画图省识春风面。"
④瑶台：美女居住的地方，屈原《离骚》："望瑶台之偃蹇兮，见有娀之佚女。"

⑤怎奈向：宋人方言，"向来"之意。

**【赏析】**

　　这是一首相思追忆之词。先写当日相见的背景：夜色催更鼓，露水收轻尘，缺月微光淡彩，撒一片凄迷在曲曲红栏、幽幽芳径之上。翠竹环绕庭院，碧窗掩映灯光，在这样恬淡幽馨的美景中，他迤逦而行，有夜色、月光、寒露、更鼓相伴，见到心上人，自然两情欢洽。"似觉"至上片歇拍，都是对美人的正面刻画。先写其明洁耀眼，像琼枝和玉树交相辉映；次写其神采照人，像暖日和明霞光辉灿烂；再写其眼波柔媚如流水，性情幽静若兰花。"总平生稀见"，是对美人的总赞。

　　换头两句仍是对往事的追溯，点化杜甫《咏怀古迹》咏王昭君"画图省识春风面"，再写她的美丽和与她相会的渴望。"谁知道"四句层层递进，"加倍跌宕"（周济《宋四家词选》评语）。通体用比喻说明，以极简洁而又含蓄的笔法，描述了从惊喜幸遇到担心被拆散、到竟然被拆散的心理变化过程。至此方觉以上行文全是追叙，起伏跌宕、变幻莫测。"念荒寒"以下，折入现实，如今孑然一身，独坐寒馆，重门紧闭，听败壁之上秋虫吟叹，嚼凄清孤苦之味。"怎奈向"怨意极深，在这人不能忍受的凄凉境况中，为什么还要平添相思之苦呢？结尾更道相爱的执著、相思的痛苦。

# 关 河 令

### 周邦彦

　　秋阴时晴渐向暝①，变一庭凄冷。伫听寒声，云深无雁影。　　更深人去寂静，但照壁、孤灯相映。酒已都醒，如何消夜永②？

**【注释】**

　　①暝（míng）：黄昏。

②如何消夜永：怎么能熬过那漫漫长夜。

**【赏析】**

这首词写羁旅的凄清，词的上篇写景，寓情于景，时当秋季，阴云连绵，昏暝的薄暮笼罩着客栈，孤独的旅人，伫立庭院，承受着一庭的清冷，忽然长空雁叫，然举目遥望，惟见暮云合璧，不见雁鸿只影。陈廷焯云："云深无雁影，五字千古。"（见《云韶集》）先写寒声入耳，后言雁在云外，便创造出阴沉的天气、浓重的寒云这样一种凄清的意境。

过片一句很自然以时间的推移将上下片衔接起来，夜深人静、旅人独伴孤灯，借酒浇愁，光短影长，一夜无眠。孤独的身影被烛光照在残壁之上，酒醒之后，更觉凄清难耐，陈廷焯云："不必说借酒浇愁，偏说酒已都醒，笔力劲直，情味愈见。"（同上）全词着眼于"凄清"二字，写景抒情，层层递进。句句精妙。

# 绮　寮　怨

### 周邦彦

上马人扶残醉，晓风吹未醒，映水曲、翠瓦朱檐，垂杨里、乍见津亭①。当时曾题败壁，蛛丝罩、淡墨苔晕青。念去来、岁月如流，徘徊久、叹息愁思盈。　　去去倦寻路程，江陵旧事，何曾再问杨琼②。旧曲凄清，敛愁黛、与谁听？尊前故人如在，想念我，最关情。何须渭城③，歌声未尽处，先泪零。

**【注释】**

①津亭：渡口的亭子。

②杨琼：生平不详。唐白居易诗云："就中犹有杨琼在，堪上东山伴谢公。"

③渭城：唐代诗人王维《渭城曲》："渭城朝雨浥轻尘，客舍青青柳色新，劝君更尽一杯酒，西出阳关无故人。"后人多以此借指离别。

**【赏析】**

词写漂泊羁旅之感。起二句凌空而来，沉重突兀。醉酒而要人扶于马上，晓风吹而未醒，见醉之沉重。翠瓦朱檐，雕梁画栋，映于曲曲流水之中，津口驿亭，在婆婆的绿杨影里显现，绮丽的风光，从醉眼观出，见其醉而不迷，那么开篇的沉醉由何而来？"当时曾题败壁"，便是解说今日沉醉之缘由。题于败壁的情诗，淡墨依旧，青青的苔藓、细细的蛛丝已晕罩其上，见离索之久，岁月更迭。久久徘徊于故地，念光阴荏苒，物是人非，不禁愁思盈盈。上片写征人旧恨，荒凉凄楚之感，油然而生。

下片写此身依然行役、迢迢征程，倦于寻踪，透身不由己、无可奈何的悲凉。"旧曲凄清，敛愁黛、与谁听"，是词情的顿挫，是词人的哀叹。以下笔力，如乘流放舟，不需篙橹，说故人若在，则一曲清歌未了，便已泪湿青衫。下片词情之幽咽，如泣如诉，如清夜之猿啼，令人不怡。

## 尉 迟 杯

### 周邦彦

隋堤路，渐日晚，密霭生烟树。阴阴淡月笼沙①，宿河桥深处。无情画舸，都不管、烟波隔前浦。等行人，醉拥重衾，载将离恨归去②。　　因思旧客京华，长偎傍、疏林小槛欢聚。冶叶倡条俱相识③，仍惯见、珠歌翠舞。如今向、渔村水驿，夜如岁，焚香独自语。有何人、念我无聊，梦魂凝想鸳侣。

**【注释】**

①月笼沙：唐杜牧《泊秦淮》："烟笼寒水月笼沙，夜泊秦淮近酒家。"

②载将离恨归去：唐郑仲贤诗云："亭亭画舸系寒潭，直到行人酒半酣。不管烟波与风雨，载将离恨过江南。"

③冶叶倡条：指歌伎。唐李商隐诗："冶叶倡条偏相识。"

## 【赏析】

词写漂泊忆旧之情。隋堤日晚,暮霭沉沉,江天烟树,凄迷一片。淡月笼沙,河桥夜泊。面对渔村水驿之冷落,凄凉悲苦之情,由衷而生。"无情画舸,都不管,烟波隔前浦",与苏东坡"只载一船离恨向西州"同一机抒,是借物达意、化虚为实的抒情之笔。上片以景起,以情结,见惆怅凄凉之意。

下片追忆京华欢聚,以反衬对比之法,明写昔日相聚之欢洽,暗衬今夜漂泊离索之悲苦,偎傍疏林,小槛欢聚,是参差对偶之笔,"冶叶倡条"对"珠歌翠舞","俱相识"对"仍惯见",以严密的笔法,摹写昔日缠绵缱绻的情态,而今日之夜,渔村水驿,孤舟夜泊,孑然一身,焚香独语,其情之苦,自不待言,结语拙直率然,然梦中鸳侣和谐与孤舟夜泊的现实,又成一鲜明对比,离情别恨的愁怀,被虚实相生之笔衬托而出。

# 西 河

周邦彦

## 金陵怀古

佳丽地,南朝盛事谁记?山围故国绕清江①,髻鬟对起②。怒涛寂寞打孤城,风樯遥度天际。　　断崖树,犹倒倚,莫愁艇子谁系③?空余旧迹郁苍苍,雾沉半垒④。夜深月过女墙来⑤,伤心东望淮水⑥。　　酒旗戏鼓甚处市?想依稀,王谢邻里⑦,燕子不知何世,向寻常,巷陌人家,相对如说兴亡,斜阳里。

## 【注释】

①山围故国:此词化用唐刘禹锡《石头城》诗:"山围故国周遭在,潮打空城寂寞回。淮水东边旧时月,夜深还过女墙来。"

②髻鬟对起:两岸的山峰隔江相对,如同妇女头上的发髻。

③莫愁艇子:莫愁是南北朝时期的著名美女。乐府诗:"莫愁在何

处，住在石城西，艇子折两桨，催送莫愁来。"今南京城内有莫愁湖。

④雾沉半垒：雾气中的半截残旧的营垒。

⑤女墙：城墙上的矮墙。

⑥淮水：指秦淮河。

⑦王谢邻里：王、谢均是东晋的大族。这里仍是化用唐刘禹锡《乌衣巷》诗："朱雀桥边野草花，乌衣巷口夕阳斜。旧时王谢堂前燕，飞入寻常百姓家。"

【赏析】

词写金陵怀古，开篇突兀横空，点出六朝故都的金陵是"佳丽地"，以疏宕磊落之笔，写出寥廓江山的壮丽：清江绕故国，断崖树倒倚，两岸山对开，莫愁系艇处，皆金陵古迹，疏阔大笔之后，冉冉扑来又是另一番细腻之笔：雾霭沉沉，笼罩颓垣旧壁；月过女墙，伤心东望淮水。

陈廷焯评周邦彦词曰："美成词有前后若不相蒙者，正是顿挫之妙。"（《白雨斋词话》卷一）在这似断而续的顿挫之中，有着词人正视现实和沉湎幻想的交织。大笔勾勒江山壮丽之后，词人又以细密的点睛之笔，刻画出飞入寻常百姓家的燕子呢喃图。燕子"不知何世"，倍增兴亡沦落之慨，在这神韵幽远的意趣之中，形象地抒发了作者的沧桑之感，在壮美与幽美的结合中，寄寓了盛衰轮回、忧患沧桑的悲慨。

## 瑞　鹤　仙

### 周邦彦

悄郊原带郭①，行路永，客去车尘漠漠。斜阳映山落，敛余红，犹恋孤城阑角。凌波步弱②，过短亭，何用素约③。有流莺劝我，重解绣鞍，缓引春酌。　　不记归时早暮，上马谁扶，醒眠朱阁。惊飙动幕④，扶残醉，绕红药。叹西园，已是花深无地，东风何事又恶⑤？任流光过却，犹喜洞天自乐。

## 【注释】

①郊原带郭：郊外原野广阔，城郭如带。
②凌波：形容女子步态轻盈。
③素约：素即尺素，这里即指书信相约。
④惊飙动幕：狂风掀起了波澜。
⑤东风何事又恶：指那吹落花的东风，也有人认为是别有所指。宋陆游《钗头凤》词中有"东风恶，欢情薄"句。

## 【赏析】

词写郊原送客，逢旧欢而饮酒，扶醉惜花亦复多情。词质实而绵密，款款衷情，自成佳章。开篇先写郊原送客之景，莽莽苍苍的郊原之上，崎岖的行路缠带着城郭，又通向远方，客人乘车而去，留下迷茫的烟尘。斜阳不肯敛尽最后的余红，恋恋难舍地映照着城楼上的一角栏杆。"凌波步弱，过短亭，何用素约"，写不期而遇的昔日旧眷。她纤弱娇小，禁不住长途游历的辛劳，也来短亭小憩。

"有流莺劝我"三句，是说陪同送行的歌伎很能体察、迎合词人的心理，劝词人"重解绣鞍，缓引春酌"，而词人能够接受劝说的心理基础，恰恰是送别的伤感，再见旧欢的凄楚和茫然，加之远郊相送的劳顿，与其抑郁而归，何如借酒消愁？周邦彦的词往往在高度凝练中包含着多层次的丰富内容，这几句便是劲笔写秀语，涵盖颇深，令人咀嚼，其中既有对旧日欢好的殷殷怜爱之情——"凌波步弱"；又有人各天涯，依旧心心相印的坦荡胸怀——"何用素约"；更有对今日相伴歌女"善解人意"的爱赏——"有流莺劝我"。

换头处承上春酌句，回忆醉时，颇得神态，而笔致更加摇曳，直至狂风吹动窗帷，吹走几分醉意，他才扶醉惜花，叹东风作恶，吹落残红无数，大有欧阳修"泪眼问花"的深切慨叹和对春光易逝的无限依恋，结尾豪宕洒脱，不落恒蹊。

## 浪淘沙慢

周邦彦

昼阴重,霜凋岸草,雾隐城堞①。南陌脂车待发②,东门帐饮乍阕③。正拂面、垂杨堪揽结,掩红泪④,玉手亲折。念汉浦、离鸿去何许?经时信音绝。　情切,望中地远天阔,向露冷风清,无人处,耿耿寒漏咽。嗟万事难忘,惟是轻别。翠尊未竭,凭断云留取,西楼残月。　罗带光消纹衾叠,连环解、旧香顿歇;怨歌永、琼壶敲尽缺⑤。恨春去,不与人期,弄夜色、空余满地梨花雪。

**【注释】**

①城堞(dié):城墙垛口。
②脂车:指车辖涂上了油脂,整装待发之意。
③东门帐饮乍阕:在东门外喝送行酒,并歌一曲表惜别意。
④红泪:相传蜀妓灼灼用软绡聚集红泪寄给自己的意中人裴质以表情意。
⑤琼壶敲尽缺:相传晋王敦酒后,一边吟咏曹操的"老骥伏枥,志在千里。烈士暮年,壮心不已"诗,一边用如意击打唾壶数着节拍,咏罢壶口尽缺。

**【赏析】**

词写离愁别恨。开篇便写离别的情景:天将欲晓,阴霾四重,岸草经秋霜而凋敝,城堞被晨雾所隐蔽,漠漠穷阴,不仅笼罩了天地,而且笼罩在即将分别人的心头。抑郁、低沉的氛围,使他们相对无言。垂杨拂面,玉手亲折,捧一掬红泪,表衷贞情意,屑屑琐碎之语,全是对已别往事的追忆。"经时信音绝",一笔又跌入现实,以劲健的笔力逆挽词之意脉。

过片写别后的思念,地远天阔,露冷风清,惟行者伴永夜之寒漏,独立悲伤涕泣。"嗟万事难忘,惟是轻别"写人生的感慨,一种久谙离别之苦的特殊心理感受。接下来的三句是比喻：在空中飘荡的断云会缠带住西楼的残月，杯中酒依旧盈满。这些事物不仅可以慰藉相思，而且喻示盼人归来的信念。

"罗带"以下五句，用五种被破坏的美好事物作比喻，诉说离别之苦对人的无情折磨，表示怨恨的深重，最后，词人在一连串的铺排陈说之后，将万端思绪归结起来，恨春不与离人佳期，只有梨花遍地，夜庭如雪。天何以有知？何以与人期，是人去不与春期，如陈廷焯说："'掩红泪'等句，故作琐碎之笔，至末段蓄势在后，骤风飘雨，不可遏抑。歌至曲终，觉万汇齐鸣，天地变色，老杜所谓'意惬关飞动，篇终接混茫'也。"

## 应 天 长

### 周邦彦

条风布暖①，霏雾弄晴②，池塘遍满春色。正是夜台无月③，沉沉暗寒食④。梁间燕，前社客⑤，似笑我、闭门愁寂。乱花过，隔院芸香，满地狼藉。　　长记那四时，邂逅相逢，郊外驻油壁⑥。又见汉宫传烛⑦，飞烟五侯宅。青青草，迷路陌。强载酒、细寻前迹。市桥远、柳下人家，犹自相识。

【注释】

①条风：暖融融的春风。
②霏雾：晨雾。
③夜台：这里指意中人死去所葬的墓穴。
④寒食：指寒食节，即清明前一日。
⑤前社客：即指燕子。古人有春秋两社，为祭社神之日，立春后五戊为春社，立秋后五戊为秋社，欧阳獬《燕》诗曰："长到春秋社前后，为谁去了为谁来？"
⑥油壁：一种华丽的车，车厢壁以油涂饰。
⑦汉宫传烛：这里化用唐韩翃诗："春城无处不飞花，寒食东风御

柳斜，日暮汉宫传蜡烛，轻烟散入五侯家。"

### 【赏析】

春风骀荡，雾霭霏霏，绿茵芳草托举起一轮红日，把盎然的春意撒满人间。池塘畔的苔青了，池塘中的水绿了，这暖意融融的美好景色，是词人对往事追思的写实。"正是"点明词人现在的处境：寒食之夜，料峭春风依然送来早春的寒意，遥夜沉沉，寂寂无月，黯然的夜色喻示词人心灵的沉重。以下四句，从燕子的眼中见出词人的孤寂。乱花飞过，吹来淡淡的幽香，凋红遍地，满目狼藉，美好景物的凋敝，又引来词人极度的哀怨。

过片以"长记"二字领起回忆，写过寒食郊外相逢后，用"又见"二字拉回今日白天的情景，从而引发出对往事不可遏止的追寻：芳草凄迷，掩没了当年邂逅相逢的幽幽小路，词人却仍旧固执地追寻，明知重逢无望，却偏偏"强载酒、细寻前迹"。结拍点明，市桥远处的柳下人家，曾有我相知相恋的一位情侣，而今，水逝云飞，景物依旧，人却天各一方，对往事的追忆，只能引来无限的酸楚。

词人以错综交织的时空变化和扑朔迷离的意脉转接，把一首寂坐悬想之词，写得如此空、淡、深、远，读来如嚼水晶盐，无尘羹俗味。

# 夜 游 宫

## 周邦彦

叶下斜阳照水，卷轻浪、沉沉千里。桥上酸风射眸子①，立多时，看黄昏，灯火市。　　古屋寒窗底，听几片、井桐飞坠。不恋单衾再三起，有谁知，为萧娘②，书一纸？

### 【注释】

①酸风射眸子：即长时凝望，眼睛发酸，望眼欲穿之意。语出唐李贺诗："东关酸风射眸子。"

②萧娘：唐人泛称女子为萧娘。宋杨巨源诗："风流才子多春思，肠断萧娘一纸书。"

## 【赏析】

这是一首思家怀人之作。开篇写入秋之景：斜阳照水，浮光跃金，漾漾溶溶，沉沉千里，望卷浪前行的一江秋水，便有故里之思。"桥上酸风射眸子"，推出词中抒情主人公，独立小桥，寒风刺目，"酸"和"射"，见炼字的奇特。明写难耐之寒风，暗寓相思之离情。立尽黄昏，又是灯火满市，他依旧孑然风中，形影相吊。归来枯守寒窗，又听井桐飘坠，凄然有声。这观流水、看街灯、听叶坠一连串的琐屑之景，摹状出一个愁绪满怀，无以解忧的旅人心境。结句点醒全篇，余味绵长，"方觉精力弥漫。"（周济《宋四家选》评语）

# 更 漏 子

## 贺 铸

上东门①，门外柳，赠别每烦纤手。一叶落，几番秋，江南独倚楼。　　曲阑干，凝伫久，薄暮更堪搔首②。无际恨，见闲愁，侵寻天尽头。

## 【作者简介】

贺铸（1063—1120）字方回，自号庆湖遗老，浙江绍兴人。他是孝惠皇后族孙，任过右班殿直，泗州、太平州通判等职，晚年在苏州闭门校书。能诗善文，尤精于词，词风哀婉，近于秦观、晏几道，但也不乏愤世嫉俗、忧国忧民的慷慨激昂之作，是一位颇有影响的词人。著有《东山寓声乐府》、《庆湖遗老集》等。

## 【注释】

①上东门：古时河南洛阳城东有三门，最北边的门名为上东门。

②搔首：即"搔头"，心绪不宁或有所思念时的动作。

**【赏析】**

《王直方诗话》云："方回言学诗于前辈得八句云：'平淡不流于浅俗；奇古不邻于怪癖；题咏不窘于物象；叙事不病于声律；比兴深者通物理；用事工者如己出；格见于成篇，浑然不可镌；气出于言外，浩然不可屈。'"方回作词便以此为指导。

这是一首恨别忆旧之作。当年东门外，垂柳边，依依惜别，两情缱绻，柔肠寸断。而今，又叶落秋江，几番秋尽，倚楼眺望，望断秋水。阑干倚遍，不见人归，离恨偏说是闲愁，是欲言又止之情，愁绪绵缈，不见尽头，是愁肠百结之作。

## 青玉案

### 贺 铸

凌波不过横塘路①，但目送、芳尘去。锦瑟华年谁与度②？月桥花院，琐窗朱户③，只有春知处。　　飞云冉冉蘅皋暮④，彩笔新题断肠句。试问闲愁都几许？一川烟草，满城风絮，梅子黄时雨⑤。

**【注释】**

①凌波：喻美人踪迹。曹植《洛神赋》："凌波微步，罗袜生尘。"横塘：指贺铸在苏州城内的居室。

②锦瑟华年：指年少时的欢乐时光。唐李商隐诗曰："锦瑟无端五十弦，一弦一柱思华年。"

③琐窗：雕有纹饰的窗子。

④蘅皋：本指长有香草的水泽。曹植《洛神赋》："尔乃税驾乎蘅皋。"这里指先前与情人相会、分手之处。

⑤梅子黄时雨：江南五月梅子熟时，连下数十天霖雨，人称黄梅雨。梅雨时节，最添人愁思。

## 【赏析】

词写对一女子的倾慕之情，凌波美女，罗袜生尘，细步不到横塘。那轻盈标致的仪态，令词人眷慕。望翩然远逝的倩影，何以为怀？惆怅落寞之情油然而生，如许华年，与谁共度？那月下溪桥的徜徉，那花院廊下的倾诉，那琐窗朱户的佳人，今又何处？只有春知处，悲凉沉痛之情漾漾其间。

过片承上继续写景，天色向晚，暮霭氤氲。孤寂自守，无与为欢，幽居肠断，不尽穷愁。惟见烟草风絮，梅雨如雾。极写其境郁勃岑寂和纷乱恼恨的怀抱，先著《词洁》云："方回《青玉案》词工妙之至，无踪可寻，语句思路亦在目前，而千人万人不能凑拍。"沈谦云："'一川烟草，满城风絮，梅子黄时雨。'不特善于喻愁，正以琐碎为妙。"（《填词杂说》）

# 感　皇　恩

### 贺　铸

兰芷满汀洲①，游丝横路②。罗袜尘生步迎顾；整鬟颦黛，脉脉两情难语。细风吹柳絮，人南渡。　　回首旧游，山无重数。花底深、朱户何处？半黄梅子，向晚一帘疏雨。断魂分付与、春将去。

## 【注释】

①兰芷：即香草。汀洲：水边或水中的平地。
②游丝：即柳絮等，象征春天来临。

## 【赏析】

词写落落无偶、孤寂索寞的心曲。和风拂煦，柔丝软絮飘满横塘之路，词人伫立在长满香兰芳芷的汀洲之畔，等待自己倾慕已久的美女。终于，她像腾云而来的凌波仙子，盈盈脉脉，含一分难舍的柔情，翩然而来，两眸相视，眉目传情。略整秀鬟，超然脱俗。虽然深感彼此间的脉脉深情，却难通情愫，风吹柳絮，人又南渡，仍是无所关合，这似真亦幻的扑朔迷离，便有可遇而不可得的遗憾。

下片追想前遇，又不知美人朱户何处？晚景难挨，梅雨一帘，更牵动寂寞的情怀。"断魂"句收束全篇，直抒愁肠，痛感壮志未遂，青春已逝。悲凉的心境，溢于言表。

## 薄　幸

### 贺　铸

　　淡妆多态，更的的①，频回眄睐②。便认得琴心相许③，欲绾合欢双带。记画堂，风月逢迎，轻颦浅笑娇无奈。向睡鸭炉边，翔鸳屏里，羞把香罗暗解。　　自过了烧灯后④，都不见踏青挑菜⑤。几回凭双燕，丁宁深意⑥，往来却恨重帘碍。约何时再，正春浓酒困，人闲昼永无聊赖。厌厌睡起，犹有花梢日在。

【注释】

①的的：明艳貌。
②眄睐：即眉来眼去、眉目传情之意。
③琴心：即以琴音传情，源自司马相如用琴声打动卓文君的故事。
④烧灯：指一年一度的元宵节灯会。
⑤踏青挑菜：古时将农历的二月二日定为"挑菜节"，人们在这一天踏青游春。
⑥丁宁：即"叮咛"。

【赏析】

　　这首词写筵席中偶有所见，便与情人恋爱、欢会和不得见面时的刻骨相思。"淡妆"二句描绘美人多姿，明亮的双眸频频回首传情，目成心许，合欢在望。此后画堂偶遇，轻颦浅笑，以下三句，用极其精练而又富于暗示性的语言，点出含羞作态的男女欢情。

下片写元宵节后,在许多场合里,都不见伊人,想让燕子传言,却难过重重帘幕,暗示人为间阻,障碍重重,音信难通。"约何时再"以下,只剩个人寂然困睡,人闲日长,自有无法排遣的愁恨。

将叙事与抒情相融合,使其有一定的故事性,有较细致的人物描写,是这首词的特点。

# 浣 溪 沙

### 贺 铸

不信芳春厌老人,老人几度送余春,惜春行乐莫辞频。巧笑艳歌皆我意①,恼花颠酒拼君瞋②,物情惟有醉中真。

【注释】

①巧笑艳歌:指恣意欢乐。
②恼花:由于心情不好,连一向认为可爱的花也变得令人烦恼。颠酒:没有节制地饮酒。

【赏析】

词以乐观、豁达的态度,写出人对春的留恋,对物情的认知。起笔说春不会忘却老人、恶嫌老人,因为老人年年都在殷切地留恋着余春,趁春之脚步寻找着一切可能的乐事。

下片承接上意,"巧笑艳歌"的一切乐事,都合我的心意,别人对我怎样看,我是全不在意的,惟有流连酒醉。只有醉酒,才看出物情之真,见出世态炎凉,见出生命之可贵。结句情真意真。全词不光是对春的流连,也有对生命的流连,没有颓丧之语,乐观向上,见一片真情。

# 浣 溪 沙

贺 铸

楼角初消一缕霞①,淡黄杨柳暗栖鸦,玉人和月摘梅花。笑捻粉香归洞户②,更垂帘幕护窗纱,东风寒似夜来些③。

**【注释】**

①一缕霞:指落日余晖。
②洞户:即美人的闺房,房深数重,门户相通连,故称"洞户"。
③些(sā):古代楚方言中的语助词。

**【赏析】**

词的意境清幽淡远,洒一缕凄迷的霞光,那霓红、那橘黄、那绛紫的色彩,在楼头的一角渐渐消逝,这静谧之中有时间的流动。红霞之下,有淡黄杨柳相映;而淡黄杨柳之中,又有栖鸦点缀,色彩极为明丽,意境优美。继之以月下玉人、月下梅花,既以景色衬托出人物,使人感到月美,花美,人物更美,又于艳丽、宁静的画面之中,衬出时间的流逝和词人伫立之良久。

下片玉人折得梅花,飘然入户,静中有动,见女子婀娜的身姿和娇怯的容颜。"更垂"一句写对花的怜惜。结句文笔轻灵,潇洒出尘。宋胡仔评:"词欲全篇皆好极为难得,如贺方回'淡黄杨柳暗栖鸦'、秦处度'藕叶清香胜花气'二句,写景咏物,可为造微入妙。"

# 石 州 慢

贺 铸

薄雨收寒,斜照弄晴,春意空阔。长亭柳色才黄,倚马何人先折?烟横水漫,映带几点归鸿,平沙消尽龙荒雪①。犹记出关来,恰如今时节。　　将发,画楼芳酒,红泪清歌②,便成轻别。回首经年,杳杳音尘都绝。欲知方寸③,共有几许新愁?芭蕉不展丁香结④。憔悴一天涯,两厌厌风月。

## 【注释】

①龙荒:指塞外荒寒之地。
②红泪:血和泪。
③方寸:指心。
④芭蕉不展丁香结:相传贺铸恋一情人。两人长久不见,情人寄诗道:"独倚危栏泪满襟,小园春色懒追寻。深恩纵似丁香结,难展芭蕉一寸心。"贺铸因赋此词以赠。

## 【赏析】

寒雨初霁,斜阳残照,清新明丽的景色中荡漾着融融的春意。郊外送别之路,长亭更短亭,一路的垂柳,泛着嫩黄、浅碧,惹远人一丝乡愁。浩瀚江水远远东流,烟霭澹淡,笼一江春水,映带归鸿点点。水边沙际雪已消溶,前岁出塞,即是此番景象。

下片由写景转入叙事,红泪清歌,画楼轻别,已是经年。离愁之多,似芭蕉不展,化用李商隐诗。结尾两句空灵蕴藉,既总括过去——回首经年,两地空念,音讯杳然;也有对日后痛苦的担忧——关山渺邈,天涯之思,空念情怀。对聚首的渴望与失望,茫然之境,令人伤怀。"一天涯"、"两风月",又造词新颖。《文心雕龙》云:"惟片言而居要,乃一篇之警策。"

# 蝶 恋 花

## 贺 铸

几许伤春春复暮,杨柳清阴,偏碍游丝度。天际小山桃叶步①,白蘋花满湔裙处②。　　竟日微吟长短句③,帘影灯昏,心寄胡琴语。数点雨声风约住,朦胧淡月云来去。

【注释】

①桃叶：相传大书法家王献之的妾名桃叶。
②湔（jiān）裙处：洗衣处。
③长短句：即指词。

【赏析】

方回善于借景言情。词借春景、晚景写寂寞情怀。夸张写来，语语状物，字字寓情。密密的柳条，遮住春的气息，让人难以透气，这正是方回断肠的心结。以下桃叶、湔裙，便是惹动春愁的暮中倩影。

终日闲愁，寂寞难挨。彩笔新题，寄心愁一曲。风雨初霁，朦胧淡月在云影中穿梭，似窥来人。

## 天 门 谣

### 贺 铸

牛渚天门险①，限南北、七雄豪占②。清雾敛，与闲人登览。
待月上潮平波滟滟，塞管轻吹新阿滥③。风满槛，历历数，西州更点。

【注释】

①牛渚：在安徽当涂县西北长江边，其北部突入江中，即著名的采石矶，是兵家必争之地。
②七雄：指战国秦、楚、燕、韩、赵、魏、齐七国。
③新阿滥：即新曲调。相传骊山有鸟名阿滥，唐玄宗以此鸟声写成一曲，名《阿滥堆》，人争吹奏。

【赏析】

词写登览之情怀，人与境相得益彰。滔滔大江，为南北之天堑，自古便是兵家必争之地。历代偏安江左的小朝廷，都凭借长江天险，与北方劲敌对垒。寥寥数语，便写出地理形势之险要、历史作用之重要。沧海桑田，人生巨变。而今清雾散尽，闲人登览，上片有两层含意。前两句追昔，剑拔弩张，气势苍莽；后两句述今，轻裘缓带，情趣悠闲。

下片写夜游，月上潮平，笛吹风起之时，细数古都金陵传来的报时钟鼓。从一人游赏而联系到南朝西州古迹，要旨在江山守成在德不在险，人们应当牢记历史的晨钟暮鼓，以六朝前车之覆为鉴。

## 天　香

### 贺　铸

烟络横林①，山沉远照，迤逦黄昏钟鼓②。烛映帘栊，蛩催机杼③，共苦清秋风露。不眠思妇，齐应和、几声砧杵。惊动天涯倦宦，骎骎岁华行暮④。　　当年酒狂自负，谓东君⑤，以春相付。流浪征骖北道⑥，客樯南浦⑦，幽恨无人晤语。赖明月、曾知旧游处，好伴云来，还将梦去。

【注释】

①烟络：即烟霭。
②迤逦（yǐ lǐ）：延续不断。
③蛩（qióng）：指蟋蟀。
④骎骎（qīn qīn）：马奔跑状，形容时不我待。
⑤东君：古人心目中的司春之神。
⑥征骖：战马。
⑦樯：船。

【赏析】

悲秋悯人，天涯倦旅，写来却疏宕洒脱，以健笔写柔情，任情思盘旋，不同于一般婉约词的软语旖旎；属辞峭拔，露几分英气。所以，朱孝臧评曰："横空盘硬语。"清陈廷焯云："方回词，儿女、英雄兼而有之。"（《云韶集》）

起笔写旅途见闻：暮霭沉沉，萦绕着逶迤延展的一带寒林。斜阳将最后一抹余晖洒在蜿蜒起伏的群山之巅。那苍凉的暮鼓，低沉地回荡在旷野、荒原之上。这苍茫壮美之中透出隐隐的悲凉。烛映帘栊，思妇不眠，清风秋露之中听暮夜虫鸣。砧杵之声，惊天涯倦客。猛回首，一岁年华又过。过片承上，叹岁月流年，春梦破灭，当年使酒伴狂，而今沉沦下僚，南北奔波，恨无人晤语，情何冷落？"明月"三句，写情而不落痕迹，余音缭绕。

## 望 湘 人

### 贺 铸

厌莺声到枕，花气动帘，醉魂愁梦相半。被惜余熏，带惊剩眼①，几许伤春春晚。泪竹痕鲜②，佩兰香老，湘天浓暖记小江。风月佳时，屡约非烟游伴③。　　须信鸾弦易断④，奈云和再鼓⑤，曲中人远。认罗袜无踪，旧处弄波清浅。青翰棹枻，白蘋洲畔，尽目临皋飞观⑦。不解寄、一字相思，幸有归来双燕。

【注释】

①剩眼：描写面容消瘦。

②泪竹：相传舜有二妃，名娥皇、女英，舜死后，二妃泪洒竹枝，成为斑竹。

③非烟：相传系唐武公妾，姓步氏。

④鸾弦：据《汉武外传》说，汉武帝弓弦断，用西海所献的鸾胶续粘后，比以前更结实，后代遂以续娶称"续弦"，这里反用此典。

⑤云和：乐器名，器首为云象，琴瑟均可名。

⑥青翰：船名。船上刻有鸟形，涂以青色。

⑦临皋飞观：水泽边的高楼。

【赏析】

莺声柔婉而到枕，花香温馨而动帘。室外春光明媚，漾漾融融,一派生机,而以"厌"字领起,便出人意料。哀愁无端,一字传神,为全篇定调。接以醉态朦胧,梦魂萦绕,无非再写醉愁交织,迷离惝恍之哀情。"被惜"以下至"游伴",伤春伤离,痛心疾首,自惊消瘦。上片在层层铺垫与渲染中,写出回环往复之愁情。

过片直抒胸臆。鸾弦易断,好事难终;云和再鼓,曲终人远。索寞的孤寂与绝望的情怀,得到淋漓尽致的表现。"认"字以下是望中所见,浅滩洲畔,白蘋萋萋,画舫停泊,"临皋飞观",却不见昔日携手弄波、婀娜多姿的美人,物是人非、痛惜前情的委婉心态,全用倒卷之笔写出。结拍燕来双双,幸冀之兆,然强颜自慰,愈见辛酸,无限的凄凉与伤感,皆浓缩于"幸"字背后。上片由景而情,下片由情到景,"曲意不断,折中有折。"(沈际飞《草堂诗余正集》)李攀龙评曰:"词虽婉丽,意实辗转不尽,诵之隐隐如奏清庙朱弦,一唱三叹。"(《草堂诗余隽》引)

## 绿 头 鸭

### 贺 铸

玉人家,画楼珠箔临津①。托微风彩箫流怨②,断肠马上曾闻。宴堂开、艳妆丛里,调琴思、认歌颦。麝蜡烟浓,玉莲漏短,更衣不待酒初醺。绣屏掩,枕鸳相就,香气渐氤氲③。回廊影,疏钟淡月,几许消魂? 翠钗分、银笺封泪,舞鞋从此生尘。任兰舟,载将离恨,转南浦,背西曛④。记取明年,蔷薇谢后,佳期应未误行云⑤。凤城远⑥,楚梅香嫩,先寄一枝春。青门外⑦,只凭芳草,寻访郎君。

【注释】

①珠箔:即珠帘。
②彩箫:这里借用了秦楼萧史弄玉的故事。
③氤氲(tūn):香气弥漫。
④曛(xūn):夕阳西下之余光。

151

⑤行云：据宋玉《高唐赋序》说，楚王曾梦与神女相会，神女自称"旦为行云，暮为行雨"。这里以"行云"喻美女。
⑥凤城：即古代的长安城，在今西安市。
⑦青门：长安城门之一，处士邵平曾在青门外种瓜。

**【赏析】**

词写欢情别后犹希冀相逢。起笔写画楼珠箔临津，彩箫迎风流怨。马上曾闻断肠曲，欢爱几许消魂。此暗用秦楼萧史弄玉的故事。宴堂麝蜡，酒醲烟浓。艳妆丛里歌聱醉，琴思悠悠玉漏短。疏钟淡月，回廊倩影。绣屏微掩，香气暾暾，枕鸳相就。

下片"钗分"应上"几许"。兰舟南浦，夕照消魂，蔷薇谢后，更有楚梅香嫩，寻访郎君，先寄一枝春。陈廷焯云："方回词胸中眼中，另有一种伤心说不出处，全得力于楚骚，而运以变化，允推神品。"又云："方回词极沉郁，而笔势却又飞舞，变化无端，不可方物。"（《白雨斋词话》）

# 石 州 慢

## 张元幹

寒水依痕①，春意渐回，沙际烟阔②。溪梅晴照生香，冷蕊寒枝争发。天涯旧恨，试看几许消魂？长亭门外山重叠。不尽眼中青③，是愁来时节。　　情切，画楼深闭，想见东风，暗消肌雪。辜负枕前云雨，尊前花月。心期切处，更有多少凄凉，殷勤留与归时说。到得再相逢，恰经年离别。

**【作者简介】**

张元幹（1091—1170?）字仲宗，号芦川居士、真隐山人，福建长乐人。曾在抗金名将李纲手下为幕僚，后官至将作监丞，后被奸相秦桧削去官职。其词风格豪迈，多爱国忧国之作。有《芦川归来集》、《芦川词》等。

## 【注释】

①寒水依痕：源自杜甫《冬深》诗："寒水依痕浅。"

②沙际烟阔：借用杜甫《阆水歌》"正怜日破浪花出，更复春从沙际归"之意。

③不尽眼中青：眼前是望不断的青山。

## 【赏析】

词写春来忆旧。寒烟水阔，远天相连，梅临溪而晴照，幽香暗发；蕊着枝而竞发，春意阑珊。天涯旧恨，山重路远，愁来时节，引起消魂。下片由景入情，转写昔日夫妻绵绵情思，两情缱绻，暗消肌雪，辜负风月，抱憾甚深。煞拍两句，离别经年，多少凄凉，要归时细说。

黄蓼园云："起三句是望天意之回。'寒枝竞发'，是望谪者复用也。'天涯旧恨'至'时节'，是目断中原又恐不明也。'想见东风，暗消肌雪'，是远念同心者应亦瘦损也。'负枕前云雨'，是借夫妇以喻朋友也。因送友而除名，不得已而托于思家，意亦苦矣。"（《蓼园词选》）

# 兰 陵 王

## 张元幹

卷珠箔，朝雨轻阴乍阁①。栏杆外，烟柳弄晴，芳草侵阶映红药。东风妒花恶，吹落梢头嫩萼。屏山掩，沉水倦熏②，中酒心情怯杯勺③。　　寻思旧京洛④，正年少疏狂，歌笑迷著⑤。障泥油壁催梳掠⑥，曾驰道同载，上林携手⑦，灯夜初过早共约，又争信漂泊。　　寂寞，念行乐。甚粉淡衣襟，音断弦索，琼枝璧月春如昨⑧。怅别后华表⑨，那回双鹤⑩。相思除是，向醉里，暂忘却。

## 【注释】

①乍阁：才停止。
②沉水：一种檀香名。
③杯勺：本指酒器，这里借指饮酒。
④旧京洛：指北宋都城汴梁（今开封）。
⑤迷著：如痴如狂。
⑥障泥油壁：代表华丽的马车。
⑦上林：秦汉时御苑名，这里借指汴京的园林。
⑧琼枝璧月：花如玉，月如璧，喻美好的生活。
⑨华表：设在陵墓、宫殿或城楼前的石柱。
⑩双鹤：《续搜神记》云："辽东城门有华表柱，有白鹤集其上，言曰：'有鸟有鸟丁令威，去家千年今来归。城郭如故人民非，何不学仙冢累累！'"

## 【赏析】

词写伤春惜别。帘外，绵绵的阴雨刚刚停止，卷起珠帘，望楼外一片新春的景象：如烟的柳丝，在晴光中翻动着翠绿的碧色；青阶下绿色的嫩草，闪着雨后的光点，映衬着艳丽的芍药。这盎然的生机，被东风嫉恶，吹乱一园春花，吹落梢头嫩萼。满腔愁寂，惟有病酒。寻思往日京洛，追忆旧日欢洽，热闹欢快，而结以"又争信漂泊"，感情起伏，跌宕流美。

三片由忆旧而转写别后相思。伊人粉淡衣襟，若琼枝璧月般难得一见，只有春光如昨。此片写得迷离惝恍，寓意颇深，抒发人间沧桑易变、好景难长的感慨。这相思的闲愁，只有在醉酒中方能忘却。词中两结，都是酒醉，见别恨之深，相见之难的无限感慨。词的格调沉郁婉丽，词的结构环环相扣。

# 贺 新 郎

叶梦得

睡起流莺语，掩苍苔、房栊向晚，乱红无数。吹尽残花无人见，惟有垂杨自舞。渐暖霭、初回轻暑，宝扇重寻明月影①，暗尘侵、上有乘鸾女②。惊旧恨，遽如许。　　江南梦断横江渚，浪黏天、葡萄涨绿③，半空烟雨。无限楼前沧波意，谁采蘋花寄取？但怅望、兰舟容与④，万里云帆何时到？送孤鸿，目断千山阻。谁为我，唱《金缕》⑤。

## 【作者简介】

叶梦得（1077—1148）字少蕴，号石林居士，江苏苏州人。宋哲宗绍圣四年（1097）中进士，历官中书舍人，翰林学士、吏部尚书、尚书右丞等。他力主抗金，能诗善词，词多豪放之作。有《石林词》、《石林诗话》、《石林燕语》、《建康集》等。

## 【注释】

①明月影：古诗曰："裁为合欢扇，扇扇似明月。"
②乘鸾女：据《龙城录》载："九月望日，明皇游月宫，见素娥千余人，皆皓衣乘白鸾。"
③葡萄涨绿：唐李白有诗曰："遥看汉水鸭头绿，恰似葡萄初发醅。"
④容与：安闲之意。
⑤《金缕》：曲名。

## 【赏析】

《题石林词》一文曾这样评论叶梦得的词："味其词婉丽，绰有温、李之风。晚岁落其华而实之，能于简淡时出雄杰。"此作风格绚丽委婉，当是其早期之作。

午睡乍起，已近傍晚，庭院阶前已洒满落红无数。翠阴之中传来黄莺婉转的鸣叫，幽静、寂寥的庭院只有垂杨自舞。轻暑初至，故思宝扇，但此间亦指夜深之圆月，意象双关。月中素娥乘鸾，引起明皇旧事，不免生怀古之幽情。

下片承上写旧恨之感情波澜。月照江渚、半空烟雨、谁采蘋花、兰舟容与，皆想象之词。"万里"两句更深一层，隔千山万水，舟船难通，只能目送征鸿，黯然消魂。结句感慨万千，有深悔年少虚掷光阴的懊恨。

# 虞 美 人

叶梦得

雨后同斡誉、才卿置酒来禽花下作[①]

落花已作风前舞,又送黄昏雨。晓来庭院半残红,惟有游丝,千丈袅晴空[②]。　殷勤花下同携手,更尽杯中酒。美人不用敛蛾眉[③],我亦多情,无奈酒阑时。

**【注释】**
[①]来禽:即林檎,果树名,今名沙果。
[②]袅晴空:晴空中游丝飞舞。
[③]敛蛾眉:聚眉含愁之意。

**【赏析】**
　　风雨之后,落花无数。然不言风雨无情,吹败繁红,却以落花为主语,说它在花前飞舞,送走"黄昏雨",晓风过后,落红铺绣,满目狼藉。本应怅触愁情,哀婉凄厉,作者却将隐痛藏于健笔之后,写下"惟有游丝,千丈袅晴空",情绪遂随物象扬起,给人以高骞明朗之感。这便是其第一个特点,以健笔写柔情。
　　下片即景抒情。当此万花纷谢之际,却"花下同携手"、"更尽杯中酒",则一种豪放、不以悲哀的外界左右自己情绪的坦荡之怀呈现于前。我亦多情,但仍劝"美人不用敛蛾眉",设身处地,巧语宽慰之后,隐藏着多么深沉、多么婉曲的悲慨,这便是其第二个特点,以豪放衬婉约,明人毛晋称其词"不作柔语殢人,真词家逸品。"(《石林词跋》)

# 点 绛 唇

## 汪 藻

新月娟娟,夜寒江静山衔斗①。起来搔首,梅影横窗瘦②。好个霜天,闲却传杯手。君知否?乱鸦啼后,归兴浓如酒。

## 【作者简介】

汪藻(1079—1154),字彦章,江西德兴人。崇宁五年(1106)进士,累官著作佐郎、中书舍人、兵部侍郎、翰林学士。后因事被革职,晚年居永州。诗受苏东坡影响较大,以写景见长,风格明快。有《浮溪词》。

## 【注释】

①山衔斗:夜空中远山与星斗相连接。

②梅影横窗瘦:源自宋林逋《咏梅》诗:"疏影横斜水清浅,暗香浮动月黄昏。"

## 【赏析】

群星拱簇着新月,山巅与星斗相连。澄江如练,在寒夜中听不到一丝涛声。静寂之夜,词人辗转反侧,夜不成寐,那重压于心头的人间烦事,搅得他百思不得其解。"搔首"是其习惯性的动作,显出其不平的情绪。"梅影横窗瘦"是下片思维活动的衬景。

换头的三句,是词人的感慨,联系其身世,知作者其时被迫迁调,官场失意。煞拍两句,"归兴"之萌生是因为"乱鸦啼后",且思归之意比霜天的酒兴还浓,见其对宦海生涯的深恶痛绝。鸦之聒噪,被人厌恶,而着一"乱"字,更见其鸦之多,噪之甚。"归兴浓于酒",真一番超脱飘逸之仙姿。这首寄托之作,含蓄委婉,借景言情,怨而不怒,是词篇中很有特色的佳作之一。

# 喜 迁 莺

刘一止

## 晓　行①

晓光催角②，听宿鸟未惊，邻鸡先觉。迤逦烟村，马嘶人起，残月尚穿林薄③。泪痕带霜微凝，酒力冲寒犹弱。叹倦客，悄不禁重染，风尘京洛④。　　追念别人后，心事万重，难觅孤鸿托。翠幌娇深⑤，曲屏香暖，争念岁华漂泊。怨月恨花烦恼，不是不曾经著。这情味，望一成消减，新来还恶。

### 【作者简介】

刘一止，字行简，浙江归安人。宣和三年（1121）进士，曾任秘书省校书郎、给事中、敷文阁待制等职。有《苕溪乐章》。

### 【注释】

①晓行：刘一止以此词出名，人称"刘晓行"。
②光催角：晨光召唤报晓的号角声。
③林薄：林间树木稀疏杂草丛生处。
④风尘京洛：晋陆机诗："京洛多风尘。"
⑤翠幌：闺中华丽的帘帐等物。

### 【赏析】

清彻的号角划破寂静的长夜，雄鸡高唱，宿鸟未惊。残月透过长林，把寒光洒在蜿蜒曲折的山路；连绵曲折的村落，被雾霭晨光笼罩。泪痕带霜凝结，薄酒难御轻寒。清许昂霄评曰："'宿鸟'以下七句，字字真切，觉晓行情景宛在目前。"（《词综偶评》）

词的下片转入怀人。换头三句写和妻子分别后的复杂心情。"翠幌娇深"、"曲屏香暖"和"岁华漂泊"形成鲜明的对比，而在漂泊天涯的羁旅中忆起昔日的花好月圆，徒然增加烦恼与怨愤。词人经著此中情味，便希望能减少一成，谁知新来还恶，非但不减，反而增加了。苦语之中饱含情味，心理活动描绘之细腻入微，层次分明，感情真挚，传之久远。

# 高 阳 台

韩 疁

## 除 夜

频听银签①，重燃绛蜡②，年华衮衮惊心③。饯旧迎新，能消几刻光阴？老来可惯通宵饮？待不眠，还怕寒侵。掩清尊，多谢梅花，伴我微吟。　　邻娃已试春妆了，更蜂腰簇翠④，燕股横金⑤。勾引东风，也知芳思难禁。朱颜那有年年好，逞艳游，赢取如今。恣登临，残雪楼台，迟日园林。

**【作者简介】**
韩疁，字子耕，号萧闲。有《萧闲词》。

**【注释】**
①银签：指古时用以计时的更漏。
②绛蜡：红色的蜡烛。
③年华衮衮：指岁月匆匆流逝。
④蜂腰簇翠：形容邻女细腰上装饰得花团锦簇。
⑤燕股横金：描写邻女细长的腿上打扮得富丽堂皇。

**【赏析】**
夜长而频听更漏，烛尽而重燃绛蜡，见永夜之不寐。年华易逝。惊心皓首，年老除夕之夜，感慨良深。饯旧迎新之际，已不惯通宵夜饮。待不眠，又怕夜寒侵肌，临风把盏，辞谢清尊。只有梅花，伴我孤吟。清寒之中略带几分孤傲。

下片以邻娃试春妆反衬自己少此精力。邻之少女春情荡漾，蜂腰婀娜，簪红簇翠，着意梳妆。东风唤来满园春光，芳思难禁，朱颜难再。还是趁大好年华，逞强斗艳，赢取当前的辰光，去恣意登临游赏，莫负年华似水流。况周颐云："此等词语浅情深，妙在字句之表；便觉刻意求工，是无端多费气力。"（《蕙风词话》）

## 汉 宫 春

### 李 邴

潇洒江梅，向竹梢疏处，横两三枝。东君也不爱惜[①]，雪压霜欺。无情燕子，怕春寒、轻失花期。却是有、年年塞雁，归来曾见开时。　　清浅小溪如练，问玉堂何似[②]。茅舍疏篱？伤心故人去后，冷落新诗。微云淡月，对江天、分付他谁？空自忆，清香未减，风流不在人知。

### 【作者简介】

李邴（1085—1146），字汉老，号云龛，山东济宁人。崇宁五年（1106）中进士，历官翰林学士、参知政事、资政殿学士，卒于福建泉州。其词清丽俊逸，人称其为"南渡三词人"之一。《全宋词》存词十二首。

### 【注释】

①东君：指春神。
②玉堂：古乐府曰："黄金为君门，白玉为君堂。"

### 【赏析】

词赋梅花。孤梅独处，临风怒放，雪压霜欺，傲骨依然。梅枝劲翘，潇洒横出竹梢，"潇洒"二字尽摹寒梅风韵。东君不曾爱惜梅的风姿，任凭寒风之凛冽，雪雨之凄沥。燕子无情，怕春寒而延误归期，也不曾见寒梅的丰神，只有塞雁年年归来，尚及梅之开时。

小溪临壑而缱绻，如练东流。"问玉堂"二句，脍炙人口，千古传唱，显示了词品、人品、花品。故人去后，无人歌咏，冷落新诗。微云淡月的寒冬之夜，自甘淡泊而不要人知，然清香不减，风韵犹存。

# 临 江 仙

## 陈与义

高咏楚辞酬午日①，天涯节序匆匆。榴花不似舞裙红，无人知此意，歌罢满帘风。　　万事一身伤老矣，戎葵凝笑墙东②。酒杯深浅去年同，试浇桥下水，今夕到湘中③。

**【作者简介】**

陈与义（1090—1138），字去非，号简斋，河南洛阳人。宋徽宗时进士，历官太学博士，兵部员外郎、中书舍人、吏部侍郎、翰林学士、参知政事。他的诗、词俱有成就，有《简斋集》、《无住词》。

**【注释】**

①午日：端午节（旧历五月初五）。
②戎葵：即今之蜀葵。
③湘中：作者端午节怀念楚人屈原，因歌《楚辞》，并以酒祭奠。希望其悼念之情能够传至湘中。

**【赏析】**

端午节，词人凭吊屈原，感时伤世，抒发自己的爱国情思，词的开头吐语劲拔、慨叹由衷。屈原的高风亮节曾给词人以激励，在屈原的忌日，词人吟唱楚辞，更有天涯沦落、节序匆匆的悲凉之感。他用"榴花不似舞裙红"的比衬手法，写昔日那名噪一时、歌酒相筹的繁华昨梦。如今，有谁能理解他那壮怀以歌、慷慨悲凉之情呢？"无人知此意"的叹喟，都托诸昂扬的悲歌中，只有满帘的清风,尚能理解我豪宕的襟抱。融情入景,回味无穷。

词的下片,情调更为深沉,"万事一身伤老矣",包容了对家国离乱、个人身世的怆恨,这感时伤老的慨叹,戎葵无知,在墙东花开如笑,此句反衬自身的忧伤。"酒杯"三句,由近而远,再写忧伤的由来。

# 临 江 仙

陈与义

夜登小阁忆洛中旧游[①]

忆昔午桥桥上饮[②],座中多是豪英。长沟流月去无声,杏花疏影里,吹笛到天明。 二十余年如一梦[③],此身虽在堪惊。闲登小阁看新晴,古今多少事,渔唱起三更[④]。

【注释】

①小阁:时作者寄居在浙江湖州青墩镇的僧舍中,阁即在僧舍旁边。
②午桥:在洛阳城内,唐裴复曾在此建有别墅——绿野草堂。
③二十余年:作者由于躲避"靖康之难",从洛阳来到江南,至今已历二十多年。
④渔唱:即渔夫的歌声。

【赏析】

词写忆旧的悲慨之情,但运笔空灵,造语奇丽,在豪纵悲慨之中,又有一种清淡和华腴。

词的开篇便再现二十多年前那如烟的往事,"长沟流月"寓光阴荏苒、岁月匆匆。刘熙载评"杏花"两句云:"陈去非《临江仙》:'杏花疏影里,吹笛到天明',此因仰承'忆昔',俯注'一梦',故此二句不觉豪酣转成怅悒,所谓好在句外者也。"(《艺概》卷四)

过片两句写南北宋之间二十年间的沦丧国事，亲朋零落都恍如昨梦。"闲登"三句，宕开一笔，登临而看新晴，又感古今兴亡，盛衰同慨，听渔歌晚唱，在回归自然中，将深挚的悲感化为旷达。词的基调疏朗明快，浑成自然。张炎称此词："真是自然而然。"（《词源》卷下）

# 苏 武 慢

## 蔡 伸

雁落平沙，烟笼寒水，古垒鸣笳声断①，青山隐隐，败叶萧萧，天际暝鸦零乱。楼上黄昏，片帆千里归程，年华将晚。望碧云空暮②，佳人何处，梦魂俱远。　　忆旧游，邃馆朱扉③、小园香径，尚想桃花人面。书盈锦轴，恨满金徽④，难写寸心幽怨。两地离愁，一尊芳酒凄凉，危栏倚遍。尽迟留。凭仗西风，吹干泪眼。

**【作者简介】**

蔡伸（1088—1156），字伸道，号友古居士，福建莆田人。宋徽宗政和五年（1115）中进士，历任徐州、滁州、和州等地知州，及浙东安抚司参议官等职。其词风兼收并蓄，既有婉约派的旖丽，又具豪放派的雄健。有《友古词》。

**【注释】**

①古垒鸣笳声断：古战场上胡笳声已听不到了。
②碧云空暮：古诗："日暮碧云合，佳人殊未来。"
③邃馆朱扉：深深的庭院，朱红的大门。
④金徽：金色的丝绳，用以系琴弦。

**【赏析】**

词写羁旅伤别，却从荒秋暮景入笔。暮霭迷蒙，寒沙带水，雁落荒滩。胡笳鸣于古垒之上,凄凉声断。词一开篇便笼罩着悲怆的基调。远山如黛,隐隐可现,黄叶萧萧,寒鸦点点,在夕阳的残照中,纷纷乱乱,幽栖在疏林败枝之上。残照当楼,倚楼望归之人,数尽归程的千帆。"年华将晚",点出思归的急切。以下的三句将思归的主题以形象托出。

下片是对旧游的追忆。邃馆香径,桃花人面,旖旎的春光中,弥漫着温馨的春情,锦书难托,琴瑟之恨,寸心幽怨,纤细笔触,皆从弱女子处落墨。两地离愁,一尊芳酒,两相对举,互为衬垫,薄酒怎消离愁?栏杆倚遍,愁肠百转,泪洒西风。词由凄凉转而为幽怨,再转为悲怆,铺叙委婉,景真情切,耐人寻味。

# 柳梢青

### 蔡 伸

数声鹈鴂[①],可怜又是,春归时节。满院东风,海棠铺绣,梨花飘雪。 丁香露泣残枝,算未比[②],愁肠寸结。自是休文[③],多情多感,不干风月。

## 【注释】

①鹈鴂:即子规、杜鹃,常在春分时鸣叫。屈原《离骚》:"恐鹈鴂之先鸣兮,使夫百草为之不芳。"
②算未比:算来还比不上。
③休文:南朝梁文学家沈约字休文,因在宋、齐两代不被重用,抑郁成疾,消瘦异常。

## 【赏析】

杜鹃声声,春归何处?东风涤荡,吹落海棠无数;如雪的梨花,纷纷扬扬,洒满庭院。落红不是无情物,它们如锦似雪,在迟暮的春光中,以最后的娇艳送别了姹紫嫣红的春天。

下片写丁香花饮泣露于残枝,幽怨之中,别有一番哀婉之情。

但它的艾怨,怎能比词人内心的缠绵郁结、寸断愁肠。不能怪春景的凄凉,我自是多情多感,无风月之凄迷,也自有一份难遣的惆怅。

## 鹧 鸪 天

### 周紫芝

一点残釭欲尽时①,乍凉秋气满屏帏。梧桐叶上三更雨②,叶叶声声是别离。　　调宝瑟,拨金猊③,那时同唱鹧鸪词。如今风雨西楼夜,不听清歌也泪垂。

## 【作者简介】

周紫芝(1082—1155),字少隐,号竹坡居士,安徽宣城人。曾任枢密院编修、右司员外郎。诗词俱佳,风格清新自然,质朴顺畅。有《竹坡诗话》、《竹坡词》等。

## 【注释】

①残釭(gāng 刚):残灯。江淹《别赋》:"冬釭凝兮夜何长。"
②三更雨:唐温庭筠词:"梧桐树,三更雨,不道离情正苦。一叶叶,一声声,空阶滴到明。"
③金猊(ní 尼):一种兽形的香炉。

## 【赏析】

秋气萧萧,秋雨添凉,夜雨敲击着寂寞的梧桐。瑟瑟之声,像是声声别离,搅扰着夜不成寐的离人。断垣残壁,孤灯独守,一盏残灯欲尽,形单影只的嶙峋瘦骨,怎抵挡这夜雨的秋寒,而离愁别绪之恨,又是他凄凉不寐的真正原因。上片因情造景,从视觉、听觉、感觉三方面说出离情正苦。

下片抒情。上承"别离"意脉,"调宝瑟"三句是对往昔旧欢的追忆。"同唱鹧鸪词"一句,点明今之怀念的是往日热恋过的歌女,温馨欢乐的昔聚之情,只是追忆。"如今风雨西楼夜",是抚今追昔的慨叹。"不听清歌也泪垂",是凄凉秋夜,孤独身心所使然,通词的忆旧之情,如雨滴梧桐,回响不尽。上片细腻,下片疏宕,对比鲜明,感情深沉,起落有致,缓急得当。

## 踏 莎 行

周紫芝

情似游丝,人如飞絮,泪珠阁定空相觑[①]。一溪烟柳万丝垂,无因系得兰舟住[②]。　　雁过斜阳,草迷烟渚,如今已是愁无数,明朝且莫做思量,如何过得今宵去?

【注释】
①阁定:停止。
②兰舟:即木兰舟,船的美称。

【赏析】
青烟翠雾笼罩着飞舞的游丝,离人也如飞絮,漂泊无踪。刚刚欢聚,即刻又要别离,离情欲绝,艾怨无奈,满含泪珠的双眼,脉脉相对,暗暗传情。"空"字写足难舍、伤情。词章至此,忽然宕开一笔再写身外之景:一溪烟柳,凄迷无边,柳丝万千,婀娜婆娑,却无法系住即发的兰舟,那惆怅的艾怨之情,那凄怆的无奈之苦,如剥竹笋,层层脱出。

下片写愁思。斜阳带走了今日的希望,留下了无尽的愁苦。暮霭沉沉,烟草凄迷,离愁无数。将来的事情且不必多虑,今宵如何挨过?刘熙载云:"空中荡漾,最是词家妙诀。上意本可接入下意,却偏不入,而于其间传神写照,乃愈使下意栩栩欲动。"以"明朝"做衬垫,托出今宵痛苦,是词之结尾的妙处。

# 帝 台 春

### 李 甲

芳草碧色，萋萋遍南陌。暖絮乱红，也似知人，春愁无力。忆得盈盈拾翠侣①，共携赏、凤城寒食②，到今来，海角逢春，天涯为客。　　愁旋释，还似织；泪暗拭，又偷滴。漫倚遍危栏，尽黄昏，也只是，暮云凝碧。拼则而今已拼了，忘便怎生便忘得。又还问鳞鸿③，试重寻消息。

### 【作者简介】

李甲，字景元，江苏松江人，元符中曾任武康令。善画鸟兽，《全宋词》存词九首。

### 【注释】

① 盈盈拾翠侣：一起踏青拾翠，体态轻盈，眼波流惠的女友。
② 凤城：本指古长安城，后亦代指都城。
③ 鳞鸿：即鱼雁，古人认为鱼雁均可传书。

### 【赏析】

　　词写春日离情。芳草凝碧，凄迷千里，遍铺南陌。花絮蒙蒙乱红扑面，飘坠阡陌，似离人愁恨无力，娇软缠绵，情系千里。曾记得，共携手处，凤城寒食。盈盈女伴，相携翠侣，海角逢春，天涯倦客，春愁却起。

　　下片离愁如织，缱绻缠绵，旋释又重生；情泪暗拭，揩干又盈满。危栏倚遍，漫赢得，黄昏如晦，暮云青碧。拼得镜里朱颜瘦，罗带渐宽终不悔，要忘却这段闲情，又如何忘得了？实话之中见一段柔情。只希望能有对方的一点消息，聊慰这无怨无悔的一份真情。

# 忆王孙

## 李　甲

萋萋芳草忆王孙①，柳外楼高空断魂，杜宇声声不忍闻②。欲黄昏，雨打梨花深闭门③。

【注释】
①王孙：源自汉淮南小山诗："王孙游兮不归，春草生兮萋萋。"
②杜宇：即杜鹃，啼声凄切，若"不如归去"。
③雨打梨花：源自刘方平诗："寂寞空庭春欲晚，梨花满地不开门。"

【赏析】
萋萋芳草，绵延千里，远接苍天，古道晴翠，极目远眺，所思之人还在天涯芳草之外。起笔点醒全篇，深远渺邈，凄迷无限是其特点。由远及近，陌头杨柳依依，柳外高楼独立。倚楼凭栏，残阳如血，杜鹃声声，凄怨不已。黄昏潜入庭院，暮雨潇潇深闭门，梨花纷落，如锦如雪，铺满小园香径。词从寥廓的千里之外写起，步步浓缩，收为无言紧闭的深门，见结构的紧凑。沈际飞云："一句一思。"又云："因楼高曰空，因闭门曰深，俱可味。"（《草堂诗余正集》）黄蓼园云："高楼望远，'空'字已凄恻，况闻杜宇？末句尤比兴深远，言有尽而意无穷。"（《蓼园词选》）

# 三　台

## 万俟咏

### 清明应制

见梨花初带夜月，海棠半含朝雨。内苑春，不禁过青门①，御沟涨，潜通南浦②。东风静，细柳垂金缕，望凤阙③、非烟非雾。好时代，朝野多欢，遍九陌④、太平箫鼓。　　乍莺儿百啭断续，燕子飞来飞去。近绿水、台榭映秋千，斗草聚、双双游女。饧香更⑤、酒冷踏青路，会暗识、夭桃朱户⑥。向晚骤、宝马雕鞍，醉襟惹、乱花飞絮。　　正轻寒轻暖漏永，半阴半晴云暮。禁火天⑦、已是试新妆，岁华到，三分佳处。清明看、汉蜡传宫炬⑧，散翠烟、飞入槐府⑨。敛兵卫、闾阖门开⑩，住传宣⑪，又还休务⑫。

## 【作者简介】

万俟（mò qí）咏，字雅言，自号大梁词隐，曾任大晟乐府制撰、下州文学等制，能诗词，通音律。其《大声集》已佚。

## 【注释】

①青门：汉长安城东有青门。这里指宫禁以外。
②南浦：南面的水边，常用来代指送别之地。
③凤阙：汉代宫阙名，后代指都城。
④九陌：都城的大道，刘禹锡诗云："九陌人人走马看。"
⑤饧香：麦芽糖的香气。
⑥夭桃朱户：即唐崔护"人面桃花"的故事。
⑦禁火：旧俗在寒食节禁止用火。
⑧汉蜡传宫炬：语出唐韩翃诗："日暮汉宫传蜡烛，轻烟散入五侯家。"
⑨槐府：贵人宅门前往往植槐树，后遂以"槐府"代指贵人宅第。
⑩阊阖：传说中的天门。亦指皇宫的正门。
⑪传：符命。
⑫休务：宋人语，停止办公之意。

## 【赏析】

"雅言之词，词之圣者也，发妙音于律吕之中，运巧思于斧凿之外，平而工，和而雅，比诸刻琢句意而精丽者，远矣。"（黄锐《花庵词选》）

万俟咏曾任大晟乐府制撰,能诗词,通音律,纵情歌酒,多作艳词,词笔婉丽。此篇为清明应制之作,上片写花好月圆的自然丽景,朗月高照,繁花似雪,东风煦拂,细柳垂金,太平箫鼓,朝野欢歌,一片旖旎风情。

下片写鸟飞鸟鸣,百啭相续,倩女斗草,游春踏青。宝马雕车,暗相访夭桃朱户,醉惹飞絮,蒙蒙乱扑行人面。清明初试新妆,蜡炬翠烟,飞入槐府,方知宫宦也休伤。李攀龙评曰:"铺叙有条,如收拾天下春归肺腑状。"(《草堂诗余隽》)

## 二 郎 神

### 徐 伸

闷来弹鹊,又搅碎、一帘花影。漫试着春衫,还思纤手,薰彻金猊烬冷①。动是愁端如何向?但怪得、新来多病,嗟旧日沈腰②,如今潘鬓③,怎堪临镜? 重省,别时泪湿,罗衣犹凝④。料为我厌厌,日高慵起,长托春酲未醒⑤。雁足不来⑥,马蹄难驻,门掩一庭芳景。空伫立,尽日阑干倚遍,昼长人静。

### 【作者简介】

徐伸,字幹臣,三衢人,曾任太常典乐、常州知府。其所著《青山乐府》已佚。

### 【注释】

①金猊烬冷:香炉中香已燃尽。
②沈腰:南朝梁沈约由于皇帝不重用,遂故意称病,说自己越来越瘦了,腰围也变细了,所以"沈腰"表示腰围减损。
③潘鬓:西晋文学家潘岳在其《秋兴赋序》中写道:"余春秋三十有二,始见二毛。"后遂以"潘鬓"作为鬓发斑白的代称,南唐后主李煜《破阵子》词中有"一旦归为臣虏,沈腰潘鬓消磨"之句。
④罗衣犹凝:衣服上仍留有泪痕。

⑤春酲（chéng）：春天醉酒。
⑥雁足：指书信、消息。相传汉昭帝在上林苑中射下一雁，足上绑着书信，说苏武在北国受苦。此后"鸿雁"、"雁足"等便成了书信的代称。

【赏析】

词"为亡室不容逐去"的侍妾而作，词中如实倾诉了词人对侍妾的真挚情爱。

起笔勾画出凄艳动人的图画。"闷来弹鹊"，搅碎帘影，哀婉之情，绵绵似诉。漫着春衫，又思纤手，金猊香冷，皆因侍妾离去，动辄愁生，如之奈何的苦楚，向谁倾诉？沈腰依然，潘鬓新添，"怎堪临镜"，都是真挚感情的流露。

下片设想对方怀念自己，"重省"领起追忆。"别时泪湿，罗衣犹凝"，诀别之时，如泪洒春衫，至今犹湿。伊人别后，恋我之情难遣，一定借酒浇愁，用病酒掩饰深藏于胸的一段柔情。音信阻隔，门庭昼长人静，回应起首三句，亦是相思难表的一段怨语。煞拍思恋之情，婉曲不尽。

# 江神子慢

田　为

玉台挂秋月①，铅素浅、梅花傅香雪。冰姿洁，金莲衬、小小凌波罗袜②。雨初歇，楼外孤鸿声渐远，远山外、行人音信绝。此恨对语犹难，那堪更寄书说？　　教人红消翠减，觉衣宽金缕，都为轻别。太情切，消魂处，画角黄昏时节，声鸣咽。落尽庭花春去也，银蟾迥③，无情圆又缺。恨伊不似余香，惹鸳鸯结④。

【作者简介】

田为，字不伐，先后任大晟府典乐、大晟府乐令。精通音律，诗词俱佳。存词有六首。

## 【注释】

①玉台：旧时富人庭院中的高台。

②金莲：南朝齐东昏侯曾以金莲花贴地，让其宠爱的潘妃在上面行走，所谓"步步生莲花"。后世遂以"金莲"喻女人之纤足。

③银蟾迥：月亮不断变化。

④鸳鸯结：成双成对的香烟圈。

## 【赏析】

疏月照高台，梅花传幽香，月色冷艳，斜照美人微步。骤雨初歇，听楼外孤鸿的哀鸣之声渐远，然所思之人更在远山之外。离情脉脉，恨别难以当面诉说，更那堪尺笺相告。

下片因相思而日渐消瘦，为何轻别意中人，砌成此恨无重数，孤城画角，黄昏幽处，听来似人呜咽。庭花落尽，春随水去，惟有明月不解离人之恨，缺而又圆，这恼人的余音，怎么也缭绕出成双成对的烟圈，惹出不尽的相思。结句是痴情语。相思绵缈，语痴情却。

# 蓦 山 溪

### 曹 组

### 梅

洗妆真态，不作铅华御①。竹外一枝斜，想佳人，天寒日暮。黄昏院落，无处著清香，风细细，雪垂垂，何况江头路。

月边疏影，梦到消魂处。结子欲黄时，又须作、廉纤细雨。孤芳一世，供断有情愁，消瘦损，东阳也②，试问花知否？

## 【作者简介】

曹组，字元宠，河南许昌人。宣和三年（1121）中进士，后任给事殿中、防御使。有《元宠词》。

**【注释】**

①铅华御：化妆修饰。铅华：化妆品。

②东阳：南朝梁沈约曾为东阳太守，后不被重用，抑郁而死。作者在这里把自己比做沈约，比做梅花，发出了不为世人所知的感叹。

**【赏析】**

词咏梅花。洗尽铅华，露痕轻缀，无限佳丽，这是梅的丰神仪态，是其超逸的精神标格。天寒日暮，风细雪垂，空江烟浪，无处寻清香。黄昏院落，翠竹掩映，一枝寒梅，疏影横斜。

下片词情摇荡，微思远致。词人牢落，借花骋情，人亦如花之清高，孤芳一世，依依愁悴，冰魂玉骨，耿耿独与黄昏，匆匆幽对梅花，憔悴瘦损，为谁独韵，花能知否？沈际飞评曰："微思远致，愧黏题装饰者，结句自清俊脱尘。"（《草堂诗余正集》）

## 贺　新　郎

### 李　玉

篆缕消金鼎①，醉沉沉、庭阴转午，画堂人静。芳草王孙知何处？惟有杨花糁径②。渐玉枕、腾腾春醒，帘外残红春已透，镇无聊③、殢酒厌厌病④。云鬓乱，未忺整⑤。　　江南旧事休重省，遍天涯、寻消问息，断鸿难倩⑥。月满西楼凭阑久，依旧归期未定。又只恐、瓶沉金井⑦，嘶骑不来银烛暗⑧，枉教人，立尽梧桐影。谁伴我，对鸾镜。

**【作者简介】**

李玉，生平事迹不详，存词只此一首。

**【注释】**

①篆缕：香炉上的香烟上升盘绕，好似篆字。即所谓"心字香"。

②杨花糁（sǎn）径：落下的杨花纷纷扬扬，洒满了小路。

③镇无聊：整天百无聊赖。
④殢（tì）：困乏已极。
⑤忺（xiān）：想、愿意。
⑥断鸿难倩（qìng）：音讯杳然。
⑦瓶沉金井：乐府《估客乐》："有信数寄书，无信心相忆，莫作瓶落井，一去无消息。"这里用来比喻爱心不永。
⑧嘶骑（jì）：这句是作者盼望心上人骑马归来。

**【赏析】**

词写春闺寂寞之情。开篇点明寂寞春闺的闲适、安谧。画堂人静，香烟袅袅，沉湎于醉梦的闺中少妇忽然发现时光已近正午，时光匆匆，见其无所事事。王孙何处，杨花糁径，点明暮春时节念远怀人。拥枕未睡、梦回春醒，更复慵懒，凭窗眺望，更见帘外残红无数。闺中少妇敏感到青春将逝，红颜易老，因而病酒厌厌，云鬟不整。暮春景色已透伤春情怀。

下片写伤情，江南旧事不愿重省，盖天涯断鸿，了无音讯，月满西楼，栏杆倚遍，仍不见征人。西楼待月，梧桐孤影，有谁怜惜？缓缓倾诉怨情、恋情，不泣不怒，和婉温厚中见少妇淳雅的风范。沈际飞评曰："李君止一词，风情耿耿。"（《草堂诗余正集》）黄昇云："风流蕴藉，尽此篇矣。"（《花庵词选》）

## 烛影摇红

廖世美

**题安陆浮云楼**①

霭霭春空，画楼森耸凌云渚。紫微登览最关情②，绝妙夸能赋。惆怅相思迟暮，记当日、朱阑共语③。塞鸿难问，岸柳何穷，别愁纷絮。　　催促年光，旧来流水知何处？断肠何必更残阳，极目伤平楚。晚霁波声带雨，悄无人、舟横野渡④。数峰江上⑤,芳草天涯,参差烟树。

## 【作者简介】

廖世美,生平不详,《全宋词》有词二首。

## 【注释】

①安陆浮云楼:即湖北安陆县浮云寺楼。

②紫微:星名。唐代中书省称紫微省,唐代杜牧曾任中书舍人。这句是指杜牧当年曾登临浮云楼。

③朱阑共语:以下几句均是化用杜牧《题浮云寺楼》诗:"去夏疏雨余,同倚朱阑语。当时楼下水,今日到何处。恨如春草多,事与孤鸿去。楚岸柳何穷,别愁纷如絮。"

④舟横野渡:源自韦应物诗:"春潮带雨晚来急,野渡无人舟自横。"

⑤数峰江上:源自钱起诗:"曲终人不见,江上数峰青。"

## 【赏析】

春空暮云,霭霭低垂,细雨迷蒙,登高临远。"惆怅相思迟暮",上承"关情",下启追忆之语,过渡自然。"记当日、朱阑共语",写相思难忘的絮语柔情,而如今,"塞鸿难问",人去如鸿雁,了无踪迹;空余两岸衰柳,别愁无限,如柳絮纷繁,纷纷扬扬,随处可见,况周颐云:"'塞鸿难问,岸柳何穷,别愁纷絮。'神来之笔,即已佳矣。换头云:'催促年光,旧来流水知何处。断肠何必更残阳,极目伤平楚。晚霁波声带雨,悄无人、舟横野渡。'语淡而情深,令子野、太虚辈为之,容或未必能到。此等词一再吟诵,辄沁人心脾,毕生不能忘。《花庵绝妙词选》中,真能不愧'绝妙'二字。如世美之作,殊不多觏。"(《蕙风词话》)

# 薄　幸

### 吕滨老

**青楼春晚**①,心寂寂,梳匀又懒。乍听得,鸦啼莺弄,惹起新愁无限。记年时,偷掷春心,花前隔雾遥相见。便角枕题诗②,宝钗贳酒③,共醉青苔深院。　　怎忘得,回廊下,携手处、花明月满。如今但暮雨,蜂愁蝶恨,小窗闲对芭蕉展。却谁拘管?尽无言,闲品秦筝④,泪满参差雁⑤。腰肢渐小,心与杨花共远。

**【作者简介】**

吕滨老,一作渭老,字圣求,浙江嘉兴人,南渡前曾做过小官,词风秀婉。有《圣求词》。

**【注释】**

①青楼:本指显贵人家的闺阁或妓院,这里指情人的居所。
②角枕:以角装饰的睡枕。
③贳(shì)酒:赊酒,这里指用宝钗换酒。
④秦筝:一种古代的弦乐器。
⑤参差雁:指秦筝上错落的琴码和弦柱。

**【赏析】**

词写春情别绪,暮春残红,昼长人静,少女孤单无伴,虽梳妆匀面,却独坐青楼,难消永昼。鸦啼莺弄,徒增烦恼,用反跌之笔,衬出少女心灵深处的"愁"。"记年时"以下五句,累珠而贯,一气呵成,追忆少女恋爱的过程,在花丛的掩护下,隔轻纱般的薄雾,少女"偷掷春心",初试恋情。在美妙的境域中展现恋情的发展:"角枕题诗"、"宝钗贳酒"、"共醉青苔深院"。

"怎忘得",绾结上片,开启下片凄凉幽怨的愁绪。携手回廊、花明月满是昔日的美好,但如今暮雨潇潇、蜂愁蝶恨、愁对芭蕉、泪洒秦筝,写尽少女愁极而悲、悲极而转忧恨的复杂情态。结尾"心与杨花共远"。杨花似心,寸心千里,情深而句秀,余音袅袅,不绝如缕。

# 透 碧 霄

## 查 荎

舣兰舟①，十分端是载离愁。练波送远②，屏山遮断，此去难留。相从争奈③，心期久要④，屡变霜秋。叹人生、杳似萍浮。又翻成轻别，都将深恨，付与东流。　想斜阳影里，寒烟明处，双桨去悠悠。爱渚梅、幽香动。须采掇，倩纤柔⑤。艳歌粲发⑥，谁传余韵，来说仙游，念故人、留此遐州⑦。但春风老后，秋月圆时，独倚江楼。

## 【作者简介】

查荎，生平事迹不详。

## 【注释】

①舣兰舟：华贵的船在岸边停靠着。
②练波：如白练似的江波。
③争奈：怎奈。
④心期久要：心中一直记挂着旧约。
⑤倩纤柔：娇骄圆润的美丽手臂。
⑥粲发：不时露出笑容。
⑦遐（xiá）州：远方。

## 【赏析】

澄江如练，寒波送远，兰舟轻泊。遥岑远目，屏山遮断，行人更在青山外。离恨恰如春水，无语东流。离别在即，如萍浮水上，难相留醉。心念旧约，期待来年重聚，然聚后又是轻别，悠悠江水空载离愁。

想斜阳影里，寒烟浩渺，清波双桨，悠悠荡漾，水边寒梅，暗动幽香。纤手采撷欲黄梅子，朱唇唱出清韵幽歌，此一派遥想，淡语浅语生情。故人别后，春花秋月，独倚江楼。

177

# 南　浦

鲁逸仲

　　风悲画角,听单于①、三弄落谯门②。投宿骎骎③征骑,飞雪满孤村。酒市渐阑灯火,正敲窗,乱叶舞纷纷。送数声惊雁,乍离烟水,嘹唳度寒云④。　　好在半胧淡月,到如今、无处不销魂。故国梅花归梦,愁损绿罗裙⑤。为问暗香闲艳,也相思、万点付啼痕。算翠屏应是⑥,两眉余恨倚黄昏。

**【作者简介】**

　　鲁逸仲,真名孔夷,字方平,号滍皋先生、滍皋渔父。元祐中的著名隐士,鲁逸仲是其隐名。其词风颇似万俟咏。

**【注释】**

①单于:唐有曲名《小单于》。
②谯门:古代在城门上建的高楼,可用于瞭望。
③骎（qīn侵）骎:马疾奔的状态。
④嘹唳:形容响亮而悠长的声音,这里指雁鸣。
⑤绿罗裙:指故园中的意中人。
⑥翠屏:锦绣屏风。

**【赏析】**

　　词写羁旅相思。晚风中传来阵阵悲鸣的画角之声,它凄厉高亢,触动旅人不尽的愁思。北风凛冽,寒气袭人。飞雪漫天,瘦马疾驰,见旅人投宿的急切心情。转笔再写孤城驿栈。灯火阑珊,人迹稀少,孤村被大雪封闭,独处异乡羁馆,惟有落叶扑窗相伴。雪夜风急,忽闻大雁嘹唳高鸣,声声哀鸣,叩击着旅人的心弦,无限乡思,黯然而生。

　　下片由雪夜闻雁转为月夜思乡,款款道尽相思情意。雪霁云薄,淡月朦胧,依稀当年月色,望月而生缱绻柔情,想故园梅花犹有旧人观赏,而"愁损绿罗裙"的佳人,谁又能代为相问呢?那暗香浮动的花枝,也为这相思而泪痕点点,伊人也应似我,拎起今夜的相思,咀嚼分离的涩果,倚尽黄昏。

# 满 江 红

### 岳 飞

怒发冲冠,凭阑处、潇潇雨歇。抬望眼,仰天长啸,壮怀激烈。三十功名尘与土①,八千里路云和月。莫等闲,白了少年头,空悲切。　　靖康耻②,犹未雪;臣子恨,何时灭。驾长车踏破、贺兰山缺③。壮志饥餐胡虏肉④,笑谈渴饮匈奴血。待从头、收拾旧山河,朝天阙⑤。

**【作者简介】**

岳飞(1103—1141)字鹏举,河南汤阴人。出身农家,是著名的爱国将领,历任少保、河南北诸路招讨使、枢密副使、武昌郡开国公,因为主抗金,而被奸相秦桧害死。存词三首,有《岳武穆集》。

**【注释】**

①三十功名:写此词时岳飞年三十多岁。
②靖康耻:宋钦宗靖康二年(1127),金兵攻陷宋都,掳走徽、钦二帝,是宋人的奇耻大辱。
③贺兰山:在宁夏,当时属金朝的势力范围,这里意为向敌人进攻,收复失地。
④胡虏:与下句的"匈奴"均指金兵。
⑤朝天阙:指战胜敌人,凯旋回朝,晋见皇帝。

**【赏析】**

英雄此词,是中华民族的精神写照,千百年来它一直激励着"爱我中华"的民族自尊心。

开篇即壮志凌云，气吞山河。英雄登临送目，见风烟澄净、山河壮丽，不禁想起徽钦被掳，家国破碎，此仇此恨不共戴天，于是仰天长啸，抒忠愤之气。三十年功名算得了什么，个人荣辱，轻于尘土，八千里路转战沙场，披星戴月驰驱报国，不愿等闲悲切，白了少年头。这微微唱叹之中，含英雄抚膺自理的半生悲绪。

下片是雪耻报仇的一片壮怀。"驾长车踏破、贺兰山缺。壮志饥餐胡虏肉，笑谈渴饮匈奴血。""何等气概！何等志向！千载下读之，凛凛有生气焉。"（陈廷焯《白雨斋词话》）煞拍见其热血丹心，一腔忠愤。岳飞在《五岳祠盟记》中曾说："迎二圣归阙，取故地上版图，朝廷无虞，主上奠枕，余之愿也。"不忘国耻，收复中原的一片赤诚，诵之令人神往，激人奋进。

# 烛影摇红

张抡

上元有怀

双阙中天①，凤楼十二春寒浅②。去年元夜奉宸游③，曾侍瑶池宴。玉殿朱帘尽卷，拥群仙、蓬壶阆苑④。五云深处⑤，万烛光中，揭天丝管。　　驰隙流年⑥，恍如一瞬星霜换。今宵谁念泣孤臣，回首长安远。可是尘缘未断，漫惆怅、华胥梦短⑦，满怀幽恨，数点寒灯，几声归雁。

【作者简介】

张抡，字材甫，号莲社居士，河南开封人。曾任宁武军承宣使，词风清丽。有《莲社词》。

【注释】

①双阙：阙是高台上建有楼观的高大建筑，双阙一般建于皇帝陵墓和祠庙前，这里指宫门前的双阙。

②凤楼：指宫禁内的楼阁。
③奉宸游：侍奉皇帝出游。
④蓬壶阆（làng 浪）苑：传说中的神仙住地。
⑤五云：指五色的祥云。
⑥驰隙：时光疾速流逝。
⑦华胥：传说中的国名，用以指梦境。

## 【赏析】

词人以一腔幽怨写出徽宗朝在靖康前后的巨大变化。上片追忆徽宗在位时上元节侍宴的荣华光景，下片写靖康之难后的萧瑟凄凉，哀乐各至，荣辱毕呈。

词的上片追怀往事，"去年元夜奉宸游"，玉殿丝管、霓裳羽衣，瑶池盛宴，珠帘尽卷，风前烛影，红光在目，五色祥云笼罩着蓬莱阆苑。

下片"一瞬星霜换"，回望长安，荣光易度，梦醒无几，孤臣泣血，无力回天，满怀幽恨，悄然对，数点寒灯，几声归雁。

# 水 龙 吟

### 程 垓

夜来风雨匆匆，故园定是花无几。愁多怨极，等闲孤负，一年芳意。柳困桃慵①，杏青梅小，对人容易。算好春长在，好花长见，原只是、人憔悴。　　回首池南旧事，恨星星②，不堪重记。如今但有，看花老眼，伤时清泪。不怕逢花瘦，只愁怕、老来风味。待繁红乱处，留云借月，也须拼醉。

## 【作者简介】

程垓，字正伯，四川眉山人。其作多婉约词，有《书舟词》。

## 【注释】

①柳困桃慵：与下文的"杏青梅小"，均是表示春天已经逝去。

②星星：形容鬓发花白。晋左思《白发赋》："星星白发，生于鬓垂。"

## 【赏析】

词写伤春忧时。起笔即是嗟叹，风雨匆匆，又是一年春暮，想故园乱红飘落无几，怜惜哀婉之中见思乡之情殷切。自身愁多怨极，所以无心赏花，白白辜负一年春意，忧时伤世之人眼中所见全是人花两相辜负的哀怨，"原只是、人憔悴"，这是伤春忧时的真正原因，在忘却今年乐事的哀怨中，收束上片。

下片池南旧事不堪追省，如今客居异乡，星星白发，染于鬓垂，只有老眼伤时清泪，伤时忧世的感触，借着惜花伤春的意绪，尽情托出。煞拍"留云借月"，言时序匆匆，还应自当珍惜，趁繁花乱开的良辰美景，不妨沉醉。故作欢愉之语，实则隐藏痛苦，在含蓄不吐的绵丽之中，收束凄婉哀怨的情思。


# 六州歌头

### 张孝祥

长淮望断①，关塞莽然平②。征尘暗，霜风劲，悄边声③，黯消凝④！追想当年事⑤，殆天数，非人力。洙泗上⑥，弦歌地，亦膻腥⑦。隔水毡乡，落日牛羊下，区脱纵横⑧。看名王宵猎⑨，骑火一川明，笳鼓悲鸣，遣人惊。　　念腰间箭，匣中剑，空埃蠹⑩，竟何成！时易失，心徒壮，岁将零，渺神京⑪。干羽方怀远⑫，静烽燧，且休兵。冠盖使⑬，纷驰骛，若为情？闻道中原遗老，常南望，翠葆霓旌⑭。使行人到此，忠愤气填膺，有泪如倾。

## 【作者简介】

张孝祥（1132—1169）字安国，号于湖居士，安徽和县人。高宗时考中第一名进士，历任中书舍人、直学士院、建康留守、荆南湖北路安抚使等职，力主抗金，有政绩。词风豪放悲凉。有《于湖词》。

## 【注释】

①长淮：淮河，当时宋金以淮河为界。
②莽然：指茂密的草木。
③悄边声：边境沉寂，指宋兵不作抗敌的准备。
④黯消凝：作者黯然神伤。
⑤当年事：指靖康二帝被金兵掳走之事。
⑥洙泗：流经山东曲阜的两条河。此句与下文的"弦歌地"，均指文化发达的中原。
⑦膻腥：与下文的"毡乡"均指中原大地沦陷，成为金国的牧场。
⑧区（ōu 瓯）脱：北方游牧民族筑的土室。
⑨名王宵猎：指金国兵将在故土上横行。
⑩埃蠹（dù）：尘埃和蠹虫。
⑪神京：指北宋的都城汴京（开封）。
⑫干羽：盾和雉尾，古时舞蹈时的道具。怀远：用礼仪怀柔远方。这里是讽刺宋朝放弃抵抗。
⑬冠盖使：两国间来往议和的使臣。
⑭翠葆霓旌：翠羽饰的车盖和彩色旌旗，均代表王师。这句是说中原父老渴望王师北伐。

## 【赏析】

  这是南宋著名的爱国词章。上片描写江淮前线宋金对峙的严峻态势。极目千里淮河已无关塞，莽莽荒原征尘暗淡，霜风凄紧，战乱频仍，举国哀痛，就连洙泗二水流经的孔子讲学圣地，也膻腥不已。"隔水"以下写隔岸金兵的活动，当年稻菽千重的鱼米之乡，已变成帐幕遍野、牛羊成群的游牧之地，名王宵猎、笳鼓悲鸣，更让人感到金兵南犯之心不死。

  下片抒写爱国壮志，发抒忠义犹如惊涛出壑，在抨击偏安江左的南宋小朝廷之后，又写金人统治下的父老乡亲，殷切盼望王师北伐、恢复中原。笔饱墨酣，淋漓痛快，读之令人起舞。结尾"忠愤义填膺，有泪如倾"真实写出爱国志士为中原人民的年年失望而倾泻出的一腔热泪。

# 六州歌头

韩元吉

## 桃　花

东风着意,先上小桃枝。红粉腻,娇如醉,倚朱扉。记年时,隐映新妆面,临水岸。春将半,云日暖,斜桥转,夹城西。草软莎平,跋马垂杨渡①,玉勒争嘶。认蛾眉凝笑,脸薄拂燕脂②,绣户曾窥,恨依依。　　共携手处,香如雾,红随步,怨春迟。消瘦损,凭谁问,只花知,泪空垂。旧日堂前燕③,和烟雨,又双飞。人自老,春长好,梦佳期。前度刘郎④,几许风流地,花也应悲。但茫茫暮霭,目断武陵溪⑤,往事难追。

### 【作者简介】

韩元吉(1118—1183)字无咎,号南涧,河南许昌人。曾任吏部尚书,致力于兴学。有《南涧诗余》。

### 【注释】

①跋马:奔驰的马。
②燕脂:化妆品,即今胭脂。
③堂前燕:源自唐刘禹锡《乌衣巷》诗:"旧时王谢堂前燕,飞入寻常百姓家。"
④前度刘郎:源自刘禹锡诗:"种桃道士归何处?前度刘郎今又来。"
⑤武陵溪:用陶渊明《桃花源记》中之故事,喻美好的过去。

### 【赏析】

词借写桃花而诉说了一段香艳哀婉的爱情故事。起首写初春的景象:春风骀荡,红桃初绽,它多么像略施朱粉、娇憨如醉、斜倚朱扉的美人,为下文由花及人张本。"记年时"领起,追忆当年欢会的情景:日暖斜桥、草软莎平、垂柳渡口,是邂逅相逢的时间、地点。词人骑马赏花,在路转斜桥之处,忽遇新妆临水、艳如桃花的伊人,她嫣然一笑,暗传情愫。上片结尾两句诉说其第一次相见未能如愿的惆怅。

下片写今日旧地重游、不见伊人的懊恼情绪:当年携手赏花的故地,如今已落红随步、香薄似雾、春光迟暮。接下来的四句写对花垂泪的相思之苦。以下哀绪纷呈,尽情倾泄。以堂前双燕,映衬自己的孤苦难挨。以刘郎重到而物是人非的典实,来描述自己伤逝的情怀。经缠绵往复的咏叹,煞拍三句方点明感伤往事、旧梦难续的主题。词的妙处在借物咏怀、惜物怀人,哀婉凄迷、绮丽缱绻。

# 好 事 近

## 韩元吉

凝碧旧池头[①],一听管弦凄切。多少梨园声在[②],总不堪华发[③]。  杏花无处避春愁,也傍野烟发。惟有御沟声断[④],似知人呜咽。

【注释】

①凝碧旧池头:唐安史之乱时,王维被安禄山拘系,曾有诗曰:"万户伤心生野烟,百官何日再朝天?秋槐叶落空宫里,凝碧池头奏管弦。"

②梨园:演练宫廷歌舞的地方,唐明皇曾置梨园弟子数百人。

③华发:花白头发,表示年事已高。

④御沟:这里指原来北宋都城汴京故宫里的水沟。

【赏析】

此是写实之作。据宋史载,宋孝宗乾道八年(1172)十二月,派遣礼部尚书韩元吉、利州观察使郑兴裔,到金朝去祝贺次年三月初一的万春节(金主完颜雍生辰)。词人至汴京逢赐宴、闻教坊乐而作此词。

词的上片用天宝末年安禄山攻陷东都洛阳、大会凝碧池的典实,写今闻教坊之乐,如同当年梨园子弟演奏乐曲皆欷歔泣下,西向大恸一样,所以忍受江山依旧、人物全非的沦落现状,故暗用王维"凝碧池头奏管弦"的诗句,而着一"旧"字,悲慨万千。在宋太祖奠定宋朝基业的地方,又听到熟悉的中原之乐。而江山易主后的管弦之声,一腔一字都啮噬着他的心灵。"多少梨园声在,总不堪华发。"包蕴着痛失江山,又无力回天的深深隐痛。词的下片以杏花在野烟中凄迷地竞放,来形容自己无法回避,难以抑制的悲愁,惟有御沟流水吞吐呜咽,像是理解词人的悲怀,突然中断声响,怕词人听到呜咽的水声再引起抽泣,这样的结尾准确而深刻,会引起读者的共鸣。

# 瑞 鹤 仙

### 袁去华

郊原初过雨,见数叶零乱,风定犹舞。斜阳挂深树,映浓愁浅黛,遥山眉妩。来时旧路,尚岩花、娇黄半吐。到而今,惟有溪边流水,见人如故。　　无语,邮亭深静[①],下马还寻,旧曾题处。无聊倦旅,伤离恨,最愁苦,纵收香藏镜[②],他年重到,人面桃花在否[③]?念沉沉、小阁幽窗,有时梦去。

**【作者简介】**

袁去华,字宣卿,江西奉新人。绍兴十五年(1145)中进士,曾先后任善化、醴陵、石首县丞。学问渊博,尤长词赋,有《宣卿词》。

**【注释】**

①邮亭:驿路上的驿亭。

②收香藏镜:相传东汉秦嘉临别赠妇以香镜。此处喻暂时忘却离愁别绪。

③人面桃花:源自唐崔护诗:"人面桃花相映红。"这里指意中人。

## 【赏析】

荒郊原野之上骤雨初过,坠落的枯叶还在空中飘舞。斜阳把残照挂在丛丛的密林之上,那橘红色的晚霞把妩媚的远山映衬,它那"浓愁浅黛"的重峦叠嶂,更像是"献愁供恨"的玉簪罗髻。往日旧游的来路,还有岩花娇黄半吐,今日只有流水在山涧轰鸣、向人如故。

下片写倦旅情怀,相思之苦。过去寄宿的驿站依然如故,重临旧地而境况已非的情景,勾起词人伤心的怀抱,所以他直接点出了"伤离恨,最愁苦"的主题。"收香藏镜"用韩寿和徐德言的典故,说明深深怀念的闺中女子对爱情的忠贞。煞拍三句从唐人诗"别梦依依绕谢家,小阑回合曲阑斜"脱化而来,用来慰藉情思的,是虚无缥缈的梦境,其情之苦可知。

# 剑 器 近

## 袁去华

夜来雨,赖倩得东风吹住①。海棠正妖饶处②,且留取。悄庭户,试细听莺啼燕语,分明共人愁绪,怕春去。 佳树,翠阴初转午。重帘未卷,乍睡起,寂寞看风絮。偷弹清泪寄烟波,见江头故人,为言憔悴如许。彩笺无数,去却寒暄③,到了浑无定据④。断肠落日千山暮。

## 【注释】

①倩(qiàn):请、央求。
②妖饶:即妖娆,花盛开貌。
③去却寒暄:书信带去了问候。
④浑无定据:指相见无期。

## 【赏析】

一夜风雨,肆虐疯狂,众芳飘落,乱红铺绣,惟独海棠依旧妖娆。春雨过后，海棠像被胭脂染透，妩媚多姿，雍容华贵。这绚烂妖艳的海棠花，似乎把春光暂且留住了。庭院寂寂，了无人声，细听那轻微的"莺啼燕语"，它们那婉转的歌声，哀怨的呢喃，也似在愁留春不住，这不仅与前面"且留取"相呼应，又引出自己的惜春之情。

下片接上之时序，翠阴转午，垂帘未卷，见怀人之慵倦、寂寞之孤独。"偷弹"三句极写相思之深。只有借一江东流之水，将自己的一片深情，满怀幽恨，带给伊人。彩笺无数，只能略道寒暄，却难表述愁寂幽怨，暮色中的落日、千山，似乎也在为词人献愁供恨，想那断肠人各在天涯，其情之苦，难于言表。

# 安 公 子

袁去华

弱柳千丝缕，嫩黄匀遍鸦啼处[1]。寒入罗衣春尚浅，过一番风雨。问燕子来时，绿水桥边路，曾画楼、见个人人否[2]？料静掩云窗，尘满哀弦危柱[3]。　　庾信愁如许[4]，为谁都著眉端聚。独立东风弹泪眼，寄烟波东去，念永昼春闲，人倦如何度？闲傍枕、百啭黄鹂语。唤觉来厌厌[5]，残照依然花坞。

【注释】

[1]嫩黄匀遍鸦啼处：嫩黄的柳丝中时时传来鸦的啼叫声。
[2]人人：画楼中的意中人。
[3]尘满哀弦危柱：琴上落满了灰尘，表示无心弹奏。
[4]庾信：南朝梁使，出使西魏被扣留在北方，长期不能回去，曾作《愁赋》。
[5]唤觉来厌厌：醒来百无聊赖。

【赏析】

此是怀人之作，起笔先写初春的景色：嫩黄色的春柳千丝万缕,婀娜婆娑,迎来春的一番风雨,乍暖还寒的季节,让人依旧感觉到春衫尚薄,这怎能不让人想起家乡的温暖?看见南来的燕子,自然要问上一句,你从绿水桥边过,是否见到画楼上、云窗前,可有伊人在寂寞抚琴?

下片转写自己,万斛之愁,全都凝聚眉端,"独立东风弹泪眼,寄烟波东去。"化用杜甫诗句"故凭锦水将双泪",语意新奇,超俗绝尘,是痴情语。永昼无聊,春愁倦人,惟有枕上春眠,闲度光阴,然莺语唤人,觉来厌厌,更知其精神不振,反添一段惆怅。"残照依然花坞。"以景语作结,幽静中更显孤寂,一筹莫展。

# 瑞 鹤 仙

## 陆 淞

脸霞红印枕①,睡觉来,冠儿还是不整。屏间麝煤冷②,但眉峰压翠,泪珠弹粉。堂深昼永,燕交飞、风帘露井。恨无人、说与相思,尽日带围宽尽。　　重省,残灯朱幌,淡月纱窗,那时风景。阳台路迥③,云雨梦,便无准。待归来,先指花梢教看,欲把心期细问,问因循、过了青春④,怎生意稳?

## 【作者简介】

陆淞,字子逸,号雪溪,浙江绍兴人,曾任辰州守。

## 【注释】

①脸霞红印枕:睡起后,脸颊上尚留有枕痕。相传这是作者为其意中人盼盼所作。
②麝煤:古代熏炉里所用的香料。
③阳台:指男女欢会的处所。
④因循、过了青春:指虚度光阴。

**【赏析】**

这首词相传是陆淞为歌伎盼盼而作。词的上片从盼盼睡起"枕痕犹在脸"入笔，写了人物的形态和她生活的环境，描写少女的慵懒、凄冷、孤寂，刻画出她珍惜青春、自伤相思的愁闷心理。在勾画少女形态的五句中，插入"屏间麝煤冷"，是"以我观物"，所以，所写之物皆著"我"之色彩。"冷"表现了相思女子的凄凉况味，痛苦感情。"堂深"三句，写其由冷漠而生的怅恨之情。

下片就"恨无人、说与相思"，描写了少女的内心活动，写她的追忆、懊恼、追求。当日欢聚是在残灯淡月之夕，当初轻解了罗裳，如今再想那云雨梦，已是"无准"的日期，懊恼便从中来。"待归来"是她的切盼，以下是她想象中的追求，她要将满腹的疑怨问个清楚，表现出她爱的痴心，爱的执著，同时，也殷切地期待着他人对自己爱心的忠实回报，对自己一往情深的珍重。深深恋情，在层层递进的描写中一展无余。

# 卜 算 子

陆 游

咏 梅

驿外断桥边[①]，寂寞开无主。已是黄昏独自愁，更著风和雨。无意苦争春，一任群芳妒。零落成泥碾作尘[②]，只有香如故。

**【作者简介】**

陆游（1125—1210）字务观，号放翁，浙江绍兴人。他一生仕途不畅，但却成为南宋最著名的诗人，留下诗作9000余首，风格雄浑豪放、充满爱国之情。词作较少，有《渭南词》。

**【注释】**

①驿外：梅花长在荒凉的驿亭外面。

②零落成泥碾作尘：梅花凋零飘落，被踏成泥尘。

## 【赏析】

借咏梅花以抒身世之感，是这首词的主旨。日暮黄昏，烟霭朦胧，莽莽荒原的驿站之外，空留遗迹的断桥之侧，有一树梅花清幽孤倔，临寒风而独放，播淡香而迎春。这荒寒索寞的郊外，没有人的踪迹，这梅自然是无人照管、无人欣赏的一树野梅，它默默地开放，默默地凋零，孑然一身，四顾茫然，在日暮斜阳中，它自怜、自惜、自愁，本已凄凉的境界，偏偏又遭到风和雨的袭击，"更著"，力量千钧，冷峻、艰难的处境，融注其间。

下片托梅言志，在万木欲折、冬雪未消的残冬，只有梅花知春而先发，送上一份报春的真诚。当姹紫嫣红的满园春光来临时，梅又无意争春，任凭群芳争奇斗艳、嫉妒抱怨。这里写物与写人相交织，以花开花落的自然现象暗喻人生，表现了陆游不争宠邀媚，不阿谀逢迎，坚贞自守，不畏谗毁的铮铮傲骨。

煞拍将梅花的"独标高格"更推进一层：即使花落满地，碾作尘泥，它依然清香如故。这高尚的品格，真如许昂霄所评："扫尽纤淫，超然拔俗。"（《词综偶评》）刘熙载云："陆放翁词安雅清淡，其尤佳者，在苏、秦间。"（《艺概·词曲概》）刘师培云："剑南之词，清真绝俗，逋峭沉郁，而出之以平淡，此道家之词也。"（《论文杂记》）

## 渔 家 傲

### 陆 游

东望山阴何处是①？往来一万三千里，写得家书空满纸，流清泪，书回已是明年事。　　寄语红桥桥下水，扁舟何日寻兄弟？行遍天涯真老矣！愁无寐，鬓丝几缕茶烟里②。

【注释】

①山阴：即今浙江绍兴，陆游的家乡。这首词是写给其堂兄仲高的。
②鬓丝：指头发变白。这一句的意思是光阴都消磨在无聊的生活中。

【赏析】

这是词人为怀念堂兄仲高而作。此时，词人客居四川，年已五十。

起首两句写蜀中与故乡山阴的遥远距离，为下文思念家乡和怀念仲高而张本。"空满纸"、"流清泪"，是怀念故里之情的深切、有家不得归的悲慨。这本已是极为伤感的事情了，继之以"书回已是明年事"，则更加凄楚。地远情深，家书难达，此中辛酸，尽在不言中。

下片寄言流水，何日能载扁舟而去寻找日思夜想的兄弟？"行遍天涯真老矣！"慨叹自己漂泊万里、年华已逝，感世伤怀，愁绪不寐，一腔离绪逼人。结句"鬓丝茶烟"隐含空怀用世之志、不见用而曲意随人的悲苦，化激愤执著为凄婉淡泊，是陆游词作常见的风格。

# 定 风 波

陆 游

进贤道上见梅，赠王伯寿。

欹帽垂鞭送客回①，小桥流水一枝梅。衰病逢春都不记。谁谓？幽香却解逐人来。　　安得身闲频置酒，携手，与君看到十分开。少壮相从今雪鬓②，因甚？流年羁恨两相催③。

【注释】

①欹帽：帽子歪斜地戴着。
②雪鬓：头发斑白。指年纪已老。
③流年羁恨：岁月和积聚的愤恨。

## 【赏析】

词写抑郁愤嫉之情，吐胸中不平之气，却以达观放浪之态出之。春回大地，繁梅似雪，词人在送客的归途中，见春光旖旎，小桥流水，然而那姹紫嫣红的满园春色，没能留给他什么印象，断桥流水边的一枝枯梅，却被摄取入篇，究其原因，恐怕是厌恶官场、心如槁木，不愿与之同流合污的逆反心理，所以他要有御霜之志，傲岸之态，以对世俗的侮慢，发泄心中的愤懑。"欹帽垂鞭"、"逢春不记"、"身闲置酒"，都是以自乐自娱对仕途蹉跎、现实迫害作调侃和反击。"少壮相从今雪鬓"、"流年羁恨两相催"，便是直抒胸臆的抗争。然而，词人仍有对大自然的向往和爱恋，"幽香却解逐人来"、"与君看到十分开"，便是对回归自然的热爱和执著。

# 水　龙　吟

### 陈　亮

闹花深处楼台①，画帘半卷东风软。春归翠陌，平莎茸嫩②，垂杨金浅③。迟日催花④，淡云阁雨⑤，轻寒轻暖。恨芳菲世界⑥，游人未赏，都付与，莺和燕。　　寂寞凭高念远，向南楼，一声归雁。金钗斗草⑦，青丝勒马⑧，风流云散。罗绶分香⑨，翠绡封泪⑩，几多幽怨？正消魂，又是疏烟淡月，子规声断⑪。

## 【作者简介】

陈亮（1143—1194），字同甫，人称龙川先生，浙江永康人，南宋著名哲学家、文学家，是永康学派的代表人物。词风豪放，多反映现实生活。有《龙川词》。

## 【注释】

①闹花：百花怒放之貌。
②平莎茸嫩：平原上嫩草茸茸。
③垂杨金浅：杨柳枝上绽出了浅黄色的花芽。

④迟日催花：春天日子变长了，天也暖和了，催着花儿开放。
⑤淡云阁雨：淡淡的云，间歇的阵雨。
⑥芳菲世界：春天里花草繁茂。
⑦金钗斗草：春日出游，妇女们做斗草游戏。
⑧青丝勒马：用青色的丝绳做马的缰绳。
⑨罗绶分香：罗带上还留着意中人的体香。
⑩翠绡封泪：丝巾上还有分别时的泪痕。
⑪子规：即杜鹃，其叫声似"不如归去"。

**【赏析】**

陈廷焯云："此词'念远'二字是主，故目中一片春光，触我愁肠，都成眼泪。"开篇写初春的景色：春满楼台，东风习习，吹开半卷的绣帘，倚楼眺望，嫩草新绿，铺满原野。垂柳鹅黄，百花竞放。淡云遥挂天际，新雨初晴，气候宜人。春光满园，本应使人应接不暇而流连忘返。可如今，游人未曾赏玩这芳菲世界，却被啼莺语燕所赏玩。

下片寂寞念远，正是一篇宗旨所在。"风流云散"以下，幽怨疏放。煞拍以"子规声断"，是不能忘怀故国。黄蓼园云："'闹花深处层楼'见不事事也，'东风软'即东风不竞之意也。迟日淡云，轻寒轻暖，一曝十寒之喻也。好世界不求贤共理，惟与小人游玩如莺燕也。'念远'者念中原也，'一声归雁'谓边信至，乐者自乐，忧者徒忧也。"（《蓼园词选》）

# 忆 秦 娥

### 范成大

楼阴缺，阑干影卧东厢月。东厢月，一天风露，杏花如雪。隔烟催漏金虬咽①，罗帏黯淡灯花结②。灯花结，片时春梦，江南天阔。

## 【作者简介】

范成大（1126—1193）字致能，江苏苏州人。绍兴二十四年（1154）中进士，先后任吏部员外郎、资政殿大学士以及建康、成都、南京等地行政长官。晚年隐居故乡石湖，人称南宋诗坛四大家之一。有《石湖词》。

## 【注释】

①金虬（qiú 求）：铜制的龙，这里指漏壶的装饰。
②灯花结：古时相传灯花结是报喜讯。

## 【赏析】

词写春闺怀远。上片写景，下片言情，"纯任自然，不假锤炼。"（《蕙风词话》）上片先摹绘园林景色：素月悬空，天清如水，皎洁的月光映照着盛开的杏花，洁白如雪的素淡之光，给这幽雅的园林又添一分清晰与柔媚；斜月西沉，楼台的阴影便参差短缺，栏杆的疏影也静卧于东厢之下，这静谧幽渺之中隐寓着一丝惆怅。

过片写少妇的愁思。独卧罗帏，心怀远人，夜不成寐。窗外，夜雾迷蒙，晓寒侵肌，沉寂之中惟更漏滴滴，竟似声声哽咽；室内残灯将尽，灯芯结花，暗淡的光线照在幽暗的罗帏之上，也照在难挨宵夜的思妇身上，她多想有一个团圆的美梦，到江南辽阔的天际，寻找自己的心上人。词写环境便清雅淡朴，写人物则凄苦幽怨，"不隔、不做作"，创造出本色天然的美。

# 醉落魄

### 范成大

栖鸟飞绝，绛河绿雾星明灭①。烧香曳簟眠清樾②。花影吹笙，满地淡黄月。　　好风碎竹声如雪③，昭华三弄临风咽④。鬓丝撩乱纶巾折⑤，凉满北窗⑥，休共软红说⑦。

## 【注释】

①绛河：指天河。

②曳簟（diàn）：拉过一张竹席。樾：指交相荫蔽的树木。这里指作者拿着竹席，准备去树阴下躺着乘凉。

③好风碎竹声如雪：笙声如雪色，苍白悲凉。

④昭华三弄临风咽：昭华三弄，指笙曲名。临风咽：笙声渐咽渐止。

⑤鬓丝：白发。纶巾：古代儒将常戴的青丝头巾。

⑥北窗：这里代指书房。

⑦软红：指繁花胜景，一说指世俗之人。

## 【赏析】

词写夜闻吹笙。清宋翔凤云："高江村（士奇）曰：'笙'字疑作'帘'，不然，与下昭华句相犯。'按高说非也。此词正咏吹笙，上解从夜中情景点出吹笙。下解'好风碎竹声如雪'，写笙声也。'昭华三弄临风咽'，吹已止也。'鬓丝撩乱'，言执笙而吹者，其竹参差，时时侵鬓也，如吹时风来，则'纶巾折'，知'凉满北窗'也，若易去'笙'字，则后解全无意味，且花影如何吹帘？语更不属。"（《乐府余论》）此评尽详，且很有见地。"花影吹笙，满地淡黄月"，景与情偕，意境非凡，风起云开，月光透出，花被风吹动，在月光临照下婆娑弄影。她的婀娜、她的萧索、她的摇荡，都和着笙箫清幽的韵律，而那淡黄的月色也随着时间的推移，幻化着不尽的图画，而词人超尘出世，绝世而独立的欣悦也在这幽幽的笙歌之中传出。沈际飞《草堂诗余正集》评这类被读者爱好的词篇时云："心与景会，落笔即是，着意即非，故当脍炙。"

## 霜天晓角

### 范成大

晚晴风歇，一夜春威折①。脉脉花疏天淡，云来去，数枝雪。　　胜绝，愁亦绝，此情谁共说。惟有两行低雁，知人倚、画楼月②。

### 【注释】

①春威：春天的寒意。
②两行低雁，知人倚、画楼月：化自温庭筠《瑶瑟怨》诗："雁声远过潇湘去，十二楼中月自明。"

### 【赏析】

词以梅为题，写怅惘孤寂的心怀。初春之夜，料峭的寒风稍稍停歇，夜来的寒气有了一点缓和。"折"字，见原来春寒之厉，现在春晴之和。朗月凌空，皎洁之光明彻，故此天空淡远而安详；云之往来遮掩，故云破月出，如雪覆疏梅，脉脉含情。气清云闲的天宇之美，在淡墨素彩之中爽爽而出。

"胜绝"是对上片的概括。"愁亦绝"则是写情怀，景物极美，情怀却极苦，不一致之中便有其一致，以乐景而写哀，则哀情便十二分的凄怨。故引出"此情谁共说"。结尾三句，又通过景物的映衬写出了景中之情。雁之成行而衬己之孤独，低飞之雁见倚楼待月的孤寂之人，则情感的深沉与执著自现。全篇略无雕琢，而意态闲淡，幽远超妙。

# 好　事　近

蔡幼学

日日惜春残，春去更无明日。拟把醉同春住，又醒来岑寂①。明年不怕不逢春，娇春怕无力。待向灯前休睡，与留连今夕。

### 【作者简介】

蔡幼学，生平事迹不详。

## 【注释】

①岑寂:寂寞之意。

## 【赏析】

短短数语,惜春伤春之意婉曲自现。伤春,而不惜句句用"春"字,上片"惜春残","春无明日","醉同春住",而梦醒之后,仍是岑寂一片,与其醒来面对春去而一筹莫展,还不如醉而不醒。

下片笔锋一转,写明年不怕春不来到,却怕春娇弱无力,若春风一夜,带来姹紫嫣红的满园春色,还能步香阶、寻花事、遣愁怀;若春之无力,这一腔哀怨,一怀愁绪,向谁诉说?因而只好留连今夕。

# 贺 新 郎

辛弃疾

## 别茂嘉十二弟①

绿树听鹈鴂②,更那堪、鹧鸪声住③,杜鹃声切④?啼到春归无寻处,苦恨芳菲都歇⑤。算未抵、人间离别。马上琵琶关塞黑⑥,更长门⑦、翠辇辞金阙。看燕燕⑧,送归妾。 将军百战身名裂⑨,向河梁⑩、回头万里,故人长绝。易水潇潇西风冷⑪,满座衣冠似雪,正壮士、悲歌未彻。啼鸟还知如许恨,料不啼清泪长啼血⑫。谁共我,醉明月。

## 【作者简介】

辛弃疾(1140—1207),字幼安,号稼轩,山东济南人。绍兴三十一年(1161)曾随耿京在山东起兵抗金,后在南宋先后任建康通判,江西、湖南、湖北、福建、浙江安抚使等职,有政声。一生郁郁不得志,忧愤而死。他是豪放派的著名词人,与苏轼齐名,风格多样,词语清新,存词六百余首,对后世有深远影响。有《稼轩长短句》。

## 【注释】

①茂嘉十二弟：辛弃疾的族弟，名茂嘉，排行十二，因事贬官广西，这是辛弃疾的送行词。
②鹈鴂：鸟名，常于春分时鸣叫，并非杜鹃。
③鹧鸪：鸟名，相传鹧鸪的叫声似："行不得也哥哥。"
④杜鹃：鸟名，暮春时常啼，叫声似"不如归去"，声音凄切。
⑤芳菲：香花。
⑥马上琵琶：指汉王昭君远嫁匈奴之事。
⑦长门：汉武帝的陈皇后失宠后所居宫名。
⑧燕燕：《诗经·燕燕》是一首写春秋时卫庄公妾戴妫被送归的诗。
⑨将军：指汉李陵兵败降匈奴事。
⑩河梁：李陵《与苏武诗》："携手上河梁，游子暮何之？"
⑪易水萧萧：战国燕太子丹派荆轲刺秦王，送别至易水上，高渐离击筑，荆轲慷慨高歌："风萧萧兮易水寒，壮士一去兮不复还。"
⑫长啼血：唐白居易《琵琶行》诗："杜鹃啼血猿哀鸣。"

## 【赏析】

词借送别之题来抒写自己有家难归，沉沦宦海，仕途蹭蹬，坐负英雄身手的感慨。开篇以三种悲鸣的鸟声起兴，形成浓烈的悲感气氛，并寄寓了作者悲痛的情愫。"算未抵、人间离别"，独立地关合上文之"不忍春归"，开启下文之"不忍离别"，两层夹写，历数人间离别之痛事，真是一段别赋。

周济《宋四家词选》评曰："前半阕北都旧恨，后半阕南渡新恨。"上片写三件妇女之事，遭遇接近北宋后妃；下片写两件男性之事，遭遇接近南宋豪杰。这五件事都和远适异国，不得生还，身受幽禁，国破家亡有关。经过马上琵琶、河梁万里、易水风寒、边关塞黑、衣冠似雪等事物、环境的渲染，气氛比篇首之啼鸟悲鸣更为凄切、壮烈。陈廷焯评："沉郁苍凉，跳跃动荡，古今无此笔力。"（《白雨斋词话》）

# 贺 新 郎

辛弃疾

## 赋 琵 琶

凤尾龙香拨①，自开元、霓裳曲罢②，几番风月。最苦浔阳江头客③，画舸亭亭待发。记出塞、黄云堆雪。马上离愁三万里④，望昭阳，宫殿孤鸿没。弦解语，恨难说。　　辽阳驿使音尘绝，琐窗寒，轻拢慢捻⑤，泪珠盈睫。推手含情还却手⑥，一抹梁州哀彻⑦。千古事、云飞烟灭。贺老定场无消息⑧，想沉香亭北、繁华歇⑨。弹到此，为呜咽。

【注释】

①凤尾：指琵琶。龙香拨：相传杨贵妃用龙香板弹拨琵琶。
②霓裳曲：即唐代著名的《霓裳羽衣曲》。
③浔阳江头客：指白居易。白居易《琵琶行》："浔阳江头夜送客。"
④马上离愁：指王昭君怀抱琵琶，远嫁匈奴之事。
⑤轻拢慢捻：拢、捻都是弹琵琶的不同手法。
⑥推手：推手向前称琵，却手向后曰琶。
⑦梁州：琵琶曲的一种。
⑧贺老：指唐朝最善弹琵琶的贺怀智。元稹《连昌宫词》："夜半月高弦索鸣，贺老琵琶定场屋。"
⑨沉香亭：在唐长安兴庆宫。相传唐明皇与杨贵妃在这里赏芍药花。李白有诗曰："沉香亭北倚栏杆。"

【赏析】

词赋琵琶，叠用许多故事，写来容易"乱杂无章，殆如一团野草；惟其大气足以包举之，故不粗率。"（梁启超《艺蘅馆词选》）起写开元旧事，实思盛世，借唐说宋，发端即点到主题而不露形迹，可谓引人入胜之笔。"浔阳江头"两句，有"天涯沦落"之感。"记出塞"数句一转，作大顿挫。从个人遭遇写到国家恨事。

"辽阳驿使"数句转到眼前现实,词人因念故土而想到琐窗深处,寒气袭人之时,少妇怀念远处征人而弹奏琵琶,征人数年无音信而琵琶音乱。"哀彻"写感慨悲凉之意绪。"云飞烟灭"收束上文。"贺老"句是尾声,与发端遥相呼应,再次强调盛世已经过去,盛世已成为历史,写国难家愁悲慨无穷。陈廷焯云:"此词运典虽多,却一片感慨,故不嫌堆垛。心中有泪,故笔下无一字不鸣咽。"陈霆云:"此篇用事最多,然圆转流丽,不为事所使,的是妙手。"(《渚山堂词话》)

## 水 龙 吟

辛弃疾

### 登建康赏心亭①

楚天千里清秋②,水随天去秋无际。遥岑远目,献愁供恨,玉簪螺髻③。落日楼头,断鸿声里,江南游子,把吴钩看了④。栏杆拍遍⑤,无人会,登临意。　　休说鲈鱼堪脍,尽西风,季鹰归未⑥。求田问舍⑦,怕应羞见,刘郎才气⑧。可惜流年,忧愁风雨,树犹如此⑨。倩何人,唤取红巾翠袖⑩,揾英雄泪⑪。

【注释】
①建康赏心亭:故址在南京水西门上,下临著名的秦淮河。
②楚天:长江中下游一带,战国时为楚国,故称楚天。
③玉簪螺髻:指山形像美人戴的玉簪或美人头上螺旋形的发髻。
④吴钩:春秋时吴王阖闾用的宝剑。
⑤栏杆拍遍:表示胸中有说不出的郁闷之气。
⑥季鹰:晋人张季鹰在洛阳为官,秋风一起,想起家乡肥美的鲈鱼,便弃官回乡。
⑦求田问舍:三国时许汜去向陈登请教买地置屋之事,陈登瞧不起他,便叫他睡下床。

⑧刘郎才气：指三国时蜀主刘备，有平天下的大志。

⑨树犹如此：《世说新语》载：桓温北伐时见过去种的柳树已十分粗大，慨叹人已老了。

⑩红巾翠袖：女子装束，代指少女。

⑪揾（wèn问）英雄泪：替英雄拭泪，作者有心杀敌，但抱负难展，不能逐鹿中原，只有自哀自叹了。

## 【赏析】

起句破空而来，有裂竹之声。楚天千里，辽远空阔，秋色无边；水天相连，浩荡东流，浑然一片。看远山如黛，碧如玉簪。"献愁供恨"已由纯粹写景而转向喻情，由眼前所见的山水景物联想到北方沦陷了的土地。南归数年，空怀收复失地的宏大抱负却英雄无用武之地，这愁，这恨，便不同于"为赋新词强说愁"的文人骚客的浅仇薄恨，而是一种爱国主义的崇高情感。此前是大处落墨，写长水远山，秋空无际。之后便是着笔于近景，夕阳西沉，孤雁悲鸣，凄凉境域。故国之思，家国之痛，身世之感，寓含其中。手把吴钩，摩挲叹息，宝刀似通人性，可与主人互慰寥落，这样写来，壮志难酬、功业难建的感慨，便有了寄托，感情亦有了交流与融合。上片以无人领会词人拍栏杆以长啸，愁苦难挨的"登临"之意而结束。

词的下片围绕着"登临意"这个主旨生发开去，借助历史典故作进一步的具体表述。陈洵《海绡说词》云："……后片愈转愈奇。季鹰未归则鲈脍陡然一转，刘郎羞见则田舍陡然一转，如此则江南游子亦惟长抱此忧以老而已，却不说出，而以'树犹如此'作半面语缩住，'倩何人'以下十三字，应'无人会'二句作结，稼轩纵横豪宕，而笔笔能留，字字有脉络如此；学者苟能于此求，则清真、稼轩、梦窗，三家实一家，若徒视为真率，则失此贤矣！"辛词的基调是豪放，但为适应抒写深刻、细腻的感情之需，也往往出现婉约的格调。而新巧的字面、细密的章法，更是辛词集其大成，在内容与形式达到高度统一后的具体显现。

# 摸 鱼 儿

辛弃疾

淳熙己亥自湖北漕移湖南①，同官王正之②置酒小山亭为赋。

更能消、几番风雨，匆匆春又归去。惜春长怕花开早，何况落红无数。春且住，见说道、天涯芳草无归路。怨春不语，算只有殷勤，画檐蛛网，尽日惹飞絮。　　长门事③，准拟佳期又误，娥眉曾有人妒。千金纵有相如赋，脉脉此情谁诉？君莫舞，君不见、玉环飞燕皆尘土④。闲愁最苦，休去倚危栏，斜阳正在，烟柳断肠处。

## 【注释】

①淳熙己亥：即宋孝宗淳熙六年（1179），辛弃疾那年40岁。

自湖北漕移湖南：时辛弃疾由湖北转运副使（管钱粮）调任湖南转运副使。

②王正之：名特起。是辛的同僚和朋友。

③长门事：相传汉武帝时陈皇后失宠被打入长门官，她用黄金百斤请当时著名文人司马相如作《长门赋》献给武帝，终于重新得宠。

④玉环飞燕：指唐明皇的宠妃杨玉环和汉成帝的宠后赵飞燕。二人均未得善终。一被赐死，一自杀。

## 【赏析】

起句怨从衷来，"更能消"三字，是从千回万转后倒折出来，深沉有力。惜春而怅触无端，花飞花谢，落红欲尽。"春且住"，当头喝断，见其怨而怒矣。慨叹浮云蔽日，自伤不遇明君。下片"蛾眉曾有人妒"承上片尽日飞絮之意，皆怨恨谗损之人，使其不得效命于王室，而沉沦薄宦。"君莫舞"至"斜阳"，愈转愈凄凉，愈悲郁，收句激烈顿宕，惜春之意无穷。陈廷焯《白雨斋词话》云："'更能消、几番风雨'一章，词意殊怨，然姿态飞动，极沉郁顿挫之致。"

又云:"怨而怒矣!然沉郁顿宕,笔势飞舞,千古所无。"梁启超云:"回肠荡气,至于此极;前无古人,后无来者。"(《艺蘅馆词选》)

## 永 遇 乐

辛弃疾

### 京口北固亭怀古①

千古江山,英雄无觅、孙仲谋处②。舞榭歌台,风流总被、雨打风吹去。斜阳草树,寻常巷陌,人道寄奴曾住③。想当年,金戈铁马,气吞万里如虎。　　元嘉草草④,封狼居胥,赢得仓皇北顾。四十三年⑤,望中犹记、烽火扬州路。可堪回首,佛狸祠下⑥,一片神鸦社鼓⑦。凭谁问、廉颇老矣⑧,尚能饭否?

【注释】

①京口:今江苏镇江市。北固亭:在镇江东北的北固山上,面对长江。

②孙仲谋:三国吴主孙权字仲谋,是三国时的雄主。

③寄奴:南朝刘宋武帝刘裕小字寄奴,他曾在京口起事,最后做了皇帝。

④元嘉草草:刘裕的儿子宋文帝刘义隆好大喜功,他每听将军王玄谟陈北伐之策时,扬言要像霍去病击匈奴,封狼居胥山那样,一统天下。元嘉二十七年(450),王玄谟北伐惨败,宋文帝又后悔莫及。

⑤四十三年:辛弃疾于绍兴三十二年(1162)率众归南,至开禧元年(1205)自己守京口写这首词时,正好43年。

⑥佛狸祠下:北魏太武帝拓跋焘小字佛狸,他击败王玄谟后,曾在长江北岸的瓜步山上建立过行宫,后人称此行宫为佛狸祠。

⑦神鸦社鼓:宋人在佛狸祠下迎神赛会,乌鸦来吃祭品,祭神的鼓声不断。这句是暗喻南宋百姓已安于异族统治。

⑧廉颇老矣:战国名将廉颇已老,但听说赵王还准备用他时,便在赵王使者面前一次吃了一斗米的饭和十斤肉,然后披甲上马,以示老当

益壮,但使者受人唆使,向赵王汇报廉颇已老迈,赵王终不用廉颇。

## 【赏析】

　　江南形胜,楚天千里,长江浩荡,滚滚千里。人在多娇的江山,对景兴愁。孙权以区区江东之地,抗衡曹魏,拓宇开疆,造成三国鼎峙的局面,尽管物换星移,沧桑巨变,舞榭歌台,遗迹皆无,但他的英雄业绩却和千古的江山一样,与日月同在;刘裕崛起于孤寒,削平内乱,取代东晋,收复黄河以南的大片故土。这些英雄业绩,被形象地概括在"想当年,金戈铁马,气吞万里如虎"三句话里。

　　词的下片三层,层层转折,愈转愈深,造成沉郁顿挫的风格,深宏博大的意境,刘义隆(文帝)继父事业,元嘉初年北伐拓跋魏,可惜草草未能成功,只落得仓皇北顾,草木皆兵。这一历史教训,以单刀直入的写作方法,简短三句,概括无遗。此或影射南宋时韩侂胄草率北伐,惹得金人大举南侵之事。放眼故园苍凉一片,胡马去后,烽火扬州,犹有余痛。慨叹如今佛狸祠下却是神鸦社鼓,百姓已安于异族习俗。深沉的时代悲哀和个人身世感慨交织在一起。

　　煞拍以廉颇自喻,引古兴悲,把个人的政治遭遇放在当时宋金民族矛盾以及南宋统治集团的内部矛盾焦点上来抒写自己的感慨,赋予词中的形象以更丰富的内涵,从而深化了主题。先著云:"发端便欲涕落,后一段一气奔注,笔不得遏,廉颇自拟,慷慨壮怀,如闻其声。"(《词洁》)继昌云:"此阕悲壮苍凉,极咏古能事。"(《左庵词话》)陈廷焯云:"句句有金石声音,吾怖其神力。"(《白雨斋词话》)

# 木兰花慢

辛弃疾

滁州送范倅①

　　老来情味减,对别酒,怯流年。况屈指中秋,十分好月,不照人圆。无情水,都不管,共西风,只管送归船。秋晚莼鲈江上②,夜深儿女灯前。

征衫,便好去朝天,玉殿正思贤③。想夜半承明④,留教视草⑤,却遣筹边⑥。长安故人问我,道愁肠、殢酒只依然⑦。目断秋霄落雁,醉来时响空弦⑧。

【注释】

①滁州:即今安徽滁县、来安、全椒三县地。范倅:名昂,曾任滁州通判。是辛弃疾的副手和朋友。

②莼鲈:指吴中的莼菜和鲈鱼,比喻思乡之情。相传晋张季鹰在洛阳做官,见秋风起,想起家乡的莼菜、鲈鱼,便毅然弃官而归。

③玉殿:这里指皇宫大殿。

④承明:即承明庐,汉代朝臣值夜的地方。

⑤视草:替皇帝审定翰林院起草的诏书。

⑥筹边:参谋筹划边防大事。

⑦殢(tí)酒:酒后困乏。

⑧空弦:相传战国楚人更赢引弓虚发,便惊落一只孤雁。作者以此比喻自己虽年事已高,但仍愿意沙场一搏。

【赏析】

词借送别而倾吐自己满腹忧国之深情。发端数语,陡然而起,直抒胸臆。词人此时正当壮年,以"老来"自称,见其辗转宦海沉沦下僚,报国无门的悲慨。其下三句,惜别而外,自有衷曲。"秋晚"两句,遥想友人归途之况,笔锋陡转,化刚烈而为柔媚,浑厚超脱的意境悠然自现。

过片由上片结句衬跌而出,格调突兀悲凉。由归家而去朝天,则此去别有一番得意,留教视草,却遣筹边,极言恩遇之深。相形之下,词人的规复北国之意,却是那么渺茫,因之,"长安"两句变奋激昂扬为纡徐低沉,愁肠只有病酒,见报国无门的无限悲慨。几经翻跌蓄势,结拍突然振拔。词人弓开满月,空弦虚射,惊落秋雁,英雄无用武之地的愤懑被发泄出来。陈廷焯云:"稼轩有吞

吐八荒之慨而机会不来，……故词极豪雄而意极悲郁。"(《白雨斋词话》)

## 祝英台近

### 辛弃疾

宝钗分，桃叶渡①，烟柳暗南浦②。怕上层楼，十日九风雨。断肠片片飞红，都无人管，更谁劝、啼莺声住？　鬓边觑，应把花卜归期③，才簪又重数。罗帐灯昏，哽咽梦中语。是他春带愁来，春归何处？却不解、带将愁去。

【注释】
①桃叶渡：晋王献之有《桃叶歌》，相传是送其妾桃叶渡江而作。这里指送别情人之处。
②南浦：泛指送别的地方。江淹《别赋》："送君南浦，伤如之何。"
③花卜归期：用花瓣来占卜。盼望游子归来。

【赏析】
词写闺中少妇惜春怀人的缱绻之情。开端三句巧妙地化用前人诗意，追忆与恋人送别时的脉脉深情。情致缠绵的别离场景，烘托出凄苦怅惘之心境。江南三月，细雨绵绵，群莺凄唤，雨横风狂，片片落红飞断，为此而怕上层楼，进一步渲染了怨春怀人之情。

过片笔锋一转，由渲染气氛烘托心情，转为描摹情态。"鬓边觑"三句，刻画少妇的心理状态细腻密致，而后由花卜归期到哽咽梦语，行曲递转，逐层迭出新意。闺中少妇为春愁所苦，怨怀无托的心理，在一片怨语痴情中得到展现。沈祥龙《论词随笔》云："词贵愈转愈深。"沈谦《填词杂说》云："稼轩词以激扬奋厉为工，至'宝钗分，桃叶渡'一曲，昵狎温柔，魂消意尽，人才伎俩，真不可测。"知稼轩词豪宕之外，自有一份温柔。

# 青玉案

辛弃疾

## 元　夕

东风夜放花千树①，更吹落、星如雨。宝马雕车香满路，凤箫声动，玉壶光转，一夜鱼龙舞。　　蛾儿雪柳黄金缕②，笑语盈盈暗香去。众里寻他千百度，蓦然回首，那人却在，灯火阑珊处③。

**【注释】**

①花千树：与下文的"星如雨"、"鱼龙舞"，均指灯火。
②蛾儿雪柳：均是妇女头上戴的装饰品。
③阑珊处：冷落之处。

**【赏析】**

词写上元灯节。上片写景：东风吹放了元宵之夜的火树银花。那燃放的烟花爆竹，更像是如雨的彩星，吹落到人间。"宝马"以下写赏灯夜游的热闹场面。

下片承上写游女装饰美丽。她们雾鬓云鬟，笑语盈盈，留衣香伴夜风荡漾。然而这些丽人并非词人所关注的对象，千百遍地寻找，千百回的失望。忽然之间，在灯火稀少处望见！这瞬间的惊喜，是真诚渴望的凝结与升华。是悲喜未明的感激与祈祷！至此方才明白，那"一夜"的苦心、痴意，那上片的灯、月、烟花、社舞交织而成的彻夜欢腾，那群群丽人的欢歌笑语，都是为了这意中之人而设计、而摹写的。谁能不为之而泪落涔涔。

# 鹧 鸪 天

辛弃疾

鹅湖归病起作①

枕簟溪堂冷欲秋②,断云依水晚来收③。红莲相倚浑如醉,白鸟无言定自愁。　书咄咄④,且休休⑤,一印一壑也风流⑥。不知筋力衰多少,但觉新来懒上楼。

### 【注释】

①鹅湖:山名,在江西铅山县东北。因山上有湖,晋人龚氏曾于此养鹅而得名。辛弃疾隐居铅山、鹅湖一带近20年。

②枕簟(diàn)溪堂:在水边的溪堂里休息。

③断云:片段的云。

④书咄咄:晋殷浩被废后,意不平,终日在空中用手指书"咄咄怪事"四字,这里以此典用来表示失意的心绪。

⑤休休:唐司空图隐居中条山,作休休亭。

⑥一印一壑:山水幽深之处。

### 【赏析】

枕簟生凉,溪堂乍冷,秋的凉意已渐渐袭来;一碧秋水流向远方,那漂浮在水面的片片烟云在夕阳的斜照中渐渐消散。池塘里的红莲婀娜多姿,妩媚动人,宛如醉酒的美人相互依偎。水边沙地上的白鹭默然静立,似有一段无言的忧愁。上片景语中隐含着词人忧伤抑郁的情怀。

换头三句承上述氛围和意绪而来,但情感的承接上却与前有所不同,三句连用三典,变含蓄为明朗,变抑郁为旷达。前一句作反问语,表示不以殷浩为然;后二句作自慰语,表示隐居自有一番情趣。悲愤而故作旷达之辞,比直言愤慨更觉苍凉悲壮。结尾两句表面言说病后衰弱之感,实际深恐功业难成。刘辰翁说他"英雄感怆,有在常情之外。"(《辛稼轩词序》)

# 菩萨蛮

辛弃疾

### 书江西造口壁①

郁孤台下清江水②,中间多少行人泪。西北是长安③,可怜无数山。　　青山遮不住,毕竟东流去。江晚正愁余,山深闻鹧鸪④。

**【注释】**

①造口:在今江西万安县西南30公里,名皂口镇。南渡初年,金兵曾追隆佑皇太后的乘舟至此。

②郁孤台:在今江西赣州市西南,唐宋时为一时名胜。清江:即指台下流过的赣江。

③长安:本汉唐故都,这里借指北宋的京城汴京。

④闻鹧鸪:俗称鹧鸪的叫声为"行不得也哥哥",这里借喻恢复中原无望。

**【赏析】**

词的上片触景生情,回忆40多年前血泪凝成的历史。当时金兵分两路南侵,一路从建康、杭州至明州(宁波)追击高宗赵构,一路由今湖北大冶向江西虔州追击隆佑太后孟氏。词人今临隆佑太后被追之地,痛感国脉如缕之危,愤金兵之猖獗,羞国耻之未雪。化悲愤而为横绝之笔,赣江的滔滔流水,竟是行人流不尽的伤心之泪。"西北"两句是说无数青山重重遮拦,迢递千里,望而不见,顿挫有力,表现了伤古怀今的沉痛心情。

下片紧承上阕结句,无数青山虽可遮住长安,终究遮不住滚滚东流的一江之水,词情为之一振。然而江晚山深,暮色苍茫,鹧鸪声声,又呼唤词人莫忘南归之襟抱。忧国忧时而悲愤难禁的情感,在不已的悲凉中自现。全词以山水贯穿始终,使词中所抒发的感情,紧紧依附于自然景物。清人周济称这种写法是"借水怨山"。(《宋四家词选》)全词跌宕起伏,"忠愤之气,拂拂指端。"(卓人月《词统》)梁启超说:"《菩萨蛮》如此大声镗鞳,未曾有也。"(《艺蘅馆词选》)把个人的身世之感与国家兴亡之慨交织而成一曲豪迈沉郁的乐章,是其传诵千古的原因所在。

# 点 绛 唇

### 姜 夔

#### 丁未冬,过吴松作①

雁燕无心②,太湖西畔随云去。数峰清苦,商略黄昏雨③。第四桥边④,拟共天随住⑤。今何许?凭阑怀古,残柳参差舞⑥。

## 【作者简介】

姜夔(1155—1221),字尧章,江西波阳人,后寓居浙江德清,号白石道人。他一生布衣,过着清客词人的生活。诗、书俱佳,尤以词见长,精雕细琢,韵律谐和,格调隽雅,开创了风雅词派(或称格律词派)。他一生崇尚陆龟蒙,其词对后世史达祖、吴文英影响较大。有《白石道人歌曲》等。

## 【注释】

①丁未:宋孝宗淳熙十四年(1188),这年作者由湖州去苏州见范成大,途经吴松。吴松:即吴淞江,俗称苏州河,是太湖的支流。
②雁燕无心:燕子春来秋去,大雁秋至春归,在天空中无忧无虑地飞翔。
③商略:酝酿、准备之意。
④第四桥:即苏州甘泉桥,因其泉品为第四,故名。
⑤天随:唐代诗人陆龟蒙号天随子。姜夔一生最为推崇陆龟蒙的生活,他曾有诗云:"三生定是陆天随,只向吴松作客归。"

⑥参差：不整齐之貌。

**【赏析】**

盘空而来，清气疏宕，如野云孤飞，去留无迹。以空中之燕雁，喻漂泊之人生。燕雁随节候而飞之无心，天涯倦客亦纯任天然，听凭性情的驱遣。"数峰"两句，千古传唱。数峰本自清苦，更兼日暮欲雨，写出雨意酣浓垂垂欲下之江南烟雨，王国维推崇此二句，认为格韵高绝，然终似雾中看花。然以眼前景，写心中意，其意蕴、情感融注其间，读后无不感动。

下片之境，是词人俯仰今古之境。舟行烟水迷蒙之中，使他想到第四桥，要与陆随天同住，"拟共"，将仍在之故地与已往之古人与自己粘连起来，泯没了古今时间之界限。收二句言世事如烟，只有杨柳在风中摇荡，蕴藏于胸的感慨不能明说，惟有杨柳临风作态，词笔空灵，虚淡有味。

# 鹧 鸪 天

## 姜 夔

元夕有所梦①

肥水东流无尽期②，当初不合种相思。梦中未比丹青见③，暗里忽惊山鸟啼。　　春未绿，鬓先丝，人间别久不成悲。谁教岁岁红莲夜④，两处沉吟各自知。

**【注释】**

①元夕：此词作于宁宗庆元三年（1197）元宵节之时。
②肥水：出于安徽合肥，最后流入巢湖。这里点明了两人相爱之地。
③丹青：图画。这句是指梦中的倩影若即若离，远不如画中真切分明。
④红莲夜：即元宵节之夜，因元宵夜赏灯，红莲即指红灯。

## 【赏析】

词写别后相思。首句以东流的肥水起兴。东流无尽期的肥水，既象征着悠悠流逝的岁月，又象征无穷无尽的痛苦思念。次句以翻怨的口吻说出不该种下相思的情缘。"不合"二字，似有理智的思考。语言拗折清劲，含心灵长期经受别离的痛苦折磨。三、四句写梦中矇眬不比丹青，好梦又被山鸟的啼鸣惊醒，又是一憾事。

下片说别久伤悲，以至愁白了鬓发。"不成悲"，饱含着词人人生的体验和深沉的悲慨。真诚的挚爱，像是冷漠的外表下涌动的炽热激流，在似乎麻木的表面形式下，掩藏着刻骨铭心的痛苦。煞拍两句想像在元宵放灯之夜，对方也像自己一样陷入深沉的相思，语极沉痛。此词虽写艳情，但别具清峭隽永的情韵。内容意境空灵蕴藉，纯粹抒情，寓深悲于平淡语气之中。

# 踏 莎 行

## 姜 夔

自沔东来，丁未元日，至金陵，江上感梦而作①。

燕燕轻盈②，莺莺娇软，分明又向华胥见③。夜长争得薄情知，春初早被相思染。　　别后书辞，别时针线，离魂暗逐郎行远。淮南皓月冷千山，冥冥归去无人管。

## 【注释】

①丁未：时孝宗淳熙十四年（1187）正月初一。
②燕燕：与下句之"莺莺"本为女人名，这里借指意中人。
③华胥：指梦境。《列子》曰："黄帝昼寝，梦游华胥之国。"

## 【赏析】

词是金陵江上的感梦之作。上片写梦中又见当年所热恋的那位女子。燕子的轻盈，比喻其体态的纤弱；莺声的娇软，象征她声音

213

的甜润。"夜长"两句写梦醒后的心情。词人设想,此时他的恋人,也许正在埋怨他这个薄情郎难以理解自己长夜不眠的痛苦。

下片通过男方别后所寄的书信,女方别时留下的针线,表达相思之情。"离魂"句用倩女离魂的故事,写女子的魂灵在暗中紧随情郎来到远方。结句两句写遥望淮南的崇山峻岭,冷月独照孤魂,在冥冥之中独自归去。意境凄清高远,富有浓郁的诗意。王国维说:"白石之词,余所最爱者亦仅二语,曰:'淮南皓月冷千山,冥冥归去无人管。'"离别相思之情,委婉动人,清空幽冥之境,迷蒙高远,是情词中较好的一首。

# 庆 宫 春

## 姜 夔

绍熙辛亥除夕①,余别石湖归吴兴,雪后夜过垂虹②,尝赋诗云:"笠泽茫茫雁影微③,玉峰重叠护云衣。长桥寂寞春寒夜,只有诗人一舸归。"后五年冬,复与俞商卿、张平甫、铦朴翁,自封禺同载④,诣梁溪⑤。道经吴松,山寒天迥,云浪四合,中夕相呼步垂虹,星斗下垂,错杂渔火,朔吹凛凛,危酒不能支。朴翁以衾自缠,犹相与行吟,因赋此阕。盖过旬,涂稿乃定。朴翁咎余无益,然意所耽不能自已也。平甫、商卿、朴翁皆工于诗,所出奇诡,余亦强追逐之。此行既归,各得五十余解。

双桨莼波⑥,一蓑松雨,暮愁渐满空阔。呼我盟鸥⑦,翩翩欲下,背人还过木末⑧。那回归去,荡云雪、孤舟夜发。伤心重见,依约眉山,黛痕低压。　　采香径里春寒⑨,老子婆娑⑩,自歌谁答?垂虹西望,飘然引去,此兴平生难遏。酒醒波远,正凝想,明珰素袜⑪,如今安在?惟有阑干,伴人一霎。

## 【注释】
①绍熙辛亥:时在光宗二年(1191)。

②垂虹：即今江苏吴江市垂虹桥，亦称利往桥，因桥亭曰"垂虹"故名。
③笠泽：太湖的别名。
④俞商卿：即俞灏。张平甫：即张鉴。铦朴翁：本名葛天民，字无怀，曾为僧，号义铦，后还俗。上述三人皆作者好友。
⑤梁溪：即江苏无锡。
⑥莼波：长满莼菜的水面。
⑦盟鸥：对海鸥的称呼，好像与其有约似的。
⑧木末：即树梢，此句指海鸥上下翻飞，与人相戏，不时掠过树梢。
⑨采香径：在苏州香山，是一条小溪。
⑩老子婆娑：老夫兴起，婆娑起舞。此"老子"是作者自称。
⑪明珰素袜：本为女人的装饰和用品，这里借指美人。

## 【赏析】

日暮苍茫，寒江阔远，一叶孤舟，飘零江面，松风送雨，疏落有声，暮霭沉沉，笼罩寒波。沙鸥在江上盘旋飞翔，像要迎接远归的倦客，伸展双翼，低回欲下，却又突然背人远飞，匆匆掠过江边寒林的树梢。故地重游，便有今昔之慨。"那回归去"三句，追忆当年孤鸿雪泥，独舟夜发，悄然归去的夜晚。"伤心重见"，折回今夜，蜿蜒逶迤的远山，恰如女子低垂的眉黛，寂寂长夜、想美人依旧，故乡依旧，终不能相见，伤逝怀人，感慨深沉。

下片仍承上之伤逝情绪，一脉潜通。西望垂虹桥，临太湖，截吴江，湖光海气，水天溶溶，荡漾一色。引孤舟，披松雨，飘然而逝。然"酒醒波远"之后，不免黯然神伤，人去楼空，只有阑干相伴。千古如梦，水长人远，耐人寻味。

# 齐 天 乐

### 姜　夔

丙辰岁与张功甫会饮张达可之堂①，闻屋壁间蟋蟀有声，功甫约余同赋以授歌者。功甫先成，词甚美；余徘徊茉莉花间，仰见秋月，顿起幽思，寻亦得此。蟋蟀，中都呼为促织，善斗。好事者或三二十万钱致一枚，镂象齿为楼观以贮之。

庾郎先自吟《愁赋》②，凄凄更闻私语。露湿铜铺③，苔侵石井，都是曾听伊处。哀音似诉，正思妇无眠④，起寻机杼。曲曲屏山，夜凉独自甚情绪？　　西窗又吹暗雨，为谁频断续，相和砧杵⑤？候馆迎秋⑥，离宫吊月，别有伤心无数。豳诗漫与⑦，笑篱落呼灯⑧，世间儿女。写入琴丝⑨，一声声更苦。

## 【注释】

①张功甫：名镃，抗金名将张浚之孙，作者的好友。
②庾郎：即南北朝后期的著名诗人庾信，他初仕南朝梁，出使西魏时梁朝灭亡，因而长期留在北方。《愁赋》：是庾信的名作。
③铜铺：铜质门环的底座，供人敲打。
④思妇无眠：蟋蟀一名促织，思妇听到蟋蟀叫声，便起床找寻织具，准备为征人制备寒衣。
⑤砧杵：捣衣的用具。
⑥候馆：即客馆。
⑦豳诗：指《诗经·豳风·七月》："七月在野，八月在宇，九月在户，十月蟋蟀入我床下。"漫与：即兴之作无雕饰。
⑧篱落呼灯：孩子们夜里点灯去园地捉蟋蟀。
⑨写入琴丝：指谱入乐曲。作者自注："宣政间，有士大夫制《蟋蟀吟》。"

## 【赏析】

此咏蟋蟀之作。起首不言蟋蟀，而吟愁赋，以不断拓展的空间和广泛触发的人事为基础，经层层夹写，步步烘托，造就出凄怨哀婉的艺术境界。

起首写过骚人墨客的萧瑟与愁赋之后，又写蟋蟀凄切细碎的悲鸣。书窗下、大门外、井台旁都可听到这似诉的哀音。屏山夜凉，虫声一片,思妇机杼之声,亦杂于其间,秋夜露寒,夜凉如水,征人何时得以回还?由"屏山"引出的思绪,又以问叹的抒情结之,文笔疏俊,委婉尽情。

下片潜脉暗通,紧承上意。夜寒雨霏,西窗孤灯,秋风频吹夜雨,那蟋蟀究竟为谁时断时续地凄凄悲吟呢?砧杵之声,四野合应,"候馆"三句寄情绵邈,结以灯影琴丝,"以无知儿女之乐,反衬出有心人之苦,最为入妙。"(《白雨斋词话》)幽怨凄楚之音,隐藏在小儿女的嬉戏之中,以"乐景写哀景",其哀自见。

# 琵 琶 仙

## 姜 夔

《吴都赋》云"户藏烟浦,家具画船"①,惟吴兴为然;春游之盛,西湖未能过也。己酉岁②,余与萧时文载酒南郭③,感遇成歌。

双桨来时,有人似、旧曲桃根桃叶④。歌扇轻约飞花,蛾眉正奇绝。春渐远、汀洲自绿,更添了、几声啼鴂。十里扬州⑤,三生杜牧⑥,前事休说。　　又还是、宫烛分烟⑦,奈愁里、匆匆换时节。都把一襟芳思,与空阶榆荚⑧。千万缕、藏鸦细柳,为玉尊、起舞回雪。想见西出阳关⑨,故人初别。

【注释】

①《吴都赋》:据顾广圻考,应为唐李庚之《西都赋》。

②己酉:即淳熙十六年(1189),时作者寓居吴兴。

③萧时文:千岩老人萧德藻之子侄,作者妻子的亲属。

④桃根桃叶:晋王献之妾名桃叶,桃叶之妹名桃根。作者在这里用此典借指自己浪迹江淮时结识的姐妹二妓。

⑤十里扬州:源自唐杜牧诗:"春风十里扬州路,卷上珠帘总不如。"

⑥三生杜牧:源自宋黄庭坚诗:"春风十里珠帘卷,仿佛三生杜牧之。"这里意思是说,往事不堪回首。

⑦宫烛分烟：指的是清明寒食季节。源自唐韩翃《寒食》诗"日暮汉宫传蜡烛。"

⑧与空阶榆荚：满腹怀念之情，只好付与遍地的榆钱。

⑨西出阳关：作者缅怀当年与意中人分离时的难舍难分之情。源自唐王维诗："劝君更尽一杯酒，西出阳关无故人。"

## 【赏析】

发端便"从所遇说起，破空而来，笔势陡健，与他词徐徐引入者不同。"（陈匪石《宋词举》）湖面上双桨打来，画船上似有旧时相知的坊曲女子。仔细看过，毕竟不是，怅惘之情油然而生。飞花点点，执扇轻拦。但见眉目容颜，美艳绝伦。接下三句写景：春意渐远，汀洲绿遍，更听得几声凄切的鹈鴂声。美人迟暮的深悲，融于景中。煞拍三句直抒胸臆：十里扬州的美好绮丽，恍如昨日，还是莫提前世的恩爱。顿挫跌宕，悲痛已极。

下片又漾笔锋，再借景写情。风景依旧，年华暗换。念人不归，满襟芳思，化为寸灰，又何异于榆荚尽委空阶。"千万缕"数句，从眼前之杨柳，幻化出别时情境。今之杨柳，深可藏鸦；当年惜别，细柳飘絮，蒙蒙如雪。当年阳关初别，依依如梦。许昂霄《词综偶评》认为，"藏情于景，曲折顿宕。"

# 念奴娇

### 姜夔

余客武陵①，湖北宪治在焉②，古城野水，乔木参天。余与二三友，日荡舟其间，薄荷花而饮，意象幽闲，不类人境。秋水且涸，荷叶出地寻丈，因列坐其下，上不见日，清风徐来，绿云自动；间于疏处，窥见游人画船，亦一乐也。揭来吴兴③，数得相羊荷花中④，又夜泛西湖，光景奇绝，故以此句写之。

闹红一舸⑤，记来时，尝与鸳鸯为侣。三十六陂人未到⑥，水佩风裳无数。翠叶吹凉，玉容消酒⑦，更洒菰蒲雨⑧。嫣然摇动，冷香飞上诗句。　　日暮，青盖亭亭，情人不见。争忍凌波去？只恐舞衣寒易落，愁入西风南浦。高柳垂阴，老鱼吹浪，留我花间住。田田多少⑨，几回沙际归路。

**【注释】**

①武陵：即今湖南常德。
②宪治：宋时荆南荆北路提点刑狱的官署在武陵。
③揭（qiè）来：来到。"揭"为发语词。
④相羊：即徜徉。语见屈原《离骚》："聊逍遥以相羊。"
⑤闹红：指荷花。唐诗有"鸳鸯相对浴红衣"句，红衣即指荷花而言。
⑥三十六陂：泛指陂塘之多，王安石诗："三十六陂春水，白头想见江南。"
⑦玉容消酒：荷花呈浅红色，像带着才消的酒意。
⑧菰（gū孤）：水生植物，即茭白。
⑨田田：指荷叶相连貌。古乐府《江南》："江南可采莲，莲叶何田田。"

**【赏析】**

　　清逸的荷花，婀娜多姿，随风摇曳，一叶轻舟在荷花盛开的时候，驶向陂塘深处。绿水之上一对对鸳鸯伴船儿戏水。一望无际的荷塘碧波荡漾，翠叶翻飞。凉风送爽，翠叶扶阴，娇艳的荷花，像玉人带醉的脸颊，绯红鲜亮，嫣然含笑。菰蒲丛中飘来蒙蒙细雨，润物无声。荷花玉容芳姿，倩影轻摇，吐出幽幽的清香，香之翕动，摇漾于水波烟霭，溶溶一片。

　　斜阳返照荷塘，洒一片金色的余晖。那青青如盖的绿荷，亭亭玉立，像凌波仙子等候情人，欲去还留，去意徊徨。赏荷之人怀人与惜花，迷离惝恍，又怕西风起时，吹落舞衣般的翠叶，更为无情的秋风将把南浦变成一片萧条而忧愁。柳阴鱼浪，留我花间，田田莲叶萦人情思，记几回沙滩畔的归路依恋徘徊。

# 扬 州 慢

姜　夔

　　淳熙丙申至日①，余过维扬②，夜雪初霁，荠麦弥望③、入其城，则四顾萧条，寒水自碧，暮色渐起，戍角悲吟④。余怀怆然，感慨今昔，因自度此曲，千岩老人以为有《黍离》之悲也⑤。

　　淮左名都⑥，竹西佳处⑦，解鞍少驻初程⑧。过春风十里⑨，尽荠麦青青。自胡马窥江去后⑩，废池乔木⑪，犹厌言兵。渐黄昏，清角吹寒，都在空城。　　杜郎俊赏⑫，算而今、重到须惊。纵豆蔻词工⑬，青楼梦好⑭，难赋深情。二十四桥仍在⑮，波心荡，冷月无声。念桥边红药⑯，年年知为谁生？

**【注释】**

①淳熙丙申至日：宋孝宗三年（1176）的冬至日。
②维扬：即今江苏扬州。
③荠：即荠菜。
④戍角：军中的号角。
⑤千岩老人：即萧德藻，姜夔学词于他，也是他的侄女婿。《黍离》：指《诗经·黍离》篇，相传系周大夫叹周之覆亡而做。
⑥淮左名都：宋时扬州属淮南东路。
⑦竹西：在扬州城东禅智寺侧有竹西亭，环境幽雅。唐杜牧《题扬州禅智寺》："谁知竹西路，歌吹是扬州。"
⑧初程：初次到扬州。
⑨春风十里：扬州曾是繁华的都会。唐杜牧《赠别》诗："春风十里扬州路，卷上珠帘总不如。"
⑩胡马窥江：指宋高宗绍兴三十年（1160）金主完颜亮带兵南侵。
⑪废池乔木：战乱后只留下废毁的池塘和古树。
⑫杜郎：指唐代诗人杜牧，他写过不少赞美扬州的诗句。
⑬豆蔻：杜牧有诗曰："豆蔻梢头二月初。"

⑭青楼：杜牧《遣怀》诗："十年一觉扬州梦，赢得青楼薄幸名。"
⑮二十四桥：在旧时扬州西郊，相传古代有24个美女吹箫于此。杜牧《寄扬州韩绰判官》诗："二十四桥明月夜，玉人何处教吹箫。"宋沈括在其《补笔谈》中说唐时扬州确有二十四座桥。
⑯桥边红药：二十四桥，一说即红药桥，桥边盛产红色的芍药花。

## 【赏析】

词为写"黍离之悲"而借景言情，化景物为情思。昔日繁华，天下名胜。在金兵铁蹄蹂躏之下，已满目疮痍，"荠麦青青"、"废池乔木"、"黄昏清角"，种种荒凉不堪回首。清陈廷焯评此段描写云："写兵燹后情景逼真。'犹厌言兵'四字，包括无限伤乱语，他人累千百言，亦无此韵味。"（《白雨斋词话》卷二）上片结尾三句，将清角悲吟之凄清与天气寒冷自然联系在一起，点明时刻，补足荒寒景况。

下片以昔日的"杜郎俊赏"、"豆蔻词工"、"青楼好梦"等风月繁华，来反衬今日的风流云散、深情难赋、对景难排。上片着重景色，下片着重情怀，意虽接连，词无重复。"二十四桥"两句，与"黄昏"相应，又以"仍在"二字点出今昔之感。结句言昔之"名都"，今则"空城"，纵"桥边红药"，年年自开，岂复有春游之盛？"知为谁生"，叹花固不知，人亦不知也。

# 长亭怨慢

### 姜　夔

余颇喜自制曲。初率意为长短句，然后协以律，故前后阕多不同。桓大司马①云："昔年种柳，依依汉南；今看摇落，凄怆江潭；树犹如此，人何以堪②？"此语余深爱之。

渐吹尽，枝头香絮③，是处人家，绿深门户。远浦萦回④，暮帆零乱向何许？阅人多矣，谁得似、长亭树？树若有情时，不会得青青如此！　　日暮，望高城不见⑤，只见乱山无数。韦郎去也⑥，怎忘得、玉环分付。第一是早早归来，怕红萼、无人为主。算空有并刀⑦，难剪离愁千缕。

## 【注释】

①桓大司马：指东晋大司马桓温。
②昔年：此六句引自庾信《枯树赋》，姜夔误以为出自桓温。
③枝头香絮：柳枝上的柳絮。
④远浦萦回：《别赋》："送君南浦，伤如之何！"
⑤高城：源自唐欧阳詹《赠太原妓》诗："高城已不见，况复城中人。"
⑥韦郎：唐代韦皋和青衣玉箫有情，相约七年后再会，韦皋并将玉环相赠。分别八年，玉箫未等到韦皋，绝食而死。后韦皋得一歌女，面貌酷似玉箫，且中指隆起，隐隐若玉环状。
⑦并刀：古时山西并州出产的剪刀天下闻名。唐代大诗人杜甫曾有诗曰："安得并州快剪刀，剪取吴淞半江水。"

## 【赏析】

春意阑珊，柳絮吹尽，绿色的柳阴处处可见，遮蔽着人家、巷陌。斜阳尽处，暮帆点点，送人远行，情系何处？离人不忍观青青树色，而长亭树无情，送尽行人，青春如故。暗用李贺诗"天若有情天亦老"，以柳之无情反衬自己惜别的深情。

下片写自己与情侣别后的恋慕之情。"日暮"二字，写天色，亦暗点心情。"望高城"说关山阻隔，会合无由，但远望高城，聊抒离恨，已极可悲，况登此高城，亦望而不见，惟乱山重叠，高城且不可见，又况此城中之人？"韦郎"以下，谓对景难排，离别之时曾有玉环之约。"第一是"两句是情侣叮嘱之辞。情蕴藉而语分明，愈蕴藉愈缠绵，愈分明愈凄苦。陈廷焯评曰："哀怨无端，无中生有，海枯石烂之情。"（《词则·大雅集》）

# 淡 黄 柳

## 姜 夔

客居合肥南城赤阑桥之西①，巷陌凄凉，与江左异，惟柳色夹道，依依可怜。因度此曲，以纾客怀。

空城晓角，吹入垂杨陌，马上单衣寒恻恻。看尽鹅黄嫩绿，都是江南旧相识。　正岑寂②，明朝又寒食。强携酒、小乔宅③，怕梨花落尽成秋色。燕燕飞来，问春何在？惟有池塘自碧。

【注释】

①赤阑桥：姜夔于宋光宗绍熙二年（1191）寄居合肥。他在《送范仲讷往合肥》诗中写道："我家曾住赤阑桥。"

②岑寂：孤高清静。鲍照《舞鹤赋》："去帝乡之岑寂。"

③小乔宅：三国吴"乔公二女，大乔、小乔"。大乔嫁与孙策，小乔嫁与周瑜。这里借指作者的情侣处。据夏承焘先生考证，姜夔客居合肥时，曾眷恋勾栏中的姐妹二人。

【赏析】

清晓空城，寂寞悲凉，角声阵阵，如同回荡在空谷的猿鸣，凄凉哀转，悲鸣之音被晓风吹入垂杨巷陌，像是诉说此地的悲凉。这风物荒凉，柳色夹道的赤阑桥西，有一天涯倦客，正骑马踽踽独行。"寒恻恻"写其衣单而不耐早春之寒，但更多的是来自"清角吹寒"的心理感受。杨柳依旧，"鹅黄嫩绿"，再现柳色之可爱，而绿阴夹道，冉冉物华的自然景观，更反衬出"巷陌凄凉，与江左异"。语意深沉，缅怀旧日繁华之殷切，尽在不言中。

换头正面点出客怀。客怀难遣，况又值寒食，惟有强欢自解。"强携酒"的"强"字一转，然而又恐当前芳景转瞬而逝，"怕梨花落尽"，"怕"字再转。"燕燕"三句，更进一层，谓恐玄鸟来时，春光已去，惟有无情流水，一池自碧。

# 暗　香

姜　夔

辛亥之冬①,予载雪诣石湖②。止既月,授简索句,且征新声,作此两曲。石湖把玩不已,使二妓肆习之,音节谐婉,乃名之曰《暗香》、《疏影》③。

旧时月色,算几番照我,梅边吹笛?唤起玉人,不管清寒与攀摘④。何逊而今渐老⑤,都忘却春风词笔。但怪得、竹外疏花,香冷入瑶席⑥。　　江国,正寂寂,叹寄与路遥,夜雪初积。翠尊易泣,红萼无言耿相忆。长记曾携手处,千树压、西湖寒碧⑦。又片片吹尽也,几时见得?

### 【注释】

①辛亥:即宋光宗绍熙二年(1191)。
②石湖:宋代诗人范成大晚年居住在苏州西南的石湖,号石湖居士。
③《暗香》、《疏影》:本是北宋诗人林逋的诗句,这里作者用为二首词的词名,是怀念他的合肥情侣。
④清寒与攀折:此句指作者怀念和情侣冒寒折梅的情景。
⑤何逊:南朝梁诗人,在扬州有《咏早梅》诗。杜甫有诗曰:"东阁官梅动诗兴,还如何逊在扬州。"
⑥瑶席:指坐位。这里是说梅花的香气进入屋内。
⑦西湖寒碧:宋时杭州西湖孤山有千树梅花。

### 【赏析】

梅边月下,笛声悠扬,月照玉人,犯寒摘花,月色笛声,花光人影,融成一片,多么美好的夜色,多么美好的情致。而"何逊"两句,笔锋陡落,折入现状,又是多么衰飒、凄婉。旧梦词心,纷纷忘却,继之以"但怪得"两句,则竹外疏花,冷香入席,又引入幽思。这缱绻之情,无从排遣,无法割舍。

下片路遥相忆,"江国,正寂寂",点出一往怀旧之思。"叹寄与"两句,欲寄相思,然路遥雪积,极尽低回往复,忠爱缠绵之情。"翠尊"数句,写西湖孤山千树香雪,玉人曾携手游于西湖碧寒中,美人如绿萼仙子,嫣然凝眸,冰姿飘逸,都在记忆中,其情深至,其音凄厉。"又片片"句,谓一片一片,吹之不已,终至于尽。"几时见得",斩钉截铁,实千回百转而后出之,如瓶落井,一去不回,意极深痛。

# 疏　　影

## 姜　夔

苔枝缀玉①,有翠禽小小,枝上同宿。客里相逢,篱角黄昏,无言自倚修竹。昭君不惯胡沙远②,但暗忆、江南江北。想佩环③,月夜归来,化作此花幽独。　　犹记深宫旧事,那人正睡里,飞近蛾绿④。莫似春风,不管盈盈⑤,早与安排金屋⑥。还教一片随波去,又却怨,玉龙哀曲⑦。等恁时,重觅幽香,已入小窗横幅⑧。

**【注释】**

①苔枝缀玉:像玉一般的梅花缀在枝头。
②昭君:此句是说王昭君远嫁匈奴,并非其所愿。
③佩环:指王昭君。杜甫有"佩环空归月夜魂"之句。
④蛾绿:指眉。
⑤盈盈:本指仪态美好,这里指梅花。
⑥金屋:汉武帝小时,曾对姑母说,若得阿娇为妇,当用金屋藏之。这里意为惜花。
⑦玉龙哀曲:指古笛曲《梅花落》。源自唐李白诗:"黄鹤楼中吹玉笛,江城五月落梅花。"
⑧横幅:指画幅。

**【赏析】**

此篇从梅花落英直说到画里的梅花,通首借咏物写景,以抒家国之恨。

首句,写梅之姿色。"翠禽"二句,写禽鸟娇小,却能枝上同宿,安怡闲适令人羡慕。"客里"三句,说客中相见,时值日暮天寒,虽枝头缀玉,但横枝篱角,无言倚竹,自是凄凉,有迁播、离索之意。"篱角",江山一角之意;"倚修竹",翠袖单寒,美人沦落之意,此皆暗喻南渡偏安之局。"昭君"两句,发二帝(钦宗、徽宗)之愤。以"胡沙"及"江南江北"对照点出。上片煞拍,以故国难归,惟昭君之魂,化作梅花,盼望帝魂之归,用杜诗《咏怀古迹》五首之三意,寄托国愤之悲。

下片忆旧,如此好花与美人,风情万种,高贵莫名,宜金屋贮之。但"一片随波",怨生哀曲,虽有惜花之意,而事与愿违,落花终自随波,护花心事也只有同付东流而已,极尽吞吐难言之苦。结句说虽欲重觅幽香,而徒余画幅,盛世难再,空留陈迹。疏影横斜,让人品味无穷。

# 翠 楼 吟

## 姜 夔

淳熙丙午冬①,武昌安远楼成②,与刘去非诸友落之,度曲见志。余去武昌十年,故人有泊舟鹦鹉洲者,闻小姬歌此词,问之,颇能道其事;还吴,为余言之,兴怀昔游,且伤今离索也。

月冷龙沙③,尘清虎落④,今年汉酺初赐⑤。新翻胡部曲,听毡幕元戎歌吹。层楼高峙,看槛曲萦红,檐牙飞翠,人姝丽,粉香吹下,夜寒风细。　　此地,宜有词仙,拥素云黄鹤⑥,与君游戏。玉梯凝望久,但芳草萋萋千里。天涯情味,仗酒祓清愁⑦,花消英气。西山外,晚来还卷,一帘秋霁。

## 【注释】

①淳熙丙午：即宋孝宗淳熙十三年（1186）。
②安远楼：武昌南楼。
③龙沙：语出《后汉书·班超传赞》："坦步葱岭，咫尺龙沙。"以后泛指塞外之地。
④虎落：旧时指护城的笆篱。
⑤汉酺：汉文帝曾为延寿，犒赏天下百姓。宋孝宗时，为庆祝高宗80寿诞，亦曾仿汉制，赏赐天下军民钱160万缗。
⑥素云黄鹤：即用唐崔颢诗意："黄鹤一去不复返，白云千载空悠悠。"
⑦祓（fú福）清愁：消除忧愁。

## 【赏析】

词为武昌安远楼落成而作。起首两句"月冷龙沙，尘清虎落"是说宋与金和，北方边境无事。"汉酺初赐"，以古典说近事，普天同庆安远楼的落成。下言歌舞之盛。自"层楼"至上片终，转入楼的正面描写：红漆栏杆曲折环绕，琉璃檐牙向外伸张。"紫红"、"飞翠"让人目迷心醉。"人姝丽"照应前文之歌舞、宴会的繁华。上片将"安远楼成"四字题目缴足，"月冷龙沙"，气象萧飒，意贯下片。许昂霄《词综偶评》曰："（月冷龙沙五句）题前一层即为题后铺叙，手法最高。"

通观词的下片，多化用崔颢《黄鹤楼》诗意，进一步写登楼所感。"天涯"句承"芳草千里"，仍绾合崔诗"日暮乡关何处是"，给人以空虚寂寞之感。"仗"字领下两句，言只可凭仗花酒来消愁。"酒"承上"汉酺"，花承上"姝丽"，双承仍归到"落成"本题。祓除愁恨虽似好事，英气销磨又不见其佳。"酒祓"、"花消"对句，似自己叹息解嘲，又似代他斡全开脱。其时北敌尚强，奈何空言"安远"？虽铺写描摹得壮丽繁华，然宴安鸩毒的光景便寄在言外。如此之写法，宕开一笔便是逼近一步，作词之初衷已全盘托出。结写晚晴，再次振笔，用王勃《滕王阁》诗"珠帘暮卷西山雨"之意，留冷清、衰飒、索寞之感。

# 杏 花 天

姜 夔

丙午之冬,发沔口①。丁未正月二日,道金陵,北望淮楚,风日清淑,小舟挂席,容与波上。

绿丝低拂鸳鸯浦,想桃叶②,当时唤渡。又将愁眼与春风,待去,倚兰桡,更少驻。　　金陵路③,莺吟燕舞。算潮水④,知人最苦⑤。满汀芳草不成归,日暮,更移舟,向甚处?

【注释】

①沔口:汉水入长江处。
②桃叶:晋书法家王献之爱妾名。
③金陵路:指王献之送桃叶渡江之南京故址。
④潮水:这里用唐李益《江南曲》诗意:"嫁得瞿塘贾,朝朝误妾期,早知潮有信,嫁与弄潮儿。"
⑤知人最苦:王献之《桃叶歌》云:"但渡无所苦,我自来迎汝。"

【赏析】

词以健笔写柔情,托意隐微,情深辞苦,骚雅峭拔,非一般艳词,张炎称其"格调不俦,句法挺异,俱能特立清新之意,删削靡曼之词。"(《词源》卷下)

上片写早春渡江之景。柔韧的绿柳枝条,轻轻涤荡着鸳鸯浦水,江南春早,柳眼青青绽碧。由柳眼而想到柳丝,又由柳丝想到当年桃叶渡江。"又将"一句折回现实。化柳眼为自己的愁眼,愁眼看春风,则产生伤春、惜春之情。"倚兰桡,更少驻。"写出欲去不去、犹豫不决之神态。无限曲折与迷恋,蕴藏其中,过片写莺燕无情,惟潮水知漂泊江湖的孤旅之情。煞拍三句叠写其苦:满汀芳草而不得归,日暮向晚,去留无计,仍需漂泊,却不知移舟何处?留不尽之苦味让人寻绎。

# 一萼红

## 姜　夔

丙午人日①，余客长沙别驾之观政堂②，堂下曲沼，沼西负古垣，有卢橘幽篁，一径深曲。穿径而南，官梅数十株，如椒如菽，或红破白露，枝影扶疏。著屐苍苔细石间，野兴横生，亟命驾登定王台③，乱湘流④，入麓山⑤；湘云低昂，湘波容与，兴尽悲来，醉吟成调。

古城阴，有官梅几许，红萼未宜簪。池面冰胶，墙腰雪老，云意还又沉沉。翠藤共闲穿径竹，渐笑语、惊起卧沙禽。野老林泉，故王台榭。呼唤登临。　　南去北来何事，荡湘云楚水，目极伤心。朱户粘鸡⑥，金盘簇燕⑦，空叹时序侵寻⑧。记曾共、西楼雅集，想垂柳，还袅万丝金。待得归鞍到时，只怕春深⑨。

## 【注释】

①丙午人日：指宋孝宗淳熙十三（1186）年正月七日。
②长沙别驾：仍指作者岳父萧德藻，时任湖南通判，通判一称别驾。
③定王台：西汉长沙定王所筑，在长沙东。
④乱湘流：指横渡湘江。
⑤麓山：即今湖南长沙之岳麓山。
⑥朱户粘鸡：古时富贵人家正月七日将绘有鸡的画贴在家内，用来吓唬鬼神。
⑦金盘簇燕：古人立春时，在供春时，在供春盘内供有剪出的彩燕，祈祷吉祥。
⑧时序侵寻：时光慢慢流逝。
⑨只怕春深：作者仍在怀念合肥的二情侣。

**【赏析】**

词为登定王台泛舟湘流而作。上片主写游赏之心情。古城墙下，官梅初绽，梅萼如菽如椒之姿，让人生怜爱护惜之情。凝冰难化，积雪不融，彤云沉沉，天将欲雪，词境之幽沉，暗示词人心境之郁闷。为排遣愁闷，偕友人漫步穿过翠藤、竹径，头上枝影扶疏，脚下苍苔细石，渡城西的湘江，登上岳麓山，一时间乐以忘忧。

下片兴尽悲来，写出深深的悲怀。岳麓山上，词人极目天际，看湘云起伏，湘水粼粼，想自己年年南去北来，漂泊江湖，竟为何事？换头六字突兀劲峭，最能突出悲怀之沉深久积。周尔墉云："石帚词换头处，多不放过，最宜深味。"（周评《绝妙好词》）"朱户"三句切题人日，接叙二三友人往日之雅集，忘不了，曾同伊人在西楼的美好集会，窗外，骀荡的春风拂起万缕浅碧，金黄的柳丝。今又当早春，垂柳依然，而人事全非。昔日之景和想象中今日之景，巧妙叠合，而"金"字，不只是写壮美柳色留给人的美好之感，亦写出心中对往昔美好时光的追怀。煞拍语极委婉，情极伤悲。从字面看，似迎合此时红萼未宜簪的早春时节，而无计可归，归时人事已非的隐痛，留于言外。

## 霓裳中序第一

### 姜　夔

丙午岁[①]，留长沙，登祝融[②]，因得其祠神之曲曰《黄帝盐》、《苏合香》。又于长乐工故书中得商调《霓裳曲》十八阕，皆虚谱无辞。按沈氏《乐律》[③]，《霓裳》道调，此乃商调。乐天诗云："散序六阕"，此特两阕，未知孰是？然音节娴雅，不类今曲；今不暇尽作，作《中序》一阕传于世[④]。余方羁游，感此古音，不自知其辞之怨抑也。

亭皋正望极，乱落江莲归未得，多病却无气力，况纨扇渐疏，罗衣初索。流光过隙，叹杏梁双燕如客。人何在？一帘淡月，仿佛照颜色⑤。　　幽寂，乱蛩吟壁⑥，动庾信清愁似织⑦。沉思年少浪迹，笛里关山，柳下坊陌。坠红无信息，漫暗水涓涓溜碧。飘零久，而今何意，醉卧酒垆侧⑧。

## 【注释】

①丙午：宋孝宗淳熙十三（1168）年。
②祝融：海南衡山之最高峰名。
③沈氏《乐律》：北宋著名学者沈括在他的名作《梦溪笔谈》中有《论乐律》一节。
④中序：相传霓裳羽衣曲分三段，中段即称《中序》。
⑤颜色：唐杜甫诗："落日满屋梁，犹疑照颜色。"这里借指恋人。
⑥蛩（qióng琼）：古人对蟋蟀的称呼。
⑦庾信清愁：南朝诗人庾信曾写过《愁赋》。
⑧醉卧酒垆：作者自叹漂泊无定，惟有借酒浇愁。

## 【赏析】

词人登高望远，感慨无限。江南红莲，零落飘乱，一片凋敝。此暗喻自己曾热恋、今犹深深怀念的美人，已然憔悴，韶光易逝。"多病却无气力"，写难以言喻的忧思成疾和惨怛凄恻的缱绻之情。"流光"二句，叹时序侵寻。结以一窗淡月，似梦非梦，仿佛照见伊人颜色。神思迷离恍惚，境界逼真惨淡，见思念之深，寻求之切，失望之痛。

下片接以实境。人不在而倍觉幽寂，在离散孤独羁旅漂泊的凄凉秋夜，听乱蛩吟壁，愁绪如织。想当年笛里关山，坊陌之游，坠红无处，离散茫茫两不知，流水洗尽铅华，洗尽爱恋，洗尽刻骨铭心的一段真情。以"醉卧酒垆"作结，其情凄怆怨慕，其韵激越凄楚。深情高致，一结余韵无穷。

# 小 重 山

## 章良能

柳暗花明春事深,小阑红芍药,已抽簪①。雨余风软碎鸣禽②。迟迟日③,犹带一分阴。　　往事莫沉吟,身闲时序好,且登临。旧游无处不堪寻,无寻处,惟有少年心。

### 【作者简介】

章良能(？—1214)字达之,浙江丽水人。宋孝宗淳熙五年(1178)进士。曾任著作佐郎、枢密院编修、起居舍人、宗正少卿等职,官至御史中丞、参知政事。其《嘉林集》已佚,《全宋词》仅存这首词。

### 【注释】

①抽簪:红芍药花含苞待放。
②风软碎鸣禽:暖风徐徐,传来细碎的鸟鸣声。
③迟迟日:春天将近,白昼变长。

### 【赏析】

词写春日闲情。春雨霏霏,和风送暖,柳暗花明,红芍药上滚着雨后的甘露,含苞待放,鸟雀唤晴、鸣声婉转欢快。春日迟迟,那播云弄晴,"犹带一分阴"的雨后春色,更加妩媚怡人,令人流连。

换头的"往事莫沉吟",是人到中年沉吟往事而又难以排遣愁苦的一种慨叹。次句"身闲时序好"承接上片景物的描写,劝慰自己还是借"时序好"而登临,"旧游无处不堪寻",显出登临寻访之境,没有惹人不快之处。收句极有情味,旧游的踪迹都是可以重寻的,惟少年心不可寻。可寻的旧游之境,反而加重了不可寻的怅惘之情,使人读后为之感慨。词情回环往复,婉约清茜。

# 唐多令

刘 过

安远楼①小集,侑觞歌板之姬黄其姓者,乞词于龙洲道人②,为赋此。同柳阜之、刘去非、石民瞻、周嘉仲、陈孟参、孟容,时八月五日也。

芦叶满汀洲,寒沙带浅流。二十年、重过南楼③。柳下系船犹未稳,能几日,又中秋。　　黄鹤断矶头④,故人曾不到?旧江山,浑是新愁。欲买桂花同载酒⑤,终不似,少年游。

## 【作者简介】

刘过(1154—1206)字改之,号龙洲道人,江西泰和人。曾是爱国词人辛弃疾的佳宾,力主恢复中原。其词风格豪放,一生怀才不遇。有《龙洲词》。

## 【注释】

①安远楼:即武昌南楼。武昌有二南楼,其一即武昌县城楼,其二即黄鹄山顶之白云楼,白云楼宋时别名称安远楼。东晋庾亮登临后,文人纷纷歌咏之。

②龙洲道人:即作者本人。此词系作者应一黄姓歌姬所请而填的,一时传诵不已。

③重过南楼:作者20年前曾到过武昌,此词一题"重过武昌"。

④黄鹤断矶头:即黄鹤山,一名黄鹄山,面临长江,上建黄鹤楼。

⑤欲买桂花:指时近中秋,欲载酒出游。

## 【赏析】

词作于武昌安远楼,时当韩侂胄当国,夸诞浮躁、国变日亟、危机四伏的年代。刘过以寒士之身,逢此战局,难泯匡时救弊的宏图大志,然烈士暮年、无力回天的现状,又只能有哀时之恸。

词人登高远望，只见残芦满目、寒沙如带、浅水滞流。这萧瑟的气象，不禁使词人追怀20年前豪纵不羁的生活，"过"字点明此行不过是暂歇而已。"柳下"三句，一波三折，文随意转，极见工力。他感怀20年前，宋廷南渡，时序催人，20年来的生涯都是漂泊不定，故曰："系船犹未稳"，而武昌又是与敌纷争之地，顿起古今兴废之感，所以引出"旧江山，浑是新愁"的重笔。对江河日下的南宋政局的悲慨，对面临灾难而无能为力的愁绪，他这个韦带布衣的寒士是无可奈何的。他只能苦中求乐，买花载酒，然而这家国恨、身世愁又岂是些许花酒所能冲淡的？旋即以"不似"作转，否定了本想借以安慰的一点希望。词的韵律轻圆柔脆，词的章法疏宕浑成，词的结尾沉郁哀婉，是小令词中的精品。

## 木 兰 花

严 仁

春风只在园西畔，荠菜花繁蝴蝶乱。冰池晴绿照还空[①]，香径落红吹已断。　　意长翻恨游丝短，尽日相思罗带缓[②]。宝奁如月不欺人[③]，明日归来君试看。

【作者简介】

严仁，字次山，号樵溪，福建邵武人。词多艳情之作，有《清江欸乃集》。

【注释】

①冰池晴绿：阳光融化了池冰，池水泛出了新绿，表示春天已到。
②罗带缓：衣带宽说明了消瘦。
③宝奁（lián）：妇女装铜镜用的镜匣。

【赏析】

黄昇云："次山（严仁字）词极能道闺帏之趣。"（《花庵词选》）

词起笔写春色满园：西园之畔，嫩草新绿，荠菜花繁，引蝶飞舞。万花丛中仿佛已带入点点离愁。碧池绿波，荡漾春愁，残照冰池，波光涟漪。落红吹断，香径铺绣，春已迟暮。

下片抒情，怀人之情切意长，使翻然恼恨。春日游丝寸短，相思难藉，怀人也更为迫切，终至衣宽带缓，为人憔悴。镜不欺人，人自消瘦，等君试看。陈廷焯评曰："深情委婉，读之不厌百回。"（《白雨斋词话》）

# 风 入 松①

### 俞国宝

一春长费买花钱，日日醉湖边。玉骢惯识西湖路②，骄嘶过、沽酒垆前。红杏香中箫鼓，绿杨影里秋千。　　暖风十里丽人天③，花压鬓云偏④，画船载取春归去，余情付、湖水湖烟。明日重扶残醉，来寻陌上花钿⑤。

【作者简介】

俞国宝，江西抚州人，宋淳熙年间太学生。《全宋词》存词五首。

【注释】

①风入松：这首词是作者醉后为西湖断桥边一小酒家所作，写在酒家的屏风上。据传很得宋高宗赏识，并代改了末句。
②玉骢：白色骏马。
③丽人天：指踏青游春的季节，源自唐杜甫《丽人行》："三月三日天气新，长安水边多丽人。"
④花压鬓云偏：满头插花。杭州三月三日有男女皆戴荠花的风俗，民谚曰："三春戴荠花，桃李羞繁华。"
⑤花钿：妇女戴的发饰，这里借指丽人。

## 【赏析】

据周密《武林旧事》卷三载:"一日,御舟经断桥。桥旁有小酒肆,颇雅洁,中饰素屏,书《风入松》一词于上。赵构(宋高宗)驻目,称赏久之,宣问何人所作,乃太学生俞国宝醉笔也。其词云'……明日再携残酒,来寻陌上花钿。'上笑曰:'此词甚好,但末句未免儒酸。'因为改定云'明日重扶残醉',则迥不同矣。即日命解褐去。"

此篇为当时传诵之作,起笔温馨飘逸。"玉骢"句见承平欢乐之景象,"红杏"四句主写游乐的主体,浓墨重彩地渲染西湖游春的盛况。"画船"两句写暮归时的余情。陈廷焯评曰:"结二句余波绮丽,可谓'回头一笑百媚生'。"(《白雨斋词话》)这首词作为歌馆酒筵间的侑唱之词,有其香艳绮丽,情致浓而近雅的流美风格。

# 满 庭 芳[①]

## 张 镃

### 促 织 儿

月洗高梧[②],露溥幽草[③],寒钗楼外秋深[④]。土花沿翠,萤火坠墙阴。静听寒声断续,微韵转、凄咽悲沉。争求侣,殷勤劝织、促破晓机心。　　儿时曾记得,呼灯灌穴,敛步随音,任满身花影,犹自追寻。携向华堂戏斗,亭台小、笼巧妆金[⑤]。今休说,从渠床下[⑥],凉夜伴孤吟。

## 【作者简介】

张镃(1153—?)字功甫,号约斋,甘肃西秦人。曾官大理司直、司农少卿等职,后被流放,死于象州。他工书画,善诗词,风格艳丽。有《南湖集》、《玉照堂词》。

## 【注释】

①满庭芳:这首词作于宋宁宗庆元二年(1196),是和姜夔等人宴

②月洗:月光如水。

③露溥(tuàn):露水遍地。

④宝钗楼:豪华的楼台。

⑤笼巧妆金:相传唐时宫中嫔妃用小金笼装蟋蟀,放在枕边,听其吟唱。

⑥床下:源于《诗经·七月》:"十月,蟋蟀入我床下。"

## 【赏析】

咏物之词当有体物入微之妙。贺裳云:"《稗史》称韩幹画马,人入其斋,见幹身作马形,凝思之极,理或然也,作诗文亦必如此始工。如史邦卿咏燕,几于形神俱似矣。次则姜白石咏蟋蟀……数语刻画亦工。蟋蟀无可言而言听蟋蟀者,正姚铉所谓赋水不当仅言水,而言水之前后左右也。然尚不如张功甫(张镃字)'月洗高梧……'不惟曼声胜其高调,兼形容处,心细如丝发,皆姜词之所未发。"(《皱水轩词筌》)

起笔五句写蟋蟀在秋院夜景中,接写来的两句写静听它的悲沉鸣音,相有求侣之声应和。"争求"两句写它与织妇的机声共待拂晓。下片追忆儿时情景,"任满身"二句极工细。年老无此兴趣,卧床再听虫鸣,细笔描写,丝丝如发,如工笔作画。词音逸调远,文颇雅驯。

# 宴 山 亭

## 张 镃

幽梦初回,重阴未开,晓色催成疏雨。竹槛气寒,蕙畹声摇①,新绿暗通南浦。未有人行,才半启、回廊朱户。无绪,空望极霓旌②,锦书难据。 苔径追忆曾游,念谁伴秋千,彩绳芳柱。犀帘黛卷③,凤枕云孤④,应也几番凝伫。怎得伊来,花雾绕,小堂深处。留住,直到老,不教归去。

## 【注释】

①蕙畹：源自屈原《离骚》："余既滋兰之九畹兮，又树蕙之百亩。"蕙：即香草。畹：十二亩田。

②霓旌：五彩云旗。《汉书·司马相如传》："拖霓旌，靡云旗。"

③犀帘黛卷：卷起黛色的以犀角为饰物的帘子。

④凤枕云孤：绣凤枕头孤单零落，不见意中人。

## 【赏析】

词写春闺相思。幽梦初回，阴霾四重，破晓之前又下起淅淅沥沥的潇雨。翠竹环绕的水槛之外，飘来一丝寒气，晓风吹拂着水边的蕙草发出窸窸窣窣的声响，又飘过沁人的芳草清香。芳草萋萋，暗通南浦，南浦行人欲别朱户而愁绪难平，望孤舟之霓旌而踌躇不前，未踏征程先忧锦书难据。

下片行人在远，追忆曾游。青青苔藓侵径绕墙，那绣屋朱户谁再伴秋千荡起？空余彩绳牵绕的秋千架，留一片凄迷，如今犀帘黛卷，凤枕虚掷，云梦孤零，不见伊人，也应有几番凝伫。何时能盼得归来，花雾云绕的小堂深处留住伊人，到老不教归去，痴情如诉，凄怨迤丽。

# 绮 罗 香

史达祖

咏 春 雨

做冷欺花①，将烟困柳，千里偷催春暮②。尽日冥迷③，愁里欲飞还住。惊粉重④、蝶宿西园，喜泥润，燕归南浦。最妨他，佳约风流，钿车不到杜陵路⑤。　　沉沉江上望极，还被春潮晚急，难寻官渡⑥。隐约遥峰，和泪谢娘眉妩⑦。临断岸，新绿生时，是落红、带愁流处。记当日门掩梨花⑧，剪灯深夜语⑨。

## 【作者简介】

史达祖,字邦卿,号梅溪,河南开封人。屡试不第,后为权相韩侂胄门下堂吏,负责文书工作。韩侂胄垮台,他被处黥刑,死于穷困。其词以咏物见长,清新可读。有人将其誉为南宋第一词人。有《梅溪词》。

## 【注释】

①欺花:春雨添寒意,不利于花草生长。
②千里:源自唐孟郊《喜雨》诗:"朝见一片云,暮成千里雨。"
③冥迷:阴暗。
④粉重:蝴蝶身上有粉,淋雨便变沉重。
⑤钿车:华丽的车子。杜陵路:本汉宣帝陵园之路,多住富人,这是借指杭州郊区。
⑥官渡:公用的渡河船只。
⑦谢娘:本指东晋谢安的侄女、王凝之的妻子谢道韫,这里指代作者的妻子。
⑧门掩梨花:源自李重元《忆王孙》诗:"雨打梨花深闭门。"
⑨剪灯:夜深秉烛长谈。源自唐李商隐诗:"何当共剪西窗烛,却话巴山夜雨时。"

## 【赏析】

本篇为咏物体,写江南烟雨极为工细。有正面描写,有侧面衬托,有点缀风华,有夹写怀人之本意,而以回忆作结。姜夔称为"融情景于一家,会句意于两得。"(见《花庵词选》)

春暮天寒,细雨濛濛,同一春雨,感受不同,如蝶惊燕喜,人却怕妨碍他春游佳约。上片是一般的雨景描写,下片重在怀人本意。

过片以下写天色渐晚,雨意更浓,境界更推扩,笔法多变换。"隐约遥峰"两句,写烟雨迷离中的遥青远翠,即绾合美人的和泪眉痕。"临断岸"两句说到春雨的影响,绿肥红瘦,也就是雨后光景。剪灯夜语,隐含李商隐巴山夜雨的怀人之情,情景交融,描摹入神。许昂霄评此词曰:"无一字不与题相依。"

# 双双燕

史达祖

咏　燕

过春社了①,度帘幕中间②,去年尘冷③。差池欲住④,试入旧巢相并。还相雕梁藻井⑤,又软语商量不定,飘然快拂花梢,翠尾分开红影⑥。　　芳径,芹泥雨润,爱贴地争飞,竞夸轻俊。红楼归晚,看足柳昏花暝。应自栖香正稳,便忘了天涯芳信⑦。愁损翠黛双蛾,日日画阑独凭。

**【注释】**

①春社:农村节日,在立春后、清明前,燕子这时从南方飞回北方。
②度帘幕中间:燕子飞进有重重帘幕的屋中去。
③去年尘冷:去年筑巢之地冷冷清清,布满灰尘。
④差池:雏燕的羽毛参差不齐。源自《诗经·燕燕》:"燕燕于飞,差池其羽。"
⑤雕梁藻井:雕花的屋梁和绘有水草纹的天花板。指富贵人家的居室。
⑥红影:花丛。
⑦芳信:这句是指燕子在香巢酣睡,忘了给闺中的思妇传递信息。

**【赏析】**

此咏燕之作。起三句自季节变化始,春回大地,南燕北归,寻旧巢,度帘幕,然室空无人,满目尘封,"差池"两句写飞而未住之状,"还相"两句写试入未稳的时刻。"飘然"两句又写燕子在飞行中捕捉昆虫,从花木梢头一掠而过的情状。

下片承接上意,先写燕子接拂花梢,衔泥草以补旧巢的辛劳,它们争飞轻俊,潇洒地自由飞翔,看尽红楼向晚、柳昏花暝。"便忘了天涯芳信",飞来之笔,由于燕子的尽情遨游,忘却捎书的神圣使命，使转出红楼思妇的倚栏眺望。佳人夜夜高楼独倚、望断秋水，与燕子双双香稳，恰恰相反，自愁而妒彼梁燕。王士禛评曰："咏物至此，人巧极天工错矣！"(《花草蒙拾》)

## 东风第一枝

史达祖

### 春　雪

巧沁兰心①，偷黏草甲②，东风欲障新暖。漫疑碧瓦难留，信知暮寒犹浅。行天入镜③，做弄出轻松纤软。料故园，不卷重帘，误了乍来双燕。　青未了、柳回白眼，红欲断、杏开素面。旧游忆著山阴④，后盟遂妨上苑。寒炉重熨，便放慢、春衫针线。怕凤靴挑菜归来⑤，万一灞桥相见⑥。

【注释】

①兰心：兰草中。
②草甲：柔韧的草。这两句是说，雪浸入兰草心中，沾在草皮上。
③行天入镜：源自唐韩愈《春雪》诗："入镜鸾窥沼，行天马度桥。"
④山阴：相传晋王徽之乘船访戴逵，走至其门，未入即返。人们问他什么原因，他说："乘兴而来，兴尽而去，何必见？"
⑤凤靴挑菜：宋代每年阴历二月二，宫中举办挑菜宴，借以游乐。凤靴：指挑菜的宫女。
⑥灞桥：在今陕西西安市东，灞柳风雪是著名的长安八景之一。

【赏析】

此咏春雪，起笔写春风送暖，花香草绿，春雪伴着春寒，"新暖"被阻挡住了，春雪不像冬雪那样厚厚地覆盖着莽原，它落在碧瓦之上，顷刻之间便会消融，由此知暮寒尚浅。"行天"两句惟一正面写春雪：韩愈《春雪》诗云："入镜鸾窥沼，行天马度桥。"以镜和天,喻池面、桥面积雪之明净,这里借以写雪。"轻松纤软",喻春雪之纤细。雪寒而想起故园重帘不卷,燕子怎能飞来?睹物而情伤,异乡沦落之感油然而生。

过片续写春雪中的景物,柳杏都身披银装。接用两典写人。"旧游"句,用王徽之雪夜访戴逵,至门而返的故事;"后盟"句,用司马相如雪天赴梁王兔园之宴迟到的故事。想古之文人踏雪清游,不由得也心驰神往。结尾云即使寻游归来,在灞桥上又会见到风雪。张炎评曰:"史邦卿《东风第一枝》咏雪,《双双燕》咏燕,姜白石《齐天乐》咏蟋蟀,皆全章精粹,所咏了然在目,且不留滞于物。"(《词源》)

## 喜迁莺

### 史达祖

月波疑滴,望玉壶天近[1],了无尘隔,翠眼圈花[2],冰丝织练,黄道宝光相直[3]。自怜诗酒瘦,难应接,许多春色。最无赖,是随香趁烛,曾伴狂客。　　踪迹,漫记忆,老了杜郎[4],忍听东风笛。柳院灯疏,梅厅雪在,谁与细倾春碧[5]?旧情拘未定,犹自学、当年游历。怕万一,误玉人夜寒帘隙[6]。

【注释】

[1]玉壶:月光皎洁,夜空清朗。
[2]圈花:各种花灯。
[3]黄道:古人观察太阳一年间在恒星间运行的视距离。这里指灯光应接不暇。
[4]杜郎:指唐代诗人杜牧。
[5]春碧:美酒。
[6]玉人:意中人。

【赏析】

这是一首咏灯之作,似亦应是上元词。月光如泄,玉壶近天,了无尘隔,是元月十五之夜清朗明彻的景象,圈花、冰丝、宝光,都是上元夜特有的彩灯,它们交相辉映,斑驳朗照。如此良宵,自怜瘦损,是枉负人间春色。不能伴狂客野游,怕的是这春色稍纵即逝。

下片回忆过去,曾记得,柳院疏灯,梅厅莹雪,东风怨笛声中,亦曾倾春碧酒,畅叙友情。虽犹有豪兴,却又怕浪荡忘返,空留玉人独守此良宵,孤独寂寞,瘦损容颜。王闿运评结尾两句云:"富贵语无脂粉气,诸家皆赏下二语,不知现寒乞相正是此等处。"(《湘绮楼词选》)

## 三　姝　媚

### 史达祖

烟光摇缥瓦①,望晴檐多风,柳花如洒。锦瑟横床,想泪痕尘影,凤弦长下②。倦出犀帷③,频梦见、王孙骄马④。讳道相思,偷理绡裙,自惊腰衩⑤。　　惆怅南楼遥夜,记翠箔张灯,枕肩歌罢。又入铜驼⑥,遍旧家门巷,首询声价。可惜东风,将恨与、闲花俱谢⑦。记取崔徽模样⑧,归来暗写。

**【注释】**

①缥瓦:即琉璃瓦。这里指意中人的住处。

②凤弦长下:指卸下了锦瑟的弦,从此不再弹琴。

③犀帷:意中人的闺房。

④王孙:指作者自己。

⑤自惊腰衩:自己穿上旧裙时,惊奇地发现,裙腰太宽,显然是消瘦了许多。

⑥铜驼:本洛阳街道名。这里指作者在杭州,走遍大街小巷,寻访过去的情侣。

⑦俱谢:这句是说意中人已带着满腔的怨恨逝去了。

⑧崔徽:唐代妓女崔徽临死时,将自己的画像送给裴敬中,希望敬中

不要忘掉自己。作者用这一典故表示自己会永远怀念死去的意中人的。

**【赏析】**

这是一首怀人之作。起三句写室外：缥瓦晴檐，春满小巷，柳絮飘飞，乱扑人面，烟光微照，陋巷迷离。"锦瑟"三句写室内：锦瑟横床，无心理弦，"想"字直贯下面五句，相思之切而泪痕尘影，思极成梦，"频梦见"，道相思之苦。"讳道相思"三句，再次委婉道出惆怅的相思之情。

过片"惆怅南楼遥夜"三句，转入初次相遇的回忆。用对比的手法深化词人思念之情。"又入铜驼"三句，是词人最后寻访时的焦灼与期待，然而伊人随闲花的凋落而消失。闲花沦落，让人同情；东风无情，是抨击环境的摧残；将恨离去，归来暗写，是多情的缅怀。冯煦《蒿庵论词》引毛先舒论词云："言欲层深，语欲浑成。"是这首词创作上的特点。

# 秋霁

## 史达祖

江水苍苍，望倦柳愁荷，共感秋色。废阁先凉，古帘空暮①，雁程最嫌风力②。故园信息，爱渠入眼南山碧③。念上国，谁是，脍鲈江汉未归客④？　　还又岁晚，瘦骨临风，夜闻秋声，吹动岑寂。露蛩悲⑤、青灯冷屋，翻书愁上鬓毛白。年少俊游浑断得⑥，但可怜处，无奈苒苒魂惊，采香南浦⑦，剪梅烟驿。

**【注释】**

①古帘空暮：古旧的阁帘上染上了浓重的暮色。
②雁程：此句虽写大雁恶风力，实是作者不愿远行之表露。
③渠：你。这句是说作者怀念家乡美景。
④脍鲈：用在北齐为官的张季鹰思念吴中家乡菰菜鲈鱼的故事，表达作者怀乡之情。

⑤露蛩(qióng)：屋外蟋蟀在悲鸣。
⑥年少俊游：回忆少年时与伙伴畅游之事。
⑦南浦：源自屈原《九歌·河伯》："与子交手兮东行，送美人兮南浦。"后以南浦代指送别之地。

**【赏析】**

　　秋江浩瀚而苍茫，浊浪滔滔，水涌天际。秋霜渐浸，翠柳倦怠，枯叶委尘，绿盖亭亭的荷花，再没有往日的风韵，只留枯荷听雨。秋江、残柳、枯荷都已深感秋天的到来。废阁古帘，言居室之破败。"雁程"句是写征人远行的心情。"故园"数句，是对家园的怀恋，词人被黥面流放，有家难归，抑郁难遣的怀乡之情转而为感伤身世。

　　江水茫茫，倦柳愁荷，已使流放倦客黯然神伤，况值"瘦骨临风，夜闻秋声"，倍增岑寂。衾寒屋冷，夜不成寐。听西风秋声，知草木凋零，慨叹请缨无路，报国无门。"年少"句以开为转，疏宕之中自有一份执著。"俊游"反照"岑寂"，"浑断得"自慰语，说不必去想，但又"苒苒魂惊"，缠绵缱绻，欲罢不得，余情不已。

# 夜 合 花

### 史达祖

　　柳锁莺魂，花翻蝶梦，自知愁染潘郎①。轻衫未揽，犹将泪点偷藏。念前事，怯流光，早春窥、酥雨池塘②。向消凝里，梅开半面，情满徐妆③。　　风丝一寸柔肠，曾在歌边惹恨，烛底萦香。芳机瑞锦，如何未识鸳鸯。人扶醉，月依墙，是当初、谁敢疏狂！把闲言语，花房夜久，各自思量。

**【注释】**

　　①潘郎：指西晋著名文学家潘岳，他曾作《秋兴赋》，赋中有愁得鬓发斑白之句。

②酥雨：指湿润的春雨。源自唐韩愈《早春》诗："天街小雨润如酥。"
③徐妆：指南朝梁元帝徐妃，相传"徐娘虽老，犹尚多情"。

**【赏析】**

暗柳偷锁黄莺的魂魄，残花翻覆蝴蝶的幽梦，魂和梦是被离愁扰乱的结果，轻衫未整，偷藏起春愁惹出的泪痕点点。先前的欢爱已随时光逝去，但春光又回来了，春雨池塘，梅开半面，正似伊人娇娆的装束。

下片写这梅妆又引起柔肠，想那两情缱绻，歌边的暗送秋波，烛底的相对无寐，那细语，那缠绵，都曾惹起无边的恼恨。芳机织出回文诗，却未识鸳鸯何处，是不谐和之处。朗月低照园墙，醉人更悔疏狂。把闲言闲语都抛却，各自暗暗思量。深情之词，无淫晦污浊信然。

# 玉　蝴　蝶

## 史达祖

晚雨未摧宫树，可怜闲叶，犹抱凉蝉。短景归秋，吟思又接愁边。漏初长、梦魂难禁，人渐老、风月俱寒。想幽欢，土花庭甃①，虫网栏杆。无端啼蛄搅夜②，恨随团扇③，苦近秋莲④。一笛当楼⑤，谢娘悬泪立风前⑥。故园晚、强留诗酒，新雁远、不致寒暄。隔苍烟，楚香罗袖，谁伴婵娟？

**【注释】**

①甃庭（zhòu）：庭院中的砖砌井。
②啼蛄：即蝼蛄，古诗云："蝼蛄夕鸣悲。"
③团扇：晋中书令王珉喜执白团扇，因与其嫂之婢女谢芳姿有情，嫂责婢女，命其唱歌，婢女乃以"白团扇"歌之，后人称为《团扇歌》。
④秋莲：源自《古乐府》诗："果得一莲时，流离婴辛苦。"
⑤一笛当楼：源自唐代诗人赵嘏《长安秋望》诗："长笛一声人倚楼。"

⑥谢娘：即指与晋中书令王珉相好的谢芳姿。

## 【赏析】

初秋的夜晚，宫树凋敝，败叶犹存，凉蝉在树间发出阵阵的悲鸣。初秋的傍晚是短暂的，斜阳又接愁边，夜深不寐，听更漏漫长，任梦魂难禁。故国神游，更有羁旅乡愁。残月犹照孑身，更感风月俱寒，追想当年的幽欢，环顾今夜驿馆苔藓侵阶、虫鸣败垒，觉岁月蹉跎，世事悲凉。

下片承接上意，通过景物的描写，氛围的渲染，融情入景，暗寓离愁。时当秋季，景已萧瑟，且值夜晚，继之啼蛄鸣悲，便有故国之恨、羁旅之愁，所以悬泪风前。追怀北国，新雁飞来，也略无寒暄询问，结尾沦落自伤。

# 八　归

### 史达祖

秋江带雨，寒沙萦水①，人瞰画阁愁独。烟蓑散响惊诗思，还被乱鸥飞去，秀句难续。冷眼尽归图画上，认隔岸，微茫云屋。想半属，渔市樵村，欲暮竞燃竹②。　　须信风流未老，凭持尊酒，慰此凄凉心目。一鞭南陌，几篙官渡，赖有歌眉舒绿③。只匆匆残照，早觉闲愁挂乔木。应难奈、故人天际，望彻淮山，相思无雁足④。

## 【注释】

①寒沙萦水：秋水在寒沙上回旋。
②欲暮竞燃竹：天色已晚，家家用竹子做燃料，开始生火做饭，到处炊烟袅袅。
③歌眉舒绿：歌女以眉目传情。
④雁足：这里是指音讯难通。

## 【赏析】

秋江苍茫，远接天际。秋雨潇潇，洒遍江天。举目关河，寥廓迤逦。人瞰画阁，独自生愁，秋烟暮霭，一派肃杀之气。乱鸥阵飞，惊破诗句难续。冷眼望断江岸，看隔岸一带人家，多是渔村，日暮斜阳之中，便有炊烟袅袅，归帆点点。

下片写荒凉之境，心目俱凄，只有借酒浇愁。想驿站行旅之中，尚幸有邮亭歌妓，歌酒相伴，聊供欢乐。而今望断淮山，残照影单，乔木之上都挂满离愁，天远故人，谁曾有一纸的消息、一字的慰问？陈廷焯《白雨斋词话》评曰："笔力直是白石，不但貌似，骨律神理亦无不似，后半一起一落，宕往低回，极有韵味。"

# 生 查 子

#### 刘克庄

### 元夕戏陈敬叟

繁灯夺霁华①，戏鼓侵明发②。物色旧时同，情味中年别。浅画镜中眉，深拜楼中月③。人散市声收④，渐入愁时节。

## 【作者简介】

刘克庄（1187—1269）字潜夫，号后村，宋理宗赐他同进士出身。曾四任朝官，被封为龙图阁学士。他关怀国家命运，词多感时伤怀之作。有《后村长短句》。

## 【注释】

①霁华：皎洁的月光。
②侵明发：天刚蒙蒙亮之时。
③拜楼中月：指闺中人浓妆夜晚拜月。
④市声：都市各种喧闹的声音。

## 【赏析】

冯煦在《六十一家词选例言》中评价刘克庄的词云："后村词与放翁、稼轩犹鼎三足，其生丁南渡，拳拳君国，似放翁；志在有为，不欲以词人自域，似稼轩。"

这是一首元夕词。起二句写繁灯四放，欲与月华争辉，赏灯游戏的锣鼓渐渐催醒拂晓的到来。景物、人情依然与旧时相同。可是人近中年，对人生的体味与感怀就再也不同往昔。

下片写闺中晚妆拜月，对苍天、对月华，诉说由衷的愿望。夜静人散，市声渐寂，辗转反侧，夜不成寐，自有别样的离恨浸入本已百结的愁肠。

# 贺 新 郎

刘克庄

### 端 午

深院榴花吐，画帘开、綀衣纨扇①，午风清暑。儿女纷纷夸结束，新样钗符艾虎②。早已有、游人观渡③。老大逢场慵作戏④，任陌头、年少争旗鼓，溪雨急，浪花舞。　　灵均标致高如许⑤，忆生平、既纫兰佩⑥，更怀椒醑⑦。谁信骚魂千载后⑧，波底垂涎角黍⑨。又说是、蛟馋龙怒。把似而今醒到了⑩，料当年、醉死差无苦，聊一笑，吊千古。

## 【注释】

①綀（shū）衣：葛布做的衣服。
②钗符艾虎：古时旧历端午节，妇女在头饰上插上彩色小符（犹今之香包），家家在门上挂着用艾草做的人或老虎，借以辟邪。
③观渡：指端午节龙舟竞渡。
④逢场慵作戏：岁数大了，已经懒得凑热闹了。
⑤灵均：指战国楚诗人屈原，屈原小字灵均。

⑥兰佩:源自屈原《离骚》:"纫秋兰以为佩。"
⑦椒醑:祭神用的香料和美酒。
⑧骚魂:即屈原的魂魄。
⑨角黍:即今之粽子。屈原投江后,人们为了不让蛟龙去伤害他,便纷纷向江中抛投粽子,相沿成习。
⑩把似:假如。

【赏析】

　　词写五月端午江南人观龙舟竞渡、祭屈子亡灵。开篇三句写正午时的景物。"儿女"以下写当地风俗,人们争相采艾为虎为人,挂于门侧,以辟邪气。江面上,早已有游人观渡。看船老大威风凛凛,竿木随身,逢场作戏,指挥竞渡的龙舟。又有以巾裹头的少年不甘示弱,依着鼓点奋力摇桨,荡起的溪水浪花四溅,飞流如注,像急雨洒落全身。

　　词的下片另是一番议论。赞屈原之标格,纫兰佩、怀椒醑,与众迥异。千载之后,民间以角黍投给蛟龙,是想让屈子觉醒;当时醉死也要比现在好。杨慎云:"此一段议论,足为三闾千古知己。"黄蓼园云:"非为灵均雪耻,实为无识者下一针砭,思理超超,意在笔墨之外。"又云:"就竞渡者及沉角黍者落想,是从实处落想。"(《蓼园词选》)

## 贺　新　郎

刘克庄

九　日①

　　湛湛长空里,更那堪、斜风细雨,乱愁如织。老眼平生空四海②,赖有高楼百尺③。看浩荡、千崖秋色。白发书生神州泪④,尽凄凉,不向牛山滴⑤。追往事,去无迹。　　少年自负凌云笔⑥,到而今、春华落尽,满怀萧瑟。常恨世人新意少,爱说南朝狂客⑦，把破帽、年年拈出⑧。若对黄花、孤负酒，怕黄花、也笑人岑寂。鸿北去，日西匿⑨。

## 【注释】

①九日：指农历九月九日，即重阳节。
②空四海：一眼望尽天下。
③高楼百尺：三国时刘备与许汜论天下英雄时说的话，一般用来指忧国忧民之士登临居住之地。
④白发书生：指作者自己。
⑤牛山：齐景公登牛山而流涕，叹人之生死无常。这里借用此典说明不计较个人生死。
⑥凌云笔：汉武帝读司马相如《大人赋》，飘飘然有凌云之意。这里用来形容文章高妙。
⑦南朝狂客：指晋孟嘉。孟嘉为大将军桓温参军，九月九日登龙山，帽落而不觉。
⑧破帽：即指文人常用的孟嘉落帽之典，这里对文人千篇一律的作品表示鄙视。
⑨鸿北去，日西匿：语出江淹《恨赋》："白日西匿，陇雁少飞。"作者眼见光复神州无望，国势日下，只能痛心疾首，长歌当哭。

## 【赏析】

词是重阳节登高抒怀之作。起首登楼远眺，望断长空，斜风细雨，萧瑟凄迷。看江山易主，叹中原沦落，悲从中来，愁绪如织。"老眼平生空四海"，由低沉的情调转为磅礴的气势。"浩荡"两字既写苍莽萧疏的深秋影色，又抒发自己开阔的胸襟，妙语双关。接以齐景公牛山滴泪的典故，反其意而用之，说明词人感慨神州陆沉而滴下的忧国之泪，是齐景公所不能比拟的。词情跌宕顿挫，波澜起伏。

过片在今昔对比中发出深沉的叹息：少年时的豪情才气，如今只落得满怀萧瑟。如何破解这岑寂？只有赏花饮酒，聊自宽慰，放达之中亦隐含着悲凉，"鸿北去，日西匿"，北国山河堪恋，而浮云蔽日，光景匆匆，无限豪情，都付一叹。

251

# 木兰花

刘克庄

戏林推①

年年跃马长安市,客舍似家家似寄。青钱换酒日无何,红烛呼卢宵不寐②。　易挑锦妇机中字③,难得玉人心下事。男儿西北有神州④,莫滴水西桥畔泪⑤。

【注释】

①林推:作者的同乡,姓林的推官。推官亦称节度推官,是宋时州郡的佐理官。

②呼卢:即赌博。古人赌博,以五子全黑称"卢",掷得"卢"者即获全胜,因此,赌徒赌博时,均连声呼"卢"。这里指林推官通宵达旦在妓院赌博。

③锦妇机中字:前秦窦滔任秦州刺史,后被流放,其妻苏氏于锦上织出回文诗《璇玑图》寄去,表达殷殷思念之情。作者用此典劝林推官应珍惜家乡妻子的一片深情。

④西北有神州:其时中原沦落,有志之士都渴望收复故土。

⑤水西桥:妓女集聚之地。这里是作者劝林推官不要沉湎于醉生梦死的生活,不值得为水西桥畔的妓女洒泪。

【赏析】

刘克庄为规劝林姓朋友而作此词。词的上片描写林的浪漫与豪迈。起笔两句概言其久客轻家,他年年跃马于繁华的都市街头,视客舍为家,而家门反若寄居之所。性情放荡而令人哭笑不得。接以饮酒呼卢,写其日夜不休地纵酒浪博,将时光虚掷。在侧写林放浪形骸之中,流露出对林的惋惜。

下片写对林的规劝。过片二句对举成文,婉转地批评他迷恋青楼、久客不归的错误。用锦字书成说妻子的情义真实可靠,妓女的心意则虚假难凭。结尾希望林能从红巾翠袖的温腻中解脱出来,立志为收复中原建立一番功业,莫在与妓女的厮混中而抛洒那无聊的离恨之泪。通首词意庄而辞谐,刘熙载云:"旨正而语有致。"(《艺概·词曲概》)

## 江 城 子

卢祖皋

画楼帘幕卷新晴,掩银屏,晓寒轻。坠粉飘香,日日唤愁生。暗数十年湖上路,能几度、著娉婷①。　　年华空自感飘零,拥春酲②,对谁醒?天阔云闲,无处觅箫声③。载酒买花年少事,浑不似,旧心情。

【作者简介】

卢祖皋,字申之,又字次夔,号蒲江,浙江温州人。宋宁宗庆元五年(1199)进士,历任秘书省正字、校书郎、著作郎、权直学士院等。其词纤巧淡雅,风格介于晏几道和姜夔之间。有《蒲江词》。

【注释】

①娉婷:歌女。
②春酲(chéng 程):春天喝醉了酒,有些神志不清。
③箫声:用萧史、弄玉之典,这里反映了作者孤寂凄凉的心情。

【赏析】

这是年老之时翻忆少年情事的慨叹。西湖画楼之上,帘幕高卷,银屏半掩。雨后新晴,晓寒微轻。暮春已尽,万花飘零,落红铺绣,暗得幽浸。春事将逝,惹人生愁。"日日唤愁生",极言愁之深重。十年江湖,蹉跎岁月,湖畔美人,经过无数。如今,美人已逝,自身已老,空落飘零。惟有醉酒,醒后谁伴?买花载酒,已不似少年心境,湖畔箫声,不堪重觅。惟天长水阔,野云孤烟,垂垂老翁,对景难排。

# 宴 清 都

卢祖皋

春讯飞琼管①,风日薄,度墙啼鸟声乱。江城次第,笙歌翠合、绮罗香暖。溶溶涧渌冰泮②,醉梦里、年华暗换。料黛眉重锁隋堤③,芳心还动梁苑④。　　新来雁阔云音,鸾分鉴影,无计重见。啼春细雨,笼愁淡月,恁时庭院。离肠未语先断,算犹有、凭高望眼。更那堪、衰草连天,飞梅弄晚。

## 【注释】

①琼管:一种以玉为管的乐器,平时以芦苇灰填在管内,春至则去灰演奏。这里是指春天已经到来了。
②涧渌冰泮:冰已消融,涧水清澈见底。
③隋堤:指隋代开凿的通济渠堤。
④梁苑:亦称梁园、兔园,汉梁孝王刘武所建,园在今河南商丘东,著名文学家枚乘、司马相如等均曾居是园。

## 【赏析】

春的信息从琼管飞出,欢快的乐曲回荡在春的大地。日暖风薄,啼鸟声乱。浮冰消退,春水溶溶,在脚步匆匆之中,东风暗换年华。"料黛眉重锁隋堤,芳心还动梁苑"两句,思家伤别,情系故里。

下片写恋人的思念。天高云淡,候鸟南归,音讯难凭,无计相见。相恋之人只能各执一半鸾镜,略慰相思。春鸟啼鸣,细雨霏霏,淡月暗洒愁辉,怀人念远,难成梦寐。寂寂庭院,一片凄清,离情无可诉说,只有登高望远,遥寄一片深情。不得已的自慰之情,还被连天的衰草遮蔽,漫天的落梅间阻。那索寞、孤寂的晚春之景,不正是此番心境的写照吗?

# 南 乡 子

## 潘 牥

### 题南剑州妓馆①

生怕倚栏杆，阁下溪声阁外山。惟有旧时山共水，依然，暮雨朝云去不还②。　　应是蹑飞鸾③，月下时时整佩环。月又渐低霜又下，更阑④，折得梅花独自看。

**【作者简介】**

潘牥（1204—1246）字庭坚，号紫岩，福建人。宋理宗端平二年（1235）进士，历官太学正、潭州通判。有《紫岩集》。

**【注释】**

①南剑州：即今福建南平。
②暮雨朝云：用宋玉《高唐赋序》中楚襄王和巫山神女相会的典故，怀念作者的旧情人。
③蹑飞鸾：这是作者想象，意中人像仙人一样跨飞鸾前来相会。
④更阑：五个更次将尽，天快亮了。

**【赏析】**

重临故地，念远怀人，起笔发语惊人，怕见阁外的山山水水，过去曾和伊人朝暮共赏，而今，山水依旧，伊人却不知去处，怎不令人黯然伤情？

过片从飞鸾想象那迷人的倩女，也应像这飞鸾一样，乘着朦胧的月色，飘然而至，同自己共抒离别的悲苦，共享重聚的欣慰，他在等待着，企盼那少女环佩的丁冬之声传来。然而，斜月西沉，寒霜飞下，余辉更觉惨淡，飞霜寒气逼人，相思而不得相见，寂寞凄凉，哀苦无告的现状可以想知。夜深而折梅独看，曲折不尽之意皆在言外，况周颐评曰："有尺幅千里之妙。"（《蕙风词话》）

# 瑞鹤仙

## 陆 睿

　　湿云粘雁影，望征路愁迷，离绪难整。千金买光景[1]，但疏钟催晓，乱鸦啼暝。花惊暗省[2]，许多情、相逢梦境。便行云、都不归来，也合寄将音信。　　孤迥，盟鸾心在[3]，跨鹤程高，后期无准。情丝待剪，翻惹得、旧时恨。怕天教何处，参差双燕，还染残朱剩粉。对菱花、与说相思，看谁瘦损？

### 【作者简介】

　　陆睿（？—1266）字景思，号云西，浙江绍兴人。宋理宗绍定五年（1232）进士，历官礼部员外郎、秘书少监、起居舍人、集英殿修撰等。《全宋词》有其词三首。

### 【注释】

①光景：即光阴。
②花惊：花看来好似有心事，情绪不定。
③盟鸾：相传罽宾王的鸾鸟，睹镜悲鸣，奋而自尽。

### 【赏析】

　　此闺思之词，开篇黑云密布，天气阴沉。征人欲踏旅途，离别的愁绪却难以抚平，在双鸳欢聚，两情缱绻的时刻，是千两黄金也难以买到的。然晓钟催发，乱鸦啼暝，终是别离。别后暗省前情，恍如梦境。征夫也该寄来音讯，悬念不已。

　　下片孤单寂寞之时，犹记前盟。然相去程远，相见无期。要待剪断情丝，却又怕弹惹一时别恨。不知天意遣你我何处？看双燕归来，我照镜比它还瘦，欲染残朱剩粉，也无心绪。空对鸾镜，想说尽相思，欲言还止，只看谁更瘦损，便知内心之苦。怨情悲咽，曲折多思，身当其境者尤足心惊。

# 霜天晓角

萧泰来

### 梅

千霜万雪,受尽寒磨折。赖是生来瘦硬①,浑不怕、角吹彻②。　清绝,影也别,知心惟有月。原没春风情性,如何共、海棠说。

## 【作者简介】

萧泰来,字则阳,一字阳山,号小山,江西抚州人。绍定二年(1229)中进士,曾知隆兴府,理宗朝为御史。有《小山集》。

## 【注释】

①赖是:幸亏。
②浑:完全。角:古代军中的一种乐器。

## 【赏析】

咏梅之作,历代甚多,而此首能抓其神韵,表现出梅花傲霜斗雪,孤芳自赏、不同流俗的高尚品格。

起笔四字,写出梅花生活的特殊环境。"千霜万雪"极言其霜雪降落之频繁、厚重,来势之猛,持续之长,是难以经受的,为下文"磨折"的程度作铺垫,"赖是"即好在、幸亏之意。幸亏有这副天生的铮铮铁骨,才能经受住这霜欺雪压的百般"磨折"。

过片"清绝"二字把握住梅花的特性,意韵无穷,耐人咀嚼,它不仅超脱凡俗,独立尘外,就连影儿也与众不同,自然过渡到"知心惟有月"一句。素月能给梅以疏影,寒梅能报月以暗香,深含意蕴,淡语出之,耐人寻味。结尾命意措辞不同常调,怎能让不属春荣的梅花去同那雍容华贵,以俏争春的海棠去倾诉衷肠呢?寒梅尚且不与凡花争艳,更何况有梅之傲骨的词人呢?以梅自喻的心事在结尾现出。

# 霜 叶 飞

吴文英

## 重 九

断烟离绪,关心事,斜阳红隐霜树。半壶秋水荐黄花,香噀西风雨①。纵玉勒、轻飞迅羽②,凄凉谁吊荒台古③。记醉踏南屏④,彩扇咽、寒蝉倦梦,不知蛮素⑤。　　聊对旧节传杯,尘笺蠹管,断阕经岁慵赋。小蟾斜影转东篱⑥,夜冷残蛩语。早白发、缘愁万缕,惊飙从卷乌纱去⑦,漫细将,茱萸看⑧,但约明年,翠微高处⑨。

## 【作者简介】

吴文英,字君特,号梦窗,又号觉斋,浙江宁波人。他一生未做官,以清客的身份与显贵交游,频频往来于苏、杭、绍兴等地。他的词偏重形式,内容比较贫乏,但艺术造诣较高。有《梦窗词》甲乙丙丁四稿。

## 【注释】

①香噀(xùn):意为喷水,这里用来形容花香四溢。
②轻飞迅羽:马跑得飞快,像鸟飞一般。
③荒台:南朝宋武帝重阳曾登彭城项羽戏马台。
④南屏:山名,在杭州附近,群山环立若屏风,因名。
⑤蛮素:相传唐白居易有二妾,其中,樊素善歌,小蛮善舞。
⑥小蟾:指月亮的影子。
⑦乌纱:用晋孟嘉登高落帽的典故。
⑧茱萸:古人有重阳节佩戴茱萸囊登高以避邪的传统。
⑨翠微:青山。

## 【赏析】

起笔四字即情景双起。"断烟"是景,"离绪"是情,重九登高偏又遇潇潇秋雨,凄凉之景衬出凄凉心境。风雨之中采一束东篱黄菊,插于壶内,那花的幽香仿佛带着雨丝缓缓飘扬。对菊孤坐,不免神思悠荡。谁还会在风雨中纵马去凭吊古荒台?想当年和伊人重九登高,她执扇清歌,唤起寒蝉的隐隐悲咽,以此暗喻歌声悲若寒蝉。下言昔犹梦见蛮素,今此梦已倦,故曰"不知蛮素"。"蛮素",白居易的侍妾小蛮、樊素,此借指其去妾。

过片以今日重九另起,曰"聊对",曰"慵赋",皆从上"倦"字来。"小蟾"二句言雨后夜晴,"早白发",言年老多愁也。结句预为明年登高之约,用杜甫"明年此会知谁健,醉把茱萸仔细看"诗意,推开作结,使词意不尽,且有爱惜光景之意。

# 宴 清 都

吴文英

### 连理海棠

绣幄鸳鸯柱①,红情密、腻云低护秦树②。芳根兼倚,花梢钿合,锦屏人妒。东风睡足交枝③,正梦枕瑶钗燕股。障滟蜡、满照欢丛,嫠蟾冷落羞度④。　　人间万感幽单,华清惯浴⑤,春盎风露。连鬟并暖⑥,同心共结,向承恩处。凭谁为歌长恨?暗殿锁、秋灯夜语。叙旧期、不负春盟,红朝翠暮。

## 【注释】

①鸳鸯柱:比喻连理海棠花。
②秦树:自古相传秦中多产连理海棠。
③交枝:海棠树枝叶相交。
④嫠蟾:指月中的仙女嫦娥。
⑤华清惯浴:唐玄宗妃杨玉环常在华清池洗浴。白居易《长恨歌》:

"春寒赐浴华清池,温泉水滑洗凝脂。"这里将海棠喻杨贵妃。

⑥连鬟:女子将头发梳成双髻,叫做同心结。

## 【赏析】

词咏连理海棠。起句"绣幄",写海棠花的繁茂,"鸳鸯柱"形容连理的海棠。红情腻云,写海棠的雍容艳采。"芳根"三句,说人人都羡慕此花,闺中美人见之亦不免生嫉妒之情。"东风"两句花与人合写,"瑶钗燕股",亦以燕钗为两股之物来形容连理。"嫠蟾"即孤月,见此似锦的繁花都羞度中天。

过片六字,先用反衬之笔领起,以下皆用唐明皇与杨贵妃爱情故事敷写。人间夫妇离多会少,故曰"万感幽单"。"春盎风露"将杨贵妃华清出浴情态与海棠临风承露的鲜艳一齐写出,是兴到之笔。"连鬟","同心"花与人并写,"暗殿锁"一句仍归到长生殿夜语,结以"叙旧期、不负春盟",语意双关。此词明以贵妃比花,以明皇与贵妃离合之事贯穿其中,暗以贵妃比去妾以抒发自己的离情。词人写作此词心细如发,而用笔灵活,绝不粘滞,是卷中咏物的上乘之作。

## 齐 天 乐

吴文英

烟波桃叶西陵路①,十年断魂潮尾②。古柳重攀,轻鸥聚别,陈迹危亭独倚。凉飔乍起③,渺烟碛飞帆④,暮山横翠。但有江花,共临秋镜照憔悴。　　华堂烛暗送客,眼波回盼处,芳艳流水。素骨凝冰⑤,柔葱蘸雪⑥,犹忆分瓜深意⑦。清尊未洗,梦不湿行云⑧,漫沾残泪。可惜秋宵,乱蛩疏雨里。

## 【注释】

①桃叶:指晋王献之的妾桃叶。西陵:指南齐名妓苏小小。古乐府《苏小小歌》:"何处结同心,西陵松柏下。"这里借桃叶和苏小小之典,

代指词人昔年相识的杭州情侣。

②潮尾：指钱塘江退潮。这里借怀念钱塘表达对钱塘江畔情侣的一往情深。

③凉飔：即凉风。

④渺烟碛飞帆：情侣所乘的帆船消失在渺茫的烟碛之间。

⑤素骨：指情侣的手。

⑥柔葱：指情侣的手指。

⑦分瓜：暗寓与情侣离别。

⑧行云：宋玉《高唐赋》中之巫山神女"旦为朝云，暮为行雨"，这里用"行云"代指情侣。这句是说连梦中也见不到自己的意中人。

【赏析】

词为怀念去姬而作。起二句写十年后重新回到与情人分别的渡口，伤感已极。"断魂潮尾"，指遣爱姬之事已使己怀念之殷，相思之苦。古柳依旧，重新攀折，忆昔话别之情事。轻鸥低翔，乍逢又别，暗寓人生步履匆匆。危亭独倚感慨万千。"凉飔"以下写景：苍烟迷蒙之中孤帆独去。掠水中沙洲而去，留远黛黄昏，葱茏一片。江水江花如镜，照憔悴倦客哀绝。

下片追忆旧游情事。眼波回盼，芳艳素骨，皆当初遇去姬时事。柔葱分瓜之片断，与周邦彦《少年游》词"纤手破新橙"同是以小小情节点染一时之情趣。今之追怀，幽抑怨断不可尽言。"清尊未洗"，"梦不湿行云"言别离之速，幽梦难成。乱蛩疏雨，漫沾残泪，皆以景结情而融情入景之笔，秋宵寂寂，离情正苦，皆在言外。

# 花　　犯

吴文英

郭希道送水仙索赋

小娉婷①，清铅素靥②，蜂黄暗偷晕③，翠翘敧鬓④。昨夜冷中庭,月下相认,睡浓更苦凄风紧。惊回心未稳,送晓色,一壶葱茜⑤,才知花梦准。　　湘娥化作此幽芳⑥,凌波路,古岸云沙遗恨。临砌影,寒香乱、冻梅藏韵,熏炉畔。旋移傍枕,还又见、玉人垂绀鬒⑦。料唤赏、清华池馆,台杯须满引⑧。

**【注释】**

①娉婷:美丽。这里指水仙的亭亭玉立。

②素靥(yè):素妆的美人脸上绽出了酒涡,这里形容水仙洁白的花瓣。

③蜂黄:本是古代妇女化妆用的颜料,这里形容水仙的金黄的花蕊。

④翠翘:即鸟羽,本是一种女人妆饰,这里用来形容水仙碧绿的叶子。

⑤一壶葱茜:一片翠绿,指郭希道送来的水仙花。

⑥湘娥:传说中的湘江女神。

⑦绀鬒(zhěn):青色的秀发。

⑧台杯:大小不一的套杯。

**【赏析】**

词为咏水仙花而作,起笔句句将水仙人格化。"清铅素靥",说水仙花瓣多为白色。"蜂黄暗偷晕",形容水仙花黄色的花蕊,"翠翘敧鬓",形容水仙于绿叶中抽一茎,茎头开花数朵,大如簪头,高高翘起。"昨夜"二句本是实写郭送水仙来,却拟人化地说为水仙忽降于"中庭月下",境界便觉空灵。初读至此,未知是梦,至"睡浓""惊回",方知上文写梦。

过片似梦非梦,全以神行。陈洵《海绡说词》云:"后半阕写神,盖以湘君之幻化,乱冻梅之寒香,及见玉人之绀鬓,皆摄取水仙之神韵为词也。"换头处先将水仙幻想成"湘娥"化身,故有"古岸云沙"之句。"临砌影"三句用梅作陪衬。"熏炉"句则醒眼所见之水仙。"玉人垂绀鬒"仍以人状花。"台杯"句双关花之形状与赏花之酒盏。赏花需伴之以美酒,暗用沉香亭赏芍药故事。

## 浣 溪 沙

### 吴文英

门隔花深旧梦游,夕阳无语燕归愁,玉纤香动小帘钩①。落絮无声春堕泪②,行云有影月含羞,东风临夜冷于秋。

**【注释】**

①玉纤:梦中人纤纤的玉手。
②春堕泪:与下文之"月含羞"同是比喻。人因落絮而堕泪,因见到"行云"而思及意中人的"含羞"。

**【赏析】**

此忆旧之词,起句门隔花深,不得亲近,点出梦游。然未必真是梦境,似真亦幻,缥缈悠然,令人生疑。夕阳斜照庭院,紫燕穿户,低飞呢喃,像是同情人们的离别之苦,细语劝慰。"玉纤香动小帘钩"写即将分别的情景,景真情切,缱绻缠绵可见。

过片之上句所忆之情,"落絮无声"乃"春堕泪",以此比人之情;下句所忆之人,"行云有影"使月含羞,以此比所忆之人。"东风"句言忆旧之情怀如此,更觉春夜之东风亦如秋气之凄凉。陈廷焯《白雨斋词话》:"《浣溪沙》结句贵情余言外,含蓄不尽,如吴梦窗之'东风临夜冷于秋',贺方回之'行云可是渡江难',皆耐人玩味。"

## 浣 溪 沙

### 吴文英

波面铜花冷不收①,玉人垂钓理纤钩②,月明池阁夜来秋。江燕话归成晓别,水花红减似春休,西风梧井叶先愁。

263

## 【注释】

①波面铜花：指水面平静如镜。
②纤钩：即月亮的影子。

## 【赏析】

一弯残月照在西湖之上，月冷星稀，秋风如水，微寒侵衣。天涯倦客临池阁，见残月倒映水中，像垂钓的纤钩，"玉人言风景之佳耳。"（陈洵《海绡说词》）并非确指美人立于月下。

下片言飞往江南的燕子在破晓时分呢呢喃喃地细语，告别旧巢，告别故人。西风起处，万花飞谢。落红洒满香径，落红飘向流水，美好的事物即刻化为灰烬，春光已经休矣。谁能理解一夜不寐而伫立晓风前的游子心境？枯井畔那棵高大的梧桐树，像是理解、像是知晓他此刻的心境，堕下一片又一片写满愁字的梧桐叶。

# 点 绛 唇

## 吴文英

### 试灯夜初晴

卷尽愁云，素娥临夜新梳洗①。暗尘不起，酥润凌波地②。辇路重来③，仿佛灯前事。情如水。小楼熏被，春梦笙歌里。

## 【注释】

①素娥：即月亮。
②凌波地：形容月光似水。
③辇路：古时帝王车驾所行之路。这里是回忆当年上元夜辇路上观灯的情景。

## 【赏析】

雨散云收。上元之夜初晴，天空净净如洗。"暗尘"句用苏味道《元夜》诗"暗尘随马去，明月逐人来"，周邦彦《解语花·上元》

词:"钿车罗帕相逢处,自有暗尘随马"之意,言月照地面。亦净无纤尘。"酥润"句写月色着地如水,极能道出雨晴月地景色。

下片以"辇路重来"起笔,是对杭州往事的追忆,"仿佛"形容旧事往情似已淡忘,其实一直缅怀于心。"情如水"即往事历历如水波涌起,不曾淡忘的明证,结尾两句,"小楼熏被",寂境也;"笙歌",喧境也。小楼之人"春梦"在"笙歌"里,将喧寂不同之境连缀之,则欢戚相异之感自在言外。谭献评曰:"'情如水'三句,足当'咳唾珠玉'四字。"(谭评《词辨》)盖言其用意深微而吐词温丽。

# 祝英台近

吴文英

### 春日客龟溪游废园①

采幽香,巡古苑,竹冷翠微路。斗草溪根②,沙印小莲步③。自怜两鬓清霜,一年寒食④,又身在、云山深处。　　昼闲度,因甚天也悭春⑤,轻阴便成雨?绿暗长亭,归梦趁风絮⑥。有情花影阑干,莺声门径,解留我、霎时凝伫⑦。

【注释】

①龟溪:即浙江德清县余不溪之上游。相传古代贤者孔愉在此将一白龟买而放之,故亦称孔愉泽。

②斗草:一种古代妇女中流行的游戏。

③莲步:即女子的脚步。相传南齐东昏侯用金莲花贴地,让其爱妃潘妃在金莲花上行走,所谓"步步生莲花"。

④寒食:清明节的前一日或前二日。

⑤天也悭春:连天也吝惜晴朗的春光。

⑥归梦趁风絮:梦魂随着风中的柳絮向故乡飘去。

⑦凝伫:作者老游故园,若有所思,其实作者是在思念当年与意中人同游此园的情景。

## 【赏析】

梦窗年老游园,怀念去姬之作。起笔先写游园:"幽"、"古"、"冷"皆是废园景象。采摘那散发着幽香的涧边野兰,追巡那丛竹掩映、布满青苔的曲折小路,词人在缓缓地寻觅着。龟溪之畔,已无往日的欢乐,细软的沙滩上,只留下少女们踏青斗草时的莲花脚印。今又寒食,却是老境独游,像一缕孤云在深山游荡,何处是安身之所?感慨苍茫,百端交集。

过片怨天公亦悭吝春光,小阴成雨,徒增烦恼。雨丝风片,引出归梦,多想让那思乡的幽情,乘着风絮,飘荡到绿阴环抱的长亭,那花影叠映的曲曲长栏,那莺语缭绕的香径门畔,都仿佛重新听到了这痴情的眷恋。此刻的凝伫,是否也像当年一样,能有人理解?有人慰藉?有人珍重?这曲折婉转之中,自有词人的笔力。

# 祝英台近

吴文英

### 除夜立春

剪红情,裁绿意①,花信上钗股②。残日东风③,不放岁华去。有人添烛西窗,不眠侵晓④,笑声转,新年莺语。　　旧尊俎,玉纤曾擘黄柑⑤,柔香系幽素。归梦湖边,还迷镜中路⑥。可怜千点吴霜⑦,寒消不尽⑧,又相对,落梅如雨。

## 【注释】

①绿意:与上句的"红情"同指妇女节日期间戴在头上的纸花。
②花信:指花期。钗股:妇女的头饰。
③残日:一年的最后一日,即除夕。
④不眠侵晓:旧时有除夕守岁之习俗。
⑤玉纤曾擘黄柑:意中人曾用纤纤玉手剖开黄柑给自己吃。
⑥还迷镜中路:梦中不识西湖路。作者曾和一歌伎在杭州住过十年

之久，尽情欢娱。

⑦吴霜：指苏州的风雪。这里用李贺《还自会稽吟》中"吴霜点归鬓"之典，形容自己已两鬓花白。

⑧寒消不尽：古人认为寒自冬至日起，九九消尽，这里说"不尽"。正切合除夕夜立春的篇题。

**【赏析】**

词的上片极写节日的欢乐和除夕的氛围。起笔先写立春的景象。"残日"以下写除夕守岁，西天的最后一抹红云不肯退下，迷恋在空中，像是要挽留住岁暮的年华。守岁之人剪烛夜话，笑语中迎来新岁的清晨。

陈洵《海绡说词》评此词云："前阕极写人家守岁之乐，全为换头三句追摄远神。"遥想当年西湖边的绮情蜜意，伊人以黄柑荐酒，玉纤柔香，至今难忘。上片以他人之乐反衬己之愁苦，此处又以往日的温馨，反衬今之凄凉。多想乘梦归去，然山水阻隔，重城迢递。梦亦难觅，湖水似镜，梦影迷蒙，往事如烟，徒留凄迷。如今惟与飞上鬓毛的吴霜相对，更何况，夜冷更长，落梅如雨，飞坠砌下，铺绣黄尘。梦窗词吞吐婉曲，欲藏还露，了然可寻。而意境的幽深冷峭，情切意痛，设想微妙，却是他人难及。

# 澡　兰　香

## 吴文英

### 淮安重午①

盘丝系腕②，巧篆垂簪③，玉隐绀纱睡觉④。银瓶露井，彩箑云窗⑤，往事少年依约。为当时、曾写榴裙⑥，伤心红绡褪萼。黍梦光阴⑦，渐老汀洲烟蒻⑧。　　莫唱江南古调，怨抑难招，楚江沉魄⑨，薰风燕乳，暗雨槐黄，午镜澡兰帘幕⑩。念秦楼、也拟人归，应剪菖蒲自酌⑪。但怅望，一缕新蟾⑫、随人天角。

267

## 【注释】

①重午：阴历五月五日，也称重五，即端午节。
②盘丝悬腕：在腕上系五色丝。
③巧篆垂簪：在簪上插着精致的纸花。
④玉隐绀（gàn）纱：意中人在天青色的纱帐中沉睡。
⑤彩箑（shà）：五色的彩扇。
⑥榴裙：即红裙。梁元帝《乌栖曲》："芙蓉为带石榴裙。"
⑦黍梦：指端午节为祭屈原而准备投江饲鱼的粽子。
⑧烟蘀（tuò）：柔弱的蒲草。
⑨楚江沉魄：即指屈原自沉于汨罗江之典。
⑩午镜澡兰：端午节在蓄有兰草的明镜一般的水中沐浴。
⑪菖蒲：古人以菖蒲浸入酒中，端午节饮菖蒲酒，相传可避暑气。
⑫新蟾：新月。

## 【赏析】

陈洵说："此怀归之赋也。"全词笔端幽艳，若古锦灿然。首三句以重午风俗引起往事，紧接的两句又点出唐、宋时的风俗。第六句说写裙，暗用王献之书羊欣裙事，是昔日往事，下句写今日之情，"榴"字融入事入风景，褪萼见人事都非，却以风景不殊作结。

下片纯是空中设景。主旨在"念秦楼、也拟人归"一句，"归"与"招"遥相互应，从他方落墨，说家人都盼望已归，如宋玉之招屈原。自己欲归而不能，徒然唱叹"难招"、"莫唱"、"但怅望"。全篇阵势奇变，譬如常山之蛇，击首则尾应，击尾则首应，击中间则首尾皆应。

# 风 入 松

#### 吴文英

听风听雨过清明，愁草瘗花铭①。楼前绿暗分携路，一丝柳、一寸柔情。料峭春寒中酒②，交加晓梦啼莺。　　西园日日扫林亭，依旧赏新晴。黄蜂频扑秋千索，有当时，纤手香凝③。惆怅双鸳不到④，幽阶一夜苔生⑤。

## 【注释】

①瘗（yì）花铭：南朝梁大文学家庾信曾写过《瘗花铭》。

②料峭春寒：初春的寒意，这里借此比喻人百无聊赖的心情。

③纤手香凝：这是作者的想象，当年意中人打过的秋千索上，至今仍留着余香。

④双鸳：指情侣。源自刘复《长相思》："彩丝织绮文双鸳。"这里是指再也见不到情人的踪影。

⑤一夜苔生：离别仅一夜，就出现了青苔，指人去物非。

## 【赏析】

梦窗与爱妾十载相伴，恩爱缠绵，感情笃深。妾去后，每当春晨秋夕，不免愁生，此词作于别后的第一个清明。风雨飘摇，吹落花于香径，染愁草于溪畔。"愁草瘗花铭"五字，千锤百炼，意密而情浓。为花而堕泪，为花而伤悲，情波千叠，意蕴深厚。"楼前"两句追忆当年西园景物：翠阴环抱的西园香径，曾留下徜徉徘徊的步履，纤手拨开柔丝袅娜的杨柳，一丝柳便含有一寸柔情。当年那两情缱绻的一段柔情，如今只留下生离死别的痛惜。春寒病酒，是为伤春，亦包含别情；晓莺破梦，是梦中惜别，更有伤春的悲慨。伤春与伤别的交织交融，使上片的艺术形象集中凝练。

下片写西园依旧风雨新晴，洒扫林亭，犹望伊人翩然而归，携手观赏。"见秋千而思纤手，因蜂扑而念香凝，纯是痴望神理，'双鸳不到'，犹望其到；'一夜苔生'，踪迹全无，则惟日日惆怅而已。"（《海绡说词》）谭献评曰："此是梦窗极经意词，有五季遗响。'黄蜂'二句，是痴语，是深语。结处见温厚。"（《词综偶评》）陈廷焯评曰："情深而语极纯雅，词中高境也。"（《白雨斋词话》）

# 莺啼序

吴文英

**春晚感怀**

残寒正欺病酒[1],掩沉香绣户。燕来晚,飞入西城[2],似说春事迟暮。画船载、清明过却,晴烟冉冉吴宫树。念羁情游荡[3],随风化为轻絮。　十载西湖[4],傍柳系马,趁娇尘软雾。溯红渐招入仙溪,锦儿偷寄幽素[5]。倚银屏、春宽梦窄,断红湿、歌纨金缕[6]。暝堤空[7],轻把斜阳,总还鸥鹭[8]。　幽兰旋老,杜若还生,水乡尚寄旅。别后访、六桥无信[9],事往花委,瘗玉埋香[10],几番风雨。长波妒盼,遥山羞黛,渔灯分影春江宿[11]。记当时,短楫桃根渡[12],青楼仿佛[13],临分败壁题诗[14],泪墨惨淡尘土[15]。　危亭望极,草色天涯,叹鬓侵半苎[16]。暗点检,离痕欢唾,尚染鲛绡[17]。䌽凤迷归[18],破鸾慵舞[19]。殷勤待写,书中长恨,蓝霞辽海沉过雁[20]。漫相思、弹入哀筝柱。伤心千里江南[21],怨曲重招,断魂在否?

**【注释】**

①残寒:指此时已是晚春时分。

②西城:杭州城临近西湖的地方。

③羁情:指天涯羁旅那种愁苦的心情。

④十载西湖:作者曾在杭州一住十年。

⑤锦儿:钱塘妓女杨爱爱的侍婢名。作者借指自己通过婢女在杭州结识了意中人。

⑥断红湿:唱歌时流下的泪水把脸上的胭脂都打湿了。歌纨:唱歌时手执的扇子。金缕:即《金缕曲》,唐代曲子名,有"劝君莫惜金缕衣,劝君惜取少年时"的句子。这里指意中人执扇唱《金缕曲》,流下了热泪。

⑦暝堤空:天色已晚,湖堤上游人已经散尽。

⑧总还鸥鹭：让鸥鹭去欣赏那淡淡的斜阳吧！

⑨六桥：指宋时苏东坡在西湖中修堤时所建的映波、锁澜、望山、压堤、东浦、跨虹六桥。

⑩瘗玉埋香：意中人已香消玉断，长眠西湖之滨了。

⑪春江宿：作者曾和意中人在船中度过颇有诗意的春夜。

⑫桃根渡：晋王献之妾名桃叶，其妹名桃根，献之在渡口作《桃叶词》赠其妾，词曰："桃叶复桃叶，渡江不用楫。但渡无所苦，我自迎接汝。"桃叶作《团扇歌》答之。此渡口在南京市秦淮河、青溪合流处，亦称桃叶渡。历来传为佳话。

⑬青楼：这里指意中人所居之地。

⑭临分败壁题诗：当时分手时在颓壁上曾题过诗。

⑮泪墨惨淡尘土：当年和泪写下的墨迹已淹没于灰尘之中。

⑯苎：一种麻科植物，色白。这里指作者已头发半白了。

⑰鲛绡：指意中人送给作者的手帕。

⑱鞾凤迷归：凤凰垂下了翅膀，找不到回归的路径。

⑲破鸾慵舞：鸾鸟懒得再对着破镜起舞。

⑳蓝霞辽海：蔚蓝的天空和辽阔的大海。

㉑千里江南：《楚辞·招魂》："目极千里兮伤春心，魂兮归来哀江南。"

## 【赏析】

这首词是追怀旧游，悼念亡妾的作品。首片从眼前的伤春情绪写起；次片追忆当年在杭州与侍妾遇合欢聚的情景；第三片仍是忆旧，写的是与侍妾的生离死别以及自身的羁旅漂泊；末片悼亡，写深沉的哀思。

陈洵《海绡说词》对吴文英这篇名作给予很高的评价，并有精当的分析，很有参考价值。陈氏云："第一段伤春起，却藏过伤别，留作第三段点睛。燕子画船，含无限情事；清明吴宫，是其最难忘处。第二段'十年载酒'提起，而以第三段'水乡尚羁旅'做勾勒。'记当时，短楫桃根渡'，'记'字逆出，将第三段情事尽销纳此一句中。临分泪墨，十载西湖，乃如此了矣。'临分'，于'别后'为倒应；'别后'，于'临分'为逆提；'渔灯分影'，于'水乡'为复笔，做两番勾勒，笔力最浑厚。'危亭望极，草色天涯'遥接'长波妒盼，遥山羞黛'。'望'字远情，'叹'字近况，全篇神理，只消此二字，'欢唾'是第二段之欢会，'离痕'是第三段之'临分'。'伤心千里江南，怨曲重招，断魂在否'应起段'游荡，随风化为轻絮'作结。通体离合变幻，一片凄迷，细绎之，正字字有脉络，然得其门者寡矣。"

## 惜黄花慢

### 吴文英

次吴江小泊，夜饮僧窗惜别。邦人赵薄携小妓侑尊，连歌数阕，皆清真词。酒尽已四鼓，赋此词饯尹梅津①。

送客吴皋，正试霜夜冷，枫落长桥。望天不尽，背城渐杳，离亭黯黯，恨水迢迢。翠香零落红衣老②，暮愁锁、残柳眉梢。念瘦腰，沈郎旧日③，曾系兰桡④。　　仙人凤咽琼箫，怅断魂送远，九辩难招⑤。醉鬟留盼，小窗剪烛，歌云载恨，飞上银霄。素秋不解随船去；败红趁、一叶寒涛。梦翠翘⑥，怨鸿料过南谯⑦。

【注释】

①尹梅津：浙江山阴人，嘉定十年（1217）进士，曾任右司郎官，是作者的好友。

②红衣：指荷花。

③沈郎：即南朝沈约，因帝不用，称己腰围减损，老病不堪，后人称为"沈腰"。

④兰桡：本指桨，借指华丽的船。

⑤九辩：屈原弟子宋玉曾写过《九辩》，借以招屈原之魂。

⑥翠翘：女子的一种首饰，这里用来代表作者的意中人。

⑦怨鸿：书信。南谯：即南楼。

**【赏析】**

词写吴江惜别。起笔实处落墨,点明离别在秋天霜夜枫落之时,以下四句幻想客船远去之境,以虚衬实,见虚实结合之妙。"望天"两句写景,而景中含情;"离亭"两句写情,而情中带景。"翠香零落"五句,写水中、岸上所见景物,进一步渲染离情,寄离愁于枯荷残柳,得情景交融之妙,已是虚实结合,似显而隐。上片煞拍三句,不着重写今日的吴江小泊,而追溯旧日曾在此系船,以昔乐衬今苦,而离别黯然消魂之情状愈显。

下片写僧窗惜别,凤箫亦寓美眷,送远难招,实处着眼,虚写飞扬,如"歌云载恨,飞上云霄","素秋不解随船去;败红趁、一叶寒涛"都是幻想,而又不离实事实景,结尾翠翘仙人如梦,只不过凭借高飞鸿雁窥楼而已。梦窗词幻多于真,虚多于实。读其词,应从虚实结合处探微,由实设虚,由虚返实,则脉络可清矣。

# 高 阳 台

吴文英

## 落 梅

宫粉雕痕,仙云堕影,无人野水荒湾。古石埋香[①],金沙锁骨连环。南楼不恨吹横笛,恨晓风、千里关山。半飘零,庭上黄昏,月冷阑干。　　寿阳空理愁鸾[②],问谁调玉髓,暗补香瘢,细雨归鸿,孤山无限春寒。离魂难倩招清些,梦缟衣[③]、解佩溪边。最愁人,啼鸟清明,叶底清圆。

**【注释】**

①古石埋香:梅花散落在荒山,被乱石埋葬。
②寿阳:指寿阳梅花妆,下片以花喻美人。
③缟衣:即白衣。

**【赏析】**

词表面看来是一篇吊梅花文。实际"中有怨情"（陈廷焯语），借写花来写人，抒发了执著深沉的感旧追思之情。

起首从梅的颜色与资质入笔，"雕痕"、"堕影"，写其终难逃脱飘零的厄运，字字锤炼。仙姿绰约，情操高韵的梅花，飘落在寂寂无人的野水荒湾，这淡寒幽邃之笔，是补写梅的生长环境。"古石"两句，用锁骨菩萨死葬的传说，再对落梅沉香进行渲染。接下来的三句猛然陡转，从野外落梅之孤凄转向关山阻隔之情伤。"半飘零"三句，又从山野折回庭中。

下片，"寿阳"、"孤山"皆用梅花之典，分从双方落笔，先写对落梅的眷恋，再写落梅蓬山远隔的孤寒。结尾写花落后梅树的形象，暗含离魂难招，幽梦难成，岁月无情的蹉跎与惆怅。

# 高 阳 台

吴文英

**丰乐楼分韵得如字**

修竹凝妆，垂杨驻马，凭阑浅画成图。山色谁题？楼前有雁斜书[1]。东风紧送斜阳下，弄旧寒，晚酒醒余。自消凝，能几花前，顿老相如[2]。　　伤春不在高楼上，在灯前敧枕[3]，雨外熏炉。怕舣游船[4]，临流可奈清癯[5]？飞红若到西湖底，搅翠澜，总是愁鱼。莫重来，吹尽香绵，泪满平芜。

**【注释】**

①雁斜书：大雁高飞排成人字形。
②相如：指汉代大文学家司马相如。作者在这里有怀才不遇之感。
③敧（qī）枕：即倚枕。
④舣（yǐ）：附船靠岸。
⑤清癯：清瘦。

## 【赏析】

刘永济《微睇室说词》评价此词云:"此词写登高眺远,感今伤昔,满腔悲慨。作者触景而生之情,决非专为一己,盖有身世之感焉。以身言则美人迟暮也,以世言则国势日危也,大有'举目有河山之异'之叹。"

起笔五句写凭楼远眺之景。"东风"三句写酒醒之后所见之景。时间、地点、故地("旧寒"二字见出)重游皆在此点明。上片煞拍的三句,写春花依旧,赏花之人却憔悴衰老,叹沧海桑田,人事变迁之速。

过片的三句承上之意,写花前伤春之感。陈廷焯评曰:"题是楼,偏说'伤春不在高楼上',何等笔力!"(唐圭璋《宋词三百首笺注》引)伤春之地由楼上转入"灯前"、"雨外",本应借夜雨剪灯,写怀人之切,却偏将词笔再次宕开,把想象展向游湖和"临流",飞红坠入湖底,游鱼也将为花落春去生愁。煞拍三句,不忍重来,确有亡国山河之沉郁。

# 三 姝 媚

吴文英

### 过都城旧居有感

湖山经醉惯,渍春衫啼痕①、酒痕无限。又客长安,叹断襟零袂,涴尘谁浣②。紫曲门荒③,沿败井,风摇青蔓。对酒东邻,犹是曾巢、谢堂双燕④。　春梦人间须断,但怪得当年,梦缘能短⑤。绣屋秦筝⑥,傍海棠偏爱,夜深开宴。舞歇歌沉,花未减、红颜先变。伫久河桥欲去⑦,斜阳泪满。

## 【注释】

①渍:染。这里用白居易《琵琶行》中"江州司马青衫湿"之典。
②涴(wò)尘:即泥尘。

③紫曲：指词人的旧居。
④谢堂双燕：源自唐刘禹锡《乌衣巷》诗："旧时王谢堂前燕，飞入寻常百姓家。"
⑤能（nēng 读阴平）：如此，这么。
⑥秦筝：一种弦拨乐器，因流行于秦地，故名。
⑦河桥：传说中银河上的鹊桥。

## 【赏析】

梦窗重返故里，睹物思情，感伤而赋。起二句写面对湖光山色，不禁回忆起昔日与爱姬醉饮湖上的欢娱生活。下面三句，词笔分赋两面，先状己之飘零凄苦、风尘仆仆；再写旧日爱姬的体贴与温存。"紫曲"以下叙写重访旧居的所见、所感：门庭冷落，满目荒凉，蔓草爬满井台、墙垣，冷风吹过，听败草窸窣。东邻梁上的双燕，仿佛旧日相识，对语呢喃，像是诉说这里的变迁。

下片紧承上意，由谢堂双燕引出对以往恩爱生活的追忆，人间春梦苦短，而于我为何如此仓促。娇人于绣屋，纤指于秦筝，海棠幽香，伴夜饮欢歌，多么令人神驰的场景，然海棠尚在枝头，花未褪尽颜色，为何人已先折？悲恸之情达到高潮。煞拍两句，久伫桥头，老泪满眼，红颜薄命，只斜阳共此湖山。

# 八声甘州

## 吴文英

### 灵岩陪庾幕诸公游①

渺空烟四远，是何年，青天坠长星②。幻苍崖云树，名娃金屋③，残霸宫城。箭径酸风射眼④，腻水染花腥⑤。时靸双鸳响⑥，廊叶秋声。　宫里吴王沉醉，倩五湖倦客⑦，独钓醒醒。问苍波无语，华发奈山青。水涵空、阑干高处，送乱鸦、斜日落渔汀。连呼酒，上琴台去⑧，秋与云平。

## 【注释】

①灵岩:《吴郡志》载:"即古石鼓山,在吴县西三十里,上有吴馆宫,琴台,响屧廊,山前十里有采香径。"庾幕诸公:作者曾为提举常平仓的幕宾,这里即指与同僚出游。

②青天坠长星:此作者想象,灵岩奇幻,莫非是天外巨星飞来?

③名娃金屋:此吴王夫差故事,吴王曾在苏州灵岩山上置馆娃宫,金屋藏娇。

④箭径:即采香径,吴王宫女采香料的路径,径形如卧箭,故又名箭径。酸风射眼:唐李贺《金铜仙人辞汉歌》:"东关酸风射眸子。"

⑤腻水:官中脂粉流出,溪水为腻。

⑥双鸳:这里指吴王美人西施穿的一双木屐。相传吴王筑响屧(xiè)廊,廊底木空,西施穿木屐行廊中,响声奇绝。

⑦五湖倦客:指越臣范蠡,他策划送美女西施给吴王,帮助越王勾践击败了吴国。战胜后,他带着西施遁隐"五湖"。

⑧琴台:亦为吴王夫差在灵岩所筑之又一遗迹。

## 【赏析】

此吊古伤今之作。起二句化实为虚,将灵岩写得非常空灵而又阔大:苍崖古木,烟霭云霞,云树迤逦之处,又有"藏娇"之金屋,霸主之宫城,笔笔勾勒,层层幻出。山下有箭径"腻水",用"射"、"腥",皆荒寒惊人。非纯写古之遗迹,古迹皆带人情。

换头以吴越往事另起。"吴王沉醉"与"倦客独醒"双举对起。"倦客",指范蠡,他辅佐越王勾践日夜谋亡吴,范蠡成功后,不贪功名,放舟五湖,梦窗写此,不但怀古,实寓伤今。"问苍波"以下,切己之说。"华发"对"山青",使人更有无可奈何之感。"水涵空"三句乃登眺时的景色。乱鸦斜日,渔汀西照,用一"送"字,勾出全幅之精神。结尾以景作结,"呼酒""上琴台",苍茫四顾,旷远高明,又低回婉转。词的上片写登台后的见闻,下片由见闻而生的感慨。章法细密,如常山之蛇,首尾相应。梦窗善写柔情,而此作却用笔矫健,苍凉悲壮。

# 踏 莎 行

吴文英

润玉笼绡①,檀樱倚扇②,绣圈犹带脂香浅③。榴心空叠舞裙红,艾枝应压愁鬟乱④。　　午梦千山⑤,窗阴一箭,香瘢新褪红丝腕⑥。隔江人在雨声中,晚风菰叶生秋怨⑦。

## 【注释】

①润玉:白润的肌肤。
②檀樱:檀红色的樱桃小口。
③绣圈:细白的脖颈上有着绣花的妆饰。
④艾枝:端午节妇女剪艾枝成虎形以为头饰,或者将艾叶戴在头上。
⑤千山:唐李贺《四月》:"晚凉暮凉树如盖,千山浓绿生云外。"
⑥红丝腕:旧时妇女端午节在腕上系红色丝线,传说可以避邪。
⑦菰:水生植物,即茭白。

## 【赏析】

词的上片主要描绘了一位女子的睡态。翠绡笼罩着她细嫩的肌肤,歌扇掩着她的樱桃小口,颈上的绣圈还带有淡淡的脂香粉痕。腰系红色石榴花的舞裙,艾枝斜插在鬟发上。词人堆砌了许多华丽的字眼,镂金错彩,给人以绮艳朦胧的印象。

下片转接千山一梦,则美人醒后的迷惘,远在千山之外的不能自主都被表现出来。结尾由繁华跌入凄凉。晚江风雨,菰叶萧萧,惟浓重的秋怨伴一孑然美女。王国维云:"介存(周济)谓梦窗词之佳者如'天光云影,摇荡绿波,抚玩无斁,追寻已远。'余览《梦窗甲乙丙丁稿》中实无足当此者。有之,其'隔江人在雨声中,晚风菰叶生秋怨'二语乎。"(《人间词话》)词的上片以丽语铺叙梦中所见,最后以疏淡语收缴写梦后感觉,点明人物特有的情绪。清戈载说,梦窗词"貌观之雕缋满眼,而实有灵气行乎其间"(《宋七家词选》)。

# 瑞 鹤 仙

## 吴文英

晴丝牵绪乱，对沧江斜日①，花飞人远。垂杨暗吴苑，正旗亭烟冷②，河桥风暖。兰陵蕙盼③，惹相思、春根酒畔。又争知、吟骨萦消，渐把旧衫重剪④。　　凄断流红千浪，缺月孤楼，总难留燕⑤。歌尘凝扇，待凭信，拼分钿⑥。试挑灯欲写，还依不忍，笺幅偷和泪卷。寄残云剩雨蓬莱⑦，也应梦见。

## 【注释】

①沧江：唐韦庄诗："沧江白日渔樵路，日暮归来雨满衣。"
②旗亭：古时的市楼。
③兰情蕙盼：兰、蕙均系香草，这里指深情厚意。
④旧衫：指意中人当年所做的衣衫。
⑤燕：用唐张建封妾关盼盼在张死后独居燕子楼之典。
⑥分钿：金宝等饰物分做两半以为信物。
⑦蓬莱：本指仙境，这里指意中人的居所。

## 【赏析】

寒食已近，又见春空中荡起游丝软絮。沧江斜日，渔樵归路，爱姬像远逝的谢花，飘然而去。垂杨深蔽的吴宫旧苑，是爱姬将去的地方。十里相送的长亭，烟霭沉沉，暮云四合。姑苏桥畔，春风正暖，当初我们在此相遇，流目传情，酒叙知己。岂知今日思念之苦，须把嫌宽的春衫重新裁剪。在凄迷哀怨中收束上片。

下片全从女子一面下笔：她凄凉魂断，目对层层细浪，漫卷残红，一弯残月照在孤楼之上，伴着孤苦无依的姬妾。孤栖不能留燕，怨之恋之。"歌尘"至"泪卷"，别后音信都迟，欲写、偷卷，复往生情。煞拍拓展词笔，痴语作结，寄这相思的魂魄给蓬莱山的残云剩雨，应该梦中相见。无望的自我宽慰，仍是一片凄迷。陈洵《海绡说词》："'应梦见'，尚不曾梦见也。含思凄婉，低回不尽。"

# 鹧鸪天

吴文英

化度寺作[①]

池上红衣伴倚阑[②],栖鸦常带夕阳还。殷云度雨疏桐落[③],明月生凉宝扇闲。　　乡梦窄,水天宽,小窗愁黛淡秋山。吴鸿好为传归信[④],杨柳阊门屋数间[⑤]。

【注释】

①化度寺:在杭州城郊,原名水云寺,宋英宗治平二年(1065)改为化度寺。
②红衣:指水中生长的荷花。
③殷云:厚密的云层。
④吴鸿:指南来的大雁,古人有鸿雁传书之说。
⑤阊门:本指传说中的天门,这里指过去的旧情人之居所。

【赏析】

此词为怀念离去的爱姬而作。词人傍晚凭栏,无人与共,惟池上荷花。栏杆倚遍,只见归鸿带着夕阳余晖,回巢栖宿。疏雨滴梧桐,落叶飞坠,萧索之景疏淡幽秀,引人入胜。"明月生凉宝扇闲",造语工稳,引人联想。

下片正面表现对吴地去姬的忆念。天长、水远而梦短,惆怅的心情全在"宽"、"窄"中现出。他似乎在梦中看到这位女子在为他愁损"秋山"。煞拍两句是托归鸿带信到苏州阊门,说不久词人将回到她的身旁。清陈洵说:"杨柳阊门,其去姬所居也。全神注定,是此一句。吴鸿归信,言已将去此间矣,眼前风景何有焉?"(见《海绡说词》)苏州城西阊门外,萧疏秋柳环绕的几间平房,并非眼前景物,而是去姬所居之地。淡淡数笔,寓情于景,"野林野屋"之中,自有淡不可收的一片恋情。

# 夜 游 宫

吴文英

人去西楼雁杳,叙别梦,扬州一觉①。云淡星疏楚山晓,听啼鸟,立河桥,话未了。　雨外蛩声早②,细织就、霜丝多少?说与萧娘未知道③,向长安,对秋灯,几人老?

**【注释】**

①扬州一觉:源自唐杜牧诗:"十年一觉扬州梦。"这里是作者在回忆过去。

②蛩声:蟋蟀(即蛐蛐)的叫声。

③萧娘:唐人对女子泛称"萧娘",后代便沿用下来。唐元稹《赠别杨员外巨源》诗:"揄扬陶令缘求酒,结托萧娘只在诗。"这里指作者怀念的意中人。

**【赏析】**

这是一首怀人之作。起首三句说昔日的欢会恍如春梦,杜牧诗:"十年一觉扬州梦。"此处运典贴切,揭示离愁。以下几句用宋玉《高唐赋》巫山神女的典实,写自己的梦境:云淡星稀的拂晓,词人和心爱之人立于桥上,月夜乌啼,互诉离情,执手相看泪眼,相互祝慰的话语绵绵不尽。

过片写梦醒后的离愁。秋夜的雨声和蟋蟀声,织就一曲凄切的乐章,愁人听此,心境更为凄凉,"细织就、霜丝多少",离别之苦染白了双鬓。结尾三句,词人想象心上人此刻也许正独对孤灯,思念寄身长安(借指临安)的自己,以致于忧愁欲老。写己写人,委婉细腻,深情绵邈。陈洵《海绡说词》:"楚山,梦境;长安,京师,是运典。扬州,则旧游之地,是赋事。此时觉翁身在临安也。词则沉朴浑厚,直是清真后身。"

# 青 玉 案

吴文英

新腔一唱《双金斗》①,飞霜落,分柑手②。已是红窗人倦绣,春词裁烛③,夜香温被,怕减银壶漏④。　吴天雁晓云飞后,百感情怀顿疏酒⑤。彩扇何时翻翠袖?歌边拼取,醉魂和梦,化作梅花瘦⑥。

**【注释】**

①双金斗:曲牌名。
②分柑手:指意中人的纤手。
③春词裁烛:裁烛,指蜡烛渐渐燃短,表示已是深夜。这句是说,挖空心思填词,时间已至深夜。
④银壶漏:古代以漏壶滴水计时,这里指时间推移。
⑤顿:顿时。疏酒:戒酒。
⑥梅花瘦:此作者喻自己像梅花一样,虽日渐消瘦,但芳香不减。

**【赏析】**

词的上片追忆往昔旖旎缱绻的一段柔情。一曲《双金斗》新歌,见美人彩扇翠袖,翩翩起舞。那婀娜的舞姿、含情的笑靥、婉转的歌喉,都给词人留下了难以忘怀的印象。而在这霜落之秋,与恋人分手,自有一份难遣的情怀,尤其是"夜香温被"的时刻,追怀往昔的恋情,更加重今夜情思凄苦的惆怅。幽梦难成,理愁难补,终使其夜不成寐,听银壶更漏。

换头一片伤情,晓雁云飞,重游吴地,已物是人非,玉殒香埋,亦千秋恨事,百感情怀,无以为寄。这低回的哀婉,可从其另一首《青玉案》得到印证:"残杯不到,乱红青冢,满地闲春绣。"惜玉香沉埋,已非酒能慰藉,以下诸句,是痴情痴语。醉其魂魄的酒已被戒掉,能歌善舞的人葬身他乡,惟有自己这粉凋云堕的一树孤梅,凌霜独放,饮尽凄苦的霜露而暗香犹传。

# 贺 新 郎

吴文英

### 陪履斋先生沧浪看梅①

乔木生云气②,访中兴③、英雄陈迹,暗追前事。战舰东风悭借便④,梦断神州故里。旋小筑、吴宫闲地⑤,华表月明归夜鹤⑥,叹当时,花竹今如此,枝上露,溅清泪。　　遨头小簇行春队⑦,步苍苔,寻幽别墅,问梅开未?重唱梅边新度曲⑧,催发寒梢冻蕊。此心与、东君同意⑨,后不如今今非昔,两无言,相对沧浪水,怀此恨,寄残醉。

【注释】

①履斋:即淳祐年间的观文殿大学士、庆国公吴潜。沧浪:苏州亭名,曾为抗金名将韩世忠之别墅。

②乔木:喻韩世忠的高大形象。

③中兴:建炎四年(1130)韩世忠击退金兵与刘豫的联合进攻,被誉为:"中兴武功第一"。

④战舰东风悭借便:东风,指赤壁之战孙刘联军借助风势大败曹军。这句是说,韩世忠黄天荡一战可惜未像赤壁之战一样,未能全歼金兵。

⑤旋小筑:韩世忠被秦桧收掉兵权后在沧浪亭闲住。

⑥华表:用丁令威化鹤的典故,表示物换星移,人世变换的感叹。

⑦遨头:本指太守出游,这里是说作者陪吴潜赏梅。

⑧梅边新度曲:指作者和吴潜在沧浪亭赏梅时,曾在一起以词唱和。

⑨东君:指春神。

【赏析】

词写抗金名将韩世忠,即事寄慨,却借沧浪亭看梅而发。词的上片写韩世忠沧浪亭别墅,起笔先从旧宅故地落墨,状其郁郁葱葱的气象。时隔已久,世臣零落,连树木都长得云气苍然。"战舰"两句,暗用孙曹赤壁之战,吴利用东风烧曹战舰,言恢复之功不成,失地未复。"小筑"句言韩避权奸迫害而退居沧浪亭。"华表"四句设想韩王忠魂若来此,定生悲感。

下片从陪履斋看梅另起。"步苍苔"正写看梅。"重唱"二句则因宾主皆能词,可以催梅早发,吴潜亦能词者,故曰"与君同意"。"后不如今今非昔"二句又回顾上片,追忆"英雄陈迹",言当年尚可图恢复,今则国力日衰,恐后必更不如今也。言外叹惜吴潜作为浙东安抚使却奉行和守之计,国家有危亡之虞。与吴潜相对无言,但观沧浪之水,发思古之情而已。煞拍六字所以沉痛如此。南宋末年词人多怀亡国之惧,梦窗此词感慨尤深,陈洵评此词曰:"前阕沧浪起,看梅结;后阕看梅起,沧浪结,章法一丝不走。"(《海绡说词》)

# 唐多令

### 吴文英

何处合成愁?离人心上秋①,纵芭蕉,不雨也飕飕②。都道晚凉天气好,有明月、怕登楼。　年事梦中休,花空烟水流,燕辞归③,客尚淹留。垂柳不萦裙带住④,漫长是、系行舟。

## 【注释】

①心上秋:即将"愁"字拆为"心"、"秋"二字。

②不雨也飕飕:用芭蕉虽无雨但遇风也嗖嗖作响的特点,写出了秋天的萧瑟。

③燕辞归:源魏曹丕《燕歌行》:"群燕辞归燕南翔,念君客游思断肠。"这里的"燕"借指过去的意中人。

④垂柳不萦裙带住:垂柳为什么不拖住意中人的裙带而让她离去呢?

## 【赏析】

词从开篇到"燕辞归，客尚淹留"为一段，写羁旅愁思，此后写离别怀人。开篇以倒折之笔点出离人悲秋的主题。愁生何处？全由蕉雨惹起，沈际飞评说前三句云："所以感伤之本，岂在蕉雨，妙妙。"（《草堂诗余正集》）秋雨初霁，天凉如水，明月东升，登楼赏月，为常人所悦，而"有明月、怕登楼"，却别有心曲。

过片承上，意脉贯穿，叹息年光过尽，往事如梦。游子长期漂泊，老大未归，青春年华全付流水，见燕子辞巢，向南飞翔，人不如候鸟，淹留他乡，深藏的悲慨涌上心来。

"垂柳"以下写离别之情事。"萦"、"系"二字均从柳丝绵长联想而出。"裙带"暗示对方的身份和彼此的关系。怨垂柳不能系住归舟，那怨言恨语之中，自有一份难言的真情。

# 湘春夜月

### 黄孝迈

近清明，翠禽枝上消魂。可惜一片清歌，都付与黄昏。欲共柳花低诉，怕柳花轻薄[①]，不解伤春。念楚乡旅宿[②]，柔情别绪，谁与温存？　　空尊夜泣，青山不语，残照当门。翠玉楼前，惟是有，一波湘水，摇荡湘云。天长梦短，问甚时，重见桃根[③]？这次第，算人间没个并刀[④]，剪断心上愁痕。

## 【作者简介】

黄孝迈，字德夫，号雪舟。词集《雪舟长短句》已佚，《全宋词》仅存词四首。

## 【注释】

① 柳花轻薄：源出北宋谢逸词《花心动》："风里杨花轻薄性。"
② 楚乡：时作者客居之湖南，古为三楚之地。
③ 桃根：本晋王献之妾之妹，后代借指恋人。

④并刀：古代山西并州出剪刀，唐杜甫诗："焉得并州快剪刀，剪取吴松半江水。"

**【赏析】**

一年又过清明，翠鸟在杨柳枝头唱出清脆婉转的暮春之歌，可惜在黄昏时刻，能有几许知音？想把这相思诉予柳花，又怕柳花轻薄，漫天飞舞，随风飘荡，不解这伤春的情怀。这楚乡异地的思恋，这柔情别绪的惆怅，能有谁再慰以温存？

下片承上旅宿，续写一片离情。青山残照，空尊对月，绿玉之楼，无语饮泣。湘水湘云，谁解此时离绪？恨天长梦短，不到关山，念故乡千里，平添愁痕，查礼在《铜鼓书堂遗稿》中评价云："黄雪舟自渡《湘春夜月》云云。雪舟才思俊逸，天分高超，握笔神来，当有悟人处，非积学所到也。刘后村跋雪舟乐章，谓其清丽；叔原、方回，不能加其绵密，骎骎秦郎'和天也瘦'之作。后村可为雪舟之知音。"

# 大 有

潘希白

## 九 日

戏马台前①，采花篱下，问岁华，还是重九。恰归来，南山翠色依旧。帘栊昨夜听风雨，都不似、登临时候。一片宋玉情怀②，十分卫郎清瘦③。　　红萸佩④，空对酒。砧杵动微寒，暗欺罗袖。秋已无多，早是败荷衰柳，强整帽檐欹侧⑤，曾经向、天涯搔首。几回忆，故国莼鲈⑥，霜前雁后。

**【作者简介】**

潘希白，字怀古，号渔庄，浙江永嘉人，宝祐年间进士，曾任干办临安府节制司公事。

## 【注释】

①戏马台：在徐州，相传楚项羽曾在此阅兵。
②宋玉：楚文学家，曾作《九辩》，抒伤秋之情怀。
③卫郎：即晋人卫玠，27岁即早逝。
④红萸：即茱萸，古人重阳节佩戴茱萸登高饮菊花酒。
⑤帽檐：指晋孟嘉重阳登高落帽之典。
⑥莼鲈：相传张季鹰在洛阳，见秋风起，便想念家乡的鲈鱼和莼菜。这里表示作者重阳节睹物思人，感慨万端的心情。

## 【赏析】

重阳佳节，正是菊花盛开的时候。斜阳隐退在霜树之中，凄凉心境又兼昨夜风雨，从东篱下折来数枝黄花，还带着雨丝涤出的幽香之气。归来时候，回首眺望，见南山郁郁葱葱，翠色依旧。当年重九登高时的欢乐歌舞，已荡然无存。这清瘦、孑然无依的身姿，徒有宋玉高雅的情怀。

下片继上之情思，空对黄酒，徒佩红萸，远望天边，故园在千里之外，霜已下，雁已飞，败荷衰柳，游子的残秋，能有几多？晋人孟嘉风吹落帽，传为美谈，而今我只能强整落帽，遮住满头白发，徒向天涯搔首哀叹，空忆故国莼鲈。以景起，以景结，哀婉低回。查礼云："用事用意，搭凑得瑰玮有姿，其高淡处，可以与稼轩比肩。"（《铜鼓书堂遗稿》）

# 青 玉 案

## 黄公绍

年年社日停针线①，怎忍见，双飞燕？今日江城春已半，一身犹在，乱山深处，寂寞溪桥畔。　　春衫著破谁针线②？点点行行泪痕满。落日解鞍芳草岸，花无人戴，酒无人劝，醉也无人管。

## 【作者简介】

黄公绍，字直翁，福建邵武人。宋度宗咸淳元年（1265）进士，后不愿仕元，隐居樵溪。有《在轩词》。

## 【注释】

①社日：古时祭社神之日，有春社、秋社之分，这里指春社。停针线：唐宋时妇女在社日不动针线。
②春衫著破谁针线：春衣已破，谁来缝补？表达了词人的相思之苦。

## 【赏析】

从社日燕子双飞起笔，知江南之春已经过半。乱山深处，繁花锦簇，香飘深涧。此身作客，依旧孑然，山边溪畔，数不尽的寂寞，数不尽的春愁。

下片寂寞而追怀。春衫破旧而思针线，徒忆闺人。泪湿春衫，见思人之殷切。斜阳退尽芳草之边，解鞍小憩，见羁旅之疲惫，亦见归乡之迫切。芳草萋萋，却无心簪花，只宜醉酒，结三句奇妙无穷。陈廷焯云："不是风流放荡，只是一腔血泪耳！"（《白雨斋词话》）贺裳云："语淡而情浓，事浅而言深，真得词家三昧，非鄙俚朴陋者可冒。"（《皱水轩词筌》）

# 摸 鱼 儿

### 朱嗣发

对西风，鬓摇烟碧，参差前事流水。紫丝罗带鸳鸯结，的的镜盟钗誓。浑不记，漫手织回文①，几度欲心碎。安花著叶，奈雨覆云翻，"情宽分窄②"，石上玉簪脆③。　朱楼外，愁压空云欲坠。月痕犹照无寐。阴晴也只随天意，枉了玉消香碎。君且醉，君不见，长门青草春风泪④。一时左计⑤，悔不早荆钗⑥，暮天修竹，头白倚寒翠。

## 【作者简介】

朱嗣发（1234—1304），字士荣，号雪崖，浙江吴兴人。终生不仕，仅存此一首词。

## 【注释】

①回文：相传前秦秦州刺史窦滔妻苏蕙因思念流放中的丈夫，便在锦上织出《回文旋图诗》寄去。这里用此典表达对情侣的思恋之苦。

②分：即情分。

③玉簪脆：愤恨摔碎玉簪，以示不再思念。

④长门：汉武帝时的陈皇后曾被打入长门宫思过，她用百斤黄金请司马相如写了《长门赋》，打动了皇帝。

⑤左计：错误的打算。

⑥荆钗：古时贫困妇女穿荆钗布裙，后便以"荆钗"表示贫贱。

## 【赏析】

这是一首弃妇词。写一位女子与情人私自结合，后遭遗弃的怨恨和追悔。

起三句写弃妇在萧瑟的秋风中哀苦的情状，她蓬乱的鬓发就像一团翠色的烟云，回忆前情如参差流水，只有自己吞食爱情幻灭后的苦果。本有鸳鸯结、罗丝带、镜盟钗誓，奈何"雨覆云翻"，"情宽分窄"，到头来只能摔碎玉簪，空留清脆的余音。

下片朱楼，是当时欢会的聚所，如今愁云欲坠，月照无寐，独自徘徊，空自怅叹，阴晴承上之"雨覆"，香碎承上之"簪脆"。以下写长门之怨，富贵不如荆钗，安守修竹门户。收尾标格高举，别有寄托。

# 兰 陵 王

刘辰翁

### 丙子送春①

送春去，春去人间无路。秋千外，芳草连天，谁遣风沙暗南浦。依依甚意绪？漫忆海门飞絮②。乱鸦过，斗转城荒③，不见来时试灯处。　春去谁最苦？但箭雁沉边④，梁燕无主⑤，杜鹃声里长门暮。想玉树凋土⑥，泪盘如露⑦。咸阳送客屡回顾，斜日未能度。　春去尚来否？正江令恨别⑧，庾信愁赋⑨，苏堤尽日风和雨⑩。叹神游故国，花记前度。人生流落，顾孺子⑪，共夜语。

## 【作者简介】

刘辰翁（1232—1297），字会孟，号须溪，江西吉安人。宋理宗时进士，太学博士，濂溪书院山长。宋亡后，隐居不仕。有《须溪词》。

## 【注释】

①丙子：时当宋恭帝德祐二年（1276）春，元军兵临临安，南宋实亡。送春：作者以此喻亡国。

②海门：暗指南宋皇帝逃往海滨。

③斗转：时移事易，这里指宋亡。

④箭雁：喻宋军兵士。

⑤梁燕：喻已沦入异族之手的宋朝百姓。

⑥玉树凋土：相传庾信去世，何逊去吊唁，说："埋玉树于土中，使人情何能已？"

⑦泪盘如露：这是化用唐诗人李贺《金铜仙人辞汉歌》中的诗句："忆君清泪如铅水。"本词以"辞汉"喻宋亡。

⑧江令恨别：即南朝梁文学家江淹，有《别赋》、《恨赋》。

⑨庾信愁赋：庾信为北周文学家，初仕梁为臣，有《哀江南赋》、《枯树赋》。

⑩苏堤：即杭州西湖之苏堤。这里以苏堤风雨叹故国遭战乱而沦亡。

⑪孺子：指作者的儿子。故国已亡，作者感到报国无门，只有与孩子"夜语"了。

## 【赏析】

陈廷焯云："题是送春，词是悲宋，曲折说来，有多少眼泪。"（《白雨斋词话》）"春去人间无路"，是全词的主题，因此，词中各段发端均以"春去"领起,第一段写春去无路的人间悲痛,原来芳草连天的大好河山,是谁遣风沙使之黯然?问句之中隐含怨恨与讽刺。第二段写河山断送后梁燕最苦,杜鹃啼血,乃华夏后裔的身世之悲。玉树盘泪,乃亡国象征。第三段写故国之思,问句写得悠扬悱恻,凄楚动人。结尾人生流落,国破家亡,恢复无望,故而将神游故国,缅怀昔日之繁盛,对宗国的依依之情寄托于与孺子夜语中,悲切动人。卓人月评曰:"'送春去'二句悲绝,'春去谁最苦'四句凄清,何减夜猿;第三叠悠扬悱恻,即以《小雅》、《楚辞》可也。"(《词统》)

## 宝 鼎 现

### 刘辰翁

红妆春骑①,踏月影竿旗穿市②。望不尽,楼台歌舞,习习香尘莲步底。箫声断,约彩鸾归去③,未怕金吾呵醉④。甚辇路、喧阗且止,听得念奴歌起⑤。　　父老犹记宣和事⑥,抱铜仙、清泪如水⑦。还转盼、沙河多丽⑧。滉漾明光连邸第⑨,帘影冻、散红光成绮。月浸葡萄十里⑩,看往来、神仙才子,肯把菱花扑碎⑪。　　肠断竹马儿童⑫,空见说、三千乐指⑬。等多时,春不归来,到春时欲睡。又说向、灯前拥髻⑭,暗滴鲛珠坠⑮。便当日、亲见霓裳⑯,天上人间梦里⑰。

【注释】

①红妆春骑:妇女们香车宝马,盛妆春游。
②竿旗穿市:元宵节之夜游人们在队伍的旗帜中穿插来往。
③彩鸾:相传唐大和末,书生文箫遇仙女彩鸾,双双登仙而去。
④金吾:官名,掌警卫夜禁等。
⑤念奴:唐天宝中的著名歌女。
⑥宣和:宋徽宗年号,这里用来代表北宋昔日的繁华。
⑦清泪如水:用唐李贺《金铜仙人辞汉歌》之意,表达亡国之痛。
⑧沙河:宋时杭州城南五里有沙河街,居民很多,终日歌舞不绝。

⑨浥漾明光：宋时富户在水边设灯烛烟火，十分耀眼好看。
⑩月浸葡萄十里：指美丽的西湖月色，葡萄指湖水的深碧色。
⑪菱花扑碎：借南朝陈亡后，徐德言和乐昌公主"破镜各分其半"之典，说明人们谁愿打破幸福的生活！
⑫竹马：以竹竿做马。
⑬三千乐指：一人十指，这里指三百人的大型古乐队。
⑭拥髻：典出汉伶玄妾樊通德听人讲说赵飞燕姐弟的故事时，拥髻泣下。拥髻，是表示愁苦的动作。
⑮鲛珠：相传南海中有鲛人，泣则生珠。这里即指眼泪。
⑯霓裳：即唐玄宗十分欣赏的名曲《霓裳羽衣曲》。
⑰天上人间：源出南唐李煜《浪淘沙》词："流水落花春去也，天上人间。"

## 【赏析】

此篇是长调，三段分写北宋、南宋及作词当时的元夕情景，最后形成强烈的对比。第一段写北宋年间汴京元宵节的盛况。起句绚丽多彩，楼台歌舞，香莲绣步，彩鸾箫声，辇路听歌，皆太平盛世之景。第二段写宣和旧事。虽"铜仙辞汉"，南宋却依然能偏安一隅，沙河倒映邸第，帘影成绮，也是富贵气象。然"肯把菱花扑碎"之结尾，却寓有词人刻骨镂心的亡国之痛。故第三段的开篇总收前两段，有"俱往矣"之意。

国破肠断，春不归来，灯前拥髻，鲛珠暗滴，再见霓裳，若人间梦里，低回曲折，反复悲咽，真肝肠欲断。杨慎评曰："词意凄婉，与《麦秀》歌何殊？"（《词品》）陈廷焯云："通篇炼金错采，绚烂极矣；而一二今昔之感处，尤觉韵味深长。"（《白雨斋词话》）

## 永 遇 乐

刘辰翁

余自乙亥上元诵李易安《永遇乐》①，为之涕下，今三年矣。每闻此词,辄不自堪,遂依其声,又托之易安自喻,虽辞情不及,而悲苦过之。

璧月初晴②,黛云远淡③,春事谁主?禁苑娇寒④,湖堤倦暖,前度遽如许⑤。香尘暗陌⑥,华灯明昼,长是懒携手去。谁知道、断烟禁夜⑦,满城似愁风雨。　宣和旧日⑧,临安南渡⑨,芳景犹自如故。缃帙流离⑩,风鬟三五⑪,能赋词最苦。江南无路,鄜州今夜⑫,此苦又谁知否?空相对、残釭无寐⑬,满村社鼓⑭。

## 【注释】

①乙亥:即宋德祐元年(1275),南宋灭亡之前一年。李易安《永遇乐》:即李清照之《永遇乐·落日熔金》词。

②璧月:月色如玉璧。

③黛云:青黑色的云。

④禁苑:皇家园林。

⑤前度:源自唐刘禹锡《重游玄都观绝句》:"前度刘郎今又来。"这里表示重来临安,发现局势变化之大令人伤心。

⑥香尘暗陌:街道上车水马龙,尘土飞扬。

⑦断烟禁夜:人烟稀少,烟火断绝,禁止夜行。

⑧宣和旧日:宣和是宋徽宗的年号,这里表示北宋昔日的繁华。

⑨临安南渡:宋钦宗靖康年间,二帝被掳,北方沦陷,高宗赵构迁都临安,建立南宋。南宋小朝廷醉生梦死,"直把杭州作汴州。"

⑩缃(xiāng)帙流离:书卷失落,指李清照夫妇所收藏的古籍珍本南渡中大都散失。

⑪风鬟三五:三五指正月十五元宵节,风鬟指头发散乱。这里形容李清照书籍丢失,月明之时更加愁苦的情态。

⑫鄜(fū)州今夜:鄜州,今陕西富县。唐代诗人杜甫安史乱中寄居鄜州,苦不堪言,作者也在逃亡之中,故有同感。

⑬残釭:即残灯。

⑭社鼓:社日祭神时的鼓声。

## 【赏析】

写作此词之缘起,已在序中言明。乙亥,为宋恭宗德祐元年(1275);三年后,是宋端宗景炎三年(1278),这时,临安已被元军占领,南宋政权濒临灭亡。词人作此词,抒发了眷恋故国故都的情怀。

起笔写元夕之夜璧月之洁白、晶莹,淡淡黛云缭绕其间,在渲染气氛之后,一问句"春事谁主"?道出宋室将倾给词人带来的心痛。娇寒倦暖,前度如许,言事态的发展已不可收拾,山河沦丧,是未能好自调理的结果。"香尘"三句,无心趁此繁华节日,愁情愁绪皆来自满城风雨。下片承前续写"宣和旧日,临安南渡",今江南无路,月照神州,而国破家亡,此恨谁知,思之不寐,烛照残窗,哀婉之音不绝。

# 摸 鱼 儿

## 刘辰翁

### 酒边留同年徐云屋①

怎知他,春归何处?相逢且尽尊酒。少年袅袅天涯恨②,长结西湖烟柳。休回首,但细雨断桥③,憔悴人归后。东风似旧,问前度桃花,刘郎能记,花复认郎否④? 君且住,草草留君剪韭⑤,前宵正恁时候,深杯欲共歌声滑,翻湿春衫半袖。空眉皱,看白发尊前,已似人人有。临分把手,叹一笑论文⑥,清狂顾曲,此会几时又?

## 【注释】

①徐云屋:与作者同年的进士。
②少年:这是怀念当年的情景。
③断桥:即杭州西湖白堤边的断桥。
④花复认郎否:桃花还认得故人吗?这里表示对南宋灭亡之悲痛。

⑤剪韭：割韭菜来招待客人。韭菜叶虽薄，但情谊深厚。
⑥一笑论文：唐杜甫《怀李白》诗："何时一尊酒，重与细论文。"这里表示今朝与好友分手，再难得在一起饮酒、"论文"了。

**【赏析】**

上片写客中送客的愁思，起以问句，既点明饯别的时间，又渲染出暮春芳尽的惜春之情。"少年"两句是回忆。当年英气勃发，和朋友初识于西湖烟柳，漂泊多年之后，又和朋友相逢于西湖烟柳，恨事常结于西湖烟柳，故"休回首"，字字顿挫，试图摆脱盘郁于胸的天涯沦落之感。回首细雨断桥，不知桃花尚识旧人否？有今昔异代之悲。

下片写依依送客之情。离别在即，且尽深杯，歌声泪落，共伤白发，都无补于国家，怎能不狂饮醉歌，叹心中之悲苦。悲而一笑，不知清狂顾曲，尚能相逢否？清况周颐《蕙风词话》云："须溪词风格遒上似稼轩，情辞跌宕似遗山。"此词以曲折顿挫的笔法，写出词人漂泊异乡的"天涯恨"；功业无成，年华虚度的"少年白发"之愁，内涵广阔，风格古朴苍劲。

# 瑶　华

### 周　密

后土之花①，天下无二本。方其初开，帅臣以金瓶飞骑进之天，上间亦分致贵邸。余客辇下，有以一枝（下缺。按他本题，改作"琼花"）。

朱钿宝玦，天上飞琼②，比人间春别。江南江北，曾未见、漫拟梨云梅雪。淮山春晚，问谁识、芳心高洁？消几番、花落花开，老了玉关豪杰③。　　金壶剪送琼枝，看一骑红尘④，香度瑶阙。韶华正好，应自喜，初识长安蜂蝶⑤。杜郎老矣⑥，想旧事，花须能说。记少年，一梦扬州⑦，二十四桥明月⑧。

## 【作者简介】

周密（1232—1298）字公谨，号草窗，又号萧斋、弁阳啸翁，山东济南人。曾于宋理宗淳祐中任浙江义乌令。宋亡则隐居，自号四水潜夫。曾编选《绝妙好词》，有《齐东野语》、《武林旧事》、《草窗词》等。

## 【注释】

①后土之花：即琼花，因生于扬州后土祠，故名。相传此花别处不生，一移即枯。

②飞琼：即西王母之侍女许飞琼。这里是把琼花比为天上的仙女。

③玉关：即玉门关，有"春风不度玉门关"的说法。

④一骑红尘：唐杜牧诗："一骑红尘妃子笑，无人知是荔枝来。"这里喻飞骑送琼花。

⑤长安：指都城。这句是说琼花送到了都城。

⑥杜郎：即指诗人杜牧。

⑦一梦扬州：源自杜牧诗："十年一觉扬州梦，赢得青楼薄幸名。"

⑧二十四桥：源自杜牧诗："二十四桥明月夜，玉人何处教吹箫。"

## 【赏析】

词借咏琼花以寄感慨。首三句赞美琼花的特异资质。她像梨云梅雪，淡雅高洁，天下姹紫嫣红的繁花皆比不上她的超逸飘扬。如今却几番开落，人间已别，对宋室的衰落表现出万端的感叹。

下片赏花，琼枝琮阙，繁华盛事，琼花是历史的见证，犹一一记得，今惟有扬州一梦，二十四桥明月，蒋子正《山房随笔》："扬州琼花天下只一本，士大夫爱重，榜曰无双。德祐乙亥，北师至，花遂不荣。"

陈廷焯《白雨斋词话》评曰："不是咏琼花，只是一片感叹，无可说处，借题一发泄耳。"周济《宋四家词选》云："一意盘旋，毫无渣滓。"

# 玉 京 秋

周 密

长安独客,又见西风,素月丹枫,凄然其为秋也,因调夹钟羽一解①。

烟水阔,高林弄残照,晚蜩凄切②。碧砧度韵③,银床飘叶④。衣湿桐阴露冷,采凉花、时赋秋雪。叹轻别,一襟幽事,砌虫能说⑤。　客思吟商还怯⑥,怨歌长,琼壶暗缺⑦,翠扇恩疏⑧,红衣香褪,翻成消歇。玉骨西风⑨,恨最恨,闲却新凉时节。楚箫咽,谁寄西楼淡月。

**【注释】**

①夹钟羽:调名,此词为周密自度曲,用夹钟羽调。
②晚蜩:深秋的寒蝉。
③碧砧:水中的捣衣石。度韵:指有节奏的捣衣声。
④银床:白石砌成的井栏。
⑤砌虫:蟋蟀,常隐于墙缝土石之间。
⑥吟商:吟唱商调,商调多悲。
⑦琼壶暗缺:相传晋王敦酒后,咏曹操《步出夏门行》,以如意击唾壶为节拍,把壶口都敲破了。
⑧翠扇:与下文之"红衣"俱指荷花。
⑨玉骨:指体瘦。唐李商隐《赠四同舍诗》:"玉骨瘦来无一把。"

**【赏析】**

词写感秋和怀人。烟水寥廓,秋色苍茫,夕阳返照高林,金晖一片。凄切的蝉鸣,临风唱晚,清冷的捣衣韵律,久久地回荡在深深的古院中,片片梧桐飘坠在洁净清朗的石井雕栏之畔。久立桐阴之下,寒露沾衣,日暮而入夜,逗出哀感之心绪,"采凉花、时赋秋雪",让人想起张炎之"折芦花赠远,露落一身秋",自然转入别恨

"叹轻别",追悔往昔轻易的离别,怅叹现时的相见无因。阶下蟋蟀的悲泣,正曲曲传出这满怀的幽怨。

下片续写别恨。"客思"两句极写孤怀郁结,哀楚的商调不能自胜,不知不觉中敲缺了唾壶。"翠扇"三句,写荷叶之凋敝,荷花之零落,发抒深沉的秋思。"玉骨西风",自是一片清境。"楚箫咽",凄咽的箫声传来,更将一怀愁绪,托予西楼淡月,荡气回肠,久久难平。陈廷焯云:"此词精金百炼,既雄秀、又婉雅,几欲空绝古今,一'暗'字,其恨在骨。"(《白雨斋词话》)谭献云:"南渡词境高处,往往出于清真'玉骨'二句,髀肉之叹也。"(《谭评词辨》)

## 曲 游 春

### 周 密

禁烟湖上薄游①,施中山赋词甚佳②,余因次其韵。盖平时游舫,至午后则尽入里湖③,抵暮始出断桥④,小驻而归,非习于游者不知也。故中山亟击节余"闲却半湖春色"之句,谓能道人之所未云。

禁苑东风外⑤,杨暖丝晴絮,春思如织,燕约莺期,恼芳情偏在,翠深红隙。漠漠香尘隔,沸十里,乱弦丛笛⑥。看画船,尽入西泠⑦,闲却半湖春色。　柳陌,新烟凝碧,映帘底宫眉⑧,堤上游勒⑨。轻暝笼寒,怕梨云梦冷,杏香愁幂⑩。歌管酬寒食,奈蝶怨,良宵岑寂。正满湖碎月摇花⑪,怎生去得?

【注释】

①禁烟:即寒食节,宋人之西湖游,以寒食节为最盛。
②施中山:名岳,字中山,苏州人,是周密的词友。
③里湖:杭州西湖又分外西湖,里西湖。
④断桥:西湖桥名,在著名的白堤附近。
⑤禁苑:皇家园林,这里指西湖一带。

⑥乱弦丛笛：乐器如此之多，描写西湖笙歌之盛。
⑦西泠：西湖桥名，西泠桥内即称作里西湖。
⑧帘底宫眉：楼中之美人。
⑨堤上游勒：堤岸上乘马的游人。
⑩杏香愁幂：红杏挂满枝头。幂：深浓之意。
⑪碎月摇花：作者夜游，月光中水波粼粼。

## 【赏析】

此游西湖之作。以极工丽妍美的词藻壮写、描摹，如宋元人山水画，金碧辉煌，入眼鲜明。

东风扬起暖丝晴絮，春思如织，看花间树底，莺燕软语，相约游春，不禁撩起惜春之情、爱春之意、游春之愿。接写游览之迹："看画船，尽入西泠，闲却半湖春色。"词人在《武林旧事》中也有西湖游览之盛的记载："既而小泊断桥，千舫骈聚，歌管弦奏，粉黛罗列，最为繁盛。桥上少年郎，竞纵纸鸢以相钩牵剪截，以线绝者为负。此虽小技，亦有专门。爆仗起轮走线之戏，多设于此。至花影暗而月华生，始渐散去。"

下片转写湖上景色：万柳婀娜，烟霭迷蒙，一片新碧，湖堤小路，柳烟中映现出车帘里的女子宫眉和马背上的少年身影。日暮轻寒，湖上凉风掠过，只恐梨花之美如冷梦之消逝，杏花之香被感到将谢之愁所笼罩。"奈蝶怨，良宵岑寂"，借蝶怨而写热闹后的凄清。煞拍以清逸之笔写他对静后西湖夜色的留恋。满湖风动轻波，涟漪漾出几层碎月，似花簇摇风，闲静之中别有一番情趣。

# 花　犯

周　密

水　仙　花

楚江湄①，湘娥再现②，无言洒清泪，淡然春意。空独倚东风,芳思谁寄?凌波路冷秋无际[3]。香云随步起[4],漫记得,汉宫仙掌[5],亭亭明月底。　　冰弦写怨更多情[6],骚人恨[7],枉赋芳兰幽芷。春思远,谁叹赏国香风味[8]?相将共、岁寒伴侣,小窗净,沉烟熏翠被[9]。幽梦觉、涓涓清露,一枝灯影里。

**【注释】**

①湄:岸边。指水草交接之地。

②湘娥:即传说中的湘水之神湘妃,这里用来形容水仙花。

③凌波:形容女子步履轻盈,借指人。曹植《洛神赋》:"凌波微步,罗袜生尘。"

④香云:指水仙花香溢室内。

⑤汉宫仙掌:本指金铜仙人承露盘,汉武帝所建。这里用"仙掌"形容水仙的碧叶之美。

⑥冰弦写怨:冰弦即琵琶。这里是说用琵琶弹奏出心中的哀怨。

⑦骚人:指楚诗人屈原,屈原曾赋《离骚》。

⑧国香风味:国香本指兰花,有"兰为王者香"之誉。这里将水仙称作国色天香。

⑨沉烟熏翠被:富贵人家以沉香熏被。

**【赏析】**

词为咏水仙花之作。起笔三句写水仙花风神清洁,凝睇含泪,幽然独韵的芳姿。接下来的两句写水仙独立,她高洁超俗的品格是难有知音的。"凌波"句仍承"湘娥",写水仙花散播的淡淡幽香,像凌波微步的仙子,踏香云移纤履,散轻冷的寒意。用仙掌月下,喻其高洁。

下片以乐景写怨情,蕙兰、白芷固是芳草,《离骚》赋笔描写,然水仙像湘灵鼓瑟,冷弦弹怨,更是情多。接写水仙春思悠远,韵味深长,有谁赏识她的天姿国香?结以幽梦一枝灯影,清逸脱俗,幽韵独绝。周济评曰:"草窗长于赋物,然惟此及琼花二阕,一意盘旋,毫无渣滓。他人纵极工巧,不免就题寻典,就典趁韵,就韵成句,堕落苦海矣。"(《宋四家词选》)

# 贺 新 郎

## 蒋 捷

梦冷黄金屋①,叹秦筝、斜鸿阵里②,素弦尘扑。化作娇莺飞归去,犹认纱窗旧绿。正过雨,荆桃如菽③。此恨难平君知否?似琼台,涌起弹棋局④,消瘦影,嫌明烛。　　鸳楼碎泻东西玉⑤,问芳踪,保时再展?翠钗难卜,待把宫眉横云样⑥,描上生绡画幅。怕不是,新来妆束。彩扇红牙今都在⑦,恨无人、解听开元曲⑧。空掩袖,倚寒竹⑨。

**【作者简介】**

蒋捷,字胜欲,号竹山,江苏宜兴人。宋度宗咸淳十年(1274)进士。宋亡,隐居竹山,不仕元朝。有《竹山词》。

**【注释】**

①梦冷黄金屋:富贵成虚幻之意。
②斜鸿阵:秦筝弦柱斜列如雁阵。宋张先词:"玉柱斜飞雁。"
③荆桃:即樱桃。
④弹棋:一种古代的赌博游戏。这里有感叹世事变化如棋局之意。
⑤东西玉:酒器,这里指意中人住屋中的酒器打碎了,到处乱扔,见不到意中人了。
⑥宫眉:美人。
⑦红牙:即牙板。这里指当年意中人用过的乐器。
⑧开元曲:开元是唐玄宗的年号,这里指盛唐时的歌曲。
⑨倚寒竹:源自唐杜甫诗:"天寒翠袖薄,日暮倚修竹。"

**【赏析】**

亡国之痛,是这首词的抒情线索,然词人以婉曲幽怨之笔,极尽吞吐之妙,词之意象繁华雍盛,然凄怨孤独之意趣却隐藏其间。

"黄金屋"是雍容华贵的,然而却是冷梦中的意象,竟成虚设。

室中秦筝，尘扑灰满，无人抚弄，很不谐和。世事多变，无人解此悲凉心境，孤影对残烛，凄凉一片。

下片鸳楼重寻旧梦，却不见芳踪，伊人不见，即使描上生绡，也难见旧日相知，在层层递转中，故国之思力透纸背。"恨无人、解听开元曲"，亦亡国之音哀以思。倚竹佳人，见孤臣幽独之情怀。谭献评曰："瑰丽处鲜妍自在，然词藻太密。"（《谭评词辨》）陈廷焯云："处处飞舞，如奇峰怪石，非平常蹊径也。"（《白雨斋词话》）

## 女 冠 子

蒋 捷

元 夕[①]

蕙花香也[②]，雪晴池馆如画。春风飞到，宝钗楼上[③]，一片笙箫，琉璃光射[④]。而今灯漫挂[⑤]，不是暗尘明月[⑥]，那时元夜。况年来，心懒意怯，羞与蛾儿争耍[⑦]。　　江城人悄初更打，问繁华谁解，再向天公借？剔残红灺[⑧]，但梦里隐隐，钿车罗帕[⑨]。吴笺银粉砑[⑩]，待把旧家风景[⑪]，写成闲话。笑绿鬟邻女，倚窗犹唱，夕阳西下[⑫]。

**【注释】**

①元夕：元宵节的晚上。
②蕙花：香草。
③宝钗楼：歌舞楼。
④琉璃：南宋都城盛行琉璃灯。
⑤灯漫挂：节灯七零八落，萧条景象。
⑥暗尘：尘土飞扬天光暗，形容车水马龙，游人众多。
⑦蛾儿：旧时以彩纸剪成，插在头上闹元宵，称作"扑灯蛾"。
⑧红灺（xiè）：古代蜡烛烧残的余灰。这里是说夜已深了。
⑨钿车罗帕：华丽的车上歌伎使用香罗帕与游人相招。这里是说，现

在只有在梦里才能看到昔日的繁华。

⑩吴笺：即宋时苏州出产的一种有名的纸。银粉砑（yà）：有光泽的银粉纸。

⑪旧家：指故国。

⑫夕阳西下：暗指宋室将亡。

**【赏析】**

兰蕙花香，雪霁天晴，鳞次栉比的楼台馆阁，在雪后的阳光下，光耀夺目。春风过处，送来舞榭歌台上的笙箫繁乐。在极写昔日元夕欢乐之后，笔锋陡然一转，"而今灯漫挂"，透出今日之萧索寂寥，人世已更，心懒意怯。

下片江城索寞，再无往日繁华。梦里钿车，正是上片元夜之事。陈廷焯云："极力渲染，'而今'二字，忽然一转，有水逝云卷，风驰电掣之妙。"结韵"笑"字领起，强颜之中含有无限酸楚，亡国之痛、故国之思，皆在以乐写哀中。

这首词写得流动自然，对过去元夕的繁盛，不惜浓墨重彩，直面陈叙，间接侧写，以梦反衬，种种笔法，交错使用，自然天成。在今昔对比之中，又以领字的妙用，现出顿挫与转折，如贯珠累累，一气流动。刘熙载云："蒋竹山极流动自然，然洗练缜密，语多创获。"（《艺概·词曲概》）（《四库全书总目提要》）云："捷词炼字精深，音词谐畅，为倚声家之矩矱。"（《竹山词》提要）

# 高 阳 台

张　炎

**西湖春感**

接叶巢莺①，平波卷絮，断桥斜日归船②。能几番游？看花又是明年。东风且伴蔷薇住，到蔷薇、春已堪怜。更凄然，万绿西泠③，一抹荒烟。　　当年燕子知何处④？但苔深韦曲⑤，草暗斜川⑥。见说新愁,如今也到鸥边⑦。无心再续笙歌梦,掩重门、浅醉闲眠。莫开帘,怕见飞花⑧,怕听啼鹃。

**【作者简介】**

张炎(1248—1320?)字叔夏,号玉田,又号乐笑翁。陕西凤翔人,南宋初大将张俊的后裔。宋亡之后,他流落四方,未任官,以词著称。有《词源》及《山中白云词》。

**【注释】**

①接叶巢莺:紧密相接的树叶遮住了莺巢。源自唐杜甫诗:"卑枝低结子,接叶暗巢莺。"
②断桥:杭州西湖断桥在孤山侧,白堤边。
③西泠:杭州西湖桥名,是里西湖与外西湖的分界。
④燕子:即唐刘禹锡《乌衣巷》诗中的"旧时王谢堂前燕",暗示朝代变迁。
⑤韦曲:在陕西西安市长安区。
⑥斜川:在江西星子、都昌二县间。作者写"斜川"与"韦曲"都是为了用来描写西湖的苔深草绿。
⑦鸥边:水鸥以自由自在为特点。这里是指愁苦到极点。
⑧飞花:即落花。

**【赏析】**

《四库全书总目提要》云:"炎生于淳祐戊申,当宋邦沦覆,年已三十有三,犹及见临安全盛之日;故所作往往苍凉凄楚,即景抒情,备写其身世盛衰之感,非徒以剪红刻翠为工。"宋亡之后,词人重到西湖,感于春景阑珊,而生亡国哀思,故有此作。

起首三句从游归着笔:翠叶藏莺,鸟儿在筑巢歌唱。轻絮飞扬,被微波缓缓卷入水中,断桥斜日,归船撑起一片红霞。"能几番游?看花又是明年。"文笔陡然一转,诵之有朝不保夕之感。蔷薇花开于春末夏初,故有"到蔷薇、春已堪怜"之句。万绿凄然,春已堪怜,一抹荒烟,写出乱后西湖的残破景象,故国情思,多少缱绻,终难遗忘。

下片更将家国兴亡之感咏叹一番。"当年燕子",用刘禹锡"旧时王谢堂前燕"诗意,见今昔盛衰之感。韦曲、斜川,以古地寓南北沦丧,结以啼鹃恼人,是以飞花迷蒙,杜鹃哀啼造成凄凉悲愤之氛围,给人以袅袅不尽的哀婉余音。陈廷焯云:"玉田《高阳台》,凄凉幽怨,郁之至,厚之至,与碧山如出一手,乐笑翁集中亦不多见。"(《白雨斋词话》)

## 八声甘州

### 张 炎

辛卯岁①,沈尧道同余北归②,各处杭越③。逾岁,尧道来问寂寞,语笑数日,又复别去,赋此曲,并寄赵学舟④。

记玉关踏雪事清游⑤,寒气脆貂裘。傍枯林古道,长河饮马,此意悠悠。短梦依然江表⑥,老泪洒西州⑦。一字无题处⑧,落叶都愁。　　载取白云归去⑨,问谁留楚佩⑩,弄影中州?折芦花赠远⑪,零落一身秋。向寻常、野桥流水,待招来、不是旧沙鸥⑫。空怀感,有斜阳处,却怕登楼⑬。

### 【注释】

①辛卯岁:即元世祖至元二十八年(1291)。
②沈尧道:名钦,是作者的词友。北归:从燕京(今北京)归来。
③杭越:杭州和越州(今浙江绍兴)。时沈尧道在杭州,张炎在越州。
④赵学舟:即赵兴仁,号学舟,也是张炎的词友。
⑤玉关:即玉门关,这里借指边塞。
⑥依然江表:依然身在江南。
⑦西州:用晋羊昙当年望西州城门大哭而去之典,寄托家国之愁。
⑧一字无题处:一个字都写不出来。
⑨白云:源自晋陶宏景诗:"山中何所有?岭上多白云。只可自怡

悦，不堪持赠君。"这里是指隐居的生活。

⑩楚佩：相传为楚女湘夫人的玉佩。这里表示友情。

⑪折芦花赠远：折取芦花赠给远方的朋友，意为自己像芦花一样，漂泊不定。

⑫旧沙鸥：旧朋友。这里暗指物换星移，沧海桑田之变。

⑬登楼：建安时期的辞赋家王粲避乱荆州时，写过《登楼赋》，表达对故国、故乡的怀念之情。

【赏析】

词写凄怆哀怨的亡国之痛。起笔五句，追忆他曾经同友人赴北写经之事，以苍劲峭拔的笔力，为我们展现出北国羁旅图：北风凛冽，寒气逼人，貂裘亦显单薄，枯林古道，踏雪出游，皑皑白雪装点着北国的山河，也吞没了他们跋涉的足迹。黄河之滨，留有他们饮马长河的豪兴，至今忆起，"此意悠悠"。江南梦短，泪洒西州，故国不堪回首，一一都在追念中。而不能题诗赠友，皆因片片落叶都已嵌满忧愁。上片境界苍凉阔大，有"唐人悲歌"（陈廷焯语）的气概，平添北国之壮美。

下片写白云之闲度，芦花之飘零，皆以物象寄身世。慨叹"零落一身秋"，则有家破国亡之切痛。重游野水，不见旧鸥；人事全非，故国沦陷，哀绪深衷，正怕登楼。哀情故作壮语，悲怆潜转之气，愈旋愈深，在缠绵吞吐之中，写尽飘零如秋叶的身世之感和愁怀故国的亡国之痛。

# 解 连 环

张 炎

孤 雁

楚江空晚①，恨离群万里，怳然惊散②。自顾影，却下寒塘，正沙净草枯，水平天远。写不成书③，只寄得、相思一点。

料因循误了。残毡拥雪，故人心眼④。　　谁怜旅愁茌苒，漫长门夜悄⑤，锦筝弹怨⑥。想伴侣、犹宿芦花，也曾念春前，去程应转。⑦暮雨相呼，怕蓦地、玉关重见⑧。未羞他、双燕归来，画帘半卷。

### 【注释】

①楚江：这里泛指南方。
②怳（huǎng）然：怅然失意。
③写不成书：大雁南飞时，成群结伴，总是排成"一"字形或"人"字形，孤雁则不可排成字。
④故人：指苏武。苏武被困北国窖中，靠雪和毡毛为生，曾托大雁捎信给汉朝皇帝。
⑤长门：即汉武帝幽禁陈皇后的长门宫，这里以冷宫来衬托哀愁的气氛。
⑥锦筝弹怨：筝的音调凄清哀怨。
⑦去程应转：春季大雁要飞回北方。
⑧玉关：即甘肃之玉门关。

### 【赏析】

周密评此词云："此词'自顾影'以下五句，虽丹青难画矣。"词乃托辞孤雁以寓身世之感，从托辞一面而言，写孤雁之处，有非画笔所能传者；从寓身世一面而言，则又有非言语所能尽者。孤雁与身世两方面落笔，都极为工细，能尽离合之致，故当时有张孤雁之称。

词之起笔，便有困顿惆怅之愤慨。"自顾影"用唐崔涂《孤雁》中"暮雨相呼急，寒塘欲下迟"诗意，"净沙"八字，写出枯草平沙，一片寂寥的深秋景色，为孤雁渲染，色彩鲜明，故周密特标举之。"写不成书"两句，着意描绘"孤"字，而以"相思"二字关合人情。上片结尾三句，从雁书想到苏武出使匈奴被留，用雁传书至汉故事，又由苏武北使，想到投身北庭的故人。数句用意委婉，当时投身北庭之人，皆是迫不得已，而自己却不能及早劝止，故有

"因循误了"的慨叹。此处,既见作者对朋友的惋惜之情,又见作者运用故实之技巧。

换头之"旅愁"是写自己离群索居的孤愁。"漫长门"两句是写雁声之哀怨。"想伴侣"两句以群雁反衬孤雁,人与雁浑而为一,亦即怀念与己曾经同行之人。结用"双燕",与上文之"孤雁"形成对比,由孤而双,是词人所希冀的,几多情愫,婉转道出,见作者托物抒情之能事。时人以孤雁品题其人,皆非虚美。

## 疏　影

### 张　炎

#### 咏　荷　叶

碧圆自洁,向浅州远浦,亭亭清绝。犹有遗簪①,不展秋心,能卷几多炎热?鸳鸯密语同倾盖②,且莫与、浣纱人说③。恐怨歌,忽断花风,碎却翠云千叠。　　回首当年汉舞,怕飞去,漫皱留仙裙褶④。恋恋青衫,犹染枯香,还叹鬓丝飘雪。盘心清露如铅水⑤,又一夜,西风吹折。喜净看、匹练飞光,倒泻半湖明月。

**【注释】**

①遗簪:个别荷叶尚未展开,挺立如簪。

②同倾盖:本指孔子与程子途中相遇,两人交谈,乘车的车盖交错。这里指荷叶互相遮盖掩映。

③浣纱人:源出唐郑谷诗:"多谢浣溪人未折,雨中留得盖鸳鸯。"

④留仙裙褶:汉成帝后赵飞燕善舞,舞时飘飘欲仙。成帝令左右抓住她的裙子,不使仙去,遂留下了裙褶。后日宫女便做出了有褶的裙子,名"留仙裙"。

⑤盘心清露:荷叶中的水珠在荷叶中间滚来滚去,晶莹可爱。

**【赏析】**

张炎《山中白云词》卷六自序云:"《疏影》、《暗香》,姜白石为梅著语,因易之曰红情、绿意,以荷花、荷叶咏之。"这首词是绿意,咏荷叶之作。张皋文批曰:"绿意,此首自寓其意,遗簪不展,当年心苦,可知浣纱人即前卧横紫笛之辈,恐其罗而致之,不得终其志也。回首当年汉舞者,庚辰人都也,彼时惟恐失身,故曰漫皱留仙裙褶,幸而青衫未脱,尚带故香,况今老矣,何所求乎,玉田庚寅之归,西风吹折时也。自此得长留湖山,故曰喜净看、匹练秋光也。"

# 月 下 笛

### 张 炎

孤游万竹山中①,闲门落叶,愁思黯然,因动《黍离》之感②。时寓甬东积翠山舍③。

万里孤云,清游渐远,故人何处?寒窗梦里,犹记经行旧时路。连昌约略无多柳④,第一是,难听夜雨。漫惊回凄悄,相看烛影,拥衾无语。　　张绪归何暮⑤?半零落依依,断桥鸥鹭⑥。天涯倦旅,此时心事良苦。只愁重洒西州泪⑦,问杜曲、人家在否⑧?恐翠袖天寒⑨,犹倚梅花那树。

**【注释】**

①万竹山:在浙江天台县西南20公里。
②《黍离》:《诗经》中的篇名,写西周志士的亡国之痛。
③甬东:在今浙江定海县。
④连昌:唐别宫名,在河南宜阳县,宫中广植柳树。这里借指南宋故宫。
⑤张绪:南齐才子,风姿绰约,南齐武帝尝言道:"杨柳风流可爱似张绪。"

⑥断桥：在杭州西湖孤山侧、白堤旁。
⑦西州：古城名，在今南京市西。这里借指杭州。
⑧杜曲：在西安市长安区南。这里借指杭州。
⑨翠袖：源自唐杜甫《佳人诗》："天寒翠袖薄，日暮倚修竹。"

【赏析】

一片孤云在万里苍穹飘荡，没有一定的方向，没有相随的伴侣，远远地飘离故乡，渺不知南北。这无法排遣的抑郁、孤独，又潜入寒夜之梦。梦中抚追连昌细柳，却无旧时的婀娜，旧时的飘逸。惊敲寒梦，醒来看一豆残烛，一灯凄悄，有谁能与我拥衾夜语？

张绪已没有当年那"风神散朗，飘飘欲仙"的倜傥风流，他已是"早衰蒲柳"了，此用以自喻身世，用心良苦。迟暮之年，尚不得家还，像断桥边的鸥鹭，零落无伴，依依可怜。"西州泪"，是不忍重经旧地之意，其国亡家破的切齿之痛，淋漓写出，郁郁地叹问，那个家是否安在？结以梅花翠袖，孤高自赏，是独举标格，矫而不群。

# 天　香

王沂孙

## 龙　涎　香①

孤峤蟠烟②，层涛蜕月③，骊宫夜采铅水④。泛远槎风⑤，梦深薇露⑥，化作断魂心字⑦。红磁候火⑧，还乍识、冰环玉指⑨。一缕萦帘翠影，依稀海天云气。　　几回殢娇半醉⑩，剪春灯、夜寒花碎。更好故溪飞雪，小窗深闭。荀令如今顿老⑪，总忘却，尊前旧风味。漫惜余熏，空篝素被⑫。

## 【作者简介】

王沂孙，字圣与，号碧山、中仙等。浙江绍兴人。南宋亡后，他曾任庆元路学正。有《碧山乐府》，一名《花外集》。

## 【注释】

①龙涎香：一种产自南海的名贵香。
②孤峤：孤耸的险峰。蟠烟：烟气相聚。
③蜕月：月色变化不定。
④骊宫：相传是骊龙所居之处。铅水：借指龙涎。相传龙涎香是鲛人采集到的龙涎沫，实际上是香鲸的分泌物。
⑤槎风：风中的木筏，指龙涎香从海外不远万里运来。
⑥薇露：用蔷薇将香加以拌和。
⑦心字：龙涎香制作成心字形状。
⑧红磁：指香炉。候火：准备燃点。
⑨冰环玉指：指点香的女子。
⑩殢娇半醉：焚着香与意中人相对饮酒，如痴如醉。
⑪荀令：汉侍中荀文若，守尚书令，人称荀令君。相传"荀令君至人家，坐幕三日，香气不歇"。
⑫空篝素被：篝指熏笼。这句是说，不用熏笼，龙涎香的余香也笼罩着雪白的被。

## 【赏析】

周济评王碧山词："咏物最争托意，隶事处以意贯串，浑化无痕，碧山胜场也。"（《四家词选序论》）

此篇咏龙涎香，起三句叙写龙涎香所产之地及鲛人至海上采龙涎的情景。"泛远槎风"写龙涎香被采之后，从万里海外被运送而来，"梦深薇露"是被磨碾、制作，经过一番研碾后，便化作断魂之"心字"的篆香，这几句见其丰富的想象，锐敏的感受和章法的顿挫。接下来的"红磁候火"直到"依稀海天云气"，则写龙涎被焙制成的各种形状和被焚爇时的情景。

下片从"几回殢娇半醉"到"小窗深闭"，碧山宕开词笔，不写龙涎香本身，而是写当年焚香背景中的一些可以怀念的情事。一俏

311

女子在寒窗前如醉地剪着灯花。这窗内无限娇柔旖旎的温馨，反衬出窗外的严寒飞雪，所以小窗才深闭，惟其深闭无风，那龙涎香在焚爇时，才能缭绕不散，芳香怡人。所以这些表面写人事之笔，其实句句都在写香。

煞拍二句，是突然的反接，一笔扫空温馨旖旎的情事，而含今昔悲欢之慨叹。荀令原以喜爱熏香著名，但其如今已老，再没有当年的嗜好与风情，借寓今昔之悲慨。通词低回婉转，怅惘无穷，自然贴切，浑化无痕。

# 眉 妩

王沂孙

## 新 月

渐新痕悬柳①，淡彩穿花②，依约破初暝③。便有团圆意，深深拜④，相逢谁在香径？画眉未稳，料素娥⑤，犹带离恨。最堪爱、一曲银钩小，宝奁挂秋冷⑥。　　千古盈亏休问，叹慢磨玉斧⑦，难补金镜⑧。太液池犹在⑨，凄凉处，何人重赋清景？故山夜永，试待他、窥户端正⑩。看云外山河，还老桂花旧影⑪。

**【注释】**

①新痕：即如钩的新月。
②淡彩：月色如水。
③破初暝：冲破刚刚昏黑的夜色。
④拜：古时七夕少女有拜月乞巧之风。
⑤素娥：即传说中的月里嫦娥。
⑥宝奁挂秋冷：比喻月光犹如银白色的窗帘挂在秋日的冷空中。
⑦玉斧：相传有人不断以玉斧修月。
⑧金镜：即圆月。此句以圆月比喻完整的国土，说明国破难复。
⑨太液池：汉代宫苑池沼名，这里喻宋代宫苑。

⑩窥户端正：入户的是圆月的月光。作者仍对国土重复抱着一线希望，希望缺月再圆。

⑪桂花影：即月影，相传月中有桂花树。

【赏析】

词咏新月而有兴亡之叹，一弯新月挂上柳梢，像佳人一抹淡淡的眉痕，月下杨柳摇曳，柳上新月穿云，把斑驳的光影轻轻地洒在花丛之间，那清新、柔和的光像水在流动，仿佛要分破初罩大地的暮霭。这给人以希望的新月，又让人萌生团聚的祈望，"深深拜"三字，极写对"团圆意"的殷切期望。"相逢谁在香径"，因人不归而顿生怅惘，"未稳"、"素娥"、"离恨"，环环紧扣，用象征手法托出词人委婉情愫。

下片"千古"一句陡然转折，全无上片之缱绻缠绵。故国河山，社稷兴亡，沧海人生，自然带出悲怆情景，山河破碎，残破难补，只余残月旧影。谭献云："'便有'三句，则寓意自深，音辞高亮，欧晏如兰亭真本，此仅一翻。"评价可谓中肯。

## 齐 天 乐

王沂孙

蝉

一襟余恨宫魂断①，年年翠阴庭树。乍咽凉柯②，还移暗叶，重把离愁深诉。西窗过雨，怪瑶佩流空③，玉筝调柱④，镜暗妆残⑤，为谁娇鬓尚如许⑥？　铜仙铅泪似洗⑦，叹移盘去远，难贮零露⑧。病翼惊秋⑨，枯形阅世，消得斜阳几度？余音更苦，甚独抱清商⑩，顿成凄楚。漫想熏风⑪，柳丝千万缕。

【注释】

①宫魂断：相传古时齐王妃愤恨而死，尸化为蝉，在树上啁啾悲鸣。

②凉柯：秋天的树枝。
③瑶佩：指筝声和玉佩响声，以此比喻动听的蝉鸣。
④玉筝调柱：调整筝的丝弦。
⑤镜暗妆残：指蝉到了秋天的形状。
⑥娇鬟：指薄如轻纱的蝉翼。
⑦铜仙铅泪：汉代在长安曾建金人承露盘，到魏明帝时，被拆毁运往洛阳。唐代诗人李贺《金铜仙人辞汉歌》说："空将汉月出宫门，忆君清泪如铅水。"此典喻亡国之痛。
⑧难贮零露：承露盘已远去，蝉又到哪儿去饮露呢？表达遗民怀念故国的心情。
⑨病翼惊秋：蝉已接近死亡，作者暗示自己已老且病，没有几天好活了。
⑩清商：即《清商曲辞》，"其音多哀怨，故取以为名。"
⑪熏风：南风。

**【赏析】**

词咏蝉而有身世之叹，如周济云："咏物最争托意，隶事处以意贯串，浑化无痕，碧山胜场也。"（《宋四家词选序》）

起笔即是绝唱，以齐王妃写蝉便有浓郁的感伤色彩，"乍咽"三句写蝉的鸣叫，既是蝉在深秋的哀鸣，也是齐女魂魄的诉怨。"西窗"以下写听蝉者的悲慨。"瑶佩"、"玉筝"皆形容蝉声也。"镜暗"两句赋蝉的羽翼，但承上想象，仍是一幽怨女子的形象。至此，蝉与人，物与情，完全融会一气。

换头写蝉的饮食起居，相传蝉以饮露为生，现露盘被装载去远，秋蝉何以为生呢？继之以"病翼惊秋，枯形阅世，消得斜阳几度"，更写哀蝉临秋的凄苦心情。病翼无法抵挡秋寒的侵袭，枯形也不能经受岁月沧桑，所剩时日无多，当不得几度斜阳。"余音更苦"，说深秋之蝉，虽身将亡，而鸣声仍自不断，听来备觉凄苦。下接"甚独抱清商，顿成凄楚"，更将凄苦之情推进一步。蝉之一生宿高枝，饮清露，不同凡物，谁知到头来却落得辛酸悲楚的结局。"顿"，言其骤变的速度之快，"甚"，言其莫大悲恸之情。结拍"漫想熏风,柳丝千万缕","漫想"两字含意深刻,美好的夏日熏风,摇曳的万条柳丝,都成为美好的过去,点出年华空逝,山河沦落,盛世不再的无限哀愁。

# 高 阳 台

王沂孙

和周草窗《寄越中诸友》韵

残雪庭阴,轻寒帘影,霏霏玉管春葭①。小帖金泥②,不知春是谁家?相思一夜窗前梦,奈个人、水隔天遮。但凄然、满树幽香,满地横斜③。　　江南自是离愁苦,况游骢古道④,归雁平沙。怎得银笺⑤,殷勤说与年华。如今处处生芳草,纵凭高、不见天涯。更消他、几度东风,几度飞花。

【注释】

①玉管春葭:玉管内充以葭莩之灰,春天至则灰飞管通。
②小帖金泥:一种涂有金屑的纸,亦称金泥书帖。唐代风尚,凡进士及第者,均以金泥书帖向家中报告登科之喜。
③横斜:指摇曳的树影。
④游骢古道:词人骑着马在古道上漫游。
⑤银笺:书信纸。

【赏析】

初春残雪轻寒,箫音低回,春日谁家?对朋友思念的诚意,化作窗前一夜的幽梦,无奈醒后仍是水隔绝,天遮断,不见其形影。谭献云:"'相思'句点逗清醒,换头又是一层勾勒;《诗品》云:返虚入浑,'如今'二句是也。"(《谭评词辨》)上片是叙其远游未还,悬揣之词;下片是言其他日归后情事,逆料之词。

下片"离愁"遥应上片之"相思"低回掩抑,荡气回肠。在芳草萋萋的春日，纵使凭高远眺，也望不到天涯，更何况被春草遮匿的朋友居处？结尾情绪苍凉，悲从中来。通首观来，写回忆与希望交织而成，时而明快、时而暗淡，沉郁顿挫，低回掩抑，耐人寻味。在清美幽闲之境中，展现远逝美景后的痛楚与辛酸，可以说是"寄沉痛于悠闲"，蕴意深藏。

# 法曲献仙音

王沂孙

聚景亭梅次草窗韵[1]

层绿峨峨[2]，纤琼皎皎[3]，倒压波痕清浅。过眼年华，动人幽意，相逢几番春换。记唤酒、寻芳处，盈盈褪妆晚[4]。　　已消黯，况凄凉、近来离思，应忘却、明月夜深归辇[5]。荏苒一枝春[6]，恨东风、人似天远。纵有残花，洒征衣、铅泪都满[7]。但殷勤折取，自遣一襟幽怨。

【注释】

①聚景亭：即杭州聚景园雪香亭，本为南宋皇家御园。
②层绿：绿梅层层叠叠。
③纤琼：细玉，这里指白梅。
④褪妆：指梅花零落。
⑤归辇：这是词人怀念宋高宗在聚景园赏梅步月，乘辇夜归的情景。
⑥一枝春：即梅花。陆凯自江南寄梅一枝赠范晔，并赠诗曰："江南无所有，聊寄一枝春。"
⑦铅泪：用李贺诗"忆君清泪如铅水"之意，表示亡国之痛。

【赏析】

绿梅峨峨，白梅皎皎，在飘然而落的皑皑白雪中，它们像海的波浪，层层叠叠，翻卷着清浅的浪花，每年的岁寒之夜，梅暗送幽香,沁人心肺,惹人相思。相逢时,又是几番春换,绿蚁新醅,唤酒寻芳,却见那梅仍在迎风斗雪,脉脉盈盈,美色不减。

下片写离思之苦。如今又是明月高悬,夜风习习,想当年同车赏梅的豪兴,不觉黯然神伤,更何况这凄凉的夜晚,惟有我形影相吊。光阴荏苒,恨东风又送一年春晚。沦落天涯,人似相隔天远。泪洒征衣,如铅华注满。纵有落红铺绣,谁能忍心独往?结尾低回往复,一波三折,荡气回肠。为慰藉对朋友的思念,为排遣这一襟的幽怨,还是殷勤折取那一枝独放的寒梅。

# 疏　影

彭元逊

寻梅不见

江空不渡,恨蘼芜杜若①,零落无数。远道荒寒,婉娩流年②,望望美人迟暮。风烟雨雪阴晴晚,更何须、春风千树。尽孤城,落木萧萧,日夜江声流去。　　日晏山深闻笛,恐他年流落,与子同赋。事阔心违,交淡媒劳③,蔓草沾衣多露。汀洲窈窕余醒寐,遣佩环,浮沉沣浦④。有白鸥、淡月微波,寄语逍遥容与⑤。

## 【作者简介】

彭元逊,字巽吾,江西吉安人。

## 【注释】

①蘼芜杜若:皆屈原《离骚》中的香草名。
②婉娩:源自张华赋:"扬绰约之丽姿,怀婉娩之柔情。"
③媒劳:源自《楚辞·九歌》:"心不同兮媒劳,恩不甚兮轻绝。"
④沣浦:沣水之滨。
⑤容与:自得自在之貌。《楚辞·九歌》:"聊逍遥兮容与。"

**【赏析】**

浩瀚长江不见渡船,惟萋迷芳草,零落无数,远接苍天,迢迢旅途,道远寒荒,一片凄凉,荏苒流年,望美人迟暮,知在谁边?何须春风千树,万紫千红尽有,但终非所须。寻遍孤城,落木萧萧,不见那一剪红梅,更何况日夜卧听寒江滔滔。上片全为寻梅铺垫。

下片深山日晚,忽闻幽怨的落梅笛声,仍不见真梅,又恐他年梅再流落,也像今日让人吹出落梅怨曲。下片融入自己的寄托,梅之落以寓自身流落。"事阔心违"乃一篇主旨,用《楚辞·九歌》:"心不同兮媒劳,恩不甚兮轻绝。"人不与我同心,事多不合,沾衣句化用陶公"衣沾不足惜,但使愿无违"之意,结尾余情摇荡,有白鸥、淡月、微波相伴,寄语逍遥,闲适自得。

# 六 尹

彭元逊

## 杨 花

似东风老大,那复有、当时风气。有情不收,江山身是寄,浩荡何世?但忆临官道①,暂来不住,便出门千里。痴心指望回风坠②,扇底相逢,钗头微缀。他家万条千缕,解遮亭障驿,不隔江水。 瓜洲曾舣③,等行人岁岁。日下长秋,城乌夜起④。帐庐好在春睡,共飞归湖上,草青无地。惜惜雨、春心如腻⑤,欲待化、丰乐楼前⑥,帐饮青门都废⑦。何人念、流落无几,点点抟作,雪绵松润,为君褁泪⑧。

**【注释】**

①官道:指官修的驿路。
②回风:暗寓自己的官运,希望能有转机。
③瓜洲:又称瓜埠洲,在大运河入长江处,与镇江隔江相对,是长江南北水路要冲。舣:着岸。

④城乌：城上的乌鸦。
⑤惜惜：平和安静。
⑥丰乐楼：在杭州涌金门外，正跨西湖，兼两山之胜，是南宋京城的著名楼观。
⑦青门：即汉长安城的霸城门，后泛指京城的城门，这里指南宋首都杭州的城门。
⑧裹泪：垂泪、落泪。

## 【赏析】

此咏杨花，寓以身世之感，故国君王之思。东风老大，再也没有当时风气，似指南渡的政局，曾寄希望于故国江山。浩荡乾坤，能有几世相比。忆临官道，也曾拟入朝为官，指点江山，却不料不住而出，遗恨千里，又还切望回风转机，能重新再临官道。"他家"三句，寄希望于在位者，盼望他们能为自己创造跻身官道的条件。

下片"瓜洲"四句，漂泊羁旅，孤苦客况，春梦湖上，应上片"官道"之虚无缥缈。欲化去不成，终致流落裹泪。词情幽邃，绵缈不尽，低回往复，欲说还休，极恍惚之致。

# 紫萸香慢

## 姚云文

近重阳、偏多风雨，绝怜此日暄明。问秋香浓未，待携客、出西城。正自羁怀多感，怕荒台高处①，更不胜情。向尊前，又忆漉酒插花人②，只座上、已无老兵③。　　凄清，浅醉还醒，愁不肯、与诗平。记长楸走马，雕弓搾柳④，前事休评。紫萸一枝传赐⑤，梦谁到、汉家陵。尽乌纱、便随风去⑥，要天知道，华发如此星星⑦，歌罢涕零。

## 【作者简介】

姚云文，字圣瑞，江西高安人，南宋咸淳年间进士，入元任承直郎，抚、建两路儒学提举。有《江村遗稿》。

## 【注释】

①荒台：南齐宋武帝重阳日登徐州之项羽戏马台。宋韩元吉《水调歌头》词："戏马但荒台。"
②漉（lù）酒：即过滤酒。相传晋陶渊明曾取下头上的葛巾漉酒。
③老兵：晋谢奕曾逼大将桓温饮酒，桓温避走，谢奕便拉着桓温的一个部下共饮，并说："失一老兵，得一老兵。"
④雕弓榨（zhà）柳：即百步穿杨。
⑤紫萸：即茱萸，古人重阳有登高插茱萸之俗。
⑥乌纱：晋孟嘉重阳登高时其帽被风吹落，孟嘉安之若素。这里作者以孟嘉自况。
⑦华发星星：人老头发斑白。

## 【赏析】

垂老重阳，又见黄花，感慨由衷，对景而赋。开篇写秋雨新晴，难得一个好天气，欲趁佳节，携客出游，然羁怀多感，怕登高临远，念故国而情伤，作罢出游之念。欲向尊前饮酒追欢，又无昔日知己，了无情味。

下片凄清之夜，浅醉还醒，要忘却前愁，却无以为计，萦怀缭绕，纠缠缱绻，幽梦还到汉家陵阙。亡国之痛，故国之思，有家难回，这一切，在华发星星之际，一一记起，便有难以倾诉的悲慨。曲曲心事，歌罢仍旧涕零。"汉家陵"三个字，婉幽心事，微露端倪，铺陈往复，皆为此主旨。

# 金 明 池

### 僧 挥

天阔云高，溪横水远，晚日寒生轻晕①。闲阶静、杨花渐少，朱门掩、莺声犹嫩。悔匆匆，过却清明，旋占得余芳，已成幽恨。却几日阴沉,连霄慵困,起来韶华都尽②。　　怨人双眉闲斗损,乍品得情怀,看承全近③。深深态,无非自许,厌厌意,终羞人问。争知道、梦里蓬莱,待忘了余香,时传音信。纵留得莺花,东风不住,也则眼前愁闷④。

## 【作者简介】

僧挥,俗姓张,曾为安州进士,后因事出家。名仲殊,字师利,曾先后住苏州承天寺、杭州关山宝月寺,大文学家苏东坡称其为"蜜殊",能文善诗词。

## 【注释】

①轻晕:水边的寒气。
②韶华:美好的时光。
③看承全近:特别看待、十分亲近。
④也则:依然。

## 【赏析】

此篇写江南春景。天高云淡,溪水东流,与远天相连。傍晚,斜阳退尽,暮霭为新绿的大地罩上一层轻晕。朱门掩映,闲阶幽香,杨花飞絮轻轻飘转,清明过却,春意阑珊,莺啼婉转,几日阴沉慵困,渐成幽恨。

下片写幽恨依旧,厌厌羞于人问。有谁知,梦里蓬莱,犹记余香,尚待远方音信,纵使能留住莺花,东风不住,也应记取眼前愁闷。

黄昇云:"仲殊之词多矣,佳者固不少,盖篇篇奇丽,字字清婉,高处不减唐人风致也。"(《花庵词选》)苏轼云:"苏州仲殊,师利和尚,能文,善诗及歌词,皆操笔立成,不点窜一字,予曰,此僧胸中无一毫发事,故与之游。"(《东坡志林》)

# 如 梦 令

李清照

昨夜雨疏风骤,浓睡不消残酒①。试问卷帘人②,却道海棠依旧。知否?知否?应是绿肥红瘦③。

**【作者简介】**

李清照(1084—?),号易安居士,山东济南人。18岁时嫁给著名金石学家赵明诚为妻,南渡不久,丈夫病死,珍藏的金石书画丧失殆尽,心情异常苦闷。她是宋代第一流的女词人,是著名的"词家三李"之一,艺术成就很高,有不少传世之作。她在贫病交加中去世,有《漱玉词》。

**【注释】**

①浓睡不消残酒:虽睡得很好,但残留的酒意仍未消去。
②卷帘人:指作者的侍女。
③绿肥红瘦:海棠绿叶茂盛,红花却少了。

**【赏析】**

词人在晚春的黑夜,愁思百结,辗转反侧,夜不成寐,只好借酒浇愁,趁醉入睡。一夜酣睡之后,她猛然记起昨夜的风雨,记起门外的海棠,便关切地问起侍女,侍女漫不经心地回答"海棠依旧"。对侍女的疏忽大意,她极不满意,心情陡然不安和焦虑起来。"知否?知否?应是绿肥红瘦。"语气是那么短促、急切而又沉重,短短几字,就写出了词人对风雨葬花如葬美人、如葬芳春的痛惜之情,清黄了翁《蓼园词选》说:"一问极有情,答以'依旧',答得极淡,跌出'知否'二句来;而'绿肥红瘦'无限凄婉,却又妙在含蓄。短幅中藏无数曲折,自是圣于词者。"此评道出词中三昧。

## 凤凰台上忆吹箫

李清照

香冷金猊①,被翻红浪②,起来慵自梳头。任宝奁尘满③,月上帘钩。生怕离怀别苦,多少事、欲说还休。新来瘦,非干病酒,不是悲秋。　　休休④,这回去也,千万遍阳关⑤,也则难留⑥。念武陵人远⑦,烟锁秦楼⑧。惟有楼前流水,应念我终日凝眸⑨。凝眸处,从今又添,一段新愁。

**【注释】**

①香冷金猊:狻猊形的铜香炉中的香早已灭了。
②被翻红浪:红色的锦被乱摊在床上,没有折叠。
③宝奁:华贵漂亮的镜匣。
④休休:万般无奈,没有办法。
⑤阳关:即王维诗《送元二使安西》,一称《阳关三叠》。诗中有"劝君更尽一杯酒,西出阳关无故人"之句,后人送别中往往用此典。
⑥也则:也便、还是。
⑦武陵人远:词人用刘、阮入天台事,借指丈夫赵明诚远出未归。
⑧秦楼:即凤凰台,是仙人萧史与秦穆公女儿弄玉飞升前所居之地。词人这里指自己的住所已是人去楼空。
⑨凝眸:久久地注视。

**【赏析】**

李清照写离情,"语语自肺腑流出",因而写来率真,凝重、深婉。词的开篇在写出一"任"的情慵意懒之后,切进主旨:"生怕离怀别苦",感情的闸门刚刚开启,又陡然紧闭,"多少事,欲说还休",她的万般哀怨,一腔愁情,多么想尽情地向丈夫吐露,然而在"执手相看泪眼"的道别之际,她又强迫自己咽了回去。假如这伤离之言刺痛了丈夫的心灵,假如这诸多的不快,影响了丈夫的远行,还谈什么妻子的分忧解愁,她以女人特有的自我克制,独自担荷起别后的寂寞与悲凉。这饱含其中的曲折、苦恼、酸涩，现出词人一颗深情的心。"新来瘦"写出独自承担的离愁分量，接着词人否定"病酒"、"悲秋"是"新来瘦"的原因，那么"瘦"的来由，自然是"离怀别苦"了。否定之中暗含着肯定，笔法极为曲折。上片虽不直写别情，却句句都在刻画别情的分量。

下片写即在眼前的别离情景，只用几笔带过，以"念"字领起，转而写意中景、意中情，笔墨主要落在别后的相思上。心上的"武陵人"越走越远了，往日那相互依偎、笑语萦绕的闺阁，如今被烟霭笼罩，暗淡萧索，寂寂无声。惟一与她朝夕相伴的，是楼前潺潺的流水，她做痴想、说痴语，希望楼前流水，映下她倚楼眺望的身影；希望楼前流水，载得起她凝眸相思的一段真情。流水何以知晓，流水如何映衬，这痴痴的情语，是由慵而瘦的进一步发展。

结尾三句情思荡漾，再生新的波澜。何谓"新愁"？沈际飞《草堂诗余》云："清风朗月，陡化为楚雨巫云；阿阁洞房，立变为离亭别墅。"离别的阵痛还未过去，企盼归来的等待，又无时无刻不在袭扰着凄楚的心灵。而今而后，随着离人行程的路远、离别时日的延长，那企盼归来与音讯隔绝而交织的愁情，岂不要与日俱增吗？既回应上片，又深化离愁。

## 醉花阴

李清照

薄雾浓云愁永昼①，瑞脑消金兽②。佳节又重阳，玉枕纱厨③，半夜凉初透。　　东篱把酒黄昏后④，有暗香盈袖⑤。莫道不消魂，帘卷西风，人比黄花瘦⑥。

【注释】

①薄雾浓云：指香气弥漫、香烟缭绕。永昼：人愁故觉天长。
②瑞脑：即龙瑞脑，一称冰片，一种名贵的香料。消金兽：兽形铜香炉中的香已经燃尽。

③玉枕纱厨：佳人斜倚着枕头躺在碧纱帐中。
④东篱：用晋陶渊明诗"采菊东篱下"，这里指重阳赏菊。
⑤暗香：一般指梅花的幽香，这是指菊花的香气。
⑥黄花：菊花。

【赏析】

词的上阕写重阳佳节的感受。起笔先写生活的氛围：秋阴不散，阴霾四布，轻雾弥漫，笼罩四野。在这暗淡阴沉的天气中，独守深闺，倍觉无聊，为消磨这度日如年的"永昼"，只好燃起瑞脑香，那香烟袅袅升腾，就像词人深埋于心的一段愁情，那么悠长绵缈，而又无法驱遣。夜半时分，纱厨之内，玉枕之上，渐渐浸透了刻骨的凉意，明写时令之冷，暗寓词人远离丈夫，孤衾单枕的内心凄凉，对丈夫的深切怀念，相见无期的一段离愁，都在不言之中。

下阕写黄昏时刻独酌赏菊。"暗香盈袖"由《古诗十九首》"馨香盈怀袖，路远莫致之"脱化而来，因袖间沾染了扑鼻的幽香而想到只身在外的赵明诚，便无意于畅饮赏菊。"莫道不消魂"是久已郁结于胸的感情宣泄。我怎么能不为你的离去而愁损柔肠、黯然神伤呢？！下阕以"愁"来融贯："东篱把酒"为要排遣离愁，"暗香盈袖"更触动愁绪，"莫道"句反诘以往的劝慰，正是愁的表现，最后落到"瘦"字，是愁的终结，并与上阕的"愁"字呼应，使全词由浅入深，浑然一体，陈廷焯《云韶集》卷十说，全词"无一字不秀雅。深情苦调，元人词往往宗之"。《自怡轩词选》卷二又说："幽细凄清，声情双绝。"可谓知音。

# 声　声　慢

### 李清照

寻寻觅觅，冷冷清清，凄凄惨惨戚戚。乍暖还寒时候①，最难将息②。三杯两盏淡酒，怎敌他晚来风急！雁过也，最伤心，却是旧时相识③。　　满地黄花堆积，憔悴损，如今有谁堪摘？守着窗儿，独自怎生得黑④！梧桐更兼细雨，到黄昏、点点滴滴。这次第⑤，怎一个愁字了得！

【注释】

①乍暖还寒：指初春季节。
②将息：本意是休息，调养。这里是度日如年之意。
③旧时相识：指替自己捎过书信的鸿雁，说明丈夫依然毫无音讯。
④怎生：怎么能。
⑤这次第：这种状况，这种日子。

【赏析】

起笔即用了七组双声叠韵字，渲染了愁妇凄凉痛楚的心理，周济评云："重字则既双且叠，尤宜斟酌，此三叠韵，六双声，是锻炼出来，非偶然拈得。"（《介存斋词选·序论》）上片着重在主观感受的空间描述，大雁是旧时相识，则激起词人离群丧偶之凄然，增添其孀居的空寂与绝望。

下片则将内心旋律与外部自然界的变化联系起来，在情景交融之中，宣泄内心的痛楚。风急、雁过，憔悴黄花，窗前独自，本已牵动了词人无限愁绪，而黄昏细雨，又兼雨敲梧桐的恼人声响，这雨，不仅打落了片片桐叶，也滴穿了孤苦无依的词人的心，在无以解脱的苦闷中，逼出了结尾的一句："这次第，怎一个愁字了得！"此词任情挥洒，自有遒逸之气。风急、雁过、黄花堆积，扶头酒醒、窗前独自、梧桐细雨、残秋黄昏，在一幅幅天然的悲凄画面中，无一字一句不是在抒发着愁情；无一事一物不是在宣泄着愁绪；以反诘语作结，更给读者留下了广阔的再创造之余地。那"愁"字之外，更广泛、更幽邃的情绪是什么呢？刘体仁云："惟易安居士'最难将息'，'怎一个愁字了得'深妙稳雅，不落蒜酪，亦不落绝句，真此道本色当行第一人也。"（《七颂堂随笔》）

# 念 奴 娇

李清照

萧条庭院，有斜风细雨，重门须闭。宠柳娇花寒食近[①]，种种恼人天气。险韵诗成[②]，扶头酒醒[③]，别是闲滋味。征鸿过尽，万千心事难寄。　　楼上几日春寒，帘垂四面，玉栏杆慵倚。被冷香消新梦觉[④]，不许愁人不起。清露晨流，新桐初引[⑤]，多少游春意。日高烟敛，更看今日晴未？

**【注释】**

①宠柳娇花：春天到了，柳枝飞舞，花也更显得美丽。寒食：即寒食节，在清明前，冬至后的105日，常与清明节相连。

②险韵：作诗时韵脚难押的冷僻、生疏字。

③扶头酒：容易让人喝醉的酒。

④香消：香炉里的香已经烧尽。

⑤新桐初引：新栽的桐树发出了嫩芽。源自宋刘义庆《世说新语·赏誉》："于时清露晨流，新桐初引。"

**【赏析】**

词的上片写愁绪、写心事。萧条庭院、斜风细雨，更近寒食，陡然而起，转接宠柳娇花，又是一片姹紫嫣红的妩媚，忽悲忽喜，开合自如。"宠柳娇花"四字，一向受到评论家的称赞。宋代的黄昇说："前辈尝称易安'绿肥红瘦'为佳句，余谓此篇'宠柳娇花'之语，亦甚奇俊，前此未有能道之者。"（《唐宋诸贤绝妙词选》卷十）明代的王世贞则说是"新丽之甚"（《弇州山人词评》）。词人用"宠"、"娇"来形容花、柳，便将其妩媚与婀娜的形象美，通过拟人化的笔法而达到新、奇。被明徐士俊赞为："不效颦汉魏，不学步盛唐，应情而发，自标位置。"（《古今词统》卷十三）

下片写楼上春寒，依旧恼人天气。"被冷香消"，哀怨无端，"新梦"，别有寄托，明李攀龙说："心事托之新梦，言有寄而情无方，玩之自有意味。"(《草堂诗余集》卷一)"清露晨流"三句，重提春游兴致，在风雨初霁，天色渐开，露浓欲流，新桐抽芽的清新气象中，还是去春游吧。然这不过是"玉阑干慵倚"时的刹那想象与憧憬，借美好的意念追求而暂时排遣内心的愁苦。结句亦有奇思，清黄蓼园评曰："只写心绪落寞，遇寒食更难遣尔。陡然而起，便尔深邃。至前阕云：'重门须闭'。后阕云：'不许不起'。一开一合，情各戛戛生新。起处雨，结句晴，局法浑成。"(《蓼园词选》)

## 永　遇　乐

李清照

　　落日熔金①，暮云合璧②，人在何处？染柳烟浓，吹梅笛怨，春意知几许？元宵佳节，融和天气，次第岂无风雨③？来相召，香车宝马④，谢他酒朋诗侣。　　中州盛日⑤，闺门多暇，记得偏重三五⑥。铺翠冠儿⑦，捻金雪柳⑧，簇带争济楚⑨。如今憔悴，风鬟雾鬓⑩，怕见夜间出去⑪。不如向帘儿底下，听人笑语。

【注释】

①落日熔金：形容落日的斑斓色彩，宋人多以此形容映在水中的落日。
②暮云合璧：暮云成片犹如玉璧。
③次第：转眼间。
④香车宝马：华美的车马，指约作者前去观灯的朋友。
⑤中州：这里专指北宋都城汴梁（开封）。
⑥三五：指元宵节。
⑦铺翠冠：插有羽毛的女式帽子。
⑧捻金雪柳：在纸或绢做的饰物上加金线捻丝，是富贵人家的装饰。
⑨簇带：插戴装饰品。济楚：整齐。
⑩风鬟雾鬓：头发散乱的样子。
⑪怕见：懒得。

【赏析】

　　这首词是词人晚年流寓南宋都城临安期间所作。起笔先写元宵佳节日暮时分的景象：西坠的斜阳赤橙一片，像熔化了的黄金，璀璨瑰丽；暮霭烟云腾挪变幻，聚拢起来像合成了一块硕大的完璧。鲜明灿烂的自然景色和浓厚热烈的节日气氛，却未能抚平词人心中无限的愁苦。"人在何处"，这充满迷惘与痛苦的长叹，把国土沦丧、亲人病逝和个人异乡漂泊的酸楚都包括进去了。

　　初春那迷蒙缥缈的烟霭，似乎把柳色染得深了、绿了，远处传来的《梅花落》那么幽远、哀怨，这凄迷的景色，究竟能给人带来几分春意呢？眼前虽是"融合天气"，又逢元宵佳节，但是，"次第岂无风雨"？难道转眼间就不会再袭来一场凄风苦雨吗？这突兀的转折问语，是她流落异乡、惊魂不定，命运难于捉摸的特殊心境。因此，眼前的良辰美景，元宵盛况，激不起词人再度游赏的兴趣，"谢他酒朋诗侣"，出语平淡，却是饱经忧患后的淡漠心境。

　　换头的前六句，在追忆往昔佳节盛境之后，又陡然一转，回到凄惨悲凉的现实中来。"如今憔悴，风鬟雾鬓"，哪里还有往昔游赏的兴致呢？"怕见夜间出去"，与上阕"谢他酒朋诗侣"相呼应，显出构思的巧妙精当和结构上的珠联璧合。结尾再生妙笔："不如向帘儿底下，听人笑语。"词人独坐帘下，缅怀过去，想在这欢乐中寻一点慰藉，然而沧桑巨变，岁月蹉跎，留给她的只有刻骨的悲凉，再也没有勇气面对现实的繁华热闹，只能在隔帘笑语中咀嚼着国破家亡的苦涩。清初的王夫之说："以乐景写哀，以哀景写乐，一倍增其哀乐。"道出反衬手法的奥妙。

# 浣 溪 沙

### 李清照

髻子伤春懒更梳①，晚风庭院落梅初，淡云来往月疏疏②。
玉鸭熏炉闲瑞脑③，朱樱斗帐掩流苏④，通犀还解辟寒无⑤。

## 【注释】

①髻子：妇女梳的发髻。
②疏疏：月光疏疏。
③玉鸭：熏炉做鸭形。瑞脑：即龙瑞脑，俗称冰片，是一种香料。
④朱樱：帐子上的红花。流苏：一种用羽毛做的帐上的垂饰。
⑤通犀：即犀角，相传有驱寒之功效。

## 【赏析】

词的开篇即点明伤春的主旨。婚后不久，赵明诚便负笈远游。词人空闺独守，寂寂无所从事，连头发也懒得梳理，慵懒怠情之中传递出伤春惜别的情绪。自第二句始至篇终，词人都将伤春之情隐藏在景物描写之中。晚风斜吹，落梅纷乱，庭院幽闭，境极凄凉，为排遣春愁，她漫步芳丛，凝望远空，只见淡淡流云微渡霄汉，月亮穿透漂泊的柔纱，洒下稀疏的月光。低头见梅残花落，抬头见云淡月孤，这俯仰之间含多少凄凉意绪。

过片一工整的对联，写室内的静谧，"闲"不仅写环境的安闲，且透露词人的冷漠，红樱斗帐为流苏所掩，这寂静中正寓蕴着词人伤春无语的神情。结句怨而不怒，婉转辞意中透出其要避开凄凉之境的意绪，音流弦外，怅怅不已。